Irene Stratenwerth – **Hurdy Gurdy Girl**

Inhalt

I

Die Reise nach Amerika

Erstes bis achtes Kapitel

April bis Juli 1863

Erstes Kapitel

Nur bis Nauheim, hat die Mutter gesagt, nur bis dorthin allein zu Fuß. In zwei bis drei Stunden sei sie dort. Der Weg sei nicht zu verfehlen. Schneider erwarte sie am Abend im Kurpark.

Am Dorfrand steigt Luise den Hügel hinauf. Von hier aus kann sie schon den Kirchturm von Ober-Mörlen sehen und in der Ferne die Höhenzüge des Vogelsberges. Für einen Moment fühlt sie sich mutig und stark. Und dann wieder schrecklich allein.

Der Dora hat sie nicht einmal Lebewohl sagen können. Die Kleine ist gleich nach der Schule zum Vater aufs Feld.

Luise hat es zwar schon eine Zeitlang gewusst: Dass sie aus Langenhain fortgeht, als Erste aus der Familie. Aber sie hat es nicht übers Herz gebracht, es der Schwester zu sagen. Und heute Mittag hat ihr die Mutter plötzlich den sofortigen Aufbruch befohlen.

Rechts vom Feldweg senkt sich der Hang mit den winzigen Äckern der Tagelöhner und Landarbeiter ins Tal. Viele Frauen sind dort jetzt emsig beschäftigt, die Erde zu bestellen, Kartoffeln zu stecken, Weißkohl zu pflanzen und Hafer zu säen. Der Winter war lang und kalt, und jetzt ist es höchste Zeit.

Ihre Mutter würde hier niemals ackern. Sie baut ihr Gemüse auf einem ummauerten Hofplatz neben ihrem Wohnhaus an. Und Balthasar Ludwig, ihr Mann, pflügt seine größeren Felder jenseits des Dorfes, in der Talsenke zwischen Langenhain und Schloss Ziegenberg. Früher half ihm dabei ein Knecht.

Vor dem Mädchen spritzt ein Hase über den Weg und rennt im Zickzack über die Felder. Pass bloß auf, denkt Luise, sonst schießt dich der Wilderer tot. Viele im Dorf sehnen sich nach einem Sonntagsbraten, und der Jagdaufseher kann seine Augen nicht überall haben.

„He, Luise, grüß dich Gott! Wohin allein des Weges, so spät am Nachmittag?“

Die Frage schallt von Rosa herüber, einer kräftigen Magd. Andere Frauen unterbrechen ihre Feldarbeit, stützen sich auf ihre Harken und Spaten und starren das Mädchen neugierig an.

„Zur Cousine nach Nauheim“, gibt Luise knapp zurück.

„Zur Cousine, so so!“, Rosa prustet laut los, „hast es nicht noch ein bisschen weiter? Gehst vielleicht sogar für drei Jahre fort? Nimmst mich mit?“

Luise wird warm im Gesicht. Sie kennt ja das achte Gebot: Du sollst nicht lügen. Kaum ist sie von zu Hause fort, begeht sie die erste Sünde.

„Ich reise nach Amerika!“ Nur allzu gerne würde sie die Wahrheit laut herausposaunen und die zudringliche Magd damit zum Schweigen bringen. Alle anderen, die jetzt so tun, als machten sie sich wieder an die Arbeit, aber heimlich die Ohren spitzen, könnten es auch gerne hören.

Doch die Mutter hat ihr streng verboten, etwas zu sagen. Niemand soll wissen, wohin sie geht. Erst in ein paar Tagen werden es die Spatzen von den Dächern pfeifen: Dass die älteste Tochter vom Bauern Ludwig vorerst nicht zurückkommt. Dass sie ins Land gegangen ist wie schon so viele andere Mädchen aus Langenhain.

Nur noch ein paar Schritte und dann ist sie aus dem Blickfeld der Frauen verschwunden. Sie lässt den Feldweg links liegen, steigt über Wiesen und wilde Äcker zum Flüsschen hinab. Hoch aufgeschossen stehen Gräser und Buschwerk am Ufer. Dort ist sie vor neugierigen Blicken geschützt.

Ich gehe nach Amerika, summt Luise vor sich hin und erfindet gleich noch ein paar Reime dazu: Eins, zwei, drei, vier, keinen Tag bleib ich mehr hier. Fünf, sechs, sieben, acht, nimm dich vor jedem Mann in Acht.

„In Amerika ist alles besser." Wie oft hat sie diesen Satz schon gehört. Wenn Frauen in prächtigen Kleidern zu Besuch ins Dorf kamen, um ihre bunten Wolltücher, die feinen Schuhe und den fremdartigen Kopfputz vorzuführen. Und wenn im Waschhaus davon die Rede war, dass wieder einmal ein braves Mädchen aus der Wetterau in der neuen Welt einen achtbaren Bräutigam gefunden hatte.

Luise ist im letzten Winter siebzehn geworden. Schon lange ist sie so hoch gewachsen, dass sie mit dem Kopf an den Bettkasten stößt.

„Es reicht. Als Mädchen brauchst du kein Gardemaß!" So scherzte der Vater, als seine Tochter ihn zu überragen begann. Doch die Mutter sah sie besorgt an. Sie fand es auch gar nicht gut, wenn Luise den ganzen Sommer auf dem Feld und im Viehstall schuftete, so dass ihre Arme muskulös und sehnig wurden.

„Wie eine Magd siehst du aus", schimpfte sie, „wem willst du denn so gefallen?" Oft fügte sie mit gesenkter Stimme hinzu, als würde sie zu jemand anderem sprechen: „Sie könnte so eine schmucke Braut sein. Wenn sie nur mehr aus sich machen würde."

Als käme es darauf an, wie eine gebaut ist oder wie sie sich putzt. Kein Bursche im Großherzogtum Hessen kann sich das Mädchen, das ihm am besten gefällt, einfach zur Braut nehmen, das weiß in Langenhain jedes Kind. Bevor einer heiraten darf, muss er seinen Militärdienst absolviert haben und über ein eigenes Einkommen verfügen. Und auch dann geben die meisten Väter erst einmal ihre ältesten Töchter zum Heiraten weg.

Bis es so weit ist, hätte Luise als nutzlose Esserin zu Hause herumsitzen und sich langweilen müssen. Zwischen der Konfirmation und der Hochzeit können zehn Jahre vergehen.

So lange halten es viele nicht aus. Sie gehen stattdessen mit einem Landgänger fort: einem wie Schneider, der Mädchen zum Tanzen in der Fremde dingt. Was sie dort zu tun haben, weiß Luise nicht so genau. Sie hat nur die sorgenvollen Mienen der alten Weiber gesehen und das anzügliche Grinsen der Männer, wenn auf dem Kirchplatz von den Tanzmädchen die Rede war.

In Amerika störe es keinen, dass sie noch so jung sei und außerdem ein bisschen lang geraten, hat Schneider gesagt. Im Gegenteil. Dort suchten die Männer regelrecht nach stattlichen Frauen, die ordentlich zupacken können. Wie ein Stück Vieh hat er Luise von Kopf bis Fuß gemustert. Mit dem Ergebnis seiner Begutachtung war er zufrieden: „Für dich braucht man jedenfalls kein Podest."

Johann Georg Schneider ist ein Neffe von Balthasar Ludwig und somit Luises Vetter. Sie könnte ihn einfach „Georg" nennen, denn schließlich ist sie mit ihm verwandt. Aber das käme ihr nicht richtig vor: Schneider ist ein verheirateter Mann und zehn Jahre älter als sie. Außerdem war er fast immer in der Fremde.

„Ich fahre nach Amerika." Der Satz fährt in ihrem Kopf Karussell. Wie das bunt geschmückte Pferd, das sie auf dem Jahrmarkt in Nauheim gesehen hat, immer im Kreis herum, schleppt er einen Reigen bunter Bilder hinter sich her: Von Bauern, die sich ein Stück Land einfach mit Holzpflöcken abstecken. Von Goldklumpen, die man in Kalifornien findet wie Hans im Glück. Von Tanzvergnügen, bei denen es am Sonntag lustig und unbeschwert zugeht.

Luise hat jeden Bericht, den sie in der *Gartenlaube* über Amerika finden konnte, genau gelesen und viele davon mehrmals.

Freiwillig ist sie jeden Sonntagnachmittag ins Schulhaus gegangen.

Um Punkt zwei Uhr, nach dem Gottesdienst und dem Mittagsmahl, öffnete der Schulmeister Faber regelmäßig seine Klassenstube und legte Zeitschriften und Bücher aus: für alle, die sich bilden wollten. Manche Hefte waren schon ziemlich zerlesen, aber das machte ihr nichts aus. Denn sie weiß: Wer heutzutage in der Welt zurechtkommen will, muss sich informieren.

Der Vater verzog zwar ärgerlich das Gesicht, wenn seine Tochter am heiligen Sonntagnachmittag in die Schule lief. Wozu musste sich ein Bauernmädchen im Lesen üben? Wozu brauchte sie das moderne Zeug, das in einem so genannten Familienblatt stand? Aber was konnte ein einfacher Landwirt schon gegen den Schulmeister ausrichten, dessen Wort im Dorf fast so viel galt wie das des Pfarrers?

Einmal ist Faber in einer Lesestunde zu Luise ans Pult getreten und hat ihr ein dickes, in braunes Leder gebundenes Buch gezeigt.

„Du interessierst dich doch für Amerika?"

Luise senkte verlegen den Kopf.

„Dies ist der Reisebericht einer berühmten Schriftstellerin. Ganz allein hat sie sich die weite Welt angesehen. Auch Amerika. Vielleicht magst du einmal darin lesen?"

Meine zweite Weltreise, Dritter Theil stand auf dem Titelblatt und ein Name: Ida Pfeiffer. Vorsichtig nahm Luise das Buch in die Hände und blätterte die ersten Seiten auf: Gleich am Anfang ging es um die Ankunft der Schriftstellerin in Kalifornien. *Stadt der Wunder* stand über dem ersten Kapitel. Ein anderes handelte von den Spielhäusern in San Francisco.

Wie gerne hätte sie sich sofort in die Lektüre vertieft! Doch solange Faber sie so unverwandt anstarrte, verschwammen die Zeilen vor ihren Augen.

„Ist vielleicht noch zu schwierig für dich", hörte sie ihn sagen, während er das Buch wieder an sich nahm.

Ob der Lehrer da bereits wusste, dass der Vater einen Kontrakt über sie abgeschlossen und im Haus des Bürgermeisters unterzeichnet hatte?

Für drei Jahre vermietet der Landwirt Balthasar Ludwig seine Tochter Dorothea Luise, geboren am 6. November 1845 in Langenhain, Großherzogtum Hessen, als Tanzmädchen an den Landgänger Johann Georg Schneider.

Der Kontrakt wurde am 31. März 1863 besiegelt. Kaum zwei Wochen später hat die Mutter sie auf diese Reise geschickt.

Viel Gestrüpp überwuchert den Uferpfad, durchnässt ihre Schuhe und Strümpfe und zwingt sie, allen Windungen des Flüsschens zu folgen. Der Saum ihres abgewetzten Wollrockes hängt, schwer von der Feuchtigkeit, weit herunter und scheuert zwischen den Beinen. Einmal versucht sie, eine Abkürzung zu nehmen, doch dabei gerät sie ins Himbeergesträuch und zerreißt sich beinahe die Schürze.

Zweifelnd und verwirrt blickt sie sich um, streicht sich eine Locke aus der verschwitzten Stirn. Sie hat ihr Haar vor dem Aufbruch zwar sorgfältig unter der Haube festgesteckt, doch einige Strähnen lassen sich einfach nicht bändigen.

Ob sie besser wieder zum Fahrweg nach Nauheim hinaufsteigen soll? Oder ist das viel zu weit?

Die Mutter hat ihr außerdem streng verboten, diese Landstraße zu benutzen. Wo sich fahrendes Volk oder gar Räuber herumtreiben, sei es viel zu gefährlich.

Und was, wenn ihr dort oben eine Kutsche aus dem Schloss begegnet und jemand nach ihrem Ziel fragt?

Besser sie setzt ihren Weg am Ufer der Usa fort.

Schon nach wenigen Schritten gelangt sie zu einem schmalen Steg über das Flüsschen. Vorsichtig tritt sie auf die glitschigen Planken. Wenn sie in der Mitte kurz stehenbleibt und sich umwendet, kann sie vielleicht einen letzten Blick auf die Dächer von Langenhain erhaschen. Oder auf Schloss Ziegenberg, das auf einem Felssporn über dem Flüsschen thront. Doch die Bretter beginnen schon nach ihrem ersten Schritt bedenklich zu schwanken. Sie rettet sich mit einem großen Satz ans andere Ufer.

Nach einem wehmütigen Blick zurück wäre ihr ohnehin nicht zu Mute gewesen. Der Dreck in den schmalen Gassen des Dorfes, der Gestank nach Kuhmist, die Kälte, die täglich gleiche Grütze, der Hunger im Winter und die Enge in ihrer winzigen Stube – sie mag nie wieder daran denken. Und auch nicht an die vielsagenden Blicke der Mutter und ihre ständigen Ermahnungen, sich ihre Sittlichkeit zu bewahren.

Der Vater hat ohnehin so getan, als wisse er von ihrer baldigen Abreise nichts. Dabei hat er selbst den Kontrakt geschlossen und vom Schneider die Hälfte des Mietpreises im Voraus bekommen.

Ganze fünfhundert Gulden.

Dora. Die Gedanken an die Kleine umschwirren Luise wie ein lästiger Fliegenschwarm. Vor zehn Jahren kam die Schwester zur Welt, nur wenige Tage vor Weihnachten. Die Mutter hatte längst nicht mehr mit Nachwuchs gerechnet. Krank und entkräftet lag sie danach eine halbe Ewigkeit im Bett. Man wusste nicht, ob sie überhaupt wieder aufstehen würde. Drei der vier Kinder, die sie geboren hatte, waren noch am Leben. Sie machte keinen Hehl daraus, dass sie dieses Fünfte nicht gewollt hatte und sich auch nicht darauf freute, noch ein weiteres Mädchen durchzufüttern.

So war es von Anfang an Luises Aufgabe, sich um das winzige, rosige Bündel zu kümmern, dem Neugeborenen die Windeln zu wechseln, es in den Schlaf zu wiegen und es in einem Tuch durchs Dorf zu schleppen. Auch als die Kleine laufen und sprechen lernte, blieben die Mädchen unzertrennlich.

Dora wird weinen und zetern, wenn sie begreift, dass sie mit den Brüdern allein zurückgeblieben ist, denkt Luise. Jetzt hat sie keine große Schwester mehr, die sie in Schutz nimmt, wenn die Jungs sie piesacken und necken.

Ein Fahrweg kreuzt das Flüsschen. Nur eine Furt führt auf die andere Seite, in Richtung Ober-Mörlen. In der Ferne kann sie schon die ersten Gebäude der Ortschaft sehen, in der sich die schmalen Behausungen der Tagelöhner und Handwerker eng aneinanderreihen.

Viele Leute werden am Nachmittag im Dorf unterwegs sein: Mägde und Frauen auf dem Weg zum Brunnen. Und Kinder, die Botengänge erledigen oder einander jagen. Bald werden auch die Männer von der Forstarbeit heimkommen. Eine Siebzehnjährige, die allein in Richtung Nauheim wandert, würde bestimmt neugierig beäugt. Wenn jemand sie nach ihrem Weg fragen würde, müsste sie schon wieder lügen.

Da wandert Luise lieber weiter an dem Flüsschen entlang, das direkt in den neuen Kurpark von Nauheim führt.

Amerika. Für Luise klingt dieses Wort wie Musik. Wie jene Töne, die im Winter überall aus den Häusern von Langenhain dringen. Wenn die Instrumentenbauer aus dem Schwarzwald kommen, um ihre Spieluhren und Drehorgeln vorzuführen und zu richten, was auf den Reisen im Sommer Schaden genommen hat. Das schrille Pfeifen, Quäken und Seufzen aus diesen Kästen verbindet sich dann in den engen Gassen zu einem seltsamen Lied, dessen Text aus einem einzigen Wort besteht: Amerika.

Luise hat oft davon geträumt, selbst einmal in die Neue Welt zu gehen. Aber erst, wenn sie erwachsen ist und die Dora mitnehmen kann.

Als sie am Abend endlich den Kurpark erreicht, bekommt sie es zum ersten Mal mit der Angst zu tun. Am Ufer der Usa hat sie sich nicht gefürchtet, wenn es in der Böschung raschelte, wenn etwas vor ihren Füßen fortsprang und laut ins Wasser platschte. Das waren ja nur kleine Tiere, ein Frosch vielleicht oder eine Kröte.

Doch der große, stille Teich im Park ist ihr unheimlich. So viele Geschichten hat sie schon gehört von glücklosen Spielern, die ihr Leben in diesem Wasser ließen. Von in Schande geborenen Säuglingen, die ertränkt wurden, bevor ein Pastor sie taufen konnte. Und vom ruchlosen Treiben der Gestalten, die nachts unter den Bäumen im Park ihr Lager aufschlagen, weil sie in Nauheim kein Dach über dem Kopf haben.

Der Kies knirscht so laut, dass sie auf die Wiese ausweichen muss. Ihr Atem geht schnell, die Hände sind schweißnass. Aus dem Gebüsch vernimmt sie ein stetes Wispern und Rascheln. Der Weg durch den Park kommt ihr endlos lang vor. Ganz in der Ferne sieht sie das gelbe Licht einer Gaslaterne glimmen. Dort muss es zum Bahnhof gehen.

Plötzlich löst sich ein Schatten aus dem Gebüsch und tritt ihr in den Weg. Erschrocken fährt Luise zusammen. Dann erkennt sie die Stimme: Es ist Schneider.

„Du kommst spät", er klingt eher besorgt als streng, „ich habe dich schon erwartet. Bist du aufgehalten worden?"

„Nein, nein, ich bin ohne Pause gelaufen." Luise ist weich in den Knien.

„Hast du Hunger?"

Sie brauche nichts, schwindelt sie, die Mutter habe ihr eine Brotzeit mitgegeben.

„Dann bring ich dich jetzt zu deiner Schlafkammer. Die anderen sind schon dort."

Das schmale Gasthaus liegt nur wenige Schritte vom Bahnhof entfernt. Schneider führt Luise die Stiege hinauf, schließt eine Zimmertür auf und schiebt das Mädchen hinein: „Ruh dich aus! Morgen früh geht es weiter."

Dann sperrt er hinter ihr ab.

Für einen kurzen Moment fällt Licht in den karg möblierten Raum. Auf einer Bettstelle sieht Luise zwei Mädchen liegen, die sich unter einer Decke eng aneinanderschmiegen. Nur ihre Haarschöpfe lugen heraus. Dann schiebt sich eine Wolke vor den Mond, und es wird stockdunkel.

Beklommen lässt sie sich auf dem Rand des Bettkastens nieder, wagt kaum zu atmen. Nach einer Weile kriecht eine Hand unter der Decke hervor und tastet nach ihr.

„Was ist? Kennst mich nicht mehr?", fragt eine Mädchenstimme.

„Ich muss mal", raunt Luise unglücklich. Sie hat sich nicht getraut, den Schneider nach einem Abort zu fragen. Jetzt ist es dringend.

„Am Fenster steht ein Nachtgeschirr."

Im Dunklen ertastet sie das kühle Porzellan und hockt sich darauf.

„Du bist doch die Anna", flüstert sie in die Schwärze, „die Möckel, Anna". Sie erinnert sich noch genau an das kräftige, dunkelhaarige Mädchen mit dem offenen Gesicht, das in der Schulstube eine Reihe hinter ihr saß. Von Anna hieß es, sie sei schon bald nach der Konfirmation ins Land gegangen.

Etwas regt sich auf dem Lager. Die beiden Gestalten richten

sich auf und rücken beiseite, um der Dritten Platz zu machen. Vorsichtig setzt sich Luise zu ihnen, zieht ein Stück Decke zu sich herüber und legt es sich über die Beine.

„Ich weiß noch, wie wir beide in der Schulstube saßen", flüstert sie Anna zu, „ein Jahr vor mir warst du fertig."

„Stimmt. Ist lange her."

„Und wer bist du?", fragt Luise die Andere, „im Dunkeln kann ich dich nicht erkennen."

„Sie heißt Therese. Aber alle nennen sie Tesi", antwortet Anna an ihrer Stelle, „ihr Vater ist der Will, Lorenz."

Den Schafhirten, der mit seiner hageren Frau und einem Dutzend Söhnen und Töchtern in einer armseligen Kate am Feldrain haust, kennt Luise. Im Dorf hieß es, seine zerlumpten Kinder seien schon ein paar Mal von den Gendarmen in Nauheim aufgegriffen worden, als sie dort Kurgäste anbettelten. In der Schule ließen sie sich nur selten blicken.

„Ist sie denn schon alt genug, um in Stellung zu gehen?", fragt Luise erstaunt.

„Vierzehn", erklärt Anna wichtigtuerisch, „nach Amerika darf sie nur mit, weil ich versprochen habe, auf sie aufzupassen. Das hat der Will zur Bedingung gemacht."

Was will der denn schon für Bedingungen stellen, denkt Luise verächtlich. Jeder im Dorf weiß, dass der Schafhirt ein bettelarmer Mann ist. Niemand hat ihm auch nur einen einzigen Scheffel Getreide geliehen, nicht einmal im kältesten Winter. Der Will wird froh sein, dass ihm jemand eins seiner hungrigen Mäuler abnimmt und dafür sogar noch zahlt.

Von draußen schlägt eine Faust hart an die Tür: „Ruhe da drinnen! Es wird geschlafen! Zum Schwatzen habt ihr morgen noch Zeit!"

Brav strecken sich die drei Mädchen nebeneinander aus.

Als die Atemzüge der Anderen ruhiger werden, kriecht Luise noch einmal unter der Decke hervor, kniet sich vor ihr Lager.

Jetzt, wo sie von zu Hause weg und in Stellung geht, würde es ihrem Herrn bestimmt nicht gefallen, wenn sie nur das einfache Kindergebet herunterleierte, das sie so oft mit Dora gesprochen hat. Sie versucht, sich an die Zeilen zu erinnern, die sie im Konfirmandenunterricht gelernt haben: den Abendsegen von Martin Luther.

„Ich danke dir, mein himmlischer Vater, durch Jesus Christus, deinen lieben Sohn, dass du mich diesen Tag gnädig behütet hast, und bitte dich, du wollest mir vergeben alle meine Sünde, wo ich etwas Schlimmes gemacht … ehm, wo ich Unrecht getan habe“, murmelt sie leise und hofft, dass sie die Wörter richtig aneinanderreiht. Dann fallen ihr auch die letzten Sätze wieder ein: „Ich befehle mich, meinen Leib und Seele und alles in deine Hände. Dein heiliger Engel sei mit mir, dass der böse Feind keine Macht an mir finde. Amen.“

Schnell schlüpft sie wieder zu den Anderen unter die Decke. Luise hat ihr Lager immer geteilt. Jeden Abend ist Dora bei ihr im Arm eingeschlafen.

Doch diese Mädchen hier riechen anders als ihre Schwester. So eng liegen die beiden neben ihr, dass Annas Atem in ihrem Nacken kitzelt.

Zweites Kapitel

Kurz vor neun trifft der Schnellzug aus Gießen am Bahnhof von Nauheim ein. Fauchend kommt die Lokomotive mit den Personenwagen der ersten, zweiten und dritten Klasse vor dem Stationsgebäude zum Stehen. Auf dem Bahnhofsvorplatz haben sich bereits Händler mit Erfrischungen und Proviant, Gastwirte, Gepäckträger, Kutscher und Schaulustige versammelt.

Nur wenige Passagiere steigen so früh am Morgen hier aus. Umso mehr aber reisen ab. Die Meisten haben es nicht weit. Kaum eine Stunde dauert die Fahrt von Nauheim nach Frankfurt am Main.

Die elegant gekleideten Kurgäste und Spielbankbesucher, deren Droschken als Letzte vorgefahren sind, dürfen den Bahnsteig als Erste betreten. Zwielichtige Gestalten und arme Sünder kämen neuerdings zur Kur und zum Glücksspiel nach Nauheim, hat der Pastor in Langenhain in seiner Sonntagspredigt oft gewettert. Doch wie arme Sünder sehen diese feinen Herrschaften nicht aus. Elegant gekleidete Männer heben ihre Damen schwungvoll von den Trittbrettern der Kutschen, erteilen Dienstboten kurze Anweisungen auf Französisch oder in einer noch fremderen, weich klingenden Sprache. Kaum haben sie den Bahnsteig betreten, helfen sie ihren Begleiterinnen die steilen Eisentreppen zu den Fahrgastkabinen der ersten Klasse hinauf.

Der Blick auf die feine Reisegesellschaft wird bald durch einen zweiten Zug verdeckt, der aus der Gegenrichtung einfährt und ebenso laut schnaufend zum Stehen kommt. Nur einen Steinwurf entfernt schnattern Gänse auf der Chaussee. Ein Bauer treibt seine Kühe mitten durch die Schar und tut so, als bemerke er das Getümmel um die riesigen, eisernen Ungetüme überhaupt nicht.

Eine Eisenbahn hat Luise noch nie aus der Nähe gesehen. Einmal, als sie den Vater auf seinem Fuhrwerk nach Butzbach begleitete, begann dieser aufgeregt mit den Armen zu fuchteln und in die Ferne zu deuten. Am Horizont konnte sie einen dunklen Strich erkennen, aus dem weißgraue Wolken aufstiegen. Rasch wanderte die Rauchsäule über Felder und Äcker und verschwand schließlich im Wald.

„Das war eine Eisenbahn", erklärte der Vater, und seine Stimme bebte vor Ehrfurcht, „wenn du von Nauheim nach Butzbach willst, läufst du zu Fuß einen halben Tag. Eine Dampflokomotive kann denselben Weg in einer halben Stunde bewältigen und auch noch viele Wagen hinter sich herziehen."

Jetzt dürfen auch die Reisenden der zweiten und dritten Klasse den Bahnsteig zwischen den Zügen betreten. Es ist ohrenbetäubend laut, die Luft ist voller Dampf und Ruß.

Luise war enttäuscht, als sie am Morgen wieder in ihr altes Zeug schlüpfen sollte, das sie auf dem Fußboden abgelegt hatte. Die Mutter hat ihr für die Reise zwar eine neue, mit feinen Spitzen besetze Unterhose eingepackt, aber keinen zusätzlichen Rock und keine Bluse. Es lohne sich nicht. Der Georg werde sie mit neuen Kleidern komplett ausstatten, so sei es vereinbart. Jetzt versteht sie: Es wäre reine Verschwendung, für so eine Bahnfahrt etwas Neues, Sauberes anzuziehen.

Schneider hat nach dem Wecken für jede einen Becher Milch und ein Stück Brot in die Kammer gereicht. Ab jetzt sei seine Frau Margarethe für sie zuständig, erklärte er ihnen dazu: „Wenn es in die Welt hinaus geht, ist es besser, euch einer Aufpasserin zu unterstellen!" Danach hat er kaum noch ein Wort mit ihnen gesprochen, gibt sich, seit sie die Herberge verlassen haben, abweisend und missmutig. Fein und streng wirkt seine Gattin daneben in ihrem grauen Reisekostüm.

Luise kennt Margarete nur von ein paar Hochzeiten und Begräbnissen im Familienkreis. Ihren jüngsten Sohn hält sie sorgfältig von sich weggespreizt auf dem Arm. So kann die klebrige weiße Flüssigkeit aus dem Mund des Säuglings nicht auf ihre elegante Jacke tropfen. Im Waschhaus hat Luise gehört, dass die Schneiderin noch zwei größere Kinder hat, die bei den Großeltern in Langenhain blieben.

Krampfhaft halten sich die drei Mädchen auf dem Bahnsteig an den Händen, lassen einander auch im dichten Gedränge nicht los. Anna schafft es als Erste, die eiserne Trittleiter zum Waggon dritter Klasse zu erklimmen. Die Tesi zieht sie hinter sich her. Als das Mädchen seine andere Hand benötigt, um sich an der Griffstange aus Messing in den Zug hochzuziehen, lässt es Luise einfach los. Diese taumelt ein paar Schritte zurück, droht zu stürzen, fängt sich wieder und hält ihr Bündel dabei fest an die Brust gepresst.

Auch im Eisenbahnwagen hört das Schieben und Drängen nicht auf. Viele Bänke sind schon mit Reisenden besetzt. Dennoch versuchen alle neu Zugestiegenen, noch einen Platz am Fenster zu ergattern.

Die drei Mädchen quetschen sich nebeneinander auf eine schmale Holzbank, die für höchstens zwei Personen bestimmt ist. Marktfrauen sitzen ihnen mit Körben und Säcken auf dem Schoß gegenüber, machen aber respektvoll Platz, als Margarethe dazukommt.

Tesi ist kalkweiß im Gesicht. Sie hat bisher kaum ein Wort gesprochen. Luise hat sie sich zum ersten Mal richtig angesehen, als sie auf dem Bahnhofsvorplatz standen, hat ihre großen, dunklen Augen, die gerade, kleine Nase und die trotzig aufgeworfenen Lippen bewundert.

„Wie ist dir?“, wendet sich die Schneiderin fürsorglich an die Jüngste, „hast du Angst?“ Das Mädchen schüttelt den Kopf und presst die Lippen aufeinander. „Es wird bald besser. Vielen geht es am Anfang so. Du wirst schon sehen“, versucht Margarethe sie aufzumuntern.

Draußen gellt ein Pfiff. Das Schnaufen und Zischen wird lauter. Dann gerät das Bahnhofsgebäude in Bewegung und gleitet aus Luises Blickfeld fort. Sie zittert am ganzen Leib.

Ein heftiger Schlag durchzuckt sie. Dann folgt schnell der Nächste und Übernächste. Verstohlen blickt sie auf Anna, die eine Hand schützend auf ihren Bauch gelegt hat. Ob es stimmt, was sie im Waschhaus erzählt haben? Dass Anna ein Kind erwartet, und zwar von dem Landgänger Christoph Reuter, der viel älter als sie ist und im Dorf schon eine Familie hat?

Draußen jagen Bäume, Wälder, Kühe und Bauernhöfe vorbei, so schnell, wie Luise es noch niemals gesehen hat. Immer wieder wehen Schwaden von Rauch und Dampf ins Abteil und legen sich kalt und rußig auf ihre Haut. Sie wischt sich die Augen, schnäuzt die Nase, schluckt und hustet. Der schwarze Staub klebt bald überall.

Stumm lehnt sich Tesi an Anna und schließt die Augen.

Die Fahrt bis nach Kassel wird bis zum Nachmittag dauern.

Ab und zu lässt Luise ihre Hand in ihr Bündel gleiten und kramt darin herum. Die paar Habseligkeiten, die ihr die Mutter eingepackt hat, sind schnell ertastet: etwas Wäsche, ein Trinkgefäß und ein großes wollenes Umschlagtuch.

Ganz zum Schluss hat sie selbst noch etwas hineingesteckt. Ein Geheimnis. Vorsichtig streichen ihre Finger über eine schmale, in Wachspapier eingeschlagene Schachtel. Wie oft hat sie in den letzten Tagen den Pappdeckel vorsichtig hochgehoben und ihren Inhalt bestaunt: vier schwarz glänzende Bleistifte mit silbernen Prägebuchstaben.

Und noch etwas ertastet sie in ihrem Bündel: das Album. Sobald sie es mit den Fingerspitzen berührt, kann sie den dunkelroten Leineneinband und die golden eingeprägten Buchstaben genau vor sich sehen.

Das feine Notizbuch und die Stifte sind ein Geschenk vom Lehrer. Am letzten Sonntagnachmittag bat er sie am Ende der Lesestunde zu bleiben. Er habe mit ihr zu reden.

Luise war unbehaglich zumute, so ganz allein mit dem Schulmeister. Umständlich kramte er das in braunes Papier eingeschlagene Päckchen aus seinem Pult und überreichte es ihr. Ein Bleistift sei eine großartige Erfindung, erklärte er, während sie verlegen die Knoten löste, besonders auf Reisen. Da brauche man kein Tintenfass und keine Feder, um seine Eindrücke zu notieren. „Vielleicht wird ja eines Tages auch eine große Schriftstellerin aus dir!“, sagte er, und das klang, als meine er es ernst.

Luise freute sich über die prächtigen Stifte und das Buch mit den blütenweißen, noch unbeschriebenen Seiten. Und wusste doch nicht, was sie sagen sollte. Heiß und unwohl wurde ihr, als der Schulmeister sie fest an den Schultern packte und gegen ihr Sträuben an sich zog. Er wünschte, er könne mit ihr in die Fremde ziehen, raunte er ihr ins Ohr, während sie sich erschrocken aus seiner Umklammerung wand.

Sie war schon halb aus der Tür, als ihr einfiel, dass sie sich bei ihm zu bedanken hatte und sie sich noch einmal zu ihm umwandte.

Es war nicht das erste Mal, dass einer sie mit dieser Mischung aus Sehnsucht und Gier anstarrte. Die Blicke, die ihr die Männer im Dorf hinterherschickten, hatten sich in den letzten Jahren verändert. Meistens waren es die Alten, die sie blöde anglotzten: Greise, die vor ihrem Haus auf einer Bank saßen, während drinnen ein Weib nach ihnen keifte.

Die jüngeren Burschen hingegen machten sich in Langenhain rar. Viele verließen ihr Elternhaus, sobald sie mit der Schule fertig waren, gingen zum Militär oder verdingten sich in der Fremde. Von manchen hieß es sogar, sie suchten ihr Glück in Amerika.

Nur im Winter kehrten einige ins Dorf zurück: Dann lungerten sie vor den Häusern herum, in denen sich die Mädchen zur Handarbeit trafen und wollten Luise von der Spinnstube nach Hause begleiten. Doch kaum lief sie mit so einem durch die dunklen Dorfgassen, begann er sie zu bedrängen. Und sobald es Frühling wurde, war er wieder fort.

Am zweiten Tag führt ihre Reise von Kassel über die Grenze ins Königreich Hannover. Von jetzt an, so schärft Margarethe den Mädchen ein, müssten sie mucksmäuschenstill sein. Jeder Schwatz sei ihnen streng verboten: „Falls euch jemand anspricht und nach dem Ziel eurer Reise fragt, überlasst das Antworten mir."

Schneider selbst ist kaum wiederzuerkennen. In Langenhain führte er sich auf wie ein Weltmann, dem jedermann einen Gruß schuldete. Wenn die Sonne schien, schritt er stolz wie ein Gockel mit seiner fein herausgeputzten Gemahlin an den Dorfhäusern vorbei. Am Abend saß er im Wirtshaus beim Bürgermeister am Tisch und rühmte lauthals das Leben in Amerika. Luise hat ihn dort manchmal gesehen, wenn sie dem Vater ein Bier holte. Man sprach nicht darüber, aber alle wussten es: Die Geschäfte, die Schneider in der Fremde machte, mussten recht einträglich sein.

Doch jetzt, in der Eisenbahn, wirkt er bäurisch und stumpf wie ein Tagelöhner, der zum ersten Mal auf Reisen ist. Wer ihn nach den drei Mädchen in seiner Gesellschaft fragt, dem bescheidet er knapp: „Aus der Heimat. Sind drüben als Dienstmägde verpflichtet. Soll auf sie aufpassen."

Seine Frau wirkt viel eleganter als er. Etwas fremd sitzt sie in der kleinen Reisegruppe wie eine Gouvernante.

Den kleinen Christopher hält sie nie lange auf ihrem Schoß. Anna und Tesi wetteifern darum, das Kind zu herzen, zum Lachen zu bringen und dann wieder zu beruhigen.

Luise schaut lieber nicht hin.

Sie muss sonst schon wieder an Dora denken.

Drittes Kapitel

Wie Schafe trotten Margarethe und die Mädchen hinter Schneider her, nachdem sie in Harburg aus der Eisenbahn gestiegen sind.

Luise ist flau. Sie weiß nicht, ob ihr übel ist oder ob sie Hunger hat. Das ewige Schütteln und Schaukeln der Eisenbahn hat alles in ihrem Kopf durcheinandergewirbelt: Gedanken, Bilder und Wörter. Ihr Haar klebt unter der Haube, ihr Rock steht vor Dreck und ihre Fingernägel sind schwarz. Sie sehnt sich danach, sich zu waschen, sich auszustrecken und einfach die Augen zu schließen.

Aber noch sind sie nicht im Gasthaus. Noch stehen sie im Nieselregen am Schiffsanleger und warten auf den Dampfer, der sie über den Strom bringen wird. Das dunkle Wasser stinkt und gluckert bedrohlich, während sich der Abendhimmel bleiern auf sie herabsenkt.

Stunden später kommen sie in der Herberge an. Schneider schlägt dem Gastwirt vertraut auf die Schulter als wären sie alte Freunde. Dröhnend kündigt er sich auf ein Bier in der Gaststube an, während die drei Mädchen sofort nach oben müssen. Wieder sollen sie sich das einzige Lager in einer schmalen Kammer teilen.

„Morgen früh bekommt ihr Frühstück", verspricht Margarethe und fügt mit einem langen Blick auf die drei erschöpften und verdreckten Gestalten hinzu: „Ich lasse euch Waschwasser bringen, bevor wir in die Stadt gehen. Am Jungfernstieg werdet ihr Geschäfte und Waren sehen, von denen ihr bisher nur träumen konntet. Wir kaufen dort alles, was wir für die Schiffspassage benötigen." Dann schließt sie die Mädchen in der Kammer ein.

Wieder mag sich Luise erst neben Anna legen, nachdem sie ihr Nachtgebet gesprochen hat. Diesmal fällt es ihr schon leichter, die Lutherworte herzusagen.

Die beiden Mädchen lassen ihr nur wenig Platz auf dem Lager. Steif und ganz gerade klammert sie sich an die Kante des Bettkastens. Das Rattern, Schütteln und Schaukeln in ihrem Kopf will einfach nicht aufhören.

Am Morgen warten sie vergeblich darauf, dass sich der Schlüssel in ihrer Tür dreht. Anfangs ist Luise froh, dass sie ihre Glieder noch ein wenig ausstrecken kann und stellt sich schlafend. Doch dann machen sich Hunger und Durst bemerkbar.

Aus der Nachbarkammer dringt kein Laut. Auch nicht, als Anna kräftig gegen die Wand klopft, später sogar mit ihrem Schuh dagegenschlägt.

Gegen Mittag poltert endlich etwas im Flur. Dann steht Schneider in der Tür und starrt die Mädchen verwirrt an: „Seid ihr nicht mit der Margarethe ausgegangen?“ Er trägt noch immer seine Reisekleidung. Sein Gesicht ist rot und er riecht nach Bier. Die Haare stehen ihm wirr vom Kopf.

„Sieht nicht danach aus“, gibt Anna pampig zurück, „und übrigens hatten wir noch kein Frühstück!“

„Dann geht eben eine von euch Milch und ein paar Wecken holen!“ Missmutig kramt Schneider eine Münze aus seiner Hosentasche. Er betrachtet die Mädchen nachdenklich und grummelt: „Aber wirklich nur eine!“

Die Anna halte er für viel zu durchtrieben, die lasse er nicht alleine gehen, entscheidet er. Und die Tesi wäre mit ihren vierzehn Jahren dort draußen verloren. Schließlich drückt er Luise das Geld in die Hand und erklärt ihr, wie sie zum Schaarmarkt kommt: „Aber du bummelst mir nicht draußen herum! Das lass ich deine Freundinnen büßen!“

Luise wird es angesichts des Gewimmels vor der Wirtshaustür ohnehin angst und bange. Sie versteht die Sprache dieser Leute nicht, traut sich nicht, jemanden anzusprechen, wird von der Menschenmenge einfach von einem Marktstand zum nächsten geschoben. Ängstlich blickt sie sich mehrmals um: Ob sie den Weg zurück noch finden würde?

An einer Wegkreuzung entdeckt sie einen Stand, an dem ein kräftiges Weib Milch aus einem großen Behälter schöpft. Scheu reicht sie ihr die Kanne, die Schneider ihr gegeben hat, und das Geld. Die Münzen, die sie zurückbekommt, tauscht sie in einem Bäckereiladen gegen ein dunkles Brot ein. Sie ist erleichtert, als sie in die Herberge zurückgefunden hat.

Schweigend teilen sich die Mädchen ihre karge Mahlzeit. Den Schneider um Wasser für ihren Waschtisch zu bitten, wagt keine. Er hat sie schnell wieder eingeschlossen.

Bald hören sie sein Schnarchen von nebenan.

Auch Anna streckt sich gähnend auf dem Lager aus. Wenig später fallen ihr die Augen zu. Tesi liegt neben ihr und starrt an die Decke.

Luise nimmt am Fußende Platz. Sie ist nicht müde, mag sich am helllichten Tag auch nicht hinlegen. Aber was könnte sie sonst tun? Zu Hause hat sie nie untätig herumgesessen. Immer hatte die Mutter eine Arbeit für sie.

Die Stunden ziehen sich zäh dahin.

Ob Tesi gern mit auf diese Reise gekommen ist? Ob sie, die so selten in der Schule war, überhaupt etwas über Amerika weiß? Oder ob der Schafhirt seiner Tochter befohlen hat, mit Schneider in die Fremde zu ziehen? Vielleicht hat Schneider für Tesi weniger zahlen müssen, weil sie zwei Jahre jünger ist als Luise.

Fünfhundert oder gar tausend Gulden: Dass ein einfaches Bauernmädchen wie sie so viel Geld wert ist, hat sie nicht gewusst.

Warum sperrt der Dienstherr sie trotzdem in diese elende Kammer, spendiert ihnen nicht einmal ein paar neue Kleider? Wie gerne würde sie mit den anderen Mädchen darüber reden! Aber das Schweigen wird im Laufe des Nachmittags immer drückender.

Ein kleines Fenster mit einem Sprossenkreuz weist auf die Elbe hinaus. Luise wischt mit einem Rockzipfel ein Guckloch in eine der beschlagenen Scheiben. Dutzende von Dampfschiffen, Großseglern, Lastkähnen und Fischewern liegen vor ihren Augen im Hafen, kreuzen den Strom oder wühlen das Wasser auf. Durch die Schlieren und Blasen im Fensterglas wirkt alles verzerrt wie in einem seltsamen Traum. Möwen kreischen in der Luft, finden sich in Schwärmen zusammen und stoßen gemeinsam auf ihre Beute herab, sobald sie etwas Essbares auf einem Kahn entdecken. Mit ihren gierig aufgerissenen Schnäbeln wirken die riesigen Vögel so bedrohlich wie die Rabenkrähen, die im Frühjahr über Langenhain kreisen.

Endlich geht nebenan eine Tür. Im selben Moment hört das Schnarchen auf. Schneider scheint sofort hellwach zu sein.

„Wo kommst du denn her?“, schnauzt er seine Frau an, „hab ich dir nicht befohlen, mit den Mädchen in die Stadt zu gehen?“

„Wo kommst du denn her?“, äfft Margarethe ihn wütend nach, „sollte ich das nicht fragen?“

Schneider antwortet nicht.

„Du brauchst mir gar nichts zu erzählen. Ich weiß es sowieso: Bei der Hecht im Bordell hast du dich herumgetrieben!“, keift seine Frau ihn an. Luise würde sich am liebsten die Ohren zuhalten. Sie will nichts von diesem Streit wissen und versteht durch die dünne Wand doch jedes einzelne Wort.

Und auch wieder nicht. Denn was ein Bordell ist, weiß sie nicht so genau. Sie hat erst ein einziges Mal etwas darüber gehört. Im

Waschhaus hat eine Magd erzählt, dass ihr Dienstherr aus so einem Haus in Butzbach abgeholt werden musste, als der Jahrmarkt vorbei war. Weil er seine Rechnung nicht mehr bezahlen konnte.

„Was tun die Männer dort?“, hatte Luise die Rosa leise gefragt, „ist es sehr teuer?“

„Ja weißt du denn nicht, wo die kleinen Kinder herkommen?“, kreischte diese laut los.

Sie wäre am liebsten im Boden versunken. Dabei konnte sie sich einiges zusammenreimen. Im Stall hatte sie oft genug gesehen wie der Eber über die Sauen herfiel, wenn man ihn aus seinem Gatter herausließ. Und sie wusste auch, dass man eine Kuh zum Stier bringen musste, damit sie ein Kalb bekam. Warum aber ein Bauer, der daheim schon ein halbes Dutzend hungrige Mäuler zu stopfen hat, aus freien Stücken zu einer fremden Frau ging, verstand sie nicht.

„Bist halt noch zu jung für solche Sachen. Frag deine Mutter“, erklärte ihr Rosa herablassend, „solange sie ihren Alten noch ranlässt, braucht er keine Huren.“

„Was geht es dich an, was ich geschäftlich zu tun habe?“, hört sie Schneider jetzt nebenan seine Frau anherrschen.

„Geschäftlich nennst du das also!“, giftet Margarethe zurück, „geschäftlich! Vor unserer Hochzeit hast du versprochen, dass du nicht mehr hingehst. Nie mehr in deinem ganzen Leben!“

„Und wenn schon?“, erwidert Schneider ruhig, „willst du mir etwa vorschreiben, wie ich mein Geld zu verdienen habe?“

„Mit Saufen und Herumhuren? Bringt dir das etwas ein?“

„Du willst es also wirklich wissen“, seine Stimme klingt kalt, „also gut: Ich habe heute früh den Handel besiegelt und der Hecht ein Mädchen abgenommen. Viel habe ich nicht zahlen müssen. Die Elisa ist schon zwanzig und hier nicht mehr viel wert. Aber in Amerika kann ich ein hübsches Sümmchen mit ihr machen.“

„Elisa? Elisa aus Nieder-Weisel meinst du? Wegen der warst du im Bordell?“

„Musste sie halt erst ausprobieren.“

„Du hast dein Lebtag genug ausprobiert, vor allem mit der Elisa! Und dieses Dreckstück kommt jetzt mit uns nach Amerika?“

„Es ist meine verdammte Pflicht“, Schneider spricht langsam und mit kaltem Zorn, „für mein Weib und meine Familie zu sorgen. Und du als meine Ehefrau hast mir beizustehen. So hast du es vor unserem Herrn versprochen. Also hör auf zu zänken und kümmere dich um die Mädchen. In ein paar Tagen sind unsere Reisepapiere fertig.“

Margarethe antwortet nicht. Nach ein paar Augenblicken fragt Schneider schmeichelnd und sanft: „Was hast du eigentlich in dem Paket da mitgebracht? Zeigst du mir, was du den Mädchen gekauft hast?“

Das sei Frauensache und ginge ihn überhaupt nichts an, gibt sie mürrisch zurück.

Er müsse das Paket nicht einmal auspacken, fährt Schneider voll falscher Freundlichkeit fort. Es sei ihm ohnehin klar, was seine verehrte Gattin ausgesucht habe: schon wieder ein neues Kleid für sich selbst. Und vielleicht noch ein buntes Tuch. „Während die Mädchen so zerlumpt herumlaufen, dass sie jedermann auffallen. Wer soll mir denn glauben, dass sie in Amerika in Stellung gehen? Jede Bettlerin hat besseres Zeug am Leib.“

„Dann gibst du mir eben noch einmal zehn Gulden“, erwidert Margarethe eingeschnappt, „du hast ja scheinbar genug.“

Schneider spricht jetzt so leise, dass Luise ihr Ohr dicht an die Wand pressen muss, um ihn zu verstehen.

„Wenn ich Geld zu verschenken habe, dann sage mir doch bitte, wo es versteckt ist. Die Auslösung für Elisa, die Reisekosten für alle … ich bin froh, wenn meine Ersparnisse dafür reichen."

„Und wer hat sich in Langenhain aufgeführt wie ein reicher Mann?", fragt Margarethe, „wer hat ein halbes Vermögen am Kartentisch verspielt?"

Als Luise von nebenan ein Klatschen und Rumpeln hört, fährt sie erschrocken von der Wand zurück. Dann beginnt die Frau leise zu schluchzen, und Schneider flüstert etwas, das sie nicht versteht.

Später verändern sich die Geräusche. Ein Murmeln, ein blödes Stöhnen und Ruckeln beginnt. Man könnte glauben, dass der Mann in der Nachbarkammer seine Frau verprügelt.

Endlich erwacht der kleine Christopher und beginnt zu greinen. Auch Anna schlägt jetzt die Augen auf. Tesi hat die ganze Zeit regungslos vor sich hin gestarrt, als sei sie blind und taub.

Bis zum Abend bleiben sie in der Kammer eingeschlossen. Die Luft ist zum Schneiden, als Margarethe ihnen endlich einen Teller Suppe hineinreicht. Ihre Augen sind blutunterlaufen.

Bald nach dem Essen strecken sich Anna und Tesi wieder gähnend aus. Auch Luise fühlt sich träge. Sie tritt noch einmal ans Fenster und starrt in den Abend hinaus. Von der Elbe steigt jetzt jene Kühle auf, nach der sie sich den ganzen Tag gesehnt hat. Immer wieder beschlagen die Glasscheiben, muss sie sich ein neues Guckloch freiwischen. Als es dunkel wird, tastet sie nach ihrem Bündel, kramt das große Wolltuch hervor und legt es sich um die Schultern.

Ihre Reise hat erst begonnen. Aber schon jetzt ist sie weiter weg von der Heimat als Vater und Mutter es in ihrem ganzen Leben waren.

Andere im Dorf haben schon früher versucht, ihr Glück in der Fremde zu machen. Nicht wenige sind mit viel Geld in den Taschen zurückgekommen. Ihre Eltern aber sind immer in ihrem Dorf geblieben. Die Großmutter hat einmal erzählt, wie schrecklich das Leben dort früher war. Die ganze Wetterau litt unter einer Hungersnot, als ihr Sohn noch ganz klein war. In einem fernen Land war ein Vulkan ausgebrochen, und danach verdunkelten schwarze Wolken den Himmel. Der Sommer fiel aus, Kälte und Nässe verdarben die Ernte.

Wie ein dunkler Schatten hat sich dieses Elend über das Leben von Balthasar und Margarethe Ludwig gelegt, hat sie zu harten und missmutigen Menschen heranwachsen lassen. Er war schon fünfundzwanzig und sie noch zwei Jahre älter, als sie miteinander vor dem Traualtar standen. Seither hatten sie kein anderes Ziel, als sich selbst und ihre Kinder satt zu bekommen und es im Winter warm zu haben. Doch nicht einmal das war möglich, ohne sich beim Oheim zu verschulden.

Luises Schultern straffen sich: Damit ist es jetzt vorbei. Die fünfhundert Gulden, die der Vater vom Schneider bekommen hat, werden die schlimmsten Lasten vom Hof nehmen. Und sie, die stets nur ein nutzloses Mädchen war, hat dem Vater diese schwindelerregende Summe eingebracht.

Bald wird sie ein Dampfschiff nach England besteigen. Von dort aus geht es weiter nach Amerika. In der *Gartenlaube* hat sie gelesen, dass viele Mädchen dort höhere Schulen besuchen und neuerdings sogar studieren können.

Vielleicht wäre das etwas für Dora, denkt sie. Die kleine Schwester soll es mal besser haben. In drei Jahren wird sie konfirmiert und kommt aus der Schule. Vielleicht erlauben die Eltern dann, dass Dora mit ihr nach Amerika kommt.

Die Wasserfläche kräuselt sich leicht. Am Anleger schwanken hunderte Mastbäume im Wind. Luise ruckelt so lange an einem Fensterflügel, bis dieser sich quietschend öffnen lässt und kühle Luft in die Kammer strömt. Es stinkt nach Kloake, Ruß und Teer.

Hat sich der Lehrer vorgestellt, dass sie darüber etwas aufschreibt, ihre Reiseeindrücke notiert? Aber ist das nicht alles längst geschehen? Was könnte ein einfaches Bauernmädchen wie sie erleben, was nicht schon von bedeutenden Schriftstellern zu Papier gebracht wurde?

Später wehen andere Düfte herüber. Für einen Moment ist ihr, als ginge sie daheim an einer Backstube vorbei. Es riecht nach geröstetem Korn, gedörrten Früchten, frisch gemähtem Heu und anderen, fremden Aromen. Ob das Gewürze aus fernen Ländern sind: Zimt, Muskatnuss, Anis? Oder Kaffee?

Von dem dunkelbraun schimmernden Getränk hat sie erst ein einziges Mal gekostet. Als der Vater mit ihr in der Stube des Bürgermeisters saß, um den Kontrakt mit Schneider abzuschließen, trug dessen Gattin eine Kanne davon auf. Luise kam sich plötzlich sehr erwachsen vor. Kaffeebohnen, so belehrte sie der Bürgermeister, seien heutzutage so kostbar wie Gold: Sie würden in fernen Ländern geerntet, auf Schiffen um die halbe Welt gebracht und erst in Deutschland sorgfältig geröstet.

„Bei euch Mädchen läuft es ja umgekehrt", fügte er hinzu, zwinkerte Schneider zu und begann schallend zu lachen. Luise ließ sich nicht anmerken, dass sie den Witz nicht verstand.

Anna und Tesi wälzen sich unruhig. Eine Gestalt schält sich aus der Decke und tritt neben Luise ans Fenster.

„Kannst du auch nicht schlafen?", fragt Anna.

„Mir ist immer noch schwindelig", lügt Luise.

„Ach das", raunt Anna verständig, „das kommt von der Eisenbahn. Du gewöhnst dich dran. Wenn du erst seekrank bist …"

„Ist es schlimm?", fragt Luise erschrocken.

„Beim ersten Mal glaubst du, du stirbst. Aber ein paar Tage

später ist dir wieder ganz wohl."

„Du warst schon mal fort?"

„Auf Kuba. In Havanna."

„Wenn du dich auskennst ...", unwillkürlich senkt Luise ihre Stimme, „vielleicht kannst du mir helfen."

„Worum geht es denn?" Anna wirkt skeptisch.

„Ich möchte einen Brief in die Heimat schicken."

„Wozu das denn? Du bist doch gerade erst fort. Schreib den Eltern lieber eine Nachricht, wenn wir in Amerika angekommen sind."

„Nicht an die Eltern. An meine Schwester, die Dora. Ich habe ihr nicht Lebwohl sagen können."

„Also, wenn es unbedingt sein muss", gibt Anna etwas gelangweilt zurück, „du brauchst einen Stift, ein Blatt Papier und einen Umschlag. Das konntest du dir ja wohl denken. Wenn du einen Brief abschicken willst, musst du im Postamt dafür bezahlen, ich weiß nicht genau wie viel. Frag einfach dort ... es ist nicht weit von hier. Wenn Schneider dich nochmal raus lässt."

„Ich weiß nicht", zögert Luise, „soll ich ihn darum bitten?"

„Besser nicht", antwortet Anna mitleidlos.

„Ich würde den Brief an den Lehrer schicken", überlegt Luise weiter, „dann bemerkt der Vater ihn nicht. Schulmeister Faber hilft mir bestimmt und gibt ihn der Dora."

„Ach der", schnaubt Anna verächtlich.

Beklommen lenkt Luise das Gespräch in eine andere Richtung.

„Du warst auf Kuba?", fragt sie scheu, „ist das weit weg?"

„So ähnlich wie Amerika. Als ich von daheim fort bin, waren die Bäume schon fast kahl. Zu Weihnachten sind wir auf Kuba angekommen."

„Hat es dir dort gefallen?"

„Und wie! Es ist das ganze Jahr über Sommer. Überall wachsen Palmen, und es gibt breite Straßen und prachtvolle Paläste. Wie ich es mir in Paris vorstelle."

„Du warst als Tanzmädchen vermietet?", Luise zögert, „ist der Dienst schwer?"

Anna kichert. „Dienst? So kann man es auch nennen. Es ist eine verkehrte Welt: Sechs Mal in der Woche ist Feiertag. Du musst dich nur putzen und zum Tanz gehen."

Luise zieht das Wolltuch etwas fester um ihre Schultern und reibt ihre Arme. Sie war erst einmal in ihrem Leben auf einem Tanzvergnügen, mit der Mutter in Ober-Mörlen. Es war scheußlich. Den ganzen Nachmittag saß sie in dem halbleeren, riesigen Saal und wartete darauf, dass sie ein Bursche auf die Tanzfläche führte. Aber nichts dergleichen geschah. Es waren fast nur Mädchen gekommen.

„Wo hast du die Schritte und Drehungen gelernt? Hat es dir jemand beigebracht?", fragt sie.

„Darauf kommt es nicht an. Die Männer bezahlen dafür, dass sie uns anfassen und mit sich herumschwenken dürfen."

„Sind auch Neger dabei?"

„Niemals!", antwortet Anna empört, „alle Schwarzen sind Sklaven. Sie dürfen in die Tanzlokale gar nicht hinein."

„Und die weißen Männer? Trinken sie viel?"

„Klar. Alle. Bier, und natürlich Rum."

„Hast du davon gekostet?"

„Erst denkst du, das Zeug verbrennt dir die Kehle, aber dann schmeckt es ganz gut. Es heißt, sie machen auf Kuba den besten Rum der Welt."

„Und wenn die Männer betrunken sind? Werden sie grob?"

Anna antwortet nicht sofort.

„Sag es!", drängt Luise.

„Wenn es dir nicht gefällt, wie einer dich anpackt, kannst du dem Wirt Bescheid geben. Kannst aber auch einen Peso extra nehmen und in dein Strumpfband stecken."

Aus der Dunkelheit meldet sich Tesi mit einer kläglichen Stimme:

„Könnt ihr still sein? Ich mag jetzt schlafen!"

„Ist schon gut!", sagt Anna mütterlich, „morgen erlebst du was Schönes!" Im Bett rückt sie gnädig eine Handbreit beiseite, um Luise Platz zu machen.

Vor den Augen der anderen Mädchen mag sie den Abendsegen nicht sprechen. Mit dem Rücken zu Anna legt sich Luise an den äußersten Rand des Lagers und zieht ihre Knie so weit zu sich heran, dass sie über den Bettkasten hinausragen.

Schon am Mittag hat sie den ziehenden Schmerz im Bauch bemerkt, und jetzt wird es immer schlimmer. Sie presst ihre Lippen aufeinander, damit Anna und Tesi sie nicht stöhnen hören.

Verstohlen schiebt sie ihr Hemd hoch, legt einen Finger zwischen die Beine und schnuppert daran: Es riecht nach Eisen. Bald wird das Blut in Schwällen aus ihr herausströmen, das Laken verschmutzen und zu braunen Bröckchen in ihrem Hemd gerinnen.

Leise richtet sie sich noch einmal auf, greift nach ihrem Bündel, kramt die Tücher heraus, die sie von der Mutter bekommen hat, und legt sie sich zwischen die Beine.

Klumpig und hart wird der Stoff werden und tagsüber bei jedem Schritt ihre Oberschenkel aufscheuern. Doch was soll sie machen? Sie kann nicht wie die Mägde einfach ohne Unterzeug laufen und sich breitbeinig hinstellen, damit alles aus ihr herausläuft.

Tränen laufen ihr über das Gesicht. Sie hat so gehofft, dass diese rotbraune Schweinerei endlich aufhört, wenn sie erst aus Langenhain fort ist.

Viertes Kapitel

Was könnte Luise ihrer kleinen Schwester später von der Überfahrt nach Amerika erzählen? Von einer Schiffspassage, die anfangs vor allem aus Warten bestand und später aus noch Schlimmerem?

Zum versprochenen Einkaufsausflug zum Jungfernstieg kam es nie. Nach langen Tagen in ihrer Herberge gingen sie in Hamburg endlich an Bord eines Dampfers nach England.

Es nieselt, als sie im Hafen in den Schiffsbauch hinuntersteigen, und bei ihrer Ankunft in Kingston upon Hull regnet es immer noch. Von der endlosen grauen Wasserfläche, die sie auf der *Harlequin* überqueren, sieht Luise nicht viel.

Nur Schneider darf in Hull von Bord und in die Stadt gehen. Margarethe und die Mädchen müssen auf dem Schiff bleiben und eine weitere Nacht in ihren engen und unbequemen Kojen verbringen. Erst am nächsten Vormittag werden sie über einen wackeligen Steg an Land und sofort zu einem Bahnhof geführt. Dort wartet schon der Zug nach Liverpool.

Schneider hat für seine Reisegruppe Passagen auf der *City of New York* erworben. Während der Eisenbahnfahrt hört Margarethe nicht auf, lauthals damit zu prahlen: „Wir reisen mit einem hochmodernen Dampfsegler, der extra für Übersee-Passagiere gebaut wurde! In nur zwei Wochen können wir in Amerika sein!“ Alle wissen, dass die ausgedienten Frachtsegler, die neuerdings als Auswandererschiffe dienen, mehr als doppelt so lange brauchen.

Im Hafen von Liverpool bahnt ihnen ein Agent den Weg durch eine beängstigende Menschenmenge zur *City of New York*. Das prachtvolle, neue Schiff ist in den oberen Etagen verschwenderisch mit eleganten Deckskabinen, Salons und Speisesälen ausgestattet. Doch diese sind allein für die feinen Herrschaften bestimmt, die sich eine Überfahrt in der ersten oder zweiten Klasse leisten können. Die Schneiders müssen mit Hunderten weiterer Passagiere sofort ins Zwischendeck des gigantischen Dreimasters hinabsteigen. In der Mitte des kargen, stählernen Saals wird ein Wall aus Kisten und Koffern errichtet. An seinen Längsseiten reihen sich dreigeschossige Stockbetten auf.

Hier ist es von Anfang an laut, eng und dreckig. Es stinkt nach altem Schweiß, menschlichen Ausdünstungen und Urin. Einmal am Tag wird ein warmes Essen ausgeteilt. Die Passagiere müssen den widerwärtigen Eintopf, der von der Decke herabgelassen wird, stehend an einem Tisch hinunterschlingen. Stets muss es schnell gehen, denn die nächsten Hungrigen warten schon darauf, sich die nur flüchtig ausgewischten Blechnäpfe zu füllen.

Sehnsüchtig starrt Luise schon kurz nach dem Ablegen zu der Luke über der Treppe hinauf, die nur bei sehr schönem Wetter geöffnet wird. Dann kann sie ein Stück vom Himmel sehen und ihre Lungen mit frischer, salziger Luft vollsaugen.

Im letzten Moment vor der Abfahrt in Hamburg ist Elisa zu ihnen an Bord gekommen. Ein dunkel gekleideter Mann hat sie zum Schiffsanleger gebracht und ohne viele Worte an Schneider übergeben.

Eine Hure sei die Neue, hat Margarethe den Mädchen zuvor eingeschärft, sie sollten sie besser meiden. Ihr Mann habe sich verpflichtet, das dreckige Luder mit nach Amerika zu nehmen, aber dort werde man sie schnell wieder loswerden. Mit weit aufgerissenen Augen berichtete Anna von den Huren, die auf Kuba frei herumliefen. Grell geschminkt und ordinär gekleidet gingen sie sogar in den Tanzsalons von Havanna ein und aus.

Umso überraschter war Luise, als ihr Elisa das erste Mal gegenüberstand: Die Zwanzigjährige sah aus wie ein ganz normales Landmädchen. Zwei lustige Augen blitzten unter der braven Haube auf, als sie ihr scheu die Hand reichte. Und schon bald war ihr dieses Mädchen so lieb und vertraut wie kein anderes zuvor. Dass sie angeblich gefallen war und eine Sünderin, vergaß sie einfach schnell wieder.

Vor dem Ablegen in Liverpool hatte die Schneiderin die vier Mädchen noch einmal um sich geschart und ihnen erklärt, worauf sie bei einer Atlantiküberquerung zu achten hätten.

„Ihr wisst ja, dass eine Seefahrt sehr gefährlich sein kann", begann sie mit einem grausamen Lächeln, „deshalb merkt euch die wichtigste Seemannsregel: Frauen und Kinder werde als Erste gerettet!"

„Und wie geht das?", fragte Luise erschrocken.

„Wir haben als Erste Anspruch auf einen Platz in einem Rettungsboot", Margarethe seufzte theatralisch „aber wir sollten uns nicht darauf verlassen. Als vor zehn Jahren die *Arctic* in Seenot geriet …"

„Es muss schrecklich gewesen sein", fiel ihr Anna altklug ins Wort, „das Schiff war auf derselben Route unterwegs wie wir jetzt und ist auf hoher See mit einem Frachter zusammengestoßen."

„Es ist leck geschlagen und untergegangen", bestätigte Margarethe düster, „über 400 Menschen waren an Bord. Kaum hundert von ihnen wurden gerettet."

„Und das waren die Frauen und Kinder?", fragte Luise beklommen.

„Eben nicht. Es gab viel zu wenige Rettungsboote. Die Kräftigsten und Schnellsten haben sich die Plätze gesichert: Die meisten waren Matrosen."

„Alle anderen sind ertrunken?"

Margarethe nickte: „So etwas passiert leider immer wieder. Erst vor kurzem ist die *Austria* auf hoher See abgebrannt. Die meisten Menschen an Bord waren Auswanderer." Sie blickte die Mädchen scharf an: „Deshalb ist es streng verboten, an Bord Feuer zu machen! Auch wenn ihr andere erwischt, die sich an einem Öfchen wärmen oder ein Essen kochen wollen, schlagt gefälligst sofort Alarm!" Schneiders Ehefrau lehnte sich zurück und kräuselte befriedigt ihre Lippen, während die Mädchen folgsam und verängstigt mit den Köpfen nickten.

Soll Luise ihrer kleinen Schwester etwa später erzählen, wie sie unter Deck ihre Notdurft verrichten muss? In dem ekelhaften, nach oben offenen Verschlag heben Frauen gleichzeitig ihre Röcke wie Männer die Hosen herunterlassen. Ihr ist elend vor Scham, wenn sie diesen Ort aufsuchen muss. Jedes Mal hofft sie vergeblich, dort allein zu sein. Der Fußboden ist so mit Kot und Urin beschmiert, dass man ausrutscht, wenn das Schiff ein bisschen schwankt. Nur bei spiegelglatter See klettert ein Schiffsjunge mit einem Eimer Wasser zu ihnen hinunter, um die Latrine mit angeekelter Miene notdürftig zu säubern. Luise ist nicht zimperlich. Sie hat auf dem Hof ihres Vaters jeden Tag den Mist von Kühen und Schweinen weggeschaufelt. Aber so schlimm hat sie sich eine Schiffsreise nicht vorgestellt.

Anfangs sitzt sie mit Elisa stumm in ihrer Koje und klammert ihr Bündel fest. Margarethe hat den Mädchen eingeschärft, stets wachsam zu sein: Vor Langfingern sei man hier nirgendwo sicher. Doch bald merkt sie, dass die begierigen

Blicke der vielen jungen Männer eher ihrem Körper als ihren wenigen Habseligkeiten gelten. Im trüben Licht einer Tranlampe wagt sie es schließlich, ihr Bündel aufzuschnüren und Elisa die darin verborgenen Schätze zu zeigen.

„Das ist ja wunderbar!“, ihre neue Freundin klatscht beim Anblick des Albums und der Schachtel mit Stiften vor Freude in die Hände, „damit können wir amerikanisch lernen!“

Luise sieht sie verwundert an.

„Na, wir gehen herum und fragen alle, welche amerikanischen Wörter sie kennen. Die schreibst du in das Album und wir lernen sie auswendig.“

Luise zögert. Sie ist so oft ermahnt worden, niemals mit Fremden zu sprechen. Schneider hat ihnen ausdrücklich verboten, nur ein einziges Wort mit Unbekannten zu wechseln. Aber Elisa ist sofort Feuer und Flamme. Sie steigt über Kisten und Bündel, klappert das gesamte Zwischendeck ab, um möglichst vielen Leuten ihre Fragen in die Ohren zu brüllen.

Die meisten schütteln nur verständnislos ihre Köpfe. Die jungen Iren oder Italiener grinsen zwar breit, wenn Elisa auf sie zusteuert. Aber dann verstehen sie nicht, was das Mädchen von ihnen will. Mit den Deutschen im Zwischendeck kann sie sich zwar besser verständigen, aber die meisten können selbst kein Wort Amerikanisch.

„Wenn man reich genug wäre, um auf dem Kabinendeck zu reisen, wäre es viel leichter“, seufzt sie einmal, „dort gibt es sehr feine Herrschaften. Manche haben ihre eigene Bibliothek dabei, haben Fremdsprachen gelernt. Sie würden uns bestimmt helfen.“

Am Ende bekommen sie kaum eine Seite mit den Wörtern voll: Brot heißt auf amerikanisch „Bred“, Milch wird „Milk“ genannt und Zucker „Schugger“. Die Buchstaben, die Luise in dem dunklen und schwankenden Schiffsbauch zu Papier bringt, sehen zudem ziemlich krakelig aus. Sie hat ihre Handschrift kaum noch geübt, seit sie nicht mehr zur Schule geht.

„Hast du die beiden Fräuleins gesehen?", fragt Elisa sie einmal, „sie haben mir erzählt, dass sie in Österreich geboren sind."

„Reisen sie denn ganz alleine?", staunt Luise.

„Angeblich schon", kichert Elisa, „aber manchmal kommt der Schiffsjunge sie holen. Die Offiziere dort oben verlangen wohl nach jungen Damen ..."

Luise schlägt beschämt ihre Augen nieder.

„Sie müssen sich wahrscheinlich die Überfahrt verdienen", überlegt Elisa. Als sie das Unbehagen in Luises Gesicht bemerkt, schlägt sie sich erschrocken die Hand vor den Mund und kommt schnell auf etwas Anderes zu sprechen: Sie hat im Zwischendeck eine ältere Dame aus Preußen kennengelernt, die zu ihrem Sohn nach Amerika reist. Diese habe ihr anvertraut, dass sie fürs Leben gern lese. In ihrem Reisegepäck habe sie sogar einige Ausgaben der *Gartenlaube* dabei.

„Das ist doch die Zeitschrift, die du so gern hast?", fragt sie, „ich bitte sie einfach, uns ein Exemplar zu borgen."

„Das wäre wunderschön!", seufzt Luise sehnsüchtig.

Sofort macht Elisa sich auf den Weg. Als sie zurückkehrt hält sie das Heft unter ihrem Rock verborgen.

„Liest du mir daraus vor?", bettelt sie die Jüngere an wie ein kleines Kind, „du kannst es viel besser als ich!"

Sobald etwas Licht ins Zwischendeck fällt, kauern sich die Mädchen auf die steile Treppe unter der Luke und stecken ihre Köpfe zusammen. Jede einzelne Geschichte aus der Gartenlaube liest Luise ihrer Freundin vor. Sogar ein Stück aus einem Roman. Er heißt *Almenrausch und Edelweiß*, spielt in den bayerischen Alpen und ist wunderschön.

Anna und Tesi hocken derweilen bei der Schneiderin, starren stumpf ins Dämmerlicht des Zwischendecks oder schäkern mit dem kleinen Christopher.

Margarethe bemüht sich kaum, ihre Abneigung gegen das Mädchen aus Nieder-Weisel zu verhehlen. Kalt und vorwurfsvoll blickt sie herüber, wenn Elisa und Luise miteinander tuscheln und kichern.

Fünftes Kapitel

Zeitweise tobt ein so heftiger Sturm, schaukelt der Schiffsboden so schlimm, dass Luise nicht mehr weiß, was schlimmer ist: Ihre Furcht, dass der riesige Dampfsegler mit der nächsten Woge auseinanderbersten und untergehen könnte oder die Vorstellung, dass es immer so weitergeht. Leichenblass und stöhnend liegt sie auf ihrer Koje. In ihrem Bauch ist längst nichts mehr, was sie noch auf den glitschigen Schiffsboden speien könnte. Dennoch krampft sich ihr Magen immer wieder schmerzhaft zusammen, und es treibt ihr den kalten Schweiß auf die Stirn. Ab und zu wirft sie einen Blick zu Elisas Koje hinab, die sich dort ebenfalls wimmernd den Bauch hält. Alle Farbe ist aus ihrem Gesicht gewichen.

Wenn der Sturm sich legt und das Schaukeln aufhört, erholen sich die meisten Seekranken wieder, kauen trockenes Brot und trinken die fettige Brühe, die als Tee gereicht wird. Nur einige Mitreisende bleiben krank, leiden an Fieber und Schmerzen, reden wirres Zeug oder phantasieren von der Sonne am Himmel.

Luise weiß, was geschieht, wenn auch der Schiffsarzt einer solchen armen Seele nicht mehr helfen kann: Nach ihrem letzten Atemzug werden die Bedauernswerten in Sackleinen eingenäht, auf ein Brett gelegt und von den Seeleuten ins Meer geworfen.

Heimlich wünscht sie sich so ein grausiges Ende manchmal sogar herbei: Etwa für den alten Mann, der ganz in ihrer Nähe vor sich hin stöhnt. Jedes Mal, wenn sie an seiner Koje vorbeigeht, richtet er sich ruckartig auf, zeigt mit einem dürren Finger auf sie und kräht mit aufgerissenen Augen: „Da ist meine Marie! Du Luder, hier treffe ich dich wieder!“

Jeden Abend bittet Luise ihren Herrn um Schutz und um Vergebung für ihre sündigen Gedanken. Oft fügt sie, nachdem sie die Lutherworte gemurmelt hat, auch noch eine oder zwei persönliche Bitten hinzu: Dass sie wohlbehalten in Amerika ankommen! Und dass Elisa zum Glauben zurückfindet!

Manchmal holen die irischen Burschen ihre Geigen und Flöten hervor und singen mit harten Stimmen Lieder aus ihrer Heimat. Einige wirbeln dazu mit den Füßen wild auf dem eisernen Schiffsboden herum, während ihre Oberkörper stocksteif aufgerichtet bleiben.

Luise und Elisa können sich an diesen Tänzen kaum sattsehen. Die Männer machen überdies so viel Krach, dass niemand um sie herum verstehen kann, was sie sich gegenseitig ins Ohr rufen. Einmal erzählt Luise mitten in diesem Lärm, wie sehr sie sich nach Dora in Langenhain sehnt.

„Du bist genau wie meine große Schwester!“, brüllt Elisa zurück.

„Wieso das denn?“

„Weil du dich so um sie sorgst. Wenn Katharina mit mir nach Australien gegangen wäre … Alles wäre anders gekommen.“

Und dann erzählt Elisa ihre ganze Geschichte.

Als Zweitjüngste von fünf Kindern ist sie in Nieder-Weisel geboren, kaum zwei Wegstunden von Langenhain entfernt. Ihr Vater hatte als Tagelöhner keinen Hof und kein eigenes Vieh. Im Sommer verdingte er sich als Straßenarbeiter an der Chaussee. Sein kleines Fachwerkhaus hatte er längst verkauft, wohnte mit seiner Familie zur Miete in zwei winzigen Kammern, von denen man nur eine heizen konnte.

Es gab nie genug zu essen. Zur Schule durften die Kinder nur, wenn sie der Mutter nicht beim Beerenpflücken oder Holzsammeln helfen mussten.

Die drei ledigen Brüder des Vaters hatten dieses Elend schließlich satt und beschlossen, nach Australien zu gehen. Dort, so hieß es damals, könne jedermann Gold finden und reich werden. Ihr Fahrgeld mussten sie sich leihen. Sie würden es zurückzahlen, wenn sie es drüben zu etwas gebracht hätten.

„Mein Vater hat ihnen meine älteste Schwester mitgegeben, die Juliana", schreit Elisa Luise ins Ohr, „kein Jahr später kam schon ein Brief von ihr: Dass sie in Victoria einen reichen Mann gefunden hat und in einem schönen Haus lebt. Wir Schwestern seien bei ihr jederzeit willkommen."

„Warst du denn schon aus der Schule?"

„Ich war gerade fertig. Aber meine Eltern konnten nur für eine das Fahrgeld aufbringen. Da war natürlich erst einmal meine ältere Schwester Katharina dran. Ein Vetter hat sie mitgenommen."

„Er ist auch nach Australien?"

„Die beiden kamen aber schon bald wieder zurück: Kein Mann, so haben sie erzählt, darf in Australien noch auf eigene Faust Gold schürfen. Man muss sich in einem Bergwerk verdingen, wo die Arbeit noch härter ist und kaum besser bezahlt als die eines Tagelöhners daheim. Mein Vetter wollte es dann lieber als Bauarbeiter in Frankfurt versuchen, wo man jedenfalls seine Sprache spricht."

„Und deine Schwester?"

„Sie meinte, wir Mädchen hätten es in Australien leichter. Sie ist nur zurückgekommen, um von den Eltern Abschied zu nehmen und für immer auszuwandern. Und um mich mitzunehmen."

Viele Monate mussten die beiden immer wieder zum Gericht im Butzbach laufen, bis sie endlich die Erlaubnis bekamen, das Großherzogtum Hessen zu verlassen. Elisa versuchte währenddessen als Dienstmagd unterzukommen, fragte auch in den Hotels und Gaststätten von Nauheim nach Arbeit. Aber niemand wollte das Kind eines Tagelöhners einstellen. Nur bei einem Flickschuster in Butzbach konnte sie ab und zu ein paar Kreuzer verdienen. Für die Schiffspassage nach Australien hätte es niemals gereicht. Ein Verwandter lieh ihnen schließlich das Geld, und so konnten sie endlich aufbrechen.

Doch kaum waren sie in Hamburg und hatten sich in einer Herberge am Hafen einquartiert, wurde Katharina sehr krank, lag nur noch im Bett und musste sich ständig übergeben. An eine Schiffsreise war nicht mehr zu denken. Der Arzt, den Elisa vom Gastwirt holen ließ, konnte auch nicht helfen. Er machte der heulenden und fluchenden Katharina klar, dass sie ein Kind erwartete und zwar schon bald.

Das bisschen Geld, das sie noch hatten, wurde Tag für Tag weniger. Völlig erschöpft schrieb die Schwester einen Brief an den Burschen in Nieder-Weisel, der sie manchmal zum Tanz ausgeführt hatte: Entweder er käme sofort nach Hamburg, um sie zur Frau zu nehmen. Oder sie werde ins Wasser gehen, denn davon gebe es dort mehr als genug.

Zwei Wochen später stand ein Mann namens Johann Seip in der Hamburger Gastwirtschaft und drehte verlegen seinen Hut in der Hand.

„Katharina wurde ganz schnell wieder gesund und ist mit ihm nach Nieder–Weisel zurück“, seufzt Elisa.

„Und du? Bist nicht mit in die Heimat?“

„Um nichts in der Welt wollte ich wieder zum Vater in dieses Drecksdorf! Meine Schwester hat mich angefleht, aber ich bin in Hamburg geblieben.“

In der Gaststube hatte sie nämlich ein feiner Herr angesprochen: Ob sie an einer Beschäftigung interessiert sei? Bei ihm, in seinem Weingeschäft? Er könne ein flinkes und ansehnliches Mädchen wie sie gut gebrauchen und biete ihr dafür guten Lohn, Kost und Logis.

„Ich war so froh, ich habe ihm alles geglaubt", brüllt Elisa gegen den Lärm der Iren an, „ich habe gedacht, dass ich mir das Geld für eine neue Fahrkarte zusammensparen und doch noch zu Juliana nach Victoria fahren kann!"

„Und? Ist nichts daraus geworden?"

„Sein Haus sah zwar aus wie eine Gaststätte. Aber Geld konnten dort nur Mädchen verdienen, die mit den Gästen nach oben gingen. Die Kleidung, das Essen und so – man musste alles für furchtbar viel Geld bei der Wirtin kaufen."

Luise wird heiß.

„Ich habe mich dran gewöhnt", erzählt Elisa ungefragt weiter, „die Anderen haben mir gezeigt, wie es geht. Dass dir keiner ein Kind macht und so."

„Und dann ist Schneider gekommen und hat dich dort herausgeholt?", fragt Luise schnell. Sie will davon nichts hören.

„Er war weiß Gott nicht der Erste. Andere hatten mich auch gern. Sie haben meine Schulden bei der Wirtin bezahlt und mich mitgenommen: Nach Lübeck, Bremen, Lüneburg und dann wieder Hamburg. Zuletzt wollte einer sogar, dass ich mit ihm nach St. Petersburg gehe. Aber da kam vorher der Georg …"

Als sie seinen Namen ausspricht, wird Elisas Gesicht ganz weich. Als meine sie jemand Anderen als jenen verdreckten Kerl, der wenige Meter von ihnen entfernt in seiner Koje schnarcht: „Er hat es mir schon lange versprochen, dass er mit mir nach Amerika geht."

„Du kanntest ihn aus der Heimat?"

„Nein. In Bremen haben wir uns kennengelernt. Er kam in die Wirtschaft, hat Karten gespielt und gefragt, ob er ein

Mädchen mieten kann. Der Wirt hat ihn zu mir geschickt. Nach ein paar Worten wussten wir schon, dass wir beide aus der Wetterau sind. Die ganze Nacht haben wir miteinander erzählt."

„Hat er dir auch gesagt, dass er in Langenhain verheiratet ist? Und dass er drei Kinder hat mit der Margarethe?", fragt Luise erschrocken.

„Schon. Aber er ist nicht froh mit ihr. Sie ist eine herrische, böse Frau."

Luise nickt: „Ich mag sie auch nicht."

„Seit er mich geholt hat, hat sie Angst", sagt Elisa und wirkt für einen Moment seltsam zufrieden, „jetzt ist sie nicht mehr so gemein zu ihm."

Mit einem lauten Knall ihrer Stiefel auf den stählernen Schiffsboden beenden die Iren den Tanz. Die Mädchen schrecken zusammen und springen auf wie ertappt.

„New York!", schreit jemand durch die Luke herunter, „Land in Sicht! Gott schütze uns!"

Alle springen auf, laufen aufgeregt im Zwischendeck hin und her, reden und lachen.

Luise hätte ihre Freundin gerne noch etwas gefragt: Ob sie auch einmal als Tanzmädchen verdingt war. Aber jetzt ist es dafür zu spät.

Sechstes Kapitel

Als die *City of New York* anlegt und der Schiffsboden zur Ruhe kommt, erwacht Schneider zu neuem Leben, erhebt sich aus seiner Koje und nimmt energisch die Führung seiner kleinen Reisegruppe in die Hand.

Zunächst heißt es erst einmal wieder Warten. Längst haben alle Reisenden ihre Koffer, Bündel und Körbe an sich genommen und drängen mit ihrem Hab und Gut zur Treppe nach oben. Die Luke bleibt geschlossen, bis alle Passagiere der ersten und zweiten Klasse von Bord gegangen sind. Der Anblick der verdreckten, stinkenden und erschöpften Gestalten, die den Atlantik im Zwischendeck überquert haben, bleibt diesen erspart.

„Ihr haltet euch an mich. Alle!", schnauzt Schneider seine Frau und die Mädchen an, „wenn eine hier verloren geht, hat sie Schlimmes zu befürchten: Es gibt in Amerika skrupellose Mädchenhändler! Allein reisende Mädchen werden vom Zoll zurückgeschickt oder sofort ins Asyl gesperrt."

Endlich wird die Luke knarrend geöffnet. Alles stürmt zum Tageslicht hinauf. Auf der Treppe wird es bedrohlich eng; Kisten und Koffer schlagen schmerzhaft gegen Luises Fesseln.

Oben bleibt sie für einen Moment wie geblendet stehen, greift nach Elisas Hand, holt tief Luft und schaut staunend zum Himmel. Wie ein freudiger Schreck durchfährt es sie: Sie ist in Amerika!

Nur flüchtig bemerkt sie, dass der alte Mann, der ihr an Bord so zuwider war, im Gedränge an ihr vorbeigeschoben wird. Er scheint wieder wohlauf, blickt aufgeregt und neugierig um sich. Eine junge Frau hält ihn untergehakt.

Am Kai müssen sie warten, bis das Tor eines riesigen, runden Festungsgebäudes geöffnet wird. Dann strömen sie in eine Halle, die bestimmt zehn Mal so groß ist wie die Kirche von Langenhain. Der Lärm ist ohrenbetäubend. Ängstlich klammert sich Luise an Elisa fest. „Die Juden nennen dieses Ding hier Kesselgarten", schreit diese ihr zu, „neuerdings muss jeder, der nach Amerika will, hier durch."

Margarethe steht so dicht hinter ihnen, dass sie jedes Wort versteht. Sie wirft Elisa einen missbilligenden Blick zu: „Diese Einrichtung heißt, korrekt ausgedrückt, Castle Garden", belehrt sie die Mädchen, „früher war es eine Festung. Jetzt dient sie unserem Schutz vor Betrügern." Ihren kleinen Sohn hält sie mit beiden Armen umfangen, als drohe jemand, ihr das Kind zu entreißen.

An den Wänden der riesigen Rotunde sind mehrere Reihen Balkone angebracht. Männer und Frauen sitzen auf Bänken hinter den Balustraden. Wahrscheinlich sind diese Plätze den Passagieren der teureren Schiffsklassen vorbehalten.

Unablässig werden die neu Angekommenen weiter durch die riesige Halle geschoben. Luise presst ihr Bündel mit einem Arm an ihren Leib, während sie sich mit der anderen Hand an Elisa klammert. Anna hat sich an ihrer Jacke festgekrallt und zieht Tesi am Handgelenk hinter sich her.

Endlich stehen sie vor dem Eingang zu einem dunklen Korridor. Noch einmal wendet sich Schneider zu ihnen um. Er schreit nach Leibeskräften, damit sie seine Ermahnungen verstehen: „Ihr haltet den Mund! Auch wenn euch jemand auf Deutsch anspricht: Antwortet nicht!"

Luise schwitzt. Die Menschen quetschen sich so eng aneinander, dass sie nicht einmal genug Platz hat, um eine fremde Hand von ihrem Hintern wegzuschieben. Der Gestank von all den ungewaschenen Reisenden ist ekelerregend.

Schneider hat sich zu einem vergitterten Schalter vorgearbeitet und gibt dort Auskunft über die Mitglieder seiner Reisegruppe. „Welchen Beruf er in der Heimat ausgeübt hat, woher wir kommen, wie alt wir sind – er muss alles genau angeben", hat Margarethe ihnen noch auf dem Schiff erklärt und die Papiere, die er beim Grenzübergang vorlegen muss, aus ihrem Bündel gekramt.

Aufgeregt deutet Elisa auf einen Käfig, in dem Dutzende Männer und ein paar Frauen eingesperrt sind. Traurig starren die meisten zu Boden. „Die werden nicht durchgelassen, weil mit ihren Papieren etwas nicht stimmt", schreit sie Luise ins Ohr, „sie müssen zurück."

Endlich werden sie in die nächste Halle mit Marktständen weitergeschoben, die Droschkenfahrten und Quartiere feilbieten.

Am Abend holpern sie endlich durch die dunklen Häuserschluchten von New York. Mehrmals schiebt Luise den schäbigen Vorhang der Droschke beiseite und späht hinaus. Unzählige Männer und Frauen eilen durch die Gassen, und nur ab und zu erleuchtet eine Gaslaterne ihren Weg.

Erschöpft lässt sie ihren Kopf auf Elisas Schulter sinken.

Als ihr das Mädchen aus Nieder-Weisel einen Arm um die Schulter legt, kribbelt es ein bisschen in ihrem Bauch.

Siebtes Kapitel

Es beginnt mit einem gewaltigen Druck auf Luises Ohren. Schützend hebt sie ihre Hände zum Kopf, doch gegen das Pfeifen und Rauschen hilft das kaum. Schneider steht mit hochrotem Kopf in der Tür ihrer Kammer. Was er sagt, dringt wie aus weiter Ferne zu ihr vor.

„Schnapp dir deine Sachen! Und zwar ein bisschen plötzlich!", schnauzt er Elisa an, „ich sag's dir nicht zweimal."

Luises Knie zittern. Wie durch einen Nebel nimmt sie wahr, dass Elisa leichenblass wird, aber kein Wort erwidert. Die Freundin, die sonst immer so fröhlich und lebhaft ist, beginnt still ihr Bündel zu packen.

Elisa muss fort.

Unentwegt kreisen dieselben drei Wörter durch ihren Kopf.

Anna und Tesi hocken im hintersten Winkel auf ihrem Schlaflager und klammern sich stumm aneinander.

„Nicht ohne mich", hört Luise sich sagen, doch es klingt hohl, „wenn Elisa fort muss, gehe ich mit."

„Soso!", für einen Moment scheint Schneider überrascht, starrt Luise verärgert an, „was soll das denn werden? Du weißt schon, dass ich dein Vormund bin, als Stellvertreter für meinen Oheim Balthasar? Und dass du mir zu gehorchen hast?"

Es wird still in der kleinen Kammer.

„Der Vater würde es bestimmt erlauben", gibt sie mit zitternder Stimme zurück, „in der Gaststube haben sie gesagt, dass wir Deutschen als Dienstmädchen in New York gern genommen werden. Ich bezahle natürlich alles zurück, was Ihr für mich ausgelegt habt." In der Schule hat sie zwar gelernt, dass man eine Respektsperson mit „Sie" ansprechen soll und nicht mit dem volkstümlichen „Ihr". Aber sie kann sich einfach nicht daran gewöhnen.

Wütend holt Schneider bereits zum Schlag aus, doch schon schiebt sich Elisa zwischen die beiden.

„Lass gut sein Luise", wendet sie sich an die Freundin, „ist lieb von dir, aber keine gute Idee. Dort wo ich hinkomme, können sie dich nicht brauchen."

Ihr Dienstherr lässt seine Faust sinken. Luise treten Tränen in die Augen.

„In Amerika ist Krieg", teilt Schneider jetzt mit rauer Stimme mit. Als würde das alles erklären. Als hätten sie diesen Satz in den letzten Tagen nicht ständig gehört: Am kargen Frühstück in der Herberge ist angeblich der Krieg schuld, und daran, dass sie noch immer keine neuen Kleider haben, auch.

Schon als sie aus Castle Garden heraustraten, hat Luise die Uniformierten gesehen. Erst glaubte sie noch, dass die Musikkapelle auf der geschmückten Bühne einen Marsch zur Begrüßung aller Neuankömmlinge schmetterte. Doch dann verstand sie, dass die Reden, die dort zum Teil auf Deutsch gehalten wurden, einzig dem Zweck dienten, junge Einwanderer für die Armee anzuwerben.

„Tausende ziehen in diesen Tagen in die Schlacht gegen die Südstaaten. Da wird jedes Mädchen gebraucht. Hier in New York und draußen in den Garnisonen", erklärt Schneider geschwollen. Elisa steht starr neben ihm und presst ihr Bündel vor die Brust.

„Worauf wartest du noch?", fährt Schneider sie an, „sag deinen Kameradinnen Lebewohl. Aber bitte erspar mir eine große Flennerei. Wenn ich den Kutscher warten lasse, kostet das extra."

Wenig später packt er das Mädchen am Arm und zerrt es zur Tür. Auf der Schwelle wendet Elisa sich ein letztes Mal um:

„Leb wohl, Luise. Und gib auf dich Acht“, sagt sie traurig, „für dich ist es noch nicht zu spät.“

„Schluss mit dem Theater!“ Schon poltert Schneider mit ihr die Stiege hinab.

Vor dem Haus wartet Margarethe in einer Droschke auf ihren Mann und das Mädchen. Grimmig und triumphierend hält sie ihr Kinn nach vorne gereckt.

Wochenlang sitzen sie danach in ihrer schäbigen Herberge in New York fest. Schneider hat Anna, Luise und Tesi streng verboten, allein vor die Tür zu gehen. Für Mädchen in ihrem Alter sei die Straße viel zu gefährlich.

Luise würde das Haus sowieso nicht verlassen. Seit Elisa weg ist, liegt sie oft den ganzen Tag auf ihrem Lager. Nicht einmal die quälende Langeweile und das Schweigen unter den Mädchen stören sie noch. Nur nachts, wenn es dunkel ist und alle schlafen, flüstert sie leise ihr Gebet und wagt zu weinen.

Sie kann einfach nicht vergessen, was Elisa zuletzt gesagt hat: Dass sie Luise dort, wo sie hingeht, nicht brauchen kann. Und noch weniger kann sie es verstehen.

Nie zuvor hatte sie eine Freundin. Eine, mit der sie über alles reden konnte. Keine kleine Schwester, die sich in ihren Arm kuschelt wie ein junges Tier, sondern eine richtige Freundin.

Und jetzt ist sie einfach weg. Es schien ihr noch nicht einmal etwas auszumachen, sich von Luise zu trennen.

Jeden Vormittag macht Schneider sich auf den Weg zum Hafen, um gegen Mittag mit finsterem Gesicht und unverrichteter Dinge zurückzukehren.

„Dafür habe ich die teure Überfahrt nicht bezahlt“, schimpft er in der Gaststube und blickt finster in die Runde, „jeder Tag, an dem ihr hier unnütz herumsitzt, kostet mich eine Stange Geld!“

Viele Leute klagen darüber: Die Reise von New York nach Kalifornien ist schon immer ein aufwändiges und gefährliches Unternehmen gewesen. Aber in diesem Sommer 1863 ist es fast unmöglich, zur Westküste zu gelangen. Mit dem Planwagen quer durch den Kontinent zu kutschieren, wagt niemand mehr, seit sich die Armeen der amerikanischen Union und der Südstaaten an ständig wechselnden Fronten gegenüberstehen. Und die meisten Dampfschiffe, die noch vor Kurzem eine Passage auf dem Seeweg anboten, sind jetzt an die Marine verkauft oder verpachtet.

Annas Bauch schwillt währenddessen unübersehbar an. Schneider bekommt einen Tobsuchtsanfall, als er endlich bemerkt, was mit dem Mädchen los ist. „Dafür, dass du einen Balg mit dir herumschleppst, habe ich dich nicht gemietet!", brüllt er, „das wird mir dein Vater büßen müssen, wenn ich wieder in Langenhain bin!"

„Er weiß es nicht. Er hätte mich weggejagt", erwidert das Mädchen beschämt.

„Zurückverlangen werde ich mein Geld, bis auf den letzten Kreuzer!", wütet Schneider weiter, „der kann sich auf etwas gefasst machen!"

Nach einem langen, brütenden Schweigen fragt er grimmig: „Und? Wann ist das gnädige Fräulein so weit?"

„In zwei Monaten oder drei." Anna wirkt zum ersten Mal niedergeschlagen.

„Dann wird's ja Zeit, dass wir hier wegkommen! Ich hoffe, das Gör krepiert schnell nach der Geburt. Kinder sind schlecht für unser Geschäft."

„Georg, versündige dich nicht!" Erschrocken greift Margarethe nach seinem Arm.

„Ist doch wahr", knurrt er gereizt, „soll ich den Bastard auch noch durchfüttern? Wo wir unsere eigenen zwei in der Heimat lassen mussten?"

Niemand fragt, wer der Vater von Annas Kind ist, aber alle ahnen, dass sich der Landgänger Christoph Reuter an ihr vergangen hat. Ein verheirateter Mann, der mindestens doppelt so alt ist wie sie, und jetzt nichts mehr von ihr wissen will.

Mitte Juni klappt es schließlich doch.

Schneider ergattert eine Passage für fünf Personen auf einem ausgemusterten Frachtsegler, der sie nach Aspinwall bringen wird. Die Reederei hat ihm auch gleich Fahrkarten für die *Panama Railroad* verkauft, mit der man von dort aus den Dschungel durchquert. An der Pazifikküste müssen sie dann ein weiteres Schiff nach Kalifornien nehmen.

„Hat mich eine Stange Geld gekostet", knurrt Schneider, „wird Zeit, dass ihr mir etwas einbringt."

Es ist alles genauso wie auf der *City of New York*: die fürchterliche Enge im Zwischendeck, das ewige Rütteln und Schaukeln, das Geschrei der Kinder und das Stöhnen der Kranken, der Gestank und das eklige Essen. Zwei Wochen liegt Luise fast immer in ihrer Koje und fühlt sich kraftlos und leer.

Erst in Aspinwall erwachen ihre Lebensgeister wieder. Die Eisenbahn wartet dort schon auf sie. Die *Panama Railroad* führt ausschließlich Personenwagen der ersten und zweiten Klasse, und so nehmen sie auf fein polierten, lederbezogenen Holzbänken Platz. Aufgeregt presst Luise ihr Gesicht an das Fenster, dessen obere Hälfte wegen der Hitze ständig geöffnet bleibt.

Vier Stunden lang stampft die Bahn durch den tropischen Urwald. Das Dickicht links und rechts der Schienen wirkt manchmal so undurchdringlich wie eine Mauer. Palmen, riesige Farne, bärtige Äste und Büsche mit fleischigen Blättern gleiten vorbei. Manchmal sind die üppig wuchernden Bäume und Sträucher mit Blüten und Früchten in grellen Farben zum Greifen nah. Ab und zu wischt ein Ast sogar in ihr Abteil.

Einmal fahren sie über eine Lichtung, auf der Eingeborene siedeln. Die Hütten stehen auf hohen Stelzen. Federvieh pickt darunter herum, Schweine und Ziegen liegen träge im Schatten. Mitten im Urwald kommt der Zug schnaufend zum Stehen. Halbnackte, rotbraune Menschen drängen sich vor den Fenstern, verkaufen Bananenbrot, Kokosmilch und andere Speisen. Ganz in der Nähe brüllen wilde Tiere im Dschungel.

Später breiten sich links und rechts der Bahnstrecke Sümpfe aus. „Wenn ihr die Augen aufsperrt, könnt ihr vielleicht Krokodile sehen", erklärt Margarethe den Mädchen. Tausende Arbeiter seien beim Bau der Eisenbahnstrecke zu Tode gekommen, die meisten durch Malaria, Gelbfieber oder Cholera.

Von Panama City sieht Luise nur die Straße, die vom Bahnhof zum Hafen hinab führt. Zweigeschossige Holzhäuser reihen sich daran auf. Menschen mit ganz verschiedenen Hautfarben bestürmen die Reisenden, bieten Essen, Getränke und sogar lebende Waschbären, Affen oder Papageien zum Kauf feil.

Ein Fremdenführer bringt sie zu einer Wartehalle am Wasser. Es ist unerträglich heiß. Luise hat Durst, aber Margarethe hat streng verboten, etwas von dem Wasser zu trinken, das fliegende Händler anbieten. Insekten umschwirren ihr Gesicht.

Erschöpft lässt sie ihren Kopf hängen. Drei Monate sind sie jetzt unterwegs. Noch zwölf Mal so lang, denkt sie, dann kann sie endlich wieder nach Hause.

Auf dem Dampfsegler *St. Louis* geht es schließlich weiter nach San Francisco. Anna ist inzwischen dick wie eine Tonne. Tesi sitzt fast immer neben ihr, hält ihre Hand und starrt sie angsterfüllt an. Margarethe wendet sich nur noch mit kurzen Befehlen an ihren Gatten. An Bord gibt es zwar nicht viel für Schneider zu tun. Umso mehr kann sie ihm verbieten: Das Trinken, das Kartenspielen, das Lachen und Singen mit anderen Reisenden soll er gefälligst unterlassen.

Dichter Nebel liegt über dem Hafen, als sie endlich in San Francisco ankommen. In einer Mietkutsche holpern sie eine steile, sandige Straße hinauf. Für Luise sieht diese Stadt wie eine einzige Ansammlung von trostlosen Bretterbuden und dreckigen Fahrwegen aus.

„Vieles ist hier erst im Aufbau", erklärt Margarethe, als sie die entsetzten Blicke der Mädchen bemerkt, „vor ein paar Jahren hausten viele Leute noch in Zelten."

In der Nacht beginnt es zu regnen. Wasser rinnt an den Holzwänden der Herberge herab. Luise liegt lange wach. Ihr geht nicht aus dem Kopf, was sie auf dem Schiff gehört hat: Dass in dieser Stadt überall tote Tiere auf den Straßen liegen und mehr Ratten als Menschen leben.

Schneider ist, kaum haben sie ihr Gepäck abgestellt, aus dem Gasthaus verschwunden. Er bleibt drei Tage und Nächte fort. Irgendwo muss es in San Francisco auch große Steinhäuser, Spielcasinos, Tanzpaläste und elegante Magazine geben. Dort geht er wohl seinen Geschäften nach.

Achtes Kapitel

Seit vielen Wochen hat Faber die Klassenstube nicht mehr betreten. Verbrauchte Luft schlägt ihm muffig entgegen, als er die Tür öffnet. Von der Decke hängen graue Trauben aus Staub und Spinnweben.

Die Standuhr tickt längst nicht mehr. Er wird sie aufziehen müssen, bevor die Schule wieder beginnt. Bald werden sich wieder fast vierzig Kinder in dem kleinen Raum drängen und Kuhdung, Schweinemist und noch Schlimmeres ausdünsten.

Erschöpft werden sie sein nach der monatelangen Plackerei auf den Feldern. Wenn es draußen erst kalt wird und er den Kanonenofen einheizen muss, werden sie reihenweise auf den Schulbänken einschlafen. Und spätestens im Januar oder Februar so blass und schwach aussehen, dass man als Mensch, dem noch ein Herz in der Brust schlägt, froh ist über jedes Kind, das den Winter überlebt.

Ein Dutzend Sechsjähriger ist in diesem Frühjahr neu in die Schule gekommen. Ihre strahlenden, wissbegierigen Augen brachten frischen Glanz in die düstere Klassenstube, und am ersten Tag trugen sie noch stolz ihren Sonntagsstaat. Doch schon bald liefen sie wieder in den abgewetzten und vielfach geflickten Sachen herum, die Faber schon von ihren Geschwistern kannte. Heinrich, Johann, Margarethe, Elisabeth. Es fällt ihm schwer, sich die ewig gleichen Vornamen für immer wieder andere Kinder zu merken.

Um an das einzige Fenster im Raum zu gelangen, muss er sein Pult beiseite rücken. Mit beiden Händen ergreift er die mit Leder bespannte Schreibplatte und versucht das Möbelstück zu bewegen. Es ist schwerer als erwartet. Plötzlich gibt etwas unter seinen Händen nach: Er kann den Deckel anheben und vom Pult lösen. Vorsichtig stellt er ihn beiseite und starrt in das oberste Schubfach. Schulhefte, Kreiden, zusammengeknülltes Papier und noch einiges mehr hat sich darin angesammelt. Er sieht einen Brieföffner, den er schon lange vermisst hat, ein paar Knöpfe, eine Steinschleuder und ein schmuddeliges Taschentuch.

Am hinteren Ende der Lade entdeckt er einen sauber getischlerten, schmalen Kasten, den er noch nie vorher bemerkt hat. Ein Geheimfach! Behutsam schwenkt er einen schmalen Deckel beiseite. Vor ihm liegt eine ordentlich verschnürte, staubige Papierrolle. Mehr nicht.

Faber nimmt das Papier in die Hand, löst den Knoten und streicht die wenigen, brüchigen Blätter auf einem Schülerpult glatt. *Der Hessische Landbote* steht auf der ersten Seite. Er weiß: Die berüchtigte Flugschrift wurde vor Jahrzehnten verfasst und verbreitet. Doch er hat sie noch nie mit eigenen Augen gesehen.

Darmstadt, im Juli 1834, liest er. Fast dreißig Jahre ist das Papier also alt. Faber war damals zwölf Jahre alt und besuchte die Knabenschule in Butzbach. Dass Friedrich Ludwig Weidig, der Konrektor dieses Institutes, dieses Pamphlet gemeinsam mit dem jungen Schriftsteller Georg Büchner verfasste, wusste damals noch niemand.

Den Pädagogen mit den sanften Gesichtszügen hat er einige Male über den Schulhof gehen sehen, aber Unterricht hatte er bei Weidig nie. Ihm hätten sie es zu verdanken, so erzählte ihm ein Klassenkamerad mit einer Mischung aus Ehrfurcht und Spott, dass auf ihrem Stundenplan täglich Leibesübungen standen.

Der Konrektor verschwand kurz danach aus der Schule. Versetzt, munkelte man erst, und dann: verhaftet. Später hieß es, Weidig habe sich im Gefängnis das Leben genommen.

Was aber hat diese Flugschrift im Lehrerpult von Langenhain-Ziegenberg zu suchen? Hat Fabers Vorgänger sie etwa dort versteckt? Fragen kann er den alten Schulmeister nicht mehr: Er liegt längst auf dem Kirchhof begraben.

Eine Weile starrt Faber unschlüssig auf das Papier. „*Friede den Hütten! Krieg den Palästen!*“, steht in der Mitte der ersten Seite. Den Lesern wird ausdrücklich geraten, die Schrift sorgfältig vor der Polizei zu verbergen.

1834 war Faber natürlich noch viel zu jung, um sich für Politik zu interessieren. Für den Sohn eines Schuhmachers war es schon etwas Besonderes, dass er eine höhere Schule besuchen durfte. 1848, vierzehn Jahre später, kam die deutsche Revolution für ihn wiederum etwas zu spät. Als in Frankfurt und Gießen hunderte Studenten durch die Straßen zogen, war er bereits Lehrer und hatte dem Großherzogtum Hessen seine Treue geschworen.

Vorsichtig rollt er das Dokument wieder zusammen, wickelt die Schnur darum und legt es zurück in das Geheimfach. Was soll er auch sonst damit tun? In seiner privaten Stube im Obergeschoss will er das Papier nicht herumliegen lassen. Nicht umsonst sind viele der 48er-Revolutionäre aus Deutschland geflohen und müssen noch immer mit empfindlichen Strafen rechnen.

Auf Fabers Stirn haben sich Schweißperlen gebildet. Die staubige Luft kitzelt in seiner Nase. Höchste Zeit, endlich das Fenster aufzureißen. Fluchend rüttelt und zerrt er an den morschen Holzrahmen, bis diese ächzend nachgeben. Schwülwarme Luft strömt herein. Vorsichtig, um sein Hemd nicht zu beschmutzen, beugt er sich über die Brüstung und schaut die Hauptgasse hinunter. Kein Mensch ist um diese heiße Mittagsstunde draußen. Nur eine Postkutsche kriecht mühselig zum Schulhaus hinauf und kommt direkt davor zum Stehen.

Fliegenschwärme umkreisen die Köpfe der beiden schwitzenden Pferde, während der Kutscher wie tot auf seinem Bock hängt. Er bringe Post, knurrt er den Lehrer an, als dieser aus dem Haus tritt: Wie jede Woche die *Gartenlaube*. Diesmal habe er auch einen Brief.

Überrascht nimmt Faber den Umschlag entgegen. Die ordentliche Schülerinnenhandschrift lässt sein Herz sofort schneller schlagen: Ist es etwa ein Brief von Luise? Er wurde in Hamburg zur Post gegeben, soviel kann er am Stempel erkennen. Ist das Mädchen denn schon zurück aus Amerika? Oder ist Luise nie aus der Hafenstadt abgereist?

Erst oben in seiner Stube wagt er es, das Kuvert zu öffnen. Drei dünne, gefaltete Blätter fallen heraus. Nur auf einem steht sein Name.

Sehr verehrter Herr Schullehrer,

die Bleistifte leisten mir gute Dienste, jetzt wo wir in Amerika sind. Wir sind gut in Kalifornien angekommen. In New York mussten wir lange auf ein Schiff warten, weil in Amerika Krieg ist.

Ich gebe diesen Brief einem Mann in unserem Wirtshaus mit, der morgen in die Heimat aufbricht. In Bremen oder Hamburg soll er den Brief zum Postamt bringen. Ich bitte Euch von Herzen. Gebt die beiden anderen Blätter an meine Eltern und an meine Schwester. Aber an Dora nur, wenn sie in der Schule ist.

Viele Grüße von Luise

Die beiden Zeilen darunter sehen so aus, als hätte das Mädchen sie im letzten Augenblick noch dazugekritzelt.

Und wenn Ihr Post von einer Elisa Hildebrandt bekommt, bitte ich höflich darum. Hebt den Brief auf, auch wenn er schlecht geschrieben ist.

Der Lehrer dreht das Blatt mehrmals um, als müssten irgendwo noch ein paar weitere Worte verborgen sein. Besondere Worte, die ihm allein gelten.

Luise. Das schlaksige Mädchen geht ihm nicht aus dem Kopf, seitdem er in der Schulstube von ihr Abschied genommen hat. Wochenlang hat er sich nach dieser letzten Begegnung Vorwürfe gemacht: Wie konnte er sich so vergessen? Niemals hätte er wagen dürfen, die Siebzehnjährige in seine Arme zu schließen!

Anfangs befürchtete er jeden Tag, der Bauer Ludwig könnte vor dem Schulhaus erscheinen, um ihn zu verprügeln und aus dem Dorf zu jagen. Weil er es gewagt hat, sich an seinem Töchterchen zu vergreifen. Doch nichts dergleichen geschah.

So schön war Luise an diesem Sonntagnachmittag gewesen! Hoffnungsfroh kam sie ihm vor und zugleich aufgewühlt und verängstigt. Kein Kind mehr, keine Schülerin, sondern ein richtiges Fräulein mit einem lustigen Grübchen im Kinn. Eine wie sie hätte Faber sich gerne zur Frau genommen. Früher, als er noch jung war. Inzwischen war es zu spät.

Warum hatte er sich bloß in den Kopf gesetzt, ihr ein Abschiedsgeschenk mitzugeben? Nachdem er im Wirtshaus gehört hatte, dass sie fortgehen würde, konnte er an nichts anderes mehr denken. Zwei Mal war er unter dem Vorwand, seine alten Eltern zu besuchen, nach Schulschluss nach Butzbach gelaufen, war stundenlang durch die Gassen des Städtchens gestreift und hatte die Auslagen der Ladengeschäfte betrachtet. Doch er konnte sich zu nichts entschließen.

Seiner ehemaligen Schülerin Wäsche zu schenken, kam ihm unpassend vor. Und ein Buch? Ein moderner Liebesroman durfte es natürlich nicht sein. Etwas Klassisches, ein Werk von Goethe oder Schiller? Das erschien ihm zu altväterlich.

Schließlich entdeckte er bei einem Buchbinder das Album

und die Stifte. Das war es! Ein noch ungeschriebenes Buch, dessen Seiten sie mit ihren eigenen Erlebnissen und Eindrücken füllen könnte!

Luise hatte sich sichtlich darüber gefreut.

Inzwischen ist ihm nicht mehr so recht wohl bei der Sache, denn sein Geschenk bezeugt seine unpassende Zuneigung zu dem Mädchen.

Es wäre besser, die ganze Geschichte schnell zu vergessen. Doch die Sehnsucht, die das Mädchen entflammt hat, brennt noch immer in ihm.

Es weiß, dass es sich nicht gehört, auch die beiden anderen Briefe zu lesen. Aber er ist ganz allein in seiner Stube. Vorsichtig faltet er das zweite Blatt auseinander.

Lieber Herr Vater und liebe Mutter,

wie geht es Euch? Mir geht es gut. Wir sind glücklich und gesund in Amerika angekommen. Von Hamburg nach New York ging es schnell, aber nach Kalifornien war es weit. Einmal hatten wir Sturm und ich war seekrank. Aber der Herr hat mich behütet.

Der Schneider ist ein guter Dienstherr. Bald reisen wir zu den Goldminen. Schneider sagt, die Arbeiter warten dort schon auf uns.

Bitte grüßt die Geschwister und den Oheim recht herzlich von mir und vergesst mich nicht.

Viele Grüße Luise

Behutsam streicht der Lehrer über das Papier. Es fühlt sich so warm und lebendig an, als hätte Luise den Bleistift gerade erst aus der Hand gelegt. Dann nimmt er das dritte Blatt mit dem längsten Brief in die Hand.

Liebe Dora

hoffentlich bist du nicht mehr böse mit mir, weil ich fort bin. Ich konnte dir nicht Lebewohl sagen, weil du auf dem Acker warst. Die Mutter hat dir bestimmt erzählt, dass ich nach Amerika in den Dienst gehe und in drei Jahren wiederkomme. Ich hoffe, du hast nicht zu viel Arbeit im Stall und auf dem Feld, seit ich weg bin und nicht mehr mithelfen kann. Vor allem wenn zu Michaelis die Schule wieder anfängt.

Ich weiß, du magst das Lernen nicht, aber lass dir von deiner großen Schwester etwas sagen. Bitte lerne soviel du kannst. Wenn du erst einmal ins Land gehst, kannst du alles gebrauchen. Ich war bis jetzt die meiste Zeit auf dem Schiff oder in einem Gasthaus. Aber alle sagen, es ist in Amerika besser als daheim. Ein Mädchen kann sich viel mehr aussuchen. Ob sie in Stellung geht oder heiratet. Junge Burschen gibt es genug. Und Frauen können viel mehr Berufe als Dienstmagd machen.

Am besten du fängst schon in der Schule mit der englischen Sprache an. Viele Leute sprechen es hier. Frag den Schulmeister, ob er ein Wörterbuch hat und dir beim Lernen helfen kann.

Weißt du noch, wie wir die Wiesen zum Fluss heruntergekugelt sind bis uns schlecht wurde?

Erzähle dem Vater nichts von meinem Brief. Wenn du mit der Schule fertig und konfirmiert bist, komme ich zurück. Vielleicht habe ich dann schon einen guten Mann mit einem schönen Haus in Amerika. Und du kannst mit mir gehen.

Viele liebe Grüße von Luise

Der Lehrer liest alle drei Briefe mehrmals durch. Dann weiß er, was er zu tun hat.

Er nimmt seine Jacke vom Haken, um dem Bauern Ludwig seine Post zu bringen. Sicher warten die Eltern schon lange auf

Nachricht vom Töchterchen. Den Brief an Dora steckt er in das Geheimfach in seinem Pult.

Morgen früh wird er die erste Postkutsche nach Friedberg nehmen. Er erinnert sich noch genau an die Buchhandlung, in der er als junger Seminarist so oft war. Bestimmt kann er dort ein Lehrbuch für die englische Sprache kaufen.

Es wird jedenfalls nicht so weit kommen, dass die rotznäsige kleine Schwester von Luise danach verlangt, eine Sprache zu lernen, in der er nicht einmal „Guten Tag“ sagen kann.

II

Im Goldgräberland

Neuntes bis vierzehntes Kapitel

August bis Oktober 1863

Neuntes Kapitel

Für ein paar Minuten sind sie mit Köberer allein im Saloon. Der düstere Gastraum, der nur von ein paar Öllampen beleuchtet wird, ist eigentlich nicht mehr als ein grob gezimmerter Bretterverschlag. In einigen Wochen wird er bereits wieder leer stehen. Kalter Wind wird dann über den Tanzboden in der Mitte des Raumes pfeifen und Schnee wird durch die Löcher im Dach herabrieseln. Wenn es Winter wird in den Bergen rund um den *Lake Tahoe*, bleibt kaum jemand freiwillig im Goldgräbergebiet.

Der Abend beginnt mit einem schrillen Quäken, Stöhnen, Pfeifen und Klingeln aus Köberers tragbarer Drehorgel. Luise kennt die fünf oder sechs Melodien, die er aus dem schwarzen Kasten herausleiert, längst auswendig. Schon vor dem ersten Ton weiß sie, welches Stück als nächstes erklingen wird.

Und doch erwacht mit dieser Musik für einen kurzen Moment wieder die Sehnsucht in ihr. Wie damals, in den Gassen von Langenhain, träumt sie von Amerika. Von einem Land, in dem sie in Wirklichkeit längst angekommen ist.

Kaum eine Woche waren sie in San Francisco, da saß Köberer schon beim Schneider in der Gaststube. Luise konnte den Alten mit dem schütteren Haar und der speckigen Jacke von Anfang an nicht leiden. Nichts an ihm sah so blendend schön aus, wie sie sich das Leben in Kalifornien vorgestellt hatte.

„Er ist ein Mädchenhalter“, zischte Anna ihr zu, bevor sie zu ihm an den Tisch geschoben wurde, „streng dich ein bisschen an!“

Sie lächelte brav zur Begrüßung, aber dann rutschten ihre Mundwinkel wieder nach unten. Köberer schien es egal. Die

Wahl zwischen Luise und der blassen, verstockten Tesi fiel ihm nicht schwer. Und Anna, die kurz vor der Niederkunft stand, hatte Schneider ihm gar nicht erst angeboten.

Was ein Mädchenhalter ist, wusste Luise in San Francisco noch nicht so genau. Doch sie war froh, dass sie nicht mehr nutzlos mit den Schneiders in der Herberge herumhocken musste.

Inzwischen hat sie gelernt, welchem Geschäft diese Männer nachgehen: Sie nennen sich Musikanten, aber in Wirklichkeit können sie nur eine Drehorgel bedienen. Ihr Geld verdienen sie damit, deutsche Mädchen in den Saloons der Goldgräberstädtchen zum Tanzen und Trinken zu vermieten. *Hurdy Gurdy Girls* nennt man sie hier, weil sie anfangs zur Musik von Drehleiern durch das Goldgräberland zogen. Die Arbeiter, die den ganzen Sommer über in den Minen schuften, verzehren sich regelrecht nach einem weiblichen Wesen und sind bereit, einen oder sogar zwei Vierteldollar für jeden Tanz zu bezahlen.

Sobald die ersten Töne nach draußen dringen, strömen Burschen herein. Schon seit einiger Zeit lungern sie auf der staubigen Hauptstraße herum, warten nur auf diesen Moment. Ihre erste Runde müssen die Mädchen in ihren bauschigen Röcken allein auf dem Tanzboden drehen und sich von allen Seiten begutachten lassen. Erst danach nimmt der Wirt Bestellungen für Tänze und Drinks entgegen.

Noch nie war Luise so wunderschön angezogen. Ihr Kleid ist aus einem schimmernden dunkelgrünen Stoff, wenn auch etwas zu klein: Das Oberteil endet weit oberhalb ihres Bauchnabels. Der Rock, der über der nach oben verrutschten Taille in unzähligen Falten aufspringt, reicht nur ein kleines Stück über ihre Knie. Und die schwarze Miederjacke schnürt sie besser nicht enger zusammen: Sie spannt ohnehin über der Brust und kneift unter den Armen.

Sie weiß ja, dass sie nicht die Erste ist, die diese Sachen trägt. Jeden Tag näht sie ein paar Knöpfe wieder an, flickt Nähte und stopft Löcher, damit ihr die ganze Pracht nicht in Fetzen vom Leib blättert.

Billiger Tand, würde die Mutter schimpfen: Solche Kleider taugten nicht dazu, eine Frau für alle Festtage ihres Lebens auszustatten. Aber die Bäuerin Ludwig ist daheim in der Wetterau, und Luise mag ihr Tanzkostüm sehr. Wie schön wäre es, wenn Elisa sie einmal so fein herausgeputzt sehen könnte!

Die Schnürstiefel, die sie vom Köberer bekommen hat, sind leider auch etwas eng. Selbst wenn sie die Senkel nur locker bindet, drückt das Leder schmerzhaft auf ihren Spann, stößt sie sich jeden Abend die Fußspitzen blutig. Es nützt auch nicht viel, sich die Stofftücher, die an einigen Tagen des Monats ganz anderen Zwecken dienen, um die Zehen zu wickeln. Immerhin ist das Schuhwerk so robust, dass sie es kaum spürt, wenn ihr ein Bursche auf die Füße tritt.

Schnell füllt sich der Saloon mit dem Lärm und den Ausdünstungen Dutzender Männer. Den ganzen Tag haben sie in Felsen und im Dreck herumgepickelt oder im eiskalten Flusswasser gestanden. Jetzt stinken sie nach Schweiß und Schlimmerem.

Anfangs hat sich Luise vor diesen Kerlen mit ihren langen Bärten und den wilden Mienen gefürchtet.

„Was ist los?“, hat Köberer sie nach dem ersten Abend angeschnauzt, „was ziehst du dauernd für eine sauertöpfische Miene? Glaubst du, dass die Burschen das mögen? Die wollen mit dir ihren Spaß haben. Nur dafür zahlen sie!“ Luise wurde rot und antwortete nicht.

„Soll ich dich wieder zum Schneider bringen? Und mein Geld zurückverlangen, weil du nichts taugst?“, schimpfte Köberer weiter.

Bitte nicht, flehte sie stumm. Nicht jetzt, wo Anna in diesem Zustand war oder ein gerade erst geborenes Kind in den Armen hielt. Schneider würde sie bestimmt halbtot schlagen, wenn sie vor dem Ende der Saison nach San Francisco zurückkäme.

„Du kannst froh sein, dass der Georg dich so spät im Jahr noch vermietet hat“, hat Margarethe ihr zum Abschied zugezischt, „ist jedenfalls besser, als dich in eine Hafenspelunke zu geben.“

Da übt sie lieber zu lächeln. Mit dem kleinen, fast blinden Spiegel vom Waschtrog hockt sie tagsüber auf einem Balken hinter dem Haus. Stundenlang probt sie ihre Mundwinkel weit nach oben zu ziehen, bis ihr ein Grinsen gelingt, das einen ganzen Tanzabend lang wie festgefroren in ihrem Gesicht sitzen kann.

Wenn sie nach fünfzig, sechzig oder noch mehr Tanzrunden endlich auf ihr Schlaflager auf dem Dachboden sinkt, weicht die Grimasse wie von selbst aus ihrem Gesicht. Ihre Füße schmerzen, die Beine sind dick, die Augen brennen von dem beißenden Qualm im Saloon. Ihre Haut juckt, ihre Ohren sind wie taub von dem ständigen Lärm und sie will einfach nur schlafen.

Von den drei anderen Mädchen auf ihrem Lager weiß sie nicht viel mehr als die Vornamen: Marie, Elisabeth, Mathilde. Zwei sind Schwestern, gleichen sich mit ihren blonden Zöpfen und den schlichten, bäurischen Gesichtern wie Zwillinge. Die Dritte, Mathilde, ist ein hoch aufgeschossenes, dunkelhaariges Mädchen mit groben Gliedmaßen und Gesichtszügen. Sie ist die Einzige, die es wagt, dem Köberer seine Hand wegzuschlagen, wenn er ihren Hintern zu tätscheln versucht. Leider hat sie die abstoßende Gewohnheit, nach jedem Satz geräuschvoll ihre Spucke hochzuholen und ihren Mund hasserfüllt in die Breite zu ziehen.

Alle vier Mädchen stammen aus hessischen Bauerndörfern und sprechen denselben Dialekt. Luise versteht jedes Wort von den anderen und mag trotzdem nicht mit ihnen schwatzen.

Am Morgen bleibt sie so lange wie möglich liegen. Unten im Saloon erwartet sie doch nur der kalte Rauch vom Vorabend und die fade Grütze, die der Wirt ihnen hinstellt. Und manchmal Köberer. Wenn er den Vormittag über nicht schnarchend im Planwagen liegt, versucht er, sie anzutatschen, oder befiehlt ihr herrisch, den Tanzboden zu schrubben.

Erst gegen Mittag stiehlt sie sich deshalb nach unten, setzt sich in die milde Spätsommersonne auf den Hinterhof und stichelt stumm an ihrer Kleidung herum. Oft hocken die anderen Mädchen schon dort, lachen und schwatzen vertraut miteinander und bemerken Luise kaum.

Was geschieht, wenn eine mit einem Burschen im Hinterzimmer des Saloons verschwindet, will sie lieber nicht wissen. Mit leeren und gleichgültigen Gesichtern kehren sie danach auf den Tanzboden zurück, während die Männer blöde grinsend in die tiefschwarze Nacht hinaus stolpern.

Einmal hat Luise heimlich einen Blick in diesen Verschlag geworfen. Sie hat darin nur ein zerwühltes Lager erblickt und einen schäbigen Hocker, auf dem eine Schüssel mit grauem Wasser stand.

Nur noch ein paar Wochen, sagt sie sich jeden Abend nach dem Gebet. Dann bringt Köberer sie zurück nach San Francisco. Er hat es versprochen.

Wenn sie morgens die Augen aufschlägt, denkt sie als Erstes an Dora. An die Brüder, an die Tiere im Stall, den Vater, die Mutter und die Großmutter. Manchmal grübelt sie auch darüber nach, wohin es Elisa inzwischen verschlagen hat. Wie schön war es doch, als sie noch zusammen waren!

Sogar nach dem schäbigen Schlaflager, das sie mit Anna und Tesi geteilt hat, sehnt sie sich jetzt manchmal.

Zehntes Kapitel

Seelenruhig nestelt Mathilde zwei Vierteldollarmünzen aus ihrem Strumpfband und lässt sie in ihrem Bündel verschwinden.

„Woher hast du das Geld?“, fragt Luise und reibt sich erstaunt die Augen. Sie ist gerade erst aufgewacht.

„Woher wohl?“, die Andere grinst schief, „kannst du dir doch denken. Bekommen habe ich es.“

„Von Gästen? Und musst es nicht beim Köberer abgeben?“

Mathilde sieht sie verächtlich an: „Sag mal, wie lang bist du schon in Kalifornien?“

„Erst diesen Sommer sind wir in San Francisco angekommen.“

„Verstehe! Dann bist du zum ersten Mal hier oben. Musst wohl noch einiges lernen.“

Luise wird warm. Ihre Wangen glühen.

„Also, Lektion Nummer eins,“ beginnt Mathilde herablassend, „ich erklär es dir auch nur, weil du uns sonst das Geschäft versaust: Wenn du mit einem nach hinten gehst, muss er dafür einen oder zwei Dollar beim Wirt bezahlen. Im Voraus. Klar?“

Luise nickt. Ihr Herz schlägt bis zum Hals. Sie weiß, worum es geht. Glaub bloß nicht, dass Männer dafür immer ins Bordell gehen müssen, hat Elisa einmal gesagt. Es gibt überall welche, die es für Geld machen.

„Lektion Nummer zwei“, fährt Mathilde unwirsch fort, „wenn er mit dir allein ist, muss er dir zusätzlich mindestens einen Vierteldollar geben. Oder mehr, wenn er Extras will. Du lässt ihn erst ran, wenn er geblecht hat, klar? Das Geld kannst du dir in dein Strumpfband stecken. Oder sonst wohin.“

„Und was sagt Köberer dazu?“, Luise versucht, sich ihre Unbedarftheit nicht anmerken zu lassen, „er bekommt es doch bestimmt mit!“

„Natürlich“, schnaubt Mathilde, „aber er ist ja nicht blöd. Er kann sich denken, dass wir es nicht umsonst machen.“

„Und was ist, wenn der Sheriff davon erfährt?“

„Ha!“, geräuschvoll zieht Mathilde ihre Spucke hoch, „was soll er schon machen? Was glaubst du, warum der so häufig im Saloon herumhängt? Etwa um uns zu kontrollieren?“ Sie holt Luft: „Natürlich weiß jeder, dass die Tanzerei im Saloon verboten ist. Wer dabei erwischt wird, muss ins Gefängnis. Das gilt für den Mädchenhalter, den Gastwirt und sogar für uns Mädchen.“ Sie wirft Luise einen gehässigen Blick zu: „Aber du hörst das ja anscheinend zum ersten Mal. Ist vielleicht auch besser, wenn du weiter so tust, als wärst du die Unschuld vom Lande. Manchen Männern scheint es ja zu gefallen.“

Unvermittelt springt sie auf und poltert die Treppe in den Gastraum hinunter, als habe sie dort etwas Wichtiges zu erledigen.

Luise geht die Frage von nun an nicht mehr aus dem Kopf: Wie kann sie etwas eigenes Geld verdienen? Sie wird es brauchen, wenn sie eines Tages Dora nach Amerika holt. In ihrem Kontrakt steht, dass sie 50 Gulden pro Jahr zusätzlich bekommen kann, wenn sie folgsam und fleißig ist. Aber was bedeutet das?

Sie tanzt mit jedem, der danach verlangt, eine Runde, hat sich dem Dienstherren noch nie widersetzt. Aber sie ist nicht so naiv, zu glauben, dass Köberer sie allein dafür extra entlohnen wird.

„Wenn dir ein Kerl eine Münze zusteckt, gib sie mir,“ hat er ihr gleich zu Anfang befohlen, „die Burschen blechen beim

Wirt. Für alles. Glaub nicht, dass du deine Dollars irgendwo verstecken kannst. Das lockt nur Langfinger an."

„Wenn ich ein Trinkgeld bekomme, bewahrt ihr es für mich auf?", fragte sie eifrig.

„Natürlich nach Abzug aller Kosten," knurrte er.

Luise nickte verständig. Aber im Stillen fragte sie sich, was der Mädchenhalter meinte. Für ihr Essen, die Unterkunft, die Kleidung und die Reisen hatte Schneider aufzukommen, so stand es im Kontrakt.

Ihr Album hat sie kaum mehr angerührt, seit sie mit Elisa zusammen auf der *City of New York* englische Wörter gesammelt hat. Jetzt kramt sie das Büchlein hervor, schlägt es auf, nimmt einen Stift zur Hand und beginnt Zahlenreihen untereinander zu schreiben.

Die vier hessischen Mädchen, so rechnet sie aus, bringen es an einem Tanzabend im Saloon auf etwa einhundert Dollar. Von diesem Verdienst zieht der Wirt bestimmt etwas für sich selbst ab, und das nicht nur für Kost und Logis. Zusätzlich verdient er an den Drinks, die sich seine Gäste genehmigen und den Tänzerinnen spendieren müssen.

Was übrig bleibt, bekommt Köberer, der von seinen Einnahmen wiederum etwas an Schneider abgeben muss. Aber was verdienen die Mädchen selbst damit, dass sie sich von all den Kerlen anfassen und im Kreis herumschwenken lassen? Plötzlich kommt ihr der Mietpreis, den der Vater für sie bekommt, nicht mehr so märchenhaft hoch vor.

Ein Mädchen kann in einer Saison etwa zweieinhalbtausend Dollar einbringen, rechnet Luise weiter, wenn es an hundert Abenden im Saloon tanzt. Ziemlich viel, selbst wenn man alle Kosten für die Reise, die Kleidung, ihre Unterkunft, das Essen, den Wirt und den Mädchenhalter davon abzieht. Ein amerikanischer Dollar, das hat Elisa auf der Überfahrt in Erfahrung gebracht, ist etwa soviel wert wie in der Heimat zwei Gulden.

Was aber geschieht mit diesen Schwindel erregenden Beträgen? Solange Luise auch mit dem Bleistift an den Zahlenkolonnen entlangfährt, sie findet es nicht heraus.

Weder Köberer noch die Gastwirte, bei denen sie bisher abgestiegen sind, wirkten besonders reich. Ihre Häuser sind schäbig, das Essen fade, und kaum einer hat eine Frau.

Elftes Kapitel

„Dein heiliger Engel sei mit mir, dass der böse Feind keine Macht an mir finde!“ Bevor sie ihre Augen schließt, haucht sie spät in der Nacht noch die Lutherworte.

Vielleicht ist es schon geschehen, denkt sie jetzt oft: Vielleicht dient sie bereits einem bösen Feind und nicht mehr Gott, ihrem Herrn.

Sie weiß, dass viele Burschen mehr von ihr wollen als nur tanzen. Sie versteht die unausgesprochene Frage genau, wenn einer beharrlich auf die Tür zum Hinterzimmer starrt und seine Hände an ihrem Körper herabwandern lässt. Dann reißt sie sich los und schüttelt zornig den Kopf. Und schämt sich zugleich dafür, dass sie die Männer zu solchen sündigen Wünschen verleitet.

Ihr beharrlicher Widerstand und die Furcht, die hinter dem starren Lächeln aufblitzt, scheinen deren Begehren aber noch zu steigern. Sie prügeln sich fast darum, ihre Dollars für einen Tanz mit Luise auszugeben und wollen ihr anschließend viele Drinks spendieren.

Wie schnell hat ein Mädchen seine Unschuld verloren und ist für immer verdorben! Fast jeden Sonntag hat der Pfarrer in Langenhain auf der Kanzel davor gewarnt. Seine Predigten hat sie damals oft nicht richtig verstanden. Aber mit verdorbenem Fleisch oder Gemüse kennt sie sich aus: Man darf es nicht einmal mehr an die Schweine verfüttern, sondern muss es gleich auf den Misthaufen werfen.

Zum Glück ist das hellgelbe Zeug, das der Wirt ihnen in kostbaren Kelchen aus dünnem Glas serviert, kein echter Schaumwein, sondern nur kalter, verdünnter Tee. Luise kann viele Gläser davon trinken ohne schwindelig zu werden.

In der Heimat hat sie oft gesehen, wie es Leuten ergeht, die zu viel Bier oder Branntwein in sich hineinlaufen lassen: Irgendwann liegen sie mit dem Gesicht im Dreck.

Und keiner hilft ihnen auf.

Zwölftes Kapitel

Jemand rüttelt an ihrer Schulter. Sie blinzelt unwillig. Ihr Kopf schmerzt, und es ist viel zu hell. Durch ein Loch im Dach fällt ein Sonnenstrahl und blendet sie.

Für einen Moment weiß sie nicht, wo sie ist.

Dann fällt ihr wieder ein, was Köberer am Abend angekündigt hat: Heute reisen sie weiter. Es sei an der Zeit für einen anderen Saloon in einer anderen Goldgräberstadt. Die Männer gäben mehr Geld aus, wenn man ihnen immer wieder frische Mädchen anböte. „Die sollen ruhig weiter daran glauben, dass sie eine von euch erobern können", hat er mit einem schmierigen Grinsen zum Wirt gesagt.

„Aufwachen! Und zwar ein bisschen plötzlich!", bellt Mathilde sie an.

Luise ist todmüde, fühlt sich wie zerschlagen, beginnt aber folgsam, sich aus ihrer Decke zu schälen. Vielleicht findet sich später im Planwagen ein Platz zum Weiterschlafen.

„Beeil dich", drängt Mathilde.

„Sind alle schon bereit? Schickt dich Köberer?", fragt sie verwirrt. Die Andere lacht verächtlich auf: „Der sagt nicht viel. Liegt mucksmäuschenstill in seinem Wagen und rührt sich nicht."

„Es ist ja noch früh am Morgen. Befiehlt der Wirt, dass wir schon abreisen?"

„Der hat sich noch nicht blicken lassen. Schnarcht in seiner Kammer", Mathilde klingt jetzt nicht mehr ganz so selbstsicher, „aber Köberer – er sieht krank aus. Oder ich weiß nicht. Es muss ganz plötzlich gekommen sein."

Schlagartig ist Luise wach. Zitternd klettert sie hinter der anderen Deutschen die Stiege hinab und stolpert aus dem Saloon ins grelle Sonnenlicht.

Hinter dem Haus steht der Planwagen, in dem sich Köberer schlafen legt, sobald der letzte Gast den Saloon verlassen hat. Sein klappriger Gaul, den er an einen Baum gebunden hat, starrt sie trübsinnig an.

Vorsichtig schlägt Luise die Plane zurück. Ein Kopf mit fettigem, grauem Haar lugt unter einer schmuddeligen Decke hervor. Seltsam still liegt der Mann da.

„Herr Köberer?“, fragt sie leise.

Er rührt sich nicht.

„Wir müssen nach einem Arzt schicken“, stößt sie erschrocken hervor. Ihr Herz schlägt bis zum Hals.

„Dem hilft keiner mehr“, erwidert Mathilde grob.

Scheu streckt Luise ihre Hand nach der Stirn des Mannes aus: Sie ist eiskalt.

„Dann wecken wir den Wirt. Schnell! Er muss dem Sheriff Bescheid geben!“

„Polizei? Bist du noch bei Tròst?“

Luise antwortet nicht.

„Den Köberer macht keiner mehr lebendig, das steht fest. Wenn der Sheriff kommt, glaubt er bestimmt, dass wir Mädchen den Alten kaltgemacht haben. Und nimmt sich seine Sachen: das Pferd, den Wagen und so.“ Kalt und drohend fährt Mathilde fort: „Und uns lässt er in San Quentin einsperren.“

Luise erschrickt: Von diesem Gefängnis hat sie schon gehört. Dorthin werden Schwerverbrecher aus San Francisco gebracht. Wer einmal in San Quentin landet, so heißt es, kommt nie wieder heraus. Egal ob Mann oder Frau.

„Vor ein paar Jahren haben sie hier oben ein Mädchen gehängt. Es war ihnen egal, dass sie schwanger war. Hat wohl einen Kerl erstochen, der ihr die Tür eingetreten hat oder so. Die Goldgräber haben kurzen Prozess mit ihr gemacht“, weiß Mathilde, „willst du, dass uns dasselbe passiert?“

„Aber wir haben doch nichts gemacht“, wendet Luise kläglich ein. Erst jetzt bemerkt sie die Schwestern, die mit weit aufgerissenen Augen stumm im Gras sitzen und ihre Bündel an sich pressen.

„Wie blöd bist du eigentlich? Ich habe dir doch schon einmal erklärt, dass alles, was wir hier tun, vom Gesetz verboten ist. Alles!“ Mathilde zieht ein Gesicht, als säße sie in einer Amtsstube und leiert mechanisch die Vorschrift herunter: „Das Tanzen, Herumziehen und öffentliche Auftreten in Lokalen, in denen Spirituosen, weinartige Getränke oder Bier ausgeschenkt werden, ist ein Vergehen und wird mit einer Geldstrafe oder mit Gefängnis bestraft.“

„Schneider hat es mir aber befohlen!“ Luise kämpft mit den Tränen. Sie mag nicht glauben, dass ihr Vater, der brave und gottesfürchtige Balthasar Ludwig, unter den Augen des Bürgermeisters von Langenhain einen Kontrakt unterschrieben hat, der gegen das Gesetz verstößt.

„Mach dir mal nicht ins Hemd“, herrscht Mathilde sie an, „hier oben in den Bergen lassen sie uns ja auch meistens in Ruhe. Wissen selbst, dass die Jungs ab und zu ein bisschen Abwechslung von der Schinderei brauchen. Aber es wäre schön blöd, jetzt zum Sheriff zu rennen und ihm die Ohren vollzuheulen.“

Mit einem langen Blick auf den Planwagen fügt sie hinzu: „Wen interessiert schon ein toter Mädchenhalter?“

„Er hätte mich nach San Francisco zurückgebracht. Zu Schneider. Er hat es versprochen“, schnieft Luise, während die Tränen über ihr Gesicht laufen.

„Was willst du denn bei dem? Hör auf zu heulen. Wir müssen hier weg, und zwar schnell.“

„Und Köberer?“

„Nehmen wir mit. Wenn der Wirt aufwacht, sind wir schon über alle Berge. Er lässt bestimmt nicht nach uns suchen. Lieber streicht er das Geld von gestern Abend alleine ein.“

Luise schluckt. Sie denkt an die vielen schönen Vierteldollarmünzen, die ihre Tanzpartner beim Wirt abgegeben haben.

Der Gaul, den Köberer günstig auf einem Viehmarkt erstanden hat, lässt sich nur widerwillig vor den Planwagen spannen. Schwitzend zerren die Mädchen an dem bockigen Tier herum, das ihnen mehrmals schmerzhaft vor die Schienbeine tritt.

Viele nehmen hier oben Ochsen als Zugtiere, weil sie kräftiger und billiger sind. Mit so einem Gespann würden sie aber erst recht nicht zurechtkommen.

Nachdem sie das Pferd und die Deichsel endlich miteinander verknotet haben, springen Luise, Marie und Elisabeth schnell unter das Stoffdach des Fuhrwerks. Mathilde setzt sich auf den Kutschbock und schwingt die Peitsche. Alle paar Meter scheut der Gaul. Dann schlägt und schreit sie so lang auf ihn ein, bis er wieder ein Stückchen weiter trottet.

Auf der staubigen Hauptstraße des Städtchens ist es noch menschenleer. Die Männer, die am frühen Morgen nicht zur Arbeit in den Goldminen sind, schlafen erst einmal ihren Rausch aus.

Bald erreichen sie die bewaldeten Hügel am Stadtrand. Auch hier geht es nur mühsam voran. Bei jedem Anstieg bleibt das Pferd einfach stehen. Die Mädchen müssen aussteigen und nebenherlaufen, manchmal sogar das Fuhrwerk schieben, um über den Hügel zu kommen. Kaum aber geht es wieder bergab, rast das Pferd los, als sei es auf der Flucht vor seiner schweren Fuhre.

Kreischend klammern sie sich dann an die Holzbogen unter der Plane. Alles, was im Wageninneren nicht festgezurrt ist, fliegt wild durcheinander. Sogar der starre Leichnam rollt auf der Ladefläche platschend hin und her, vom Rücken auf den Bauch und wieder zurück. Angewidert hält Luise den Toten mit den Füssen von sich weg.

Zwar könnte man das ganze Fuhrwerk mit einem hölzernen Hebel direkt neben dem Kutschbock bremsen. Aber Mathilde weiß diesen nicht zu bedienen. Wahrscheinlich hat sie daheim nur ein paar Mal neben dem Vater vorne gesessen, aber nie kutschieren gelernt.

Gelegentlich gibt ein Spalt zwischen den Stoffbahnen einen Blick auf die Landschaft draußen frei: Die riesigen Nadelbäume und bizarr geformten Felsbrocken am Wegesrand wirken viel größer und wilder als in der Heimat.

Sie fahren den ganzen Tag. Luise merkt kaum, wie hungrig und durstig sie ist. Zwischendurch fallen ihr manchmal die Augen zu, aber entsetzt wacht sie wieder auf, wenn der kalte, steife Leib des Köberers auf ihre Beine kippt.

Als die Sonne schon tief steht, bringt Mathilde das Fuhrwerk endlich zum Halten und wendet sich zu den Mädchen um: „Hier bleiben wir! Es wird bald dunkel. Ist Zeit zum Schlafen."

„Hier?", fragt Elisabeth erschrocken und klammert sich verängstigt an ihre Schwester.

„Wo sonst?" Mit einem Blick auf die Leiche fügt Mathilde hinzu: „Bevor wir den da nicht los sind, können wir uns nirgendwo blicken lassen."

„Im nächsten Ort gibt es bestimmt eine Kirche", schlägt Luise eifrig vor, „und einen Pastor, der ihn bestatten kann." Einmal hat sie unterwegs einen solchen Friedhof mit Gräbern von deutschen Männern gesehen.

„Du hast es immer noch nicht kapiert?“, fragt Mathilde verächtlich, „was willst du dem Herrn Pastor denn erzählen?“

„Ich weiß schon, dass Köberer sich versündigt hat“, erwidert Luise. Sie hat den ganzen Tag darüber nachgedacht: „Er war bestimmt kein frommer Christ, und er ist auch nicht jeden Sonntag zum Gottesdienst gegangen. Doch unser Herr in seiner Güte vergibt allen. Er nimmt jeden in sein Himmelreich auf, wenn man ihn um Vergebung bittet.“ Sie erinnert sich genau, was sie im Konfirmandenunterricht gelernt hat: Dass Jesus am Kreuz gestorben ist, um für die irdischen Sünden der Menschen zu büßen und sogar für die schlimmsten Trinker. Nur die Katholischen in Ober-Mörlen glaubten noch an die Hölle und das Fegefeuer und fürchteten sich vor dem Teufel.

„Oha, wir haben eine Heilige unter uns!“, spottet Mathilde, „habe ich mir doch gleich gedacht, dass du ein ganz frommes Schäfchen bist.“ In einem Ton, der keinen Widerspruch duldet, bestimmt sie: „Heute Nacht bleibt Köberer bei uns. Im Wagen. Wenn wir ihn rausschmeißen, locken wir damit nur Aasfresser an.“

Die drei Mädchen starren sie erschrocken an.

„Keine Sorge. Der Alte kann euch jetzt nicht mehr antatschen.“

Zu viert teilen sie sich die schmale Ladefläche neben dem Leichnam und breiten, vor Kälte zitternd, Köberers Decke über sich aus. Luise, die direkt neben dem Toten zu liegen kommt, kann sich in dieser Enge kaum rühren. Die Haare stehen ihr zu Berge.

Seltsame Geräusche dringen von draußen herein. Das Rascheln, Trapsen und Jaulen im Wald klingt ganz anders als im Forst bei Langenhain. So oft haben Burschen ihr von den wilden

Tieren hier oben erzählt. Riesige Bären, Luchse und Wölfe wagten sich manchmal bis zu den Hütten der Goldgräber vor. Außerdem schlichen Indianer durch die Wälder.

Schweißgebadet richtet sie sich auf: „Ich setze mich auf den Kutschbock und halte Wache. Dann könnt ihr jedenfalls schlafen."

„So ein Quatsch!", knurrt Mathilde gereizt, „willst du draußen den Lockvogel spielen? Leckeres, frisches Fleisch?"

Sie hat Recht. Und doch mag Luise keine Sekunde länger zwischen dem eiskalten Toten und den Mädchen eingequetscht liegen. Leise richtet sie sich auf, beginnt im Dunkeln herumzukramen und einen Wall aus Kisten und Bündeln am Fußende ihres Schlaflagers aufzuschichten. Als sie darüber krabbelt, um sich ganz hinten im Wagen quer zu legen, atmen die anderen drei erleichtert auf.

Zum Zudecken findet sie einen leeren Futtersack. Sie zieht ihre Knie bis zum Bauch hoch, schlingt die Arme darum und stemmt ihre Füße gegen die tragbare Drehorgel.

Einschlafen kann sie auch hier nicht. Sie zittert vor Angst und vor Kälte. Immer wieder kreisen ihre Gedanken um die Frage, was jetzt werden soll. Ob sie jemals nach San Francisco zurückkann? Und eines Tages sogar in die Heimat?

Luise erinnert sich noch ganz genau an Langenhain, an alle Gassen und Häuser, die Kirche, den Friedhof, den Brunnen, das Waschhaus, die Schule und das Schloss von Ziegenberg. Und die Menschen dort: ihre Namen, das Aussehen, die Kleidung, die Stimmen. Um sich die Zeit zu vertreiben, lässt sie ihre ganze Familie an sich vorbeispazieren: den Vater, die Mutter, die Dora und die Brüder. Dann die Nachbarn, den Pfarrer, den Bürgermeister und den Lehrer Faber. Die Mägde und Bauerntöchter im Waschhaus. Und alle Kinder, mit denen sie zusammen zur Schule gegangen ist.

Auch an die Frau, die ganz allein in einem Haus am Waldrand lebt und von allen in Langenhain „die Amerikanerin" genannt wird, erinnert sie sich genau. Bettelarm sei diese gewesen und ein Waisenkind, so erzählten die Alten im Dorf, als sie mit einem Händler ins Land ging. Jahre später kam die Amerikanerin mit Taschen voller Geld zurück, kaufte einem verarmten Bauern seinen Hof ab und holte Handwerker aus Frankfurt, um das Wohnhaus fein herauszuputzen. Ihr Knecht, so hat Luise im Waschhaus aufgeschnappt, schlafe nicht immer bei den Tieren im Stall, sondern manchmal bei seiner Herrin im Bett.

Als Einzige in Langenhain hielt sie Pferde, und das anscheinend nur zum Zeitvertreib. An Sonntagen konnte man sie manchmal durch die Feldmark galoppieren sehen, angetan mit den Beinkleidern eines Mannes.

Einmal hat Luise mit ihr gesprochen. Als sie zum Wasserholen am Brunnen war, kam die Amerikanerin angeritten, schwang sich lässig aus dem Sattel und führte das Tier zur Tränke.

„Ganz schön heiß heute", bemerkte sie grußlos und wedelte ein paar Fliegen weg.

„Guten Tag die Dame!" Beinahe hätte Luise vor Ehrfurcht einen Knicks vollführt. Sie wusste nicht, was sich gegenüber einer Frau schickt, von der es hieß, sie besitze ein Schießeisen und wisse es auch zu bedienen.

„Fast wie drüben", fuhr diese fort, als habe sie den artigen Gruß nicht bemerkt, „wie im Süden von Amerika, wo die Baumwolle wächst."

„Ihr seid dort gewesen und habt es mit eigenen Augen gesehen?" Luises Neugierde war stärker als ihre Scheu.

„Allerdings. Amerika ist phantastisch. Aber du musst dort alleine zurechtkommen. Da hilft dir keiner." Zum ersten Mal sah die

Frau Luise direkt an: „Wenn du es wirklich wissen willst, fährst du am besten selbst hin."

„Das wäre schön", seufzte diese sehnsüchtig, „aber meine Eltern … der Vater bleibt in der Heimat. Hier ist unsere Scholle, sagt er. Der Herrgott hat uns nicht dafür gemacht, durch die weite Welt zu reisen."

„Dann gehst du halt allein", erwiderte die Amerikanerin aufmunternd, „junge Mädchen sind drüben immer gefragt." Luise starrte beklommen auf den dünnen Wasserstrahl, der aus dem Rohr in den Brunnen sprudelte.

„Setz einfach nur einen Fuß vor den anderen", die Frau kletterte wieder auf ihr Pferd, „immer einen Fuß vor den anderen. So kommst du bestimmt an dein Ziel."

Dreizehntes Kapitel

Als Luise die Augen aufschlägt, ist es draußen schon hell. Irgendwann muss sie doch noch eingeschlafen sein.

Vorsichtig späht sie in den vorderen Teil des Wagens: Die Mädchen sind nicht mehr dort. Nur die Leiche liegt noch unter dem gewölbten Stoffdach. Mit offenen Augen stiert Köberer glasig ins Leere. Hastig schiebt sie die Plane an der Rückseite des Wagens beiseite und klettert ins Freie.

Der Gaul steht friedlich neben dem Baum, an den sie ihn am Abend gebunden haben. Sie atmet erleichtert auf. Niemand hat das Pferd in der Nacht geraubt, kein Wildtier hat es gerissen.

Nur ein paar Schritte von ihr entfernt schlägt Elisabeth mit einer Hacke auf den Waldboden ein. Marie schaufelt die aufgelockerte Erde zur Seite, hat bereits einen kleinen Hügel aufgehäuft. Mathilde hockt auf einem umgestürzten Baum und schaut den beiden zu.

„Was macht ihr denn da?", fragt Luise entgeistert.

„Wonach sieht es denn aus?", höhnt Mathilde, „schon mal eine Spitzhacke und einen Spaten gesehen? So etwas besitzt beinahe jeder im Goldgräberland."

Sie steht auf, nimmt Marie die Schaufel aus der Hand und reicht sie Luise. „Du kommst zur rechten Zeit. Mach mal weiter."

Die Mädchen haben begonnen, eine längliche Grube auszuheben, die bisher kaum einen Fuß tief ist.

„Wollt ihr den Köberer etwa hier begraben? Ohne Sarg und geistlichen Segen?", fragt Luise entsetzt.

Niemand antwortet.

„So wird seine Seele niemals Frieden finden!" Ihre Stimme zittert.

„Und was ist mit unseren Seelen?“, schnaubt Mathilde, „was wird aus denen, wenn wir Köberer irgendwo abliefern, wo alle es mitbekommen?“

Luise schlägt die Augen nieder.

„Los, bringt ihn unter die Erde“, befiehlt ihre Anführerin, „der Alte kann froh sein, dass wir ihn nicht den Kojoten zum Fraß vorwerfen.“

Stumm pickeln, schaufeln und graben die drei, bis Luise fast bis zur Hüfte im Erdreich steht. Ihr Rücken schmerzt, die Hände brennen und der Schweiß steht ihr auf der Stirn. Marie und Elisabeth wechseln einander ab. Doch Mathilde macht keinerlei Anstalten, sich an der Schufterei zu beteiligen. Sie hat es sich auf ihrem Beobachtungsposten bequem gemacht und erlaubt den Mädchen nur ab und zu, einen Schluck Wasser aus dem Fass zu trinken, das am Wagen befestigt ist.

„Genug jetzt!“, verkündet sie erst, als die Sonne schon hoch am Himmel steht, „werft ihn da rein. Aber ohne die Decke, die brauchen wir noch. Und dann schaufelt das Loch schnell wieder zu.“

Schwitzend zerren die Schwestern den Leichnam von seinem Lager. Luise bringt es nicht über sich, den Toten anzufassen.

„Sobald ihr fertig seid, fahren wir ins nächste Wirtshaus und lassen uns eine ordentliche Mahlzeit auftischen“, kündigt Mathilde großmäulig an, „dann gibt es endlich mal was anderes als Grütze, Brot und Trockenfleisch.“

„Ich habe aber kein Geld“, wendet Luise scheu ein.

„Schau mal in den Wagen. Ich schätze, wo Köberer lag, findest du einen prallvollen Sack mit Dollars.“

„Du willst einen Toten bestehlen?“

„Kannst das ja auch noch beim Sheriff melden. Dann hängt

er uns gleich einen Raubmord an. Aber vorher genehmigen wir uns einen anständigen Leichenschmaus."

„Das ist nicht recht. Das Geld gehört uns nicht."

„Mir schon. Ich hab's geerbt, samt Pferd und Wagen."

„Du bist eine Verwandte vom Mädchenhalter?", staunt Luise und glaubt, endlich zu begreifen, „er war dein Vater?"

„So ganz genau weiß man's nie." Mathildes Lippen umspielt ein boshaftes Lächeln.

Vierzehntes Kapitel

Seit Köberer nicht mehr bei ihnen ist, hat sich kaum etwas geändert. Statt des Mädchenhalters bedienen jetzt Marie, Elisabeth und Luise abwechselnd die Drehorgel. Mathilde ist ihre Anführerin, rechnet mit den Gastwirten ab und beaufsichtigt die Mädchen.

Dieselben Melodien erschallen weiterhin jeden Abend in derselben Abfolge aus dem schwarzen Kasten, und auch das Quietschen, Pfeifen und Seufzen klingt immer gleich. Die Mädchen haben schnell gelernt, die Kurbel zügig und regelmäßig zu drehen, damit sich ihre Tanzrunden nicht quälend in die Länge ziehen.

Anfangs hatte Luise nach ein oder zwei Stücken schreckliche Schmerzen im rechten Arm, aber inzwischen macht ihr diese Arbeit nichts mehr aus.

Manchmal hat sie, wenn sie frühmorgens aufwacht, noch das Bild von dem Leichnam vor Augen, den sie im Wald begraben haben. Dann wird ihr elend zumute, und sie verscheucht die Gedanken daran schnell wieder. Wenn sie den Mund hält und weiter mitmacht, hat ihr Mathilde bedeutet, werde sie schon dafür sorgen, dass Luise am Ende der Saison nach San Francisco zurückkäme.

Mit dieser Hoffnung im Herzen hat sie sich daran gewöhnt, das tägliche Einerlei über sich ergehen zu lassen, sich mit immer wieder anderen Burschen auf der Tanzfläche im Kreis drehen, ihr starres Lächeln zu präsentieren und so vage wie möglich auf die immer gleichen Fragen zu antworten.

Jeder Bursche, der sie zum Tanzen gemietet hat, will nämlich dasselbe wissen: Woher sie kommt. Ist sie ein Mädchen aus Hessen, Westfalen oder Mecklenburg, am Ende sogar aus seinem

Nachbardorf? Jeder hofft, eine in den Armen zu halten, die ihm etwas aus der Heimat erzählen kann. Ob die Ernte im letzten Sommer wieder so schlecht ausgefallen ist wie in den Jahren davor? Und ob der Bürgermeister, der in der Wirtschaft so oft am Tisch einschlief, noch immer am Leben und im Amt ist?

Mathilde hat ihr verboten, ihren Namen zu nennen oder ihr Heimatdorf zu verraten. Niemand soll zudem erfahren, warum die vier Hessinnen ohne Mädchenhalter umherziehen. Es soll sich auch nicht bis in die Heimat herumsprechen, dass die älteste Tochter von Balthasar Ludwig jeden Abend in einem Saloon tanzt, mit fremden Männern und in einem viel zu kurzen und engen Kleid.

„Woher kommst du?" Dieses Mal klingt die Frage ganz anders. Luise erkennt den vertrauten Zungenschlag sofort. Der junge Mann, der sie auf die Tanzfläche geführt hat, brüllt ihr auch nicht die Ohren voll, wie es all die anderen tun. Er spricht nur laut genug, um den Lärm im Saloon zu übertönen. Er packt sie nicht grob und zudringlich an den Hüften, sondern hält sie so fest, wie es sich für einen Paartanz geziemt. Er tritt ihr nicht auf die Füße und stinkt nicht aus dem Mund.

Mit seinem wilden langen Bart sieht er zwar genauso aus wie die anderen Burschen im Saloon. Doch er schaut sie so freundlich an, wie es bisher keiner getan hat.

„Ich bin aus der Wetterau", rutscht es ihr heraus. Ihr Herz beginnt wild zu klopfen, während sie sich miteinander im Kreis drehen.

„Wie schön! Genau wie ich!", freut er sich, „ich bin in Friedberg geboren!"

Luise beißt sich auf die Lippen. Das Städtchen liegt nur zwei Fußstunden von Langenhain entfernt. An manchen Tagen verkehrt sogar eine Postkutsche dorthin.

Sie selbst war noch nie dort. Ihr Vater und auch die Nachbarbauern fuhren lieber nach Butzbach zum Markt. In Friedberg, so hieß es, trieben sich zu viele Juden herum und zu viele Seminaristen.

„Mein Name ist Benjamin“, stellt er sich vor, „Benjamin Stein. Hier nennen mich viele einfach Ben. Ben Stone.“

„Ich bin Luise.“ Ihren Nachnamen will sie nicht preisgeben.

„Magst du ein bisschen mit mir vor die Tür gehen? Draußen könnten wir uns in Ruhe unterhalten.“

Ihr Körper versteift sich. Blitzschnell drängt sie den Burschen so weit von sich fort, wie seine Arme es zulassen.

Unterhalten will er sich? Sie weiß genau, was er meint.

„Ich darf nicht“, weist sie ihn zornig zurück: „Ich habe hier meine Tanzrunden zu machen.“

„Keine Sorge“, lacht er sie an, „mir geht’s doch nicht um … was du jetzt denkst. Ich will nur mit dir schwatzen. Und ich zahl auch dafür!“

Ohne das Ende des Musikstückes abzuwarten lässt er sie los, bahnt sich seinen Weg zum Tresen und spricht dort gestikulierend auf den Wirt ein. Luise bleibt allein auf der Tanzfläche zurück und weiß für einen Moment nicht, wohin sie sich zwischen all den schiebenden, drängenden Leuten wenden soll. Dann ist er schon zurück: „Geht in Ordnung. Drei Runden sind ausgemacht. So lange gehörst du mir – natürlich nur, wenn du magst.“ Ohne ihre Antwort abzuwarten packt er sie am Arm und dirigiert sie zur Hintertür.

Ob es Marie oder Elisabeth ist, die ihnen von der Drehorgel aus nachstarrt, kann Luise in dem schummrigen Licht nicht erkennen. Für einen Moment scheint das Mädchen an der Kurbel innezuhalten, so dass die Melodie zu stocken beginnt und kleine Sprünge vollführt. Dann aber nimmt das Tanzstück wieder Fahrt auf, wird schneller und schneller, als versuche es, die verbummelte Zeit wettzumachen.

Luise ist weich in den Knien. Noch nie hat sie den Gastraum mit einem Mann verlassen. Dort draußen im Dunkeln ist sie vor nichts geschützt. Die freundlichen Augen und der vertraute Zungenschlag dieses jungen Mannes haben sie jede Vorsicht vergessen lassen.

Kalte Luft schlägt ihr entgegen. Fröstelnd schlingt sie die Arme um ihren Leib, sehnt sich nach dem warmen Wolltuch aus ihrem Bündel. Galant legt ihr Benjamin seine Jacke über die Schultern.

„Ich mache so etwas eigentlich nicht", er klingt entschuldigend, „ich bezahle nicht für einen Tanz oder für ein Mädchen. Ich halte mein Geld zusammen. Habe nämlich etwas Besseres damit vor."

Das sagen sie alle, denkt Luise.

„Wie lange bist du denn schon in Kalifornien?" Unbeholfen versucht er, die Unterhaltung von der Tanzfläche wieder aufzunehmen.

„Erst diesen Sommer." Sie hat ihre Arme fest vor der Brust verschränkt.

„Bei mir sind es schon fast zehn Jahre. Wir sind damals alle zusammen weg. Die Großeltern sind auch mitgekommen. Mein Vater hat gesagt: Wir Juden werden es in Deutschland niemals zu etwas bringen, auch wenn wir noch so brav und tüchtig sind."

Ein Jude. Luise erschauert. Noch nie im Leben hat sie mit einem gesprochen. Nur ein einziges Mal konnte sie in Butzbach einen Blick in die dunkle Gasse werfen, in der diese Leute ihre armseligen Geschäfte als Trödler oder Pfandleiher führten.

Es sei nicht recht, dass sich die Juden neuerdings überall breitmachten, sagten die Leute in Langenhain. Auf dem Lande werde man das zu verhindern wissen. Die Städter würden dann schon noch merken, was sie von der neuen Mode hätten, dieses Gesindel überall wohnen zu lassen. Man wisse ja, wie verkommen die Juden seien.

Benjamin hat bemerkt, wie Luise von ihm abgerückt ist. „Verzeih mir, dass ich nicht daran gedacht habe!", sagt er lässig, „ich kann mir schon vorstellen, was du jetzt denkst: Einer wie ich ist kein Umgang für ein braves Christenmädchen. Daheim wäre es ein Skandal, dass du dich von mir zum Tanz führen lässt."

Stimmt, denkt Luise. Und noch ungehöriger wäre es, mit einem jüdischen Burschen im Dunkeln hinter einem Wirtshaus zu stehen. Am liebsten würde sie die Jacke, die jetzt wie ein nasser Sack auf ihren Schultern lastet, einfach abschütteln. Aber solange dort drinnen die Musik spielt, ist sie an ihn vermietet.

„Wir sind hier aber in den Vereinigten Staaten von Amerika!", Benjamin wechselt unwillkürlich ins Hochdeutsche, „hier darf jedermann glauben, was er will und kann es trotzdem zu etwas bringen. In Amerika wird es bald nur noch freie Menschen geben! Nicht einmal auf die Hautfarbe kommt es an: Abraham Lincoln, der Präsident von Amerika, hat sich ausdrücklich gegen die Sklaverei ausgesprochen. In Kalifornien war dieser verabscheuungswürdige Menschenhandel von Anfang an verboten. Du kannst es in San Francisco mit eigenen Augen sehen: Weiße, Gelbe und Schwarze wohnen in denselben Häusern, laufen durch dieselben Straßen und kratzen einander nicht die Augen aus. Die Chinesen betreiben sogar ihre eigenen Geschäfte und Wirtschaften."

Aus dem Saloon schallt ein langsamer Walzer. Luise verschränkt ihre Arme noch etwas fester. Sie hasst dieses Tanzstück, das den Männern erlaubt, ihren Unterleib fordernd an sie zu drängen und ihr gierig ins Ohr zu stöhnen.

„Mein Vater führt ein großes Bekleidungsgeschäft, nur ein paar Blocks vom Hafen entfernt. So etwas hätte er in Friedberg niemals aufbauen können. Auch meine Brüder haben in seinem Laden ihr Auskommen. Wir handeln mit Stoffen und Kurzwaren, schneidern Hosen und Jacken: Sachen, die den Arbeitern richtig gut passen und lange halten", berichtet Benjamin weiter.

Luise entspannt sich ein wenig, lässt ihre Arme sinken.

„Du willst jetzt bestimmt wissen, warum ich nicht in der Stadt geblieben bin", er redet sich jetzt in Fahrt, „weißt du, ich möchte mir etwas Eigenes aufbauen. Bei uns im Geschäft kommandiert mich der Vater von früh bis spät herum, und meine Brüder tun es ihm nach. Ich bin der Jüngste, wie mein Name schon sagt: der Benjamin."

„Und? Ist es hier in den Bergen besser?", fragt Luise leise. Bisher hat sie von den Minenarbeitern nur Klagen über die harte Arbeit, die schlechte Bezahlung und die Kälte in den Goldminen gehört, und fast jeder träumte von einem Leben in der Stadt.

„Ich weiß, was du meinst. Als Arbeiter kommst du hier oben auf keinen grünen Zweig. Niemand darf mehr auf eigene Faust Gold schürfen. Die Minen gehören reichen Geschäftsleuten, die ihr Geld in Bohrtürme, Stollen und Schürfanlagen gesteckt haben. Uns Männern zahlen sie höchstens drei Dollar am Tag und quartieren uns in ihren lausigen Camps ein." Seine Miene verdüstert sich: „Alles ist wahnsinnig teuer. Wenn du nicht höllisch aufpasst, bist du dein sauer verdientes Geld ganz schnell wieder los."

Luise weiß nicht, was sie dazu sagen soll.

„Sobald die Saison vorbei ist, gehe ich zurück!", erklärt Benjamin entschlossen, „den Winter über werde ich in San Francisco bleiben und beim Vater im Geschäft aushelfen müssen.

Um Weihnachten ist immer am meisten los. Aber nächstes Jahr … ich weiß schon, was ich dann mache.“ Er sieht das Mädchen zweifelnd an: „Interessiert dich das überhaupt?“

„Schon.“ Sie nickt brav.

„Jetzt kommt's nämlich, was ich mit dir besprechen wollte“, er holt tief Luft, „du wirst es schon ahnen: Ich will mein eigenes Geschäft aufbauen. Aber das kann ich nicht allein. Ich brauche ein Mädchen, das mitmacht. Als ich dich da drinnen gesehen habe, habe ich gedacht: Die könnte passen.“

Luise wird warm im Gesicht. Jeden Burschen, der mehr wollte als eine Runde mit ihr tanzen oder ein Glas trinken, hat sie bisher abgewiesen. Wenn einer gar anfing, vom Heiraten zu schwafeln, hat sie klargestellt, dass sie für die nächsten drei Jahre zum Dienst verpflichtet ist. Doch während Benjamin sie so freundlich und vertraut anblickt, bringt sie nichts dergleichen heraus.

„Für dich wäre es doch auch besser“, sagt er leise und bittend, „du müsstest nicht mehr herumziehen … und all das andere.“

Wenn es in diesem Hinterhof etwas heller wäre, würde er sehen, dass sie puterrot angelaufen ist. Ihr Herz schlägt wild, ihre Kehle schnürt sich zusammen und für einen Augenblick gibt sie sich dem Traum hin, dass all das hier ein Ende haben könnte: die schreckliche Musik, die stumpfe Tanzerei und die fremden Männer, die nach ihr greifen. Der Dreck in den Wirtschaften, die Langeweile und die Ungewissheit, ob sie jemals wieder in die Heimat zurückkann.

Doch dann beginnt eine andere, strenge Stimme in ihrem Kopf Fragen zu stellen: Was würde geschehen, wenn sie ihren Kontrakt nicht erfüllt? Müsste der Vater alles zurückzahlen, verlöre er sogar Haus und Hof? Und was wäre mit Dora?

„Natürlich musst du erst darüber nachdenken", sagt Benjamin verständnisvoll, „ich habe dir ja auch noch gar nicht erzählt, was ich vorhabe."

Luise hebt ihren Blick und sieht ihn verwirrt an.

„Stimmt schon, ich bin hier oben nicht reich geworden. Aber ich habe gesehen, woran es den Leuten wirklich fehlt: Sie haben nichts Vernünftiges anzuziehen. Jeden Sonntag müssen die Arbeiter hier ihre Hosen und Jacken flicken. Es gibt keine Schneidereien. Nadel, Faden, Knöpfe kann man beim Krämer oder im Saloon kaufen, aber die Ware ist schlecht und viel teurer als bei meinem Vater im Laden. Mit solchen Sachen könnte man hier gute Geschäfte machen."

„Du willst Landfahrer werden?", fragt Luise und ist erleichtert, dass der Bursche sie nicht weiter bedrängt. Reisende Händler, die Kurzwaren oder Kochtöpfe feilbieten, kennt sie aus Langenhain. Jedermann kaufte bei ihnen, aber besonders gut angesehen waren sie nicht.

„Ach bewahre", winkt er ab, „wir sind doch nicht nach Amerika gegangen, damit ich hier dasselbe mache wie mein Großvater in der Wetterau! Ich will sesshaft werden mit meinem eigenen Laden. Aber nicht in San Francisco oder Sacramento. Da gibt es schon zu viele. Ein oder zwei Tagesmärsche von hier entfernt, im Tiefland liegt zum Beispiel das Städtchen Placerville. Wenn die Männer sich ihre Hosen und Jacken dort schneidern lassen könnten, bliebe ihnen der weite Weg in eine große Stadt erspart."

„Ach so", versteht Luise. Sie hat immer noch weiche Knie, fühlt sich wie gelähmt.

„Du fragst dich bestimmt, wie ich das alles bezahlen will: ein eigenes Ladengeschäft, die Einrichtung, die Waren und so? Mein Vater würde mir bestimmt helfen. Er kann alles günstig beziehen und hat Geschäftsfreunde in der ganzen Welt, aber mir fehlt etwas anderes", er seufzt auf, „ein tüchtiges Mädchen ist in Kalifornien schwerer zu finden als ein Klumpen Gold." Er legt seine Hände auf ihre Schultern: „Also, was sagst du dazu?"

Sie entwindet sich seinem Griff und antwortet nicht.

„Magst du mich denn überhaupt nicht leiden?", fragt er leise.

„Ich kann … ich darf nicht!", stammelt Luise unbeholfen, „ich bin verdingt und muss zurück zum Schneider."

„Wer ist denn das?"

„Georg Johann Schneider aus Langenhain", nur flüchtig bemerkt sie, dass sie dem Fremden schon viel zu viel über sich verraten hat, „er hat den Kontrakt mit meinem Vater gemacht. Für drei Jahre. Kaum sechs Monate davon sind um."

„Seid ihr Mädchen nicht allein mit dem Planwagen unterwegs, ohne Mädchenhalter? Viele Burschen finden euch deshalb ganz toll!"

„Wir machen das nur zum Übergang so", wehrt sie ab.

„Und im Herbst?"

„Gehen wir wieder zu unseren Dienstherren."

„Du willst dich bei deinem Ausbeuter zurückmelden? Bist du nicht froh, dass du ihn los bist?"

Im Saloon verstummt die Musik. Gläserklirren und Stimmengewirr dringen nach draußen. Sanft legt er seine Arme um sie und zieht sie an sich.

„Im Ernst", sagt er, „vergiss diesen Schneider oder wie er heißt. Wer weiß, ob er überhaupt in San Francisco auf dich wartet. Viele versuchen ihr Glück zur Zeit woanders. Und mir ist es egal, was du bisher gemacht hast." Seine Stimme klingt rau: „Stell dir vor, du müsstest nie wieder im Saloon herumspringen. Wir könnten einen eigenen Hausstand gründen und so viele Kinder bekommen, wie wir wollen."

„Aber ich darf nicht! Ich muss den Kontrakt erfüllen!"

„Kein Richter und kein Polizist kann dich zwingen, im Saloon zu tanzen. Weißt du nicht, dass das, was ihr da tut, in Kalifornien verboten ist?"

„Aber Schneider … er hat schon so viel für mich bezahlt", wehrt sie ab.

„Was wäre denn, wenn du ihn einfach nicht wiederfindest?", fragt Benjamin mit einem spitzbübischen Grinsen.

„Dann würde er vom Vater alles zurückverlangen", Luise spürt einen Kloß im Hals, „er müsste dann unser Vieh verkaufen, oder das Haus und die Felder."

„Dein alter Herr hatte Geldsorgen?", fragt Benjamin böse, „deshalb hat er dich an einen Mädchenhalter verschachert? Und du sollst das Schlamassel jetzt ausbaden?"

„So ist es nicht …", wendet Luise verzweifelt ein.

„Ich habe es vorhin schon einmal gesagt", seine Stimme bebt vor Empörung, „du bist hier in Amerika. In Freiheit. Niemand wird dir verübeln, wenn du ein neues Leben als brave Ehefrau und Mutter beginnst."

„Aber dann kann ich nie wieder nach Hause. Die Dora … meine Schwester wartet auf mich, schon seit dem Frühjahr."

„Du musst für sie sorgen?", fragt er überrascht.

„Sonst macht es keiner."

„Wir könnten sie zu uns holen", schlägt er vor.

Benjamin spricht so vertraut mit ihr, als würden sie sich seit Ewigkeiten kennen. Luise mag das sehr.

Drinnen ertönt jetzt das letzte Musikstück der Runde, eine wilde Polka. Die Männer trampeln laut durch den Gastraum und schwenken die Mädchen dabei ausgelassen im Kreis. Bald ist Luise an der Reihe, die Kurbel der Drehorgel zu übernehmen.

„Also, was ist?“, Benjamin schaut sie auffordernd an.

Sie senkt ihren Blick wieder auf die Erde und zuckt mit den Achseln. Es geht alles viel zu schnell.

„Verstehe!“, seufzt er, „wenn du nicht magst, will ich dich nicht weiter bedrängen.“

Sacht nimmt er ihr seine Jacke von den Schultern und wendet sich zum Gehen. „Du musst es mir nicht erklären“, sagt er traurig, „wäre schön gewesen. Zu schön, um wahr zu sein. Lebe wohl.“

Luise schießen die Tränen in die Augen.

Wie gelähmt sieht sie zu, wie er den Saloon durch den Hintereingang betritt und sich seinen Weg durch die Menge der Tanzenden nach draußen bahnt.

III

San Francisco

Fünfzehntes bis zweiunddreißigstes Kapitel

November 1863 bis Juni 1864

Fünfzehntes Kapitel

Am späten Abend signalisiert der Raddampfer mit einem heiseren Tuten, dass er in Kürze in San Francisco anlegen wird. Das Platschen und Klappern der Schaufelräder wird langsamer, während die *Yosemite* zum Kai stampft.

Wunderschön spiegeln sich die Lichter der Stadt in der *Golden Bay*, in der sich das Wasser des Sacramento-Stromes mit dem Pazifik mischt.

Diesmal liegt kein Nebel über der Bucht. Wie Perlenketten ziehen sich leuchtende Straßenzüge die steilen Berge hinauf. Unten im Zentrum der Stadt säumen elegante Gebäude die breite, von Gaslaternen illuminierte *Market Street*. Tagsüber, so erzählt ein Mann aufgeregt, verkehre dort sogar eine mit Dampf betriebene Straßenbahn.

Eines Tages, denkt Luise, die mit Hunderten Reisenden an der Reling steht, wird sie daheim davon erzählen: Wie großartig, wie majestätisch diese Stadt vom Wasser aus wirkt.

„Du gehst zu deinem Dienstherren zurück! Morgen!", zischt Mathilde ihr ins Ohr. Es klingt wie ein Befehl: „Schneider! Oder wie heißt der nochmal?"

Luise nickt stumm. Sie hat ihre Rückkehr nach San Francisco so sehr herbeigesehnt. Doch jetzt ist ihr mulmig zumute: Ob Schneider mit seiner Familie und mit Anna und Tesi überhaupt noch im selben Gasthaus logiert, in dem er sie alle nach ihrer Ankunft untergebracht hat? Benjamin hat das ja bezweifelt, und sie hat sich die Adresse und den Namen des Wirtes im Sommer nicht gemerkt. Damals hat sie noch geglaubt, Köberer werde sie beizeiten zu Schneider zurückbringen.

Unzählige Male hat sie sich diesen Moment in allen Einzelheiten ausgemalt: Wie sie durch die Tür der Gaststube tritt, in der Margarethe und die Mädchen beieinandersitzen, Anna mit einem Säugling im Arm. Wie alle sie freudig begrüßen und mit Fragen bestürmen. Wie sie selbst dann nicht mehr jenes dumme Bauernmädchen wäre, das im Frühjahr in einem hessischen Dorf aufbrach. Sondern die Einzige, die das Goldgräberland mit eigenen Augen gesehen hat und vom Leben in den Bergen erzählen kann.

Was sie antworten soll, falls jemand nach Köberer fragt, hat Mathilde ihnen immer wieder eingetrichtert: Der Mädchenhalter habe sie, um sich das Fahrgeld zu sparen, allein nach San Francisco zurückgeschickt. Er werde den Winter über in Sacramento bleiben. „Kein Hahn kräht danach, ob der Alte wirklich dort rumhängt", fügte sie böse hinzu.

Seit Mitte Oktober war es im Saloon das wichtigste Gesprächsthema: Man rechnete täglich mit dem ersten Schnee. Wer dann noch nicht fort war, lief Gefahr, monatelang in den Bergen festzusitzen. Luise war froh gewesen, als Mathilde schließlich ihre sofortige Abreise verkündet hatte.

Mit dem Planwagen waren sie an einem frühen Morgen aufgebrochen. Noch einmal musste sie ihr Lager mit den Anderen unter dem gewölbten Stoffdach teilen. Eine Rast in einer Herberge konnten sie sich nicht leisten. Es wäre auch viel zu riskant gewesen: Im Tiefland siedelten mehr brave Farmer als wilde Goldgräber. Vier alleinreisende Mädchen wären dort aufgefallen.

Es machte Luise auch längst nichts mehr aus, eine Nacht in der Wildnis zu verbringen. Alles war besser als die ewig gleiche, quäkende Musik aus der Drehorgel zu ertragen und die Hände wildfremder Männer auf ihrem Körper.

Als Mathilde am Stadtrand von Sacramento das Pferd und den Wagen versetzte und den Mädchen befahl, zu Fuß weiter zu gehen, wusste sie, dass es nicht mehr weit war. Die Raddampfer, die im Flusshafen der Hauptstadt von Kalifornien ablegten, brauchten kaum zehn Stunden für die Fahrt nach San Francisco.

Hörbar lässt die *Yosemite* jetzt Dampf ab. Rund um Luise beginnt ein hektisches Schieben und Drängen. Alle wollen schnell an Land, um nach den träge verdämmerten Stunden an Bord endlich wieder ihre eigenen Wege zu gehen.

„Zu deinem Schneider kannst du gleich morgen früh rennen", raunt Mathilde, „aber heute Abend kommst du mit uns. So blöd wie du bist, läufst du sonst noch der Polizei in die Arme."

Luise nickt folgsam und ein wenig erleichtert. Für ihre erste Übernachtung in der fremden Stadt ist also gesorgt. Zugleich zieht sich etwas in ihrem Bauch schmerzhaft zusammen. Sie mag sich nicht damit abfinden, dass sie sich vor der Polizei hüten soll: Ein Leben lang war sie eine brave Bauerntochter und folgsame Untertanin. Erst seit sie von zu Hause fort ist, muss sie sich wie eine arme Sünderin fühlen.

Endlich schiebt der Schiffsjunge einen schmalen, eisernen Steg zum Kai und erlaubt den Passagieren auszusteigen.

„Worauf wartet ihr noch", herrscht Mathilde die Mädchen an, die sich ängstlich um sie scharen, „bis zur Herberge ist es noch ein ordentlich langer Fußmarsch."

Früh bricht Luise am nächsten Vormittag auf. Die Sonne, die von einem makellos blauen Himmel auf sie herabstrahlt, erfüllt sie mit Zuversicht. Sie wird das weiß gestrichene Holzhaus mit den grünen Fensterläden bestimmt schnell wiederfinden.

An den Weg dorthin kann sie sich noch gut erinnern: Vom

Hafen aus ging es eine Weile einfach geradeaus. Dann stieg der Fahrdamm steil in die Hügel hoch. Ganz oben musste man einmal rechts abbiegen und stand schon vor der Tür des Gasthauses.

Doch als sie am Wasser steht, schwindet ihre Gewissheit. Nichts sieht hier noch genauso aus wie im Sommer. Schon auf dem Weg kam ihr die Stadt viel größer und verwirrender vor als in der Nacht zuvor.

Irgendwo hier in der Nähe müssen sie von Bord der *Yosemite* gegangen sein. Der Dampfer ist nirgendwo mehr zu sehen. Wahrscheinlich hat er am frühen Morgen schon wieder mit Kurs auf Sacramento abgelegt.

Hunderte Mastbäume schaukeln im Wind, während weitere Dampfschiffe und Großsegler draußen auf dem Wasser dümpeln und auf einen Platz zum Anlegen warten. Hafenarbeiter stapeln hölzerne Kisten, Reisende drängen mit ihren Koffern zu den Standplätzen der Kutschen, Ausrufer preisen Schiffspassagen in ferne Länder an. Für einen kurzen Moment lässt sie sich von dem bunten Spektakel gefangen nehmen, schaut einfach nur zu. Dann gibt sie sich einen Ruck und entscheidet sich für den erstbesten Fahrweg, der in die Berge hinaufführt.

Je weiter sie in die Stadt vordringt, desto schlechter kommt sie voran. Zwar sind die Straßen von San Francisco ganz gerade und kreuzen sich stets im rechten Winkel. Doch überall herrschen Lärm, Dreck und Gedränge. Immer wieder muss sie Baustellen und Gräben ausweichen, wo neue Gebäude errichtet oder ganze Hügel abgetragen werden. Die Luft ist gesättigt von Staub und Sand. Sie hustet, ihre Augen tränen und sie muss auf ihre Füße achten, um nicht in Erdlöcher zu treten oder über Abfall zu stolpern.

Nach den ersten zwei oder drei Häuserblocks entdeckt sie am Rande des Fahrweges einen hölzern beplankten Gehsteig.

Schnell klettert sie hinauf. Auch hier oben muss sie aufpassen, um nicht auf die Auslagen der Händler zu treten oder mit dem Schuh an einem Holzsplitter hängenzubleiben. Zudem verlangt ihr jede Kreuzung eine besondere Anstrengung ab: Sie muss vom Fußsteig herunterklettern, sich durch eine Menschenmenge drängen, den Fahrweg überqueren und auf der anderen Straßenseite wieder hinauf.

Die meisten der Häuser, die sich hier endlos aneinanderreihen, wirken schmucklos und etwas heruntergekommen, obwohl sie kaum zehn Jahre alt sein können. Nur in vier oder fünf breiten Straßenzügen wachsen prachtvolle Paläste mit Türmchen, Säulen und Dachgeländern in den Himmel.

Überall wetteifern Geschäfte mit üppigen Auslagen und grellen Plakaten um die Aufmerksamkeit der Passanten.

Und dazu dieser Lärm! Ausrufer preisen die Qualität ihrer Waren oder billige Schiffspassagen an. Aus den Gaststätten schallt Blechmusik. Schon am Vormittag wird dort getanzt und getrunken. Prachtvoll ausgestattete Kutschen und einfache Fuhrwerke holpern laut über die Feldsteine, mit denen einige Fahrwege gepflastert sind. Peitschen knallen, Kutscher schreien ihre Gäule an, im Hafen tuten Schiffe und irgendwo rumpelt eine Straßenbahn.

Wer sich in diesem Tohuwabohu verständigen will, muss schreien: Luise erkennt deutsche, englische und französische Wortfetzen und dazwischen noch fremdere Sprachen. Ist das vielleicht spanisch? Chinesen mit schwarzen Zöpfen eilen in schimmernden Gewändern an ihr vorbei, Mexikaner tragen breitkrempige Hüte und goldverzierte Hosen zur Schau. Feine Herren in dunklen Anzügen teilen sich die Straße mit zerlumpten Gestalten, die ihre Kleidung schon lange nicht mehr gewechselt und wahrscheinlich auch keinen Schlafplatz haben.

Dass die Männer in Amerika überall in der Überzahl sind, ist für Luise nicht neu. Auf den Schiffen und in den Goldgräberstädtchen wurde sie von den Burschen angestarrt wie ein exotisches Tier. Auch in den Straßen von San Francisco sind nur wenige Frauen zu sehen. Vielleicht schauten einige feine Damen durch die Vorhänge aus den eleganten Mietkutschen nach draußen. Aber eine Siebzehnjährige, die ganz allein zu Fuß unterwegs ist, zieht viele neugierige und begehrliche Blicke auf sich.

Das ist Amerika! Nicht die armseligen Kammern und Bretterbuden, in denen Luise bisher ihr Dasein fristen musste, sondern diese bunte und aufregende Stadt! Jetzt versteht sie, wovon Benjamin so begeistert gesprochen hat.

Sie wünschte, die Leute aus Langenhain könnten sie sehen: Die Tochter vom Bauern Ludwig streift ganz allein durch die Großstadt, wie es die Schriftstellerin Ida Pfeiffer einst getan hat.

Längst achtet sie nicht mehr auf ihre Wegstrecke. Straßensperren und Baustellen zwingen sie, mal links und mal rechts in eine Seitenstraße auszuweichen. Plötzlich steht sie wieder an der breiten *Market Street*, durch die sie in der Nacht mit Mathilde gelaufen ist. Auf der anderen Straßenseite beginnt jener Teil der Stadt, der auf Pfählen und Sand über dem ehemaligen, natürlichen Hafenbecken errichtet wurde. In riesigen Lagerhäusern werden dort Handelsgüter von Schiffen umgeschlagen und weiterverarbeitet: Kaffee, Tee und Tabak. In der Ferne sind qualmende Schlote zu sehen.

Einmal hat Schneider seiner Frau von den Bank- und Geschäftshäusern dort erzählt: prachtvolle Gebäude, die wie griechische Tempel aussehen. Luise widersteht der Versuchung, die Chaussee zu überqueren, um all das mit eigenen Augen zu sehen. Sie weiß, dass sie die Herberge der Schneiders in diesem Teil der Stadt ganz bestimmt nicht findet.

Sie kehrt um, läuft durch die feine *Montgomery Street* zurück, kann sich an den Auslagen der Geschäfte kaum sattsehen: Möbel, Geschirr, Kleidung, Schuhe und Wäsche aus aller Welt sind hinter riesigen Glasfenstern ausgestellt.

Nicht einmal ein halbes Jahr ist es her, dass ihr der kurze Weg vom Gasthaus zum Schaarmarkt in Hamburg Angst gemacht hat. Jetzt schlendert sie furchtlos durch die Straßen von San Francisco. Die Amerikanerin am Brunnen hatte Recht, denkt sie. In diesem Land hilft dir keiner. Du musst einfach nur einen Fuß vor den anderen setzen, dann kommst du schon an dein Ziel.

Am frühen Nachmittag schlägt ihre Stimmung um. Entmutigt steht sie wieder am Hafen, schiebt sich verwirrt eine Haarsträhne aus der verschwitzten Stirn. Mehrmals ist sie einen der Fahrwege in die Berge hinaufgestiegen und im Zickzack zwischen den Häuserblocks wieder hinab. Doch je länger sie unterwegs war, desto häufiger geriet sie auf immer wieder dieselben Wege. Einige Male war sie sicher, nach der nächsten Straßenecke vor dem Gasthaus zu stehen. Doch dann sah es dort wieder ganz anders aus.

Sie hätte sich merken oder noch besser aufschreiben müssen, wo sie schon war und wo nicht, denkt Luise niedergeschlagen. Jetzt muss sie die ganze Suche noch einmal von vorne beginnen.

Heute ist es dafür aber zu spät. Die Novembersonne steht schon tief und wird bald untergehen. Wenn es dunkel ist, soll sie zurück in der Herberge sein, hat Mathilde gesagt.

Sie muss also noch eine weitere Nacht in einem der schmuddeligen Schlafsäle verbringen, wo sich Dutzende Mädchen auf schäbige Stockbetten verteilen.

Sechzehntes Kapitel

„Du weißt schon, dass das alles hier etwas kostet: deine Unterkunft, das Essen und so?", fragt Mathilde grob. Luises Antwort wartet sie gar nicht erst ab. „Keine Sorge, ich habe mit dem Wirt gesprochen. Er schreibt erst einmal an, was du ihm schuldest. Du musst ihm nur deine Sachen als Pfand überlassen", fügt sie herablassend hinzu.

„Ich habe nichts." Erschrocken greift Luise nach ihrem Bündel und drückt es sich an die Brust.

„Zeig mal her!" Mathilde entwindet ihr das Gepäckstück und durchwühlt es mit ihren riesigen Händen.

„Was haben wir denn da?" Triumphierend hält sie das rote Album in die Höhe und befördert auch den Karton mit den Stiften ans Licht. „Ich wusste gar nicht, dass du so feine Sachen hast. Da wird sich der Wirt aber freuen."

„Das Schreibzeug habe ich vom Schulmeister in der Heimat", antwortet Luise erschrocken, „ich darf es bestimmt nicht weggeben!"

„Ist ja nur als Pfand. Wenn du zahlst, kriegst du alles zurück." Genüsslich blättert Mathilde in dem roten Büchlein. „Steht nicht viel drin", stellt sie befriedigt fest, „die ersten zwei Seiten kann man rausreißen, das merkt keiner."

Traurig sieht Luise mit an, wie die Ältere ihre Sachen wieder zusammenpackt und das Bündel nachlässig verschnürt. Obwohl Faber sich bestimmt gewünscht hatte, dass sie ihre Eindrücke aus Amerika in dem Album notiert, hat sie den Stift bisher nur zur Hand genommen, um englische Wörter zu sammeln oder Zahlenkolonnen zu addieren. Niemals käme es ihr in den Sinn, den blütenweißen, unschuldigen Seiten des Albums all das Schreckliche anzuvertrauen, was sie als Tanzmädchen erlebt hat.

„Los jetzt“, befiehlt Mathilde, „mach dich auf den Weg. Vielleicht zahlt dieser Schneider ja deine Schulden beim Wirt, wenn du ihn findest. Dann bekommst du dein Zeug zurück.“

Diesmal will sie die Suche planvoll angehen. Sie nimmt sich jede einzelne Straße vor, die vom Hafen in die Hügel hinaufführt: erst die *California Street*, dann *Sacramento*, *Clay* und *Washington*. Und so weiter. Beim Abstieg schreitet sie eine Querstraße nach der anderen ab, passiert auf diese Weise manche Abschnitte sogar zwei Mal.

Nur um den Stadtteil, den alle hier *Chinatown* nennen, macht sie von vornherein einen Bogen. Mathilde hat sie ausdrücklich davor gewarnt, auch nur einen einzigen Fuß in die dunklen und engen Gässchen zu setzen. Kein Weißer, der sich dort hineinwage, käme lebend wieder heraus und ein junges Mädchen erst recht nicht.

Bald werden ihr die Füße schwer. Sie trägt wieder die zerschlissenen Halbschuhe, mit denen sie im Frühjahr aus der Heimat fortgegangen ist. Die Blasen an ihren Fersen platzen blutig auf. Auf den holprigen Straßen und Fahrwegen würden ihr die soliden Schnürstiefel eines Tanzmädchens bessere Dienste leisten. Aber Mathilde hat diese Sachen längst an sich genommen.

Die Zeit vergeht schnell. Fast anderthalb Stunden hat sie für den Weg von der Herberge zum Hafen gebraucht. Jeder Erkundungsgang auf einer der steilen Straßen in die Hügel hinauf und wieder zum Wasser hinunter kostet sie ebenso viel Zeit. Je länger sie unterwegs ist, desto riesiger kommt ihr das Stadtgebiet vor. Einige Male glaubt sie, der Herberge, in der sie ihre erste Woche in San Francisco verbracht hat, ganz nahe zu sein, biegt um eine Ecke – aber dann sieht es dort wieder ganz anders aus.

Mutlos und erschöpft sehnt sie sich bald nur noch danach, auf ihr Lager zu sinken und sich die Decke über den Kopf zu ziehen.

Als sie am dritten Tag dann endlich doch vor dem weiß gestrichenen Haus mit den grünen Fensterläden steht, klopft ihr Herz bis zum Hals. Dutzende Male hat sie überlegt, was sie sagen soll, wenn ihr jemand öffnet. Doch jetzt fürchtet sie, nur ein Krächzen herauszubringen.

Sie betätigt den Seilzug neben dem Eingang, hört im Inneren des Hauses eine Glocke schellen. Wenig später wird die Tür von einem dicken Mann in einem kragenlosen, schmuddeligen Hemd aufgerissen. Misstrauisch starrt er das Mädchen an.

„What's the matter?"

„Schneider ..." stottert Luise: „Ich möchte zu Johann Georg Schneider. Er ist mit seiner Frau und zwei Mädchen hier. Ein Kind ist auch dabei, und vielleicht ein ganz kleines Baby ..."

Der Mann schnaubt verächtlich, als er den Namen hört und wedelt mit den Händen. Als habe er Schneider weggejagt und wolle nun auch Luise verscheuchen.

„Was ist passiert?", fragt sie erschrocken.

„No money."

Schneider hatte also kein Geld mehr.

„Cards", erklärt der Wirt und grinst verschlagen, „Monte. Faro."

Luise kennt diese Wörter. In den Saloons saßen die Männer oft mit Karten am Tisch und hofften, im Spiel so reich zu werden, wie es ihnen in den Goldminen nicht gelang. Solche Spiele brächten aber nur noch mehr Unglück, hat ihr ein Bursche einmal gesagt.

Entmutigt lässt sie die Arme hängen.

„Aber wo ist er jetzt?“, fragt sie verzweifelt.

Der Mann zuckt mürrisch mit den Schultern.

„Bitte!“, fleht Luise, „ich habe hier niemanden.“

Der Mann schüttelt den Kopf, zögert aber einen Moment, die Tür einfach wieder zu schließen.

„Habt ihr vielleicht etwas für mich?“, fragt sie schnell, „eine Nachricht vom Schneider? Oder Post? Einen Brief aus der Heimat?“ Sie deutet mit dem Zeigefinger auf ihre Brust: „Für mich, Luise Ludwig?“

Der Mann starrt sie schweigend an, scheint nicht zu verstehen.

„Post?“, setzt sie nach, und endlich fällt ihr das englische Wort ein, „Letter? Für mich?“ Sie wiederholt ihre Geste.

„Nothing“, knurrt der Wirt unwirsch und weist mit einer vagen Geste zum Zentrum hinunter, „ask at Post Office! Battery!“ Dann hat er scheinbar endgültig genug von seiner Besucherin und knallt ihr grußlos die Tür vor der Nase zu.

Luise stehen die Tränen in den Augen. Was soll sie jetzt tun? Mit schmerzenden Füßen beginnt sie, in die Stadt hinunterzulaufen, doch sie hat keine Ahnung, mit welchem Ziel. Erst ganz allmählich spürt sie noch etwas anderes als Verzweiflung, nämlich Wut.

Vor allem auf Schneider. Wie konnte er es wagen, sie im Alter von siebzehn Jahren ans andere Ende der Welt zu verschleppen und sie dort sich selbst zu überlassen? Warum hat er dem Vater weisgemacht, dass er ihm seine Tochter anvertrauen könne? Und vor allem: Wo ist er jetzt?

Vielleicht ging alles einfach zu schnell, sagt eine andere Stimme in ihrem Kopf. Vielleicht haben sie erst daran gedacht, Luise zu benachrichtigen, als sie schon aus der Herberge fort waren. Schneider hat so viel Geld für sie bezahlt. Er will sie bestimmt zurückhaben. Vielleicht hat er Margarethe befohlen, ihr einen Brief mit der neuen Anschrift der Schneiders zu schicken.

Vielleicht haben die Eltern auch längst geantwortet. Oder Dora hat geschrieben.

Der dreigeschossige Klotz, in dem das Postamt an der *Battery Street* untergebracht ist, wirkt mit seinen Laubengängen und Säulen wie ein Palast. Nadelbäume stehen im Garten aufgereiht wie Soldaten, die diese Trutzburg vor feindlichen Angriffen schützen sollen.

Schwarz gekleidete Herren eilen geschäftig aus und ein, besteigen mit großen Stapeln in den Händen die Kutschen, die am Straßenrand auf sie warten. Kaum einer bemerkt das deutsche Mädchen, das sich schüchtern und unschlüssig an die Umzäunung klammert.

Noch nie in ihrem Leben hat Luise ein Postamt betreten. Was, wenn sie dort drinnen jemand nach ihrem Namen fragt? Wenn sie gar der Polizei in die Arme läuft?

„Luise?“

Sie schreckt zusammen und fährt herum, bevor sie versteht, warum ihr die Stimme so vertraut vorkommt. Doch dann erkennt sie den jungen Mann sofort: Benjamin!

Ihr wird warm im Gesicht und weich in den Knien. Seit sie mit ihm hinter dem Saloon stand, ist kein Tag vergangen, an dem sie nicht an ihn gedacht hätte. Immer wieder hat sie zur Eingangstür gestarrt, hat vergeblich gehofft, dass er noch einmal zurückkommt. Und jetzt steht er plötzlich wieder vor ihr, im schlimmsten Moment ihres Lebens.

Er sieht zwar anders aus als in den Bergen, trägt keinen Bart mehr und steckt in dem feinen Anzug eines Geschäftsmannes.

Aber seine Augen sehen sie genauso freundlich an wie bei ihrer ersten Begegnung.

„Gott zum Gruß Benjamin!", murmelt sie verwirrt.

„Liebe Luise!", fragt er erstaunt, „was verschlägt dich denn hierher?"

Verlegen schaut sie zu Boden.

„Ich muss dort hinein, Briefe für meinen Vater abholen", erklärt er, „wolltest du auch ins Postamt?"

„Schon", murmelt sie leise.

„Verstehe: Du erwartest einen Brief aus der Heimat ... vielleicht eine Liebesbotschaft?", fragt er halb belustigt und halb gekränkt. „Hat jemand in Deutschland Sehnsucht nach dir? Verstehen könnte ich es."

Luise schüttelt den Kopf und presst ihre Lippen aufeinander.

„Ich helfe dir natürlich", lenkt er versöhnlich ein, „ist nicht einfach, sich dort drinnen zurechtzufinden. Ich bin beim ersten Mal auch mit meinem Bruder hergekommen."

Wenig später tritt Luise mit ihm durch die elegante Flügeltür des Palastes.

„Bis vor wenigen Jahren sah das Postamt von San Francisco wie ein Bauernhaus aus", erklärt Benjamin mit gedämpfter Stimme wie ein Fremdenführer, „die Leute mussten auf einem Sandplatz davor stundenlang warten. Als das Gebäude abgebrannt ist, haben sie diesen Klotz hier errichtet."

Der Marmorfußboden der Eingangshalle ist so blank poliert, dass man sich darin spiegeln könnte. Sechs große Holzfenster reihen sich an einer Längsseite auf. Über jedem ist ein Messingschild angebracht: „A to E" und „F to K" entziffert Luise.

„Jedermann muss in San Francisco seine Post selbst abholen", führt Benjamin aus, „es gibt keine Postboten, die Briefe und Sendungen in die Häuser der Herrschaften bringen. Mein

Vater schickt zwei Mal am Tag jemanden aus dem Geschäft her. Manchmal müssen wir auch dort hinten die Treppe hinauf zum Zollamt, um die Gebühren für Sendungen aus Übersee zu entrichten."

Luise hört ihm kaum zu, so aufgeregt ist sie. In ihrem ganzen Leben hat sie noch nie einen Brief bekommen. Nur ein oder zwei Mal hat der Vater sie zum Bürgermeister von Langenhain geschickt, um ein Schreiben vom Amtsgericht Butzbach für ihn abzuholen.

„Mit welchem Buchstaben fängt dein Nachname denn an?", fragt er.

„Mit L."

„Dann musst du dich dort in die Schlange stellen", er zeigt auf eines der Fenster in der Mitte der Wand, „wenn du drankommst, sagst du laut und deutlich deinen Nachnamen. Oder du schreibst dem Herrn am Schalter die Buchstaben auf. Er schaut dann nach, ob er etwas für dich hat." Mit dem Kopf deutet er zu dem Fenster für die Buchstaben R bis T: „Ich hole nur schnell die Sachen für meinen Vater ab."

Die Kolonne von Männern, an deren Ende sie sich anstellt, rückt nur langsam zum Schalter vor. Benjamin aber ist schon bald wieder mit einem Stapel Umschläge unter dem Arm zurück.

„Ging diesmal zügig", sagt er mit leisem Bedauern, „leider kann ich nicht mit dir warten, bis du dran bist. Ich muss zurück ins Geschäft, der Vater braucht seine Post." Die Selbstsicherheit, mit der er sie in die Eingangshalle geführt hat, scheint plötzlich verflogen. „Vielleicht erlaubst du mir ja einmal, dir unsere Geschäftsräume zu zeigen", fügt er errötend hinzu, „es ist ganz hier in der Nähe in der *Montgomery Street. Isidor Stein & Söhne, Jacken, Hosen, Kurzwaren aus aller Welt.* Kann man eigentlich nicht verfehlen."

„Ich weiß nicht", zögert Luise. Einen Moment sehen sie einander schweigend an.

Er holt tief Luft. „Hast du denn nochmal darüber nachgedacht?", fragt er, „ich habe es damals ernst gemeint: Ob du mit mir gehen würdest, wenn ich mein eigenes Geschäft aufmache? Ich habe das immer noch vor, spätestens im Frühling …"

Luise heftet ihren Blick starr auf die Schultern ihres Vordermannes. Ihr Herz schlägt bis zum Halse. Sie hat genau verstanden, was er gesagt hat und mag Benjamin nicht in die Augen sehen.

Damals in den Bergen wäre alles noch möglich gewesen, denkt sie niedergeschlagen. Damals war sie eine brave Bauerntochter und er ein junger Minenarbeiter. Wenn sie damals ja gesagt hätte, wäre sie jetzt seine Frau und müsste sich in San Francisco nicht so verloren fühlen.

Sie hat so oft an ihn gedacht, nachdem er fort war! Wenn er ihr nur etwas mehr Zeit gelassen hätte … Vielleicht hätten sie für alles eine Lösung gefunden.

Doch jetzt steht ihr kein Arbeiter mehr gegenüber, sondern ein feiner, junger Kaufmann. Und sie selbst ist ein schäbig gekleidetes, heimatloses Mädchen, das sich vor der Polizei zu hüten hat.

Niemals darf er es erfahren, denkt sie beschämt: Dass ihr Dienstherr aus dem Gasthaus verjagt wurde, weil er sein Geld verspielt hat. Und dass sie selbst mit Dutzenden gefallener Mädchen in einer schmuddeligen Herberge haust.

„Also, was ist jetzt?", fragt er drängend.

„Ich weiß nicht …", sagt Luise leise zum Rücken ihres Vordermannes.

„Jetzt kommt bestimmt wieder dieselbe Leier: dass du verdingt bist!", unterbricht er sie ärgerlich, „spar dir die Mühe. Ich kann mir schon vorstellen, dass das nur die halbe Wahrheit ist.

Wahrscheinlich hast du längst einen anderen."

Brüsk wendet er sich ab und stürmt, ohne sich noch einmal umzuwenden, aus dem Postamt. Traurig sieht Luise ihm nach.

Jedenfalls kann er ihre Tränen nicht sehen.

Siebzehntes Kapitel

Nur ungern wird sie sich später an die Tage erinnern, an denen sie nicht aufhören konnte, nach Schneider zu suchen.

Immer wieder ist sie an den Piers entlanggelaufen, hat in jedes Gesicht geblickt, ist jeder Gruppe gefolgt, die von hinten nur annähernd ähnlich aussah wie die Schneiders mit den Mädchen. Vergeblich hoffte sie am Ende nur noch darauf, jedenfalls irgend jemanden aus ihrer Heimat zu treffen.

Bestimmt, so hat sie sich immer wieder gesagt, wäre Schneider auch froh, wenn sie zu ihm zurückkäme. Er hat doch schon so viel für sie bezahlt. Der Dienst als Tanzmädchen war schwer, aber so lange sie nur die Tage, Wochen und Monate bis zu ihrer Heimkehr zählen musste, hat sie ihn ertragen.

Jeden Abend sitzt sie erschöpft am Tisch der Herberge, in der sich immer mehr Tanzmädchen sammeln. Es dauert nicht lange, bis Mathilde sie ein zweites Mal anspricht: „Wie lange willst du eigentlich noch hier rumhängen und Schulden machen?", fragt sie grob und zieht dabei geräuschvoll ihre Spucke hoch, „so viel ist dein Pfand ja auch wieder nicht wert."

Luise stochert stumm in ihrer Grütze herum. Sie würde gerne für alles bezahlen, was sie in Anspruch nimmt. Aber woher soll sie das Geld nehmen? Wenn Mathilde ihr nicht am Anfang ein paar Vierteldollar zugesteckt hätte, von denen sie sich mittags einen Wecken und ein Glas Limonade kaufen konnte, müsste sie den ganzen Tag über dursten und hungern.

Sie sträubt sich auch nicht und stellt keine Fragen, als die großgewachsene Deutsche sie am nächsten Morgen einfach am Arm packt und ihr befiehlt, mitzukommen.

„Ich hab' hier was für dich!", verkündet sie, als sie nach einem langen Fußmarsch durch die Stadt vor einem schäbigen Gebäude nahe der *Pacific Street* stehen. Mit dem Wirt der Gaststätte im Erdgeschoss ist offenbar schon alles ausgemacht. Mathilde ruft ihm nur einen flüchtigen Gruß zu, als sie mit dem Mädchen die Treppe hinaufsteigt.

Oben liegen acht oder zehn Türen im Halbdunkel eines Flures. Mathilde öffnet eine davon und verkündet mit einem Blick in den finsteren Verschlag: „Hier hast du deine eigene Kammer, mit Verpflegung und allem Drum und Dran. Kostet drei Dollar pro Tag."

„So viel kann ich niemals bezahlen", wehrt Luise erschrocken ab. Der Preis ist sogar für San Francisco ziemlich hoch. Sie hat einen Aushang am riesigen *Occidental Hotel* in der *Montgomery Street* gesehen: Dort ist ein Zimmer mit Vollpension schon für zwei Dollar fünfzig zu haben.

„Dann verdienst du eben endlich mal was!", schnauzt die Ältere sie an, „bisher hast du dich ja aufgeführt, als wärst du etwas Besseres."

„Ich hab' nur noch ein paar Cent in der Tasche!"

„Der Wirt ist kein Unmensch. Er lässt dich anschreiben."

„Aber wie soll ich denn jemals genug verdienen?", fragt sie unglücklich. Selbst wenn es in der Küche oder in der Gaststube etwas für sie zu tun gäbe, brächte sie es damit niemals auf drei Dollar pro Tag. Die Dienstmädchen in den Haushalten feiner Leute verdienen in San Francisco kaum fünfzig im Monat.

„Du wirst schon sehen."

„Und das Bündel mit meinen Sachen?"

„Kannst du dir holen, wenn du Geld hast. Vorerst bleibt es bei uns."

Entsetzt starrt Luise auf das schmuddelige Bett. Daneben

passt gerade noch ein Waschtisch mit einer grauen Blechschüssel und einer zerbeulten Kanne darauf.

„Stell dich nicht so an!“, herrscht Mathilde sie an: „Einmal in der Woche gibt es frische Wäsche. Die Frau vom Wirt erklärt dir alles. Wirst dich daran gewöhnen.“ Sie wendet sich zum Gehen.

„Warte!“, haucht Luise erschrocken. Sie greift nach Mathilde, ist drauf und dran, sich in ihrem Ärmel festzukrallen. „Ich kann im Frühjahr wieder als Tanzmädchen gehen … dann zahle ich alles zurück!“

„Wir werden sehen“, Mathilde schüttelt Luise ab wie ein lästiges Tier, „hättest dir vorher etwas für den Winter zusammensparen können wie die Anderen.“ Auf dem Treppenabsatz dreht sie sich noch einmal um: „Denk besser daran, dass die Gäste ihren Spaß mit dir haben wollen. Heul ihnen bloß nicht die Ohren voll.“

Kurze Zeit später kommt der Wirt, ein vierschrötiger, rotgesichtiger Mann mit schütterem Haar, schnaufend die Treppe herauf und reißt ihre Tür auf. „Dann will ich mal meine Zinsen kassieren!“, grinst er schmierig.

Luise wird kalt, als er beginnt, sie zu betatschen. Sie will seine Hände wegschieben, doch sie ist starr vor Angst und Entsetzen, kann sich kaum bewegen. „Nein!“ schreit alles in ihr, doch aus ihrer Kehle dringt kein Laut.

„Irgendwer musste dir ja zeigen, wie es geht“, knurrt er, als er mit ihr fertig ist, und lässt sie wimmernd auf dem schmuddeligen Laken zurück.

Aus dem Erdgeschoss dringt tumultartiger Lärm herauf: Gäste verlangen lautstark nach Whiskey. Und die Wirtsfrau ruft abwechselnd nach ihrem Mann und brüllt ihre Kinder an.

Viele Stunden bleibt Luise wie gelähmt liegen und starrt an die fleckige Wand. Ihr Bauch schmerzt und ihre Scham brennt. Sie fühlt sich schmutzig und zerstört. Ihr Kopf, die Arme und Beine sind bleischwer. Sie hört sich wimmern, aber aus ihren Augen fließt keine Träne. Erst ganz allmählich kommt sie wieder zu sich.

Es ist ja ihre eigene Schuld. Immer wieder kreist dieser Gedanke durch ihren Kopf. Wie konnte sie nur so dumm sein, sich von Mathilde in dieses Haus bringen zu lassen? Sie hätte es wissen können. Aber sie hat sich nicht einmal richtig dagegen gewehrt.

Ob der Herr ihr jemals vergeben kann? Am liebsten würde sie einschlafen und nie wieder aufwachen.

Niemand auf der ganzen Welt wird ihr jetzt noch helfen. Niemand weiß, dass sie hier in dieser düsteren Kammer liegt. Außer Mathilde, aber der ist es egal.

Ihren Herrn mag sie nun auch nicht mehr um Hilfe anflehen, denn sie hat die schlimmste aller Sünden begangen.

Erst am späten Nachmittag merkt sie, dass sie muss, und zwar dringend.

Stöhnend richtet sie sich auf, versucht auf die Füße zu kommen. Als ihr schwindelig wird, stützt sie sich an der Wand ab. Ganz langsam schiebt sie sich aus der Tür und zur Treppe, setzt einen Fuß vor den anderen. Einen Abort wird es, wie in all diesen Häusern hier, nur unten auf dem Hof geben.

Am Treppenabsatz nimmt sie die Wirtsfrau in Empfang, schiebt das verstörte Mädchen in das Hinterzimmer, in dem sie mit ihrer Familie haust. Mit ihrem strähnigen Haar und den hängenden Brüsten wirkt das Weib merkwürdig alterslos. Dass Luise sich wimmernd den Bauch hält, scheint sie nicht zu bemerken.

In dem düsteren Wohnraum türmen sich Bettlaken, Tücher, Röcke und Hosen auf dem Fußboden. Drei Kinder springen darin herum. Zielstrebig durchwühlt die Wirtsfrau den Wäscheberg und zieht ein kurzes, dunkelviolettes Gewand daraus hervor.

„Hier! Nimm das!“, befiehlt sie herrisch. Ihren Mund öffnet sie nur einen Spaltbreit: „Mit den Lumpen, die du da anhast, kannst du nicht in die Gaststube gehen!“

„Bitte! Ich muss mal!“, fleht Luise verzweifelt. Die Wirtsfrau brummelt etwas Unverständliches und weist mit ihrem Kopf zur Tür: „Dann geh halt, aber mach schnell!“

„Ihr sprecht deutsch?“, fragt Luise, als sie vom Abort zurück ist. Alles hier ist so fremd und so seltsam, dass sie schon ein paar Worte in ihrer Muttersprache als Trost empfindet.

„Der Vater ist aus dem Kaisertum Österreich. Muss hier aber keiner wissen. Die Leute mögen keine Fremden. Sind schon zu viele davon in der Stadt.“ Sie zieht ihren zahnlosen Mund in die Breite. „Henry, mein Mann, kann nur englisch. Ist dort geboren. Mit sechzehn haben sie ihn aus dem Land geschafft. Nach Australien. Befehl von der Königin. Hatte was ausgefressen. War aber nicht allzu lange in Sidney. Nach dem Gefängnis ist er gleich auf ein Schiff hierher.“

„Und Ihr seid hier geboren?“, hört Luise sich fragen. Sie kann diese Frau nicht leiden, aber noch weniger mag sie jetzt über ihren Mann, den Wirt, erfahren.

„Mein Vater hatte erst eine Schänke in New York. Lief aber nicht gut. Dann hieß es: In Kalifornien kann man reich werden. Sehr reich. Also sind wir wieder … war schlimm, unsere Reise quer durch Amerika, bei Eis und Schnee. Ich war noch ein ganz junges Ding.“

„Wir sind mit dem Schiff hergekommen“, berichtet Luise,

nur um irgendetwas zu sagen, „und mit der Eisenbahn quer durch Panama."

Die Wirtsfrau blinzelt ihr zu, als wären sie alte Vertraute: „Damals konntest du hier an jedem Finger zehn Kerle haben. Die Mutter hat mir gezeigt, wie es geht."

Erschrocken schlägt sie sich die Hand vor den Mund: „Was schwatze ich hier mit dir! Ab nach oben, zieh dich um! Mein Mann mag es nicht, wenn man ihn warten lässt."

Achtzehntes Kapitel

Fünfundzwanzig Cent bekommt Luise für einen Abend, den sie als Servierfräulein in der Gaststätte verbringt. Viel zu tun gibt es dort nicht. Die Männer bestellen ihre Drinks selbst beim Wirt und bezahlen am Tresen. Die Mädchen, die sich in ihren knappen Kleidern in der Gaststube aufhalten, sind hauptsächlich dazu da, Gäste von der Straße hereinzulocken, sich von ihnen anglotzen und teure Getränke spendieren zu lassen.

An der Wand hängt eine Geige, aber niemand spielt hier zum Tanz auf. Unglücklich und unbeholfen steht Luise anfangs in der dicht gedrängten Wirtsstube und versucht vergeblich, die gierigen Pranken abzuwehren, die sie von allen Seiten antatschen.

Es dauert nicht lange, bis sie versteht: Ihre Schulden beim Wirt wachsen mit jedem Abend, an dem sie empört den Kopf schüttelt, wenn ein Mann mit ihr die Treppe hinauf will. Der karge Lohn, den der Wirt zahlt, würde niemals reichen, die Rechnung für Kost und Logis in dem Haus zu begleichen, das von allen *Crib* genannt wird.

Es kommt ja auch nicht mehr darauf an. Sie hat ihre Unschuld verloren, ist ein gefallenes Mädchen und zu nichts anderem mehr nütze.

Trotzdem ekelt sie sich jedes Mal, wird starr vor Abscheu und Angst, wenn es soweit ist und sie ihren Rock heben muss. Meistens sind die Männer so betrunken, dass es schnell vorbei ist.

Im Obergeschoss sind die Kammern mit Bretterwänden nur notdürftig voneinander abgeteilt. Einige haben kein eigenes Fenster und statt einer Tür einen Vorhang. Das lautstarke Palavern und Grölen der Männer im Gastraum, das Klirren der

Gläser, das Krachen und Splittern bei ihren Schlägereien dringt die halbe Nacht durch die Holzdecke herauf. Noch schlimmer ist das Stöhnen, Grunzen und Rütteln, das aus vielen Kammern zu hören ist.

Am Tag vernimmt Luise manchmal ein leises Schluchzen. Dann wieder keifen sich zwei Mädchen in einer fremden Sprache an, auf russisch, spanisch oder italienisch. Chinesinnen, Indio-Frauen oder Schwarze gibt es in diesem Haus nicht. Sie verrichten ihren Dienst in Bretterbuden am Rande der Stadt, in denen es noch schlimmer zugehen soll.

Die Luft ist stets muffig und abgestanden. Sobald eine Tür geöffnet wird, strömen üble Gerüche von Schweiß, Seifenwasser und vollen Nachttöpfen in den Flur und mischen sich mit den Ausdünstungen aus der Gaststätte. Dort stinkt es nach abgestandenem Bier, Kautabak, Erbrochenem und Urin. Auch in Luises Bett riecht es nicht gut. Die Männer stört das nicht. Sie öffnen nur ihre Hosen, behalten sogar die Schuhe an.

Jeden Montag kommt ein Chinese mit einem langen Zopf ins Haus. Er trägt einen Stapel von akkurat gefalteten, sauberen Laken in den Gastraum, verbeugt sich stumm vor dem Wirt und nimmt einen Sack mit dreckiger Wäsche mit.

Beim ersten Mal hat Luise noch das Gefühl genossen, dass mit den makellos reinen Tüchern ein neues, sauberes Leben für sie beginnt. Doch bald hat sie sich sogar an die schlechten Gerüche gewöhnt, beginnt diese zu mögen. Wie süchtig schnuppert sie an den Flecken, die immer wieder auf ihrem Leintuch aus getrocknetem Blut, Sperma, Schweiß und Tränen entstehen. Manchmal dreht sie eine besonders schmutzige Stelle zu einem festen Zipfel, reibt sich den Stoff unter die Nase und wiegt sich selbst in den Armen. Dabei denkt sie an Dora.

Sie weiß noch genau, wie die Einjährige gierig nach ihrem

Haferbrei schnappte und sich mit dem Löffel das ganze Gesicht besudelte. Wie sie sich schmatzend die Lippen leckte, sobald ihr Teller leer war. Und wie die kleine Schwester sich später die Wollstrümpfe bis zu den Knien hochzog, bevor sie zur Schule losstapfte.

Vielleicht wäre es klüger gewesen, denkt sie manchmal, wenn sie sich mit den anderen Tanzmädchen zusammengetan hätte. Einmal saß sie mit in der Runde, als diese darüber sprachen: Dass man im nächsten Frühjahr auf eigene Faust einen Musikanten mieten und mit diesem in die Berge ziehen könnte.

Marie und Elisabeth hörten aufgeregt und mit hochroten Köpfen zu. „Wir könnten tun und lassen, was wir wollen. Die Leibeigenschaft ist in Kalifornien nämlich verboten!“, warb ein hessisches Mädchen für seinen Plan. „Und das Tanzen im Saloon ist es auch“, pflichtete ihr eine Andere bei, „kein Dienstherr oder Mädchenhalter kann zur Polizei gehen, wenn wir ihm davonlaufen. Er müsste ja zugeben, dass er selbst etwas Verbotenes tut.“

„Von Frühjahr bis Herbst könnten wir so viel verdienen, dass es über den ganzen Winter in San Francisco reicht. Und sogar noch mehr!“, sprudelte die Erste weiter, „wir würden uns eigene Kleider und Schuhe kaufen und müssten nicht das abgetragene Zeug vom Mädchenhalter anziehen.“

„Genau!“, im Chor stimmten Marie und Elisabeth ihr zu.

Luise saß schweigend daneben. Damals dachte sie noch, es gäbe nichts Schrecklicheres als wieder mit diesen Mädchen in die Berge zu ziehen.

Vorsichtig schiebt sie eine Hand unter ihr Hemd. Oberhalb des Bauchnabels fühlt sich die Haut ganz zart an, noch genauso wie damals in Langenhain. Es kitzelt ein bisschen, wenn sie darüber streicht.

Neunzehntes Kapitel

Jemand hämmert herrisch an ihre Tür: Ein Mann verlangt Einlass. Einer, der schon bezahlt hat. Weil er schon einmal bei ihr war. Oder weil ihm egal ist, welches Mädchen der Wirt ihm zuteilt.

Luise erstarrt. Sie weiß, dass sie sich nicht weigern darf. Im nächsten Augenblick aber schaut sie von der Decke herab auf das Mädchen, das sich auf seinem Lager aufsetzt, die Kammertür öffnet und freudig überrascht die Hand vor den Mund schlägt: Benjamin steht vor ihr. Er hat seine feinen Kaufmannssachen an und mustert sie liebevoll.

„Was willst du denn hier?“, fragt sie erstaunt.

„Dich holen“, antwortet er ruhig, „du weißt genau, dass du nicht hierher gehörst.“

„Es ist zu spät!“ Sie seufzt tief auf: „Ich bin gefallen und für immer verdorben.“

„So ein Quatsch! Ihr Mädchen seid nicht schuld an dem, was mit euch gemacht wird“, widerspricht er zornig, „du kannst in Amerika jederzeit ein neues Leben anfangen, wenn du willst. Komm einfach mit mir.“ Er packt sie am Arm und versucht sie in den Flur zu ziehen.

„Ich darf nicht. Der Wirt bekommt es bestimmt mit“, wehrt sie angstvoll ab.

„Psst! Mach nicht so viel Lärm, sonst hört er uns noch!“, zischt er, „wenn wir erst weg sind, wird er bestimmt nicht nach der Polizei schicken.“

„Er hat aber meine Papiere!“

„Auch das noch“, stöhnt Benjamin, „na gut, dann rede ich mit ihm.“

Von dem heftigen Wortwechsel am Tresen versteht sie kaum ein Wort. Der Wirt schaut sich misstrauisch um, bevor er beginnt, in einer Lade zu kramen. Dann knallt er Benjamin das zerknitterte Papier mit den vielen Unterschriften und Stempeln auf den Tisch: „Bitteschön! Bei mir wird kein Mädchen eingesperrt!"

„Nichts wie weg hier, bevor er seine Kumpels holt!", raunt Benjamin, sobald sie auf die Straße treten, „jetzt kommst du erst einmal mit zu uns!".

Bis zur Kreuzung von *Montgomery* und *California* sind es nur ein paar Blocks. Dort schiebt er das Mädchen in ein mehrgeschossiges Haus. Sie durchqueren einen prachtvoll ausgestatteten Laden, an dessen Wänden sich Stoffballen stapeln. Eine Treppe führt zu den Wohnräumen hinauf. Überall liegen dicke Teppiche, stehen gepolsterte Sofas, Schränke und Kommoden aus reich verziertem, dunkel glänzendem Holz. Es sieht aus wie in einem Schloss.

Benjamin weist Luise eine Kammer zu, die kaum größer ist als ihr Verschlag in der *Crib*, aber wunderbar sauber und hell. Auf dem Bett liegt ein Stapel Wäsche bereit. Alles ist frisch gewaschen. Ein paar Sachen passen Luise genau und sind fast wie neu. Sogar an Wasser, Seife und ein Handtuch hat jemand gedacht.

Später geleitet er sie in den Raum, in dem sie am nächsten Tag als Näherin anfangen kann. Mädchen und Frauen sitzen um einen großen Tisch, sticheln Ziernähte, Säume und Knopflöcher, lachen und schwatzen. An den folgenden Tagen schaut er oft wie zufällig in der Nähstube vorbei und wirft ihr verliebte Blicke zu. „Ich habe meinem Vater gesagt, dass ich dich heiraten will", raunt er ihr einmal zu, „darf ich dich am Samstag zum Tanz ausführen?"

Das Mädchen lächelt glückselig.

Im selben Moment bollert der Mann auf dem Flur ein weiteres

Mal an ihre Tür. Sie schreckt hoch und weiß: Der Traum ist aus. Er endet immer an dieser Stelle.

Als sie öffnet, starrt sie ein betrunkener Riese mit offenem Mund an, schiebt sie grob in die Kammer und auf ihr Lager.

Sie schaut ihm nicht in die Augen.

Niemals darf Dora erfahren, was Luise in der *Crib* gelernt hat. Nichts soll sie wissen von all den Pillen, Salben und Schwämmchen, die ein Mädchen für so einen Dienst braucht.

Schon ganz zu Anfang hat die Österreicherin sie noch einmal zu sich in die Stube gezerrt. Wie in einem Kramladen war ein ganzes Sortiment von Salben und Pillendosen auf dem Tisch aufgebaut.

„Nur erstklassige Ware", nuschelte sie, „ich lasse alles aus einem *Drugstore* kommen."

„Aus einem Krämerladen?" fragte Luise unbeholfen. Auf ihren Streifzügen durch San Francisco hat sie Häuser gesehen, an denen in großen Buchstaben das Wort *Drugstore* stand, und darunter: *Farben, Öle und Medizin.*

Die Österreicherin nickte: „So ähnlich. Die besten Sachen kommen aus England und Frankreich. Von Apothekern extra für euch Mädchen gemischt. Damit ihr gesund bleibt", sie zwinkerte Luise verschwörerisch zu, „und immer schön durchblutet!"

„Ich nehme diese beiden", wahllos zeigte sie auf ein kleines Glas und eine blassblaue Packung.

„Sehr gute Wahl!", lobte die Österreicherin, „den Preis setzt dir mein Mann auf die Rechnung."

Blitzschnell räumte sie danach alles wieder weg.

Zwanzigstes Kapitel

Wenn Luise im Morgengrauen erwacht, hört sie die Regentropfen über sich auf das Dach schlagen. An der Kammerdecke hat sich ein feuchter Fleck gebildet. Ab und zu fällt ein Tropfen auf ihr Lager. Manchmal rinnt das Wasser auch an den Wänden herunter.

Der letzte Gast wankt meist erst spät in der Nacht aus der Bar. Erschöpft steigt sie danach die Treppe hinauf, schüttelt die Maisstroh-Matratze auf und streicht ihr Laken über dem derben Stoff glatt. Ohne ihr Nachtgebet geht sie niemals schlafen. In die Lücke zwischen Bettkasten und Wand gequetscht spricht sie die Lutherworte. Erst danach streift sie ihr Hemd über und legt sich hin. Meist ist sie wenige Stunden später wieder wach.

Das einzige Fenster über ihrer Tür ist halb blind. Selbst wenn draußen die Sonne scheint, fällt nur wenig Tageslicht herein. Manchmal holt sie sich beim Wirt eine Kerze. Er sieht sie jedes Mal streng an, wenn sie um ein Licht bittet: Erst Anfang des Jahres ist ganz in der Nähe eine junge Frau in ihrer Kammer bei lebendigem Leib verbrannt, nachdem sie beim Lesen eingeschlafen ist. Erst hat ihr Kleid lichterloh gebrannt. Am Ende lag das ganze Holzhaus in Schutt und Asche.

„Kerzen sind teuer!“, ermahnt er sie vorwurfsvoll. Doch natürlich stellt er ihr die Wachslichter in Rechnung wie alles andere, was sie zum Leben braucht: die Unterkunft, das Essen, die Wäsche und manchmal ein Stück Seife.

Einen Stuhl oder ein Schreibpult gibt es nirgendwo in der *Crib*. Aber das macht ihr nichts aus. Ein Buch zu lesen oder einen Brief zu schreiben würde sie viel zu sehr an die junge Dame erinnern, die sie einmal hat werden wollen. Aber nicht geworden ist.

Man gewöhnt sich an alles, hat Mathilde gesagt. Aber niemals wird sie sich an ihre brennende Scham gewöhnen.

Manchmal denkt sie, es wäre besser, ganz schnell an einer schlimmen Krankheit zu sterben. Bestimmt würden die Eltern oder der Bürgermeister benachrichtigt, wenn Luise in einem Hospital in Kalifornien dahingeschieden ist. Viele im Dorf würden dann um sie weinen und am Sonntag in der Kirche für ihr Seelenheil beten.

Und sie hätte endlich ihre Ruhe.

Sie hat aufgehört, zu zählen, wie viele Männer schon bei ihr waren. Manche wollen erst reden, murmeln ein paar undeutliche Worte, bevor sie ihre Hose öffnen. Oder behaupten, dass in der Heimat eine Frau auf sie warte.

Luise lässt sich nichts anmerken, wenn sie ihre Sprache versteht. Nur manchmal, wenn ein Matrose aus Deutschland kommt, hört sie eine Weile zu. Oft erzählen diese Männer von schlimmen Zeiten: Dass sie am Kap Horn um ihr Leben fürchten mussten und fast verhungert wären. Einsam und frierend sehnen sie sich nach Wärme und nach einem weiblichen Körper. Jedenfalls das kann sie ihnen geben.

Sie seufzt, zieht ihre Knie hoch und schlingt die Arme darum. Ob es einen Weg hier heraus gäbe? Sie könnte einfach zur Polizei gehen und dort alles sagen. Bestimmt würde sie dann in ein Arbeitshaus oder ins Asyl gebracht. Aber das wäre nicht das Schlimmste. Vieler schlimmer wäre, dass alle es dann früher oder später erfahren.

Als Erstes Schneider. Dann seine Frau. Margarethe würde es bestimmt Anna und Tesi erzählen. Und schließlich wüsste es daheim das ganze Dorf.

Sie dreht sich auf die andere Seite. Vielleicht, denkt sie, ist es doch besser, Gottes Zorn zu ertragen als diese Schmach: Dass die

Leute in den Gassen von Langenhain über die älteste Tochter vom Bauern Ludwig Bescheid wissen.

„Lunch!", brüllt der Wirt nach oben, wenn es am Nachmittag in der Gastwirtschaft ruhiger wird. Oft müssen die Mädchen lange auf ihr Essen warten, stürmen ungeduldig die schmale Treppe hinunter und drängen sich um den einzigen Tisch in der Gaststube.

Der Eintopf, der ihnen von der Wirtsfrau vorgesetzt wird, schmeckt fade und ist höchstens lauwarm. Dennoch fallen sie gierig darüber her. Sie haben Hunger und wissen nicht, wann es das nächste Mal etwas gibt. So lange der Wirt hinter dem Tresen hockt, reden sie kaum ein Wort. Wenn er mitbekommt, dass eine etwas in ihrer Muttersprache sagt, fängt er sofort an zu toben: Ob sie nicht wüssten, dass sie hier englisch zu sprechen hätten? Man sei schließlich in Amerika! Es sei ihnen vielleicht bekannt, dass es in dieser Stadt Banden gebe, die mit Fäusten und Waffen gegen Fremde vorgehen? Und zwar nicht nur gegen John Chinamann, sondern auch gegen Mexikaner, Schwarze, Indios und alle anderen Ausländer? Ob sie diese Schlägertrupps noch dazu einladen wollten, ihr Mütchen an seinem Lokal zu kühlen? Keine wagt es dann, nur ein einziges Wort zu erwidern.

Wenn eine ihre Sachen packen muss, weil sie aufsässig geworden ist oder nicht mehr genug einbringt, macht der Wirt kurzen Prozess und bestellt sie zu sich in die Gaststube.

Dort wartet schon ein Chinese, der sich höflich lächelnd vor dem Mädchen verneigt, bevor er es hart am Arm packt und mitnimmt.

Einundzwanzigstes Kapitel

Sie hat schon lange bemerkt, dass es in der *Crib* noch eine andere Deutsche gibt. Die dürre Dunkelblonde mit den lustigen Sommersprossen haust in der Kammer direkt neben ihr. Doch sie zieht stets eine so feindselige Miene, dass Luise es nicht wagt, sie anzusprechen. Erst als die beiden beim Essen einmal nebeneinandersitzen, wendet sich die Andere plötzlich an sie.

„Du kommst auch aus Hessen?", fragt sie leise. Der Wirt ist gerade draußen, schreit auf dem Hinterhof seine Frau an.

„Aus Langenhain-Ziegenberg", Luise nickt eifrig und würgt einen undefinierbaren Klumpen aus ihrem Eintopf herunter, „ist nur zwei Wegstunden von Nauheim. Stell dir vor, von dort aus sind wir mit der Eisenbahn losgefahren!"

„Nauheim? Wo die Reichen zum Baden hingehen und um Geld spielen? Da war ich mal. Aber dein Dorf, wie heißt es nochmal? Ist bestimmt ein winziges Kaff."

„Gar nicht", protestierte Luise, „wir haben eine eigene Kirche und ein Rathaus in Langenhain. Und Schloss Ziegenberg …"

„Ist schon gut", unterbricht die Andere sie, „ich kenne es halt nicht."

„Woher kommst du denn?"

„Aus dem Vogelsberg. Mein Vater hat einen kleinen Hof. 'Zum Sterben zu viel und zum Leben zu wenig' sagt er immer."

„Und seit wann bist du hier?"

„Ein paar Jahre. Hab sie nicht gezählt", ein sehnsüchtiges Lächeln huscht kurz über die harten Gesichtszüge, „aber bald gehe ich in die Heimat zurück. Auf Besuch. Im nächsten Sommer."

„Bist du mit dem Dienstherrn hier? Ist deine Zeit um?"

Das Mädchen antwortet nicht. Finster stampft der Wirt in

die Gaststube, stellt sich hinter den Tresen und verschränkt seine Arme über dem gewaltigen Bauch. Ein einzelner Gast kommt von der Straße herein und starrt die Mädchen, die um den Tisch versammelt sind, geil an. Schnell leeren sie ihre Teller und verziehen sich.

„Ist wohl keine von euch in Stimmung", lallt der Mann, und an den Wirt gewandt, „dann schenkt mir noch einen Whiskey ein!"

Oben schlüpft die Deutsche zu Luise in die Kammer und lässt sich auf dem Bettkasten nieder.

„Es ist noch etwas", raunt sie, „ich hör dich oft in der Nacht. Auch wenn alle weg sind. So laut wie du stöhnst und jammerst, kann ich nicht schlafen."

„Tut mir leid", Luise seufzt, „mein Bauch tut mir manchmal weh."

„Du bist in Umständen?" Ihre Kammernachbarin sieht sie erschrocken an.

„Nein, nein, das bestimmt nicht."

Luise blutet jeden Tag, seit sie in der *Crib* ist. Dass die Wunde zwischen ihren Beinen nie mehr richtig verheilt, macht ihr Angst. Aber jedenfalls muss sie so nicht fürchten, im Unglück zu sein.

„Es brennt so", erklärt sie kleinlaut.

„Oh Jemine! Du bist wund! Lässt du denn jeden Mann …?"

„Ich muss doch", antwortet Luise beschämt, „sie zahlen dafür."

„O Jemine!", wiederholt die Andere, „warte mal. Ich hab' was dagegen." Sie verschwindet nach nebenan und präsentiert Luise wenig später ein kleines Glas auf ihrer ausgestreckten Hand.

„Was ist das?"

Das Behältnis ist bis zur Hälfte mit einer glibberigen Masse gefüllt.

„Meine Zaubersalbe. Was Besseres gibt's nicht."

„Die Wirtsfrau verkauft auch so etwas: eine französische Crème."

„Aber nicht dieses Zeug hier. Das ist das Beste. Davon wird deine Haut wieder gut. Auch da unten."

Als Luise nach dem Behältnis greifen will, zieht die Deutsche ihre Hand schnell zurück. „Finger weg! Die Salbe gehört mir, ich habe sie teuer bezahlt. Man kann sie nämlich noch für was Anderes brauchen", erklärt sie wichtigtuerisch, „ausnahmsweise verrate ich es dir: Wenn du die Hände damit einschmierst, bleiben sie schön lange glitschig. Die Kerle glauben dann … du weißt schon."

„Aber das ist Betrug!", erschrickt Luise.

„Na und? Wenn du es geschickt anstellst, merkt es keiner. Vor allem, wenn sie betrunken sind."

„Das sind ja fast alle."

„Eben. Und das Beste daran: Es passiert dir kein Missgeschick."

„Aber der Wirt würde es niemals erlauben!"

„Er muss ja nicht alles wissen."

Sorgfältig wickelt die Deutsche das Band von der Öffnung des Glases und entfernt das Stück Schweinsblase, mit dem es verschlossen ist. Sie steckt ihren Finger hinein und streicht ihn an Luises Waschschüssel ab: „Ich lass dir mal was hier. Probier's aus. Und sag mir Bescheid, wenn du mehr willst: Ich kann dir ein ganzes Glas besorgen."

„Dankeschön!" Beklommen schaute Luise auf den glitschigen Klecks.

„Schon gut", antwortet die Hessin gnädig, „weißt du, wir Mädchen müssen zusammenhalten. Uns hilft sonst keiner." Ruppig fügt sie hinzu: „Und du hörst jetzt hoffentlich auf, mir nachts die Ohren vollzujammern."

Von der Treppe sind schwere Schritte zu hören. Schnell schlüpft die Andere hinaus.

Fast eine Woche lang klebt der Salbenklecks an Luises Waschschüssel, wandert vom Rand langsam wie eine Schnecke immer weiter in die Mitte hinab. Bis sie sich endlich dazu überwindet, ihn mit ihrem Handtuch wegzuwischen, bevor sie dieses in den Sack mit der Schmutzwäsche wirft.

Fröstelnd steht sie auf dem Hof, die Arme eng um den Körper geschlungen. Alle hier warten auf Zutritt zum Abort, den sich die Mädchen mit den Gästen der Bar und der Wirtsfamilie teilen.

Wenn man endlich dran ist und sich über dem stinkenden Loch aus grob gehobelten Brettern niederlässt muss man schnell machen. Immer stehen schon Andere vor der Tür.

Zum Abwischen liegt kein Fetzchen Papier bereit. Die Wirtsfrau teilt jedem Mädchen vier klein geschnittene Blätter aus der zerfledderten Zeitung zu, die in der Gaststube ausliegt.

Wenn es hell genug ist, liest Luise darin. Manches versteht sie schon, obwohl alles auf Englisch ist. Besonders die Anzeigen in der *Alta California* haben es ihr angetan. Sehnsüchtig betrachtet sie immer wieder das kleine Bild von einem Schiff mit geblähten Segeln, das für Passagen nach Panama, Tahiti oder China wirbt.

Ob ein Mädchen eine so weite Reise ganz allein unternehmen könnte? Von San Francisco bis nach Hamburg oder nach Bremen? Seit die Kammernachbarin ihr erzählt hat, dass sie nach Deutschland zurückkehren will, geht ihr diese Frage nicht mehr aus dem Kopf.

Zweiundzwanzigstes Kapitel

Tausende Vergnügungssüchtige ziehen jeden Abend durch die Gassen der neun oder zehn Häuserblocks rund um die *Pacific Street*, wo sich Kneipen, Tanzkeller und Spielsalons lückenlos aneinanderreihen. Angeblich liegen viele Geschäfte hier in den Händen von Ganoven, die sich schon im Zuchthaus in Australien zusammengetan haben. Deshalb wird dieser Stadtteil auch *Sidney* genannt.

„Alles Blödsinn", poltert der Wirt in der Gaststube, wenn davon die Rede ist, „und sowieso Schnee von gestern! Ist schon über zehn Jahre her, da haben die feinen Kaufleute von San Francisco eine ganze Armee auf die Beine gestellt. Mit Waffen und allem Drum und Dran. Wollten angeblich dem sündigen Treiben hier ein Ende bereiten. Vier Anführer der *Sidney Ducks* haben sie geschnappt und ohne Richter gehängt. Heute gehört diesen Herrschaften hier fast jedes Haus. Sind aber noch genauso viele *Cribs*, Kneipen und Spielhöllen darin."

„Viele nennen das Viertel jetzt *Barbary Coast*", weiß ein Mann mit einer Kapitänsmütze.

„Soll das heißen, dass hier Barbaren herrschen?", schnaubt der Wirt. Die ganze Gaststube lacht dröhnend.

„Der Name kommt von der afrikanischen Küste", erklärt der Kapitän, „wo früher Berber herrschten. Für die christliche Seefahrt war's gefährlich, da entlangzufahren. Überall Piraten. Dann ist die amerikanische Marine in das Barbarenland einmarschiert."

„Und was hat das mit uns hier zu tun?"

„Manche behaupten, die Sitten sind hier jetzt genauso rau." Der Kapitän grinst anzüglich.

Die Tür zur Gaststube fliegt auf. Ein Trupp junger Burschen

stürmt herein, alle schon etwas angetrunken. Schon an ihren ersten Worten erkennt Luise: Es sind Hessen. Aber erst als sie sich zu ihnen umdreht, blickt sie direkt in ein vertrautes Gesicht. Benjamin ist unter ihnen. Die anderen sind vielleicht seine Brüder.

Gottlob hat er sie noch nicht bemerkt. Leichenblass wendet sich das Mädchen ab, stürzt durch die Gaststätte in Richtung Obergeschoss. Am Treppenabsatz stößt sie fast mit der Wirtsfrau zusammen. Mit einem festen Griff packt die Österreicherin sie am Handgelenk und hält sie fest.

„Wohin denn so eilig, mein Fräuleinchen?" Das Gesicht der Frau kommt ihr so nah, dass Luise ihren schlechten Atem riecht.

„Ich muss hinauf!" Sie versucht, sich loszuwinden. Doch die Österreicherin krallt sich an ihrem Arm fest. Jetzt bloß kein Handgemenge, das die Burschen noch auf sie aufmerksam machen würde!

„Da ist einer reingekommen, den ich aus der Heimat kenne", lügt Luise verzweifelt, „wenn er mich sieht, verrät er es dem Vater. Und dann ist alles aus." Die Österreicherin lockert ihren Griff etwas. „Bitte!", fleht Luise, „sagt Eurem Mann, dass ich heute Abend nicht mehr herunterkomme." Als die Frau sie für einen Moment loslässt, flieht Luise die Treppe hinauf und wirft sich auf ihr Lager.

Etwas später beginnt in den Kammern nebenan das Ruckeln, Stöhnen und Grunzen. Luise hält sich die Ohren zu und versucht, sich nicht vorzustellen, dass Benjamin einer der Burschen ist, die beim Wirt ein Mädchen gemietet haben.

Dass bald ist Weihnachten, macht sich in der *Crib* so wenig bemerkbar wie in den meisten Straßen der Stadt. Einige große Hotels kündigen in der *Alta California* zwar ein besonderes

Dinner für den Feiertag an. Doch bunt geschmückte Tannenbäume, wie sie neuerdings in New York zu bewundern sind, gibt es in San Francisco nicht.

Hier ist es im Dezember so warm wie daheim erst wieder im Frühling. Und Schnee fällt so gut wie nie. Der Himmel ist meistens grau, die Luft so staubig wie immer, und die wenigen Bäume sehen bemitleidenswert aus.

In der Wetterau schneite es Anfang Dezember meist zum ersten Mal. Alles sah dann so hell und blank geputzt aus, als habe Gott ein Laken über die dunklen Wälder und tristen Dörfer ausgebreitet. Die Konfirmanden studierten in der Adventszeit ein Krippenspiel ein und führten es in der Kirche auf. Einmal hat Luise mitgemacht und eine Magd gespielt.

Am Heiligen Abend gingen alle miteinander zur Christmette, und am ersten Feiertag versammelten sich die Eltern, die Geschwister und die Großmutter zu einem Festessen in der Wohnstube. Als Balthasar Ludwig noch einen Knecht hatte, durfte dieser mit am Tisch sitzen. Und für die Kinder gab es kleine Geschenke.

An der *Barbary Coast* mag niemand an Weihnachten denken. Die Männer, die das Fest nicht in der Heimat verbringen, genehmigen sich gegen die Einsamkeit und die Kälte lieber einen zusätzlichen Drink und ein Mädchen. Die Geschäfte in der *Crib* laufen im Dezember besonders gut.

Einmal in der Woche muss Luise alleine zum Wirt. Jeden Freitag bestellt der vierschrötige Mann jedes einzelne Mädchen zu sich in die Wohnstube und rechnet hinter verschlossener Tür mit ihm ab.

Kurz vor Weihnachten steht zum ersten Mal ein Betrag von mehreren Dollar unter dem Zahlenturm auf der Schiefertafel, auf der er Luises Einkünfte und Schulden miteinander verrechnet.

„Neun Dollar und siebzig Cent“, knurrt er und starrt sie misstrauisch an, „wie hast du das denn hingekriegt?“ Seufzend kramt er in seiner Schublade herum und schiebt ihr eine Säule von Dollarmünzen zu: „Zehn Stück. Steck ein. Kannst den Rest behalten.“

Ungläubig starrt das Mädchen ihn an.

„Was denn? Hättest du lieber Papiergeld? Solche Zettel vom Staat? Ich kenn niemanden, der glaubt, dass man sich dafür was kaufen kann!“ Erst jetzt scheint er zu bemerken, wie zerschlissen Luises Rock ist. „Besorg dir mal was Neues zum Anziehen“, schnaubt er, „ist ja bald Weihnachten.“

„Ich darf raus?“, fragt sie eifrig.

Er mustert sie abschätzig: „Kann mir keinen Chinamann als Aufpasser für dich leisten. Wirst schon nicht durchbrennen. Kommst ohne Papiere sowieso nicht weit.“

Sie nickt und schlägt die Augen nieder.

„Also gut. Morgen Vormittag. Um Punkt zwölf bist du zurück. Und lass dich von keinem Fremden ansprechen. Das Pflaster da draußen ist gefährlich für Mädchen.“

Schon kurz nach acht Uhr macht sie sich am nächsten Tag auf den Weg. Sie hat vor Aufregung kaum geschlafen, ist im Geist immer wieder den Weg in die Hügel hinaufgelaufen.

Nach ein paar Schritten biegt sie rechts in die *Pacific Street*, läuft einige Blocks geradeaus und wendet sich wieder nach rechts in die *Kearny*. Diesmal lässt sie sich vom Anblick der Prachtbauten mit ihren verzierten Erkern und geschwungenen Giebeln nicht aufhalten. Kein einziges Mal bleibt sie vor einem Schaufenster stehen, das edle Stoffe und Stickereien aus England oder neue Moden aus Paris präsentiert.

Schwer atmend erreicht sie nach anderthalb Stunden das große, heruntergekommene Holzhaus. Eine mürrische Alte macht ihr auf, lässt sie aber erst eintreten, nachdem sie ihr die Münzen gezeigt hat. Sieben Dollar und fünfzig, so steht in einem großen, mit Wachspapier eingeschlagenen Buch, das die Alte im Flur hervorkramt: So viel ist Luise der Herberge schuldig geblieben. Macht mit Zinsen neun fünfundsiebzig. Der Vierteldollar, den ihr das Weib herausgibt, wird gerade noch für einen Wecken und ein Glas Limonade zur Feier des Tages reichen.

Kaum hält Luise ihr Bündel wieder in den Armen, schiebt sie ihre Hand hinein und atmet erleichtert auf. Ihre Schätze sind noch da: das Album und die Schachtel mit den Stiften.

Um viertel nach elf ist sie zurück in der *Kearny Street.* Es ist noch genug Zeit für einen Abstecher zum Postgebäude. Ein paar Mal ist Luise schon aus der *Crib* geschlichen und hingelaufen. Stets war sie zurück, bevor der Wirt ihre Abwesenheit bemerkte.

Längst fürchtet sie sich nicht mehr davor, allein in die riesige Eingangshalle zu treten und sich vor dem Schalter für den Buchstaben L anzustellen. Der Herr dahinter kennt das blondgelockte Mädchen aus Deutschland inzwischen, erinnert sich sogar an seinen Namen. Doch auch dieses Mal kramt er vergeblich in den hölzernen Fächern hinter seinem Sitzplatz herum, schüttelt bedauernd den Kopf: „Leider nichts."

„Und für Schneider?", fragt sie, einer plötzlichen Eingebung folgend. Vielleicht hat jemand einen Brief für sie an den Dienstherrn geschickt? Sie wiederholt den Namen überdeutlich, malt dazu ein paar Buchstaben in die Luft: „Schneider, Georg?"

Der Postmann zuckt mit den Schultern und weist mit dem Kopf zu einer anderen Warteschlange: „Frag mal dort drüben!"

Sie schaut zu der großen Uhr in der Mitte der Schalterhalle hinauf. Zehn vor zwölf. Höchste Zeit, in die *Crib* zurückzukehren.

Erschöpft von der langen Stadtwanderung erklimmt sie die steile Treppe zu ihrer Kammer. Die schmale Gestalt, die ein paar Stufen vor ihr geht, kommt ihr seltsam vertraut vor. Luise hat sie noch nie in der *Crib* gesehen und kennt sie doch von irgendwoher.

„Tesi?", entfährt es ihr plötzlich, fast wie ein Jubelschrei.

Die andere dreht sich auf dem Treppenabsatz um. Für einen Moment starren die beiden einander sprachlos an, dann fallen sie sich in die Arme.

„Was machst du denn hier?", fragt Luise verwirrt und aufgeregt. Ihre Müdigkeit ist verflogen. „Ihr habt mich gesucht, stimmt's? Wo ist Schneider, und wo sind die anderen?"

Tesi zuckt mit den Schultern und zieht die Mundwinkel herunter, als fange sie gleich an zu weinen: „Ich weiß nicht!"

„Was soll das heißen?"

„Später!", flüstert das Mädchen, „der Wirt muss nicht wissen, dass wir uns kennen." Woher die Tochter vom Schafhirten so genau weiß, wie es in einer *Crib* zugeht, fragt sich Luise nicht. Schnell zieht sie Tesi in ihre Kammer.

„Also los!", drängt sie, „setz dich hin und erzähl mir alles!"

Tesi verschränkt ihre Arme und schiebt die Schultern nach vorne. „Ein Chinamann hat mich hergebracht", beginnt sie leise und stockend. Luise muss sich vorbeugen, um sie zu verstehen.

„Aber was ist mit Schneider? Und Anna? Hat sie ihr Kind bekommen?", fragt sie atemlos.

„Ein winziges Mädchen. Du warst kaum fort, da ist es geboren", ein Lächeln huscht über Tesis Gesicht, „die Kleine war so süß! Am Anfang haben Margarethe und ich sie ganz viel herumgetragen."

„Ich habe die ganze Stadt abgesucht, um euch zu finden … ihr wart nicht mehr in der Herberge!“ Luise versucht, sich nicht anmerken zu lassen, wie schlimm das für sie war.

„Wir mussten weg. Schon bald.“ Tesis Mundwinkel sacken wieder nach unten.

„Aber Anna … sie lag im Wochenbett?“

„Schon. Aber Schneider meinte, er kann nicht so lange warten. Er wollte gleich nach Britisch Kolumbien, und sie sollte mit. Viele Goldgräber sind jetzt dorthin.“

„Britisch Kolonien?“, wiederholt Luise, ohne ihren Fehler zu bemerken: „Wo ist das denn?“

„Ich weiß nicht. Man muss ein Schiff nehmen. Bis nach Victoria.“

„Victoria. Verstehe. Das ist in Australien. Ziemlich weit“, nickt Luise. Elisa hat an Bord der *City of New York* von ihrer großen Schwester erzählt, die in Victoria einen tüchtigen Mann gefunden hat.

„Und du? Warum bist du nicht mit?“

„Sie mussten schnell aufbrechen. Bevor es Winter wird. Schneider hat gesagt, es ist zu teuer für alle. Er kann nur Anna und ihr Kleines mitnehmen. Aber er hat versprochen: Er kommt mich holen, sobald es geht.“

„Was Schneider so alles verspricht!“, entfährt es Luise ärgerlich, „hat er dich ganz allein in San Francisco zurückgelassen?“

„Ein deutsches Mädchen hat mich abgeholt. Sie hat mir gezeigt, wo ich hinkann.“

„Das durfte er nicht. Du bist doch erst vierzehn!“

Empört bläst Luise ihre Wangen auf.

„Ich bin fünfzehn. Schon fast einen Monat – seit dem 25. November“, protestiert Tesi.

Zum ersten Mal fällt Luise auf, dass auch sie ein Jahr älter geworden ist. Niemand in der *Crib* hat von ihrem 18. Geburtstag gewusst.

Jemand schlägt grob an die Tür.

„Ich muss. Es dauert nicht lange!“, raunt Luise.

Tesi ist bereits aufgesprungen.

Ein Kerl mit geröteten Augen steht auf der Schwelle und glotzt die Mädchen ungläubig an.

„Zwei? Habe ich für zwei bezahlt?“, nuschelt er verwirrt. Dann öffnet er seine Hose und grinst selbstgefällig: „An mir soll’s nicht liegen.“

Doch Tesi hat sich schon an ihm vorbeigewunden und ist im Dunkel des Flurs abgetaucht.

Dreiundzwanzigstes Kapitel

Durch die Bretterwand, an die sie mit den Knien stößt, wenn sie ihre Beine zu sich heranzieht, kann Luise so gut wie alles hören: Wenn sich eine nebenan im Bett umdreht, im Schlaf ein paar Worte murmelt oder wimmert. Wenn sie aufsteht, um zum Abort hinunterzulaufen. Und noch einiges mehr.

Seit sie weiß, dass Tesi in der Nachbarkammer liegt, ist das einerseits nicht mehr so schlimm. Und andererseits noch viel schlimmer. Luise träumt jetzt nicht mehr davon, dass Benjamin sie aus der Sünde erretten würde. Stattdessen zermartert sie sich den Kopf, wie sie gemeinsam mit Tesi der *Crib* entkommen kann.

Schneider ist vor seinen Schulden und Pflichten In San Francisco wahrscheinlich einfach davongelaufen und hat sie deshalb alleine zurückgelassen. Soviel steht fest. Niemals im Leben wird er hierher zurückkehren. Wenn der Landgänger erst in Australien angekommen ist, interessieren ihn die Mädchen aus Langenhain bestimmt nicht mehr. Und sollte er jemals in die Heimat zurückkehren und nach Luise und Tesi gefragt werden, denkt er sich bestimmt ein paar Lügen aus.

Wenn sie selbst in ihr Dorf heimkehren wollen, so geht das aber nicht ohne Schneider. Bei ihm sind sie nun mal verdingt. Er hat versprochen, sie zurückzubringen, für die Reise aufzukommen und ihren Vätern den Rest ihres Lohns auszuzahlen. Balthasar Ludwig und Lorenz Will rechnen bestimmt schon fest mit dem Geld.

Luise und Tesi müssen Schneider also wiederfinden, und sei es im fernen Victoria. Oft genug hat sie sich in der *Alta California* Anzeigen für Schiffspassagen nach Australien angesehen.

Mehrmals in der Woche fährt ein Schiff von San Francisco aus dorthin. Sie müssen nur das Geld zusammenbekommen, um die Passagen zu bezahlen.

Wenn sie weiterhin fleißig und folgsam ist und sich beim Wirt niemals unwohl meldet, könnte sie es in ein paar Monaten schaffen. Mit Tesi ist dabei leider nicht zu rechnen. Die Fünfzehnjährige lässt sich nur selten in der Gaststätte blicken und trägt dann eine derart verstörte Miene zur Schau, dass die Männer weggucken, sobald sie in ihre Nähe kommt.

„Gib dir halt ein bisschen Mühe!", hat Luise ihr einmal zugeraunt, als sie in der Warteschlange vor dem Abort neben ihr stand, „wenn wir nichts verdienen, kommen wir hier niemals fort!" Sofort danach tat ihr der ruppige Ton leid.

Denn eigentlich macht sie sich Sorgen: Tesi wird von Tag zu Tag blasser und schmaler.

Einmal vernimmt sie kurz vor dem Morgengrauen ein Schluchzen von nebenan. Ob Tesi so schlimmes Heimweh hat? Luise zieht sich die Decke über den Kopf, dreht aus einer fleckigen Stelle ihres Lakens einen steifen Zipfel, schnuppert daran und kann trotzdem lange nicht einschlafen.

In der nächsten Nacht hört sie es wieder. Kaum ist sie eingedämmert, wird sie wieder geweckt. Das Würgen und Husten klingt, als müsse Tesi sich übergeben. Verschlafen rappelt sie sich hoch, schlingt sich das wollene Umschlagtuch um den Leib und klopft leise an die Tür der Nachbarkammer.

„Was ist?", schnieft Tesi.

„Ich bin's. Mach auf!"

Nach einer halben Ewigkeit wird Luise eingelassen. Fahles Licht fällt durch die Türritzen. Es riecht säuerlich scharf nach Erbrochenem.

Tesi hat sich sofort wieder hingelegt und zur Wand gedreht. Vorsichtig lässt Luise sich neben ihr nieder.

„Wie ist dir?", flüstert sie, „bist du krank? Hast du arges Heimweh?"

Keine Antwort.

„Bitte sag es! Ich habe doch alles gehört. Gestern Nacht und heute schon wieder."

„Spinnst du?", fragt Tesi leise. Ihre Stimme klingt rau. „Wonach soll ich denn Heimweh haben? Nach dem Vater, der mich verprügelt? Nach den Brüdern, die mir auf der Nase herumtanzen? Oder nach den Leuten, die uns nicht mögen, weil wir die Kinder vom Lorenz Will sind?"

„Aber sehnst du dich nicht nach den Gassen im Dorf? Dem Schloss? Der Kirche? Den Feldern und Wäldern? Den Kühen im Stall, wenn die Kälber noch ganz klein sind?" Luise zählt alles auf, was ihr selbst so sehr fehlt. „Magst du all das nie wiedersehen?"

„Um nichts in der Welt." Die Gestalt auf dem Bett rührt sich nicht, wendet ihr weiter den Rücken zu.

„Dann hör auf zu jammern und sag mir endlich, was los ist!", Luise kann ihren Unmut nicht länger unterdrücken, „wenn dir etwas nicht gefällt, musst du es ändern!" Sie spricht mit Tesi so wie die Amerikanerin am Brunnen es mit ihr getan hat.

Doch von dem Mädchen auf dem Lager ist nicht mehr als ein Schniefen zu vernehmen.

„Ist mir eigentlich auch egal, was mit dir wird, wenn wir erst beim Schneider sind. Dann kannst du dich wieder an deine geliebte Anna klammern", sagt Luise gehässig und schämt sich sofort dafür.

„Er kommt mich holen. Er hat's versprochen", erwidert das Mädchen dumpf.

„Du glaubst wirklich daran?“, fragt Luise ungläubig und schluckt. Dann wechselt sie die Stimmlage, spricht mit Tesi langsam und freundlich wie mit einem kleinen Kind: „Weißt du, bestimmt möchte er uns hier sehr gerne abholen. Aber er freut sich noch mehr, wenn wir uns selbst auf die Reise machen. Wir müssen nur das Geld zusammensparen, unsere Sachen nehmen und zum Hafen hinunterlaufen. Fast jeden Tag legt ein Schiff nach Australien ab.“

Das Mädchen auf dem Bett gibt einen seltsamen Laut von sich, drückt sein Gesicht auf das Lager, als müsse es einen Schrei unterdrücken.

„Ist dir nicht gut?“, fragt Luise besorgt, „musst du dich übergeben?“

„Jeden Morgen“, antwortet die Jüngere plötzlich sehr klar. Endlich dreht sie sich auf den Rücken. Das Dämmerlicht verstärkt die dunklen Schatten unter ihren Augen noch. Angeekelt zieht Luise die Luft durch die Nase hoch. Aus der Waschschüssel steigt ein säuerlicher Gestank auf.

„Was machst du denn dagegen?“, fragt sie erschrocken.

„Ich bring das Zeug zum Abort runter, bevor die anderen aufwachen. Dann bekommt es niemand mit.“

„Tesi! Du bist krank und musst etwas unternehmen!“, sie packt das Mädchen bei den Schultern, „der Wirt kann bestimmt nach einem Doktor schicken.“

„Wozu soll das gut sein? Das kostet doch nur.“

„Ein Arzt könnte herausfinden, was dir fehlt und dir ein Heilmittel geben.“

„Es ist nichts“, seufzt das Mädchen entnervt, „mit der Zeit wird es besser. Das war bei der Anna auch so.“

Und endlich versteht Luise.

„Du bist im Unglück!? Dir ist ein Missgeschick passiert?“

Ihr wird flau. „Ich helfe dir natürlich, ich habe schon ein bisschen gespart", fügt sie erschrocken hinzu.

„Dein Geld kannst du behalten", murmelt Tesi und wendet sich wieder zur Wand um, „ich brauche es nicht."

„Was soll das heißen? Willst du es etwa bekommen? Es geht bestimmt nicht von allein wieder weg", Luise tritt der Schweiß auf die Stirn, „oder hast du einen, der dich heiratet?"

„Quatsch! Lass mich in Ruhe! Ich mag nicht ausgefragt werden!"

„Aber wenn der Wirt es erfährt! Irgendwann ist es zu spät."

„Ich erzähl's ihm bestimmt nicht."

„Aber man kann es bald sehen. Dann lässt er dich wegbringen und einsperren."

„Ins Gefängnis?" Tesi richtet sich auf, wirkt zum ersten Mal erschrocken.

„Es gibt eine neue Anstalt. Für Jungen und Mädchen, die in der Stadt herumstreunen. Auch welche in unserem Alter." Luise hat genau zugehört, als in der Gastwirtschaft darüber gesprochen wurde: „Man wird abends in eine Zelle gesperrt und muss den ganzen Tag über im Garten ackern."

„Aber Anna durfte auch bei den Schneiders bleiben", mault Tesi, „erst hat der Dienstherr geflucht und geschimpft, aber dann blieb ihm nichts anderes übrig. Weil wir alle ganz fest zusammengehalten haben, sogar mit Margarethe. Er würde mich bestimmt nicht fortschicken."

„Schneider ist aber nicht hier", wendet Luise böse ein, „kaum hatte Anna ihr Kind, haben sie dich übrigens alleine sitzen lassen."

„Du bist gemein!", murrt Tesi.

Eine Zeitlang brüten beide still vor sich hin.

„Wie lange ist es denn noch?", fragt Luise vorsichtig, „weißt du, wann es passiert ist?"

„Vielleicht schon am Anfang."

„Im Oktober? Und du warst seitdem nicht mehr unwohl?"

Tesi zieht die Schultern hoch.

„Wenn es drei Monate sind, sieht man noch nichts", erklärt Luise fachmännisch. Mit Schwangerschaften kennt sie sich aus. Erst hatte ihre Mutter mit verschiedenen Leiden zu kämpfen, als sie Dora erwartete. Später schickten die Tanten und Cousinen im Dorf nach dem Mädchen, wenn sie in Umständen waren und Hilfe brauchten. Schon als Achtjährige kannte Luise sich mit Frauensachen erstaunlich gut aus.

Die Jüngere hat sich weggedreht, wie eine Schnecke zusammengerollt und schluchzt verzweifelt.

„Nicht weinen! Ich helfe dir. Es wird alles wieder gut."

„So süß war die Kleine von Anna", jammert Tesi, „manchmal hat sie mich angelacht, schon ganz am Anfang. Ich will auch so etwas haben."

Je mehr das Mädchen von Weinkrämpfen geschüttelt wird, desto klarer reihen sich die Gedanken in Luises Kopf aneinander.

„Weißt du, was ich denke", beginnt sie ganz ruhig, „es wäre schön dumm von uns, auf Schneider zu warten. Wir beide sind für ihn doch nur Sachen, mit denen er handelt … so wie Teppiche oder Stoff. Wenn du einen Balg mit dir herumschleppst, bist du für ihn erst recht nichts mehr wert."

„Stimmt nicht!", schnieft Tesi trotzig, „Anna ist das beste Beispiel."

„Was denkst du, warum er sie mitgenommen hat? Vielleicht, weil sie mit der Margarethe verwandt ist? So etwas interessiert den Schneider bestimmt nicht. Wahrscheinlich hat er von Anfang an gewusst, was mit Anna los ist. Der Bauer Möckel hat ihm Geld gegeben, damit er ihm die Schande vom Hals schafft. Oder dieser Reuter, der ihr das Kind gemacht hat."

Tesi zieht sich die Decke über den Kopf.

„Aber wenn der Ältesten vom Schafhirten Will in Kalifornien ein Missgeschick widerfährt, kräht in der Heimat kein Hahn danach“, fährt Luise unbarmherzig fort, „Schneider wäre der Erste, der dir das Neugeborene wegnimmt und irgendwo ablegt.“

Allmählich scheint Tesi sich zu beruhigen. Ihre Atemzüge werden tiefer und gleichmäßiger.

„Mach dir nichts vor“, seufzt Luise, „Schneider hatte nie etwas anderes mit uns vor, als Geld zu verdienen. Eine nach der anderen hat er verkauft: erst Elisa, dann mich. Und dich hat er hier einfach sitzen lassen, als er pleite war. Es ist ihm egal, was aus uns wird. Er denkt nur an sein Geschäft, und nicht einmal das versteht er gut.“

Vierundzwanzigstes Kapitel

Vorsichtig setzt sie einen Fuß vor den anderen. Keine knarrende Diele soll verraten, dass sie am frühen Morgen noch einmal in Tesis Kammer zurückschleicht.

Nachdem das Mädchen sich eingeigelt und störrisch geschwiegen hat, ist Luise zu ihrem Lager zurückgekehrt und hat versucht, noch ein bisschen zu schlafen. Aber es ging nicht. Ihre Gedanken drehten sich ständig im Kreis: Wie sollen sie es jetzt noch schaffen, aus San Francisco wegzukommen?

Lange kann Tesi ihren anschwellenden Bauch nicht mehr verstecken. Im Frühjahr wird für jedermann sichtbar sein, dass sie in Erwartung ist. Und dann? Dürfte sie in diesem Zustand überhaupt an Bord eines Übersee-Schiffes gehen? Und wenn das Kind auf hoher See zur Welt käme?

Luise kennt viele Geschichten von Mädchen, die nicht geheiratet wurden, als sie im Unglück waren. In der Heimat blieb den armen Seelen kaum etwas anderes übrig, als ins Wasser zu gehen. Manche Katholische legten das Kind auch irgendwo ab und gingen ins Kloster. Keine, der so etwas widerfuhr, wurde danach ihres Lebens noch froh.

Sie wird noch einmal versuchen, mit Tesi zu reden. Vorsichtig drückt sie die Klinke hinunter. Die Tür ist nicht verriegelt. Das Mädchen liegt auf dem Rücken und starrt mit offenen Augen an die Decke.

Zaghaft ergreift Luise eine schlaffe und kalte Hand.

„Bitte!“, beginnt sie leise, „ich hab’ nachgedacht. Du musst es … es geht nicht.“

Tesi zieht weinerlich ihre Mundwinkel nach unten und kneift die Augen zusammen. „Ich hab’s schon versucht“, flüstert sie traurig, „so viele Male bin ich die Treppe hinuntergesprungen. Die Wirtsfrau hat blöde geglotzt, aber sonst ist nichts passiert."

Die Österreicherin ahnt es also auch schon, denkt Luise niedergeschlagen.

„Fünf Dollar", antwortet die Frau mit dem strähnigen Haar ein paar Stunden später. Sie zieht ihren Mund in die Breite, als lächele sie Luise an, aber ihre Augen bleiben kalt und stumpf.

Sie brauchte nicht viel zu erklären. Die Wirtsfrau hat sofort verstanden.

„Wenn du willst, kannst du die Pillen gleich morgen bekommen!" Fordernd starrt sie das Mädchen an: „Also, was ist?"

Luise schluckt. Fünf Dollar sind viel Geld. Die Geschäfte in der *Crib* laufen nicht gut, seit das neue Jahr begonnen hat. In San Francisco kommen immer weniger Schiffe mit liebeshungrigen Matrosen an. An den Docks ist für Hafenarbeiter, Lastenträger und Packer nur wenig zu tun. Die Goldgräber, die es sich leisten können, in der Stadt zu überwintern, müssen ihre Dollars beisammenhalten, damit sie bis zum Frühjahr damit auskommen.

Luise verdient kaum noch mehr als ihr der Wirt für Kost und Logis in Rechnung stellt.

„Du musst nicht alles sofort bezahlen", die Österreicherin kneift verschwörerisch ein Auge zu, „mein Mann schreibt an, was du ihm schuldig bleibst."

„In Ordnung", seufzt Luise, „drei Dollar habe ich fürs Erste."

Sie schaut sich den kleinen, blauen Karton, den die Wirtsfrau ihr am nächsten Tag aushändigt, genau an. Mit Bleistift ist der Preis auf die Packung gekritzelt: fünfundzwanzig Cent. So viel hat das Zeug im *Drugstore* gekostet. Vier Dollar und fünfundsiebzig Cent steckt sich die Wirtsfrau in die eigene Tasche, aber das braucht Tesi nicht zu erfahren.

Als Medikament „für die ganze Familie“ werden die Pillen auf der Packung gepriesen. Als Luise die Schachtel vorsichtig öffnet, fällt ein kleiner, mehrfach gefalteter Zettel heraus. Unter der Überschrift „Warnung“ steht in winzigen Druckbuchstaben, wozu das Mittel in Wirklichkeit da ist: Es kann eine Fehlgeburt auslösen.

Sie lässt den Zettel unter ihrer Matratze verschwinden. Tesi könnte die winzigen Buchstaben ohnehin kaum entziffern und würde den englischen Text nicht verstehen.

„Nimm die hier“, Luise reicht ihr drei Pillen auf ihrer ausgestreckten Hand, „sind von der Wirtsfrau. Am besten du schluckst beim ersten Mal drei und dann drei Mal am Tag eine. Dann ist dir bald nicht mehr schlecht.“

Folgsam schiebt sich die Fünfzehnjährige die wächsernen Kugeln in den Mund.

„Zum runterspülen“, sagt Luise schnell und reicht ihr einen kleinen Krug Bier aus der Gaststätte.

„Warum machst du das eigentlich alles?“, fragt Tesi matt und ein bisschen misstrauisch, „du magst mich doch eigentlich gar nicht.“

„Stimmt nicht“, murmelt Luise ertappt. Sie breitet die Decke über dem Mädchen auf seinem Lager aus: „Schlaf jetzt. Damit du wieder zu Kräften kommst.“ Dann schlüpft sie leise hinaus.

Tesi hat Recht, denkt sie, als sie wieder in ihrer Kammer ist: Die Fünfzehnjährige ist nicht ihre Freundin, wird ihr niemals so lieb sein wie Elisa. Sie ist ihr auch nicht so vertraut wie Dora, die sie jeden Tag in Langenhain mit sich herumgeschleppt hat. Eigentlich hat sie mit Tesi früher, in der Heimat kaum je ein Wort gewechselt. Mit den blassen, schmutzigen Jungen und Mädchen vom Will gab sich kein anderes Kind ab.

Doch hier ist es anders. Hier ist Tesi die Einzige aus ihrer Heimat. Seit sie sich wiedergetroffen haben, spürt Luise zum ersten Mal die Kraft, aus der *Crib* fortzugehen. Und seit sie Tesi erklärt hat, was sie von Schneider zu halten hat, weiß sie es selbst ganz genau.

In den folgenden Stunden dringt kein Laut aus der Nachbarkammer, kein Stöhnen oder Schluchzen, Husten oder Würgen. Luise hat sich fest vorgenommen, erst einmal abzuwarten. Mindestens einen Tag und eine Nacht. Doch schon nach ein paar Stunden hält sie es nicht mehr aus, lugt vorsichtig durch die Tür: Das Mädchen liegt so da, wie sie es zurückgelassen hat, und schläft tief und fest.

Sie selbst kommt nicht zur Ruhe, lauscht immer wieder an der Wand, wartet darauf, dass etwas passiert. Dass Tesi aufstöhnt oder schreit, zum Abort hinunterläuft oder um Hilfe ruft. Als es am frühen Morgen immer noch totenstill ist, schleicht sie ein weiteres Mal hinüber und streicht ihrer schlafenden Kammernachbarin sacht übers Haar.

Tesi schlägt sofort die Augen auf.

„Was ist los?"

„Ich wollte nur schauen, wie es dir geht."

„Gut. Ich hab' lange geschlafen!"

„Hat die Medizin geholfen?"

Tesi richtet sich auf, lehnt sich an die Wand und zieht sich die Decke über die Knie: „Mir geht's gut", stellt sie erstaunt fest, „es ist weg!" Ihre Augen wirken in der dämmrigen Kammer strahlend und klar.

„Hast du nichts gemerkt?", fleht Luise.

„Ich hab' kein Bauchweh mehr." Tesi legt eine Hand schützend vor ihren Leib: „Meinem Kleinen hier drinnen tut das bestimmt auch sehr gut."

Fünfundzwanzigstes Kapitel

Wird dieser elende Winter, werden der eisige Wind und die ewige Dunkelheit denn niemals aufhören? Jeden Nachmittag tut Faber sich schwer, nach dem Unterricht aus der überhitzten Schulstube in seine Wohnräume hinaufzusteigen. Im Laufe des Vormittages wird es dort kalt, und er muss neu einheizen.

Die sauerstoffarme Luft in dem kleinen, überfüllten Schulraum macht ihn genauso träge und benommen wie die Kinder in ihren Schulbänken. Viele lassen ihre Köpfe während des Unterrichts einfach auf das Pult sinken und schlafen ein.

In den kalten Monaten behält niemand im Dorf seine Sprösslinge zuhause. Im Frühjahr braucht mancher Bauer seine Söhne und Töchter im Stall oder auf den Feldern und schickt sie nicht in die Schule. Und im Sommer haben sie ohnehin drei Monate Ferien. Doch danach füllt sich die Klassenstube. Obwohl sie beim Lehrer viel unnützes Zeug lernen, sind die Kinder dann in der Schule besser aufgehoben als in den winzigen Stuben daheim – so sehen es die Leute im Dorf.

Über Weihnachten waren Ferien. Erst nach Epiphanias, dem Dreikönigstag, hat der Unterricht wieder begonnen. Viele Jungen und Mädchen sind jetzt so blass, wirken so elend und schauen Faber aus so trüben Augen an, dass er froh ist, wenn sie sich am Mittag um zwölf lebendig von ihren Bänken erheben und nach Hause trotten.

Eine Stunde später stehen die Kleinen aus den unteren vier Jahrgängen schon wieder vor seiner Tür, und um zwei sind die Großen noch einmal dran. Nur mittwochs und samstags hat er am Nachmittag frei.

Er wirft ein paar Scheite in den gusseisernen Ofen. Sein Bett in der Schlafkammer nebenan ist so kalt, dass er keinerlei Drang spürt, sich hineinzulegen. Wenn er später eine Messingpfanne mit glimmenden Kohlen füllt und diese zwischen die Laken schiebt, wird es am Abend gehen.

Seit Wochen war er nicht mehr draußen im Wald, obwohl er die Natur doch so liebt. Ein Wärmeeinbruch hat im Januar den Schnee zum Schmelzen gebracht und die Landschaft rund um Langenhain in einen dunkel glänzenden Sumpf verwandelt. Als der Frost dann zurückkehrte, gerann alles zu einer dreckigen Eiswüste. Die Wiesen und Felder erstarrten zu graubraunen Flächen, aus denen die Ackerfurchen wie böse, schwarze Zacken ragen. Im Dorf sind die Gassen spiegelglatt. Wer mit heilen Knochen durch den Winter kommen will, setzt lieber keinen Fuß darauf.

Kaum glaublich, dass diese Einöde in wenigen Monaten zu neuem Leben erwachen wird: Dass frische Gräser sprießen, bunte Blüten aufgehen, Vögel zwitschern und Insekten durch die Luft schwirren werden.

Auf dem Ofen steht noch ein Rest der Suppe, die Fabers Wirtschafterin am Vortag gebracht hat. Mit einer Kelle füllt er sich den Teller, setzt sich an den Tisch und löffelt das lauwarme Zeug. Dann fährt er sich seufzend mit dem Ärmel über den Mund.

Heute ist Mittwoch. Normalerweise könnte er den Nachmittag mit einem guten Buch vor dem Ofen verbringen. Oder mit der neuesten Ausgabe der *Gartenlaube*. Doch für heute hat sich ein Gast angesagt.

Der Brief liegt schon seit Anfang des Jahres auf seiner Anrichte. In einer gestochen scharfen Handschrift teilt ihm darin ein gewisser Johann George Hesekiel, Redakteur der *Neuen Preußischen Zeitung* in Berlin, mit, dass er die Wetterau und den Vogelsberg bereisen werde, und zwar noch in diesem Winter. Er habe vor, den Klagen auf den Grund zu gehen, die evangelische Pastoren wiederholt bei ihren Kirchenherren erhoben hätten. Angeblich werde aus einigen hessischen Dörfern, namentlich Langenhain-Ziegenberg, Gladbach, Münster und Nieder-Weisel ein schwunghafter Mädchenhandel ins Ausland betrieben, nach Paris und St. Petersburg, Australien, Kuba und Kalifornien. Auch an ihn als Schulmeister von Langenhain habe Hesekiel in diesem Zusammenhang einige Fragen.

Faber hat sich über diesen Brief zuerst gefreut und ein bisschen geehrt gefühlt: Endlich interessiert sich jemand, sogar der Redakteur einer bedeutenden Zeitung, für die Erfahrungen eines Schullehrers in einem Bauerndorf! Dass er sich jeden Tag mit Kindern von ungebildeten Landwirten abplagen muss, bedeutet weiß Gott nicht, dass er selbst ein Hinterwäldler wäre. Faber ist nicht in diesem Dorf geboren, hat während seiner Ausbildung viel gelesen und gelernt, seinen Kopf zu benutzen.

Dem Schulmeister sei möglicherweise bekannt, heißt es in dem Schreiben, dass der neue Ministerpräsident von Preußen, der verehrungswürdige Otto von Bismarck, in seiner Zeit als Gesandter in Sankt Petersburg erstmals von solchen kriminellen Machenschaften Kenntnis erhalten habe. Der Ministerpräsident plane künftig alle Verbrechen, die mit dem schändlichen Mädchenhandel in Zusammenhang stehen, polizeilich verfolgen und unter strenge Strafen stellen zu lassen.

Wenn er diese Zeilen liest, wird Faber mulmig zumute. Er muss an Luise denken. Wie viel Hoffnung er im letzten Frühjahr in sie gesetzt hat, und wie glühend er sie um ihre Reise nach Amerika beneidete! Endlich fort aus diesem düsteren, stinkenden Dorf, in dem es keine Zukunft für Mädchen gab!

Seine ehemalige Schülerin hätte das Zeug dazu, Schriftstellerin zu werden, davon ist er überzeugt.

Und wären sie sich unter anderen Umständen begegnet, hätte mehr daraus werden können, da ist er sich sicher.

Doch mit dem Schreiben des Redakteurs kommt ein böser Verdacht in ihm auf. Ist Luise etwa ein Opfer des Mädchenhandels geworden? Gehört sie zu jenen Bauerntöchtern, die gegen ihren Willen ins Ausland verschleppt wurden? Hat er etwa deshalb kaum noch von ihr gehört?

Flüchtig kommt ihm der Brief in den Sinn, der noch immer im Geheimfach seines Lehrerpults liegt. Anfangs fand er keine Gelegenheit, ihn Dora zu übergeben. Dann ist er einfach darüber hingekommen und hat ihn schließlich vergessen.

Luise wird es mit ihrem alten Lehrer in der Neuen Welt wahrscheinlich ebenso ergangen sein. Eine hübsche und kluge Siebzehnjährige kann sich in Amerika vor Verehrern wahrscheinlich kaum retten.

Mädchenhandel? Ärgerlich wischt er den schlimmen Verdacht wieder fort. Er kennt dieses Wort bisher nur aus Zeitungsberichten, die ihm ziemlich aufgebauscht vorkamen. Sie handelten von blutjungen Chinesinnen, die in ihrer Heimat gefangen, in Käfige gesperrt und in Frachtschiffen von Schanghai in die Neue Welt verschleppt werden. In San Francisco oder New York fristen sie angeblich ein elendes Dasein in versteckten Kellerbordellen und Opiumhöhlen und gehen meist schon vor ihrem zwanzigsten Geburtstag zugrunde.

Glauben die hohen Herren in Berlin etwa, dass unter den Augen der frommen Landbevölkerung der Wetterau etwas Ähnliches vor sich gehen könnte? Faber seufzt auf. Er wird dem Redakteur klarmachen müssen, dass bei der Vermietung von Minderjährigen aus dem Großherzogtum Hessen wohl kaum kriminelle Machenschaften im Spiel sind. Für viele Bauern und Handwerker ist es einfach der einzige Ausweg aus der ewigen Geldknappheit, ihre Töchter für ein paar Jahre zu vermieten.

Die Pastoren zetern natürlich dagegen. Aber von deren Moral und Frömmigkeit ist noch nie jemand satt geworden. Und nicht wenige dieser Mädchen finden, wie im Dorf zu hören ist, in der Neuen Welt einen guten Mann und bleiben für immer dort.

Von unten ist ein lautes Klappern zu vernehmen. Ein Fuhrwerk kommt vor dem Schulhaus zum Stehen. Er wirft einen Blick aus dem Fenster: Lange vor der angekündigten Zeit ist sein Gast eingetroffen. Hastig räumt er seine Jacke und seine Lektüre beiseite und eilt die Treppe hinunter, um ihn zu begrüßen.

Der Fahrgastkabine entsteigt schnaufend ein korpulenter Herr im Alter von weit über vierzig Jahren. Er schüttelt Faber lange die Hand. „Ich hoffe, ich bereite keine Ungelegenheiten", erklärt er höflich, „bin aus meinem Hotel in Nauheim schon vor dem Mittag aufgebrochen, weil ich nicht wusste, wie lange die Kutsche auf den vereisten Wegen hierher braucht."

„Ihr werdet hungrig sein", bemerkt Faber bestürzt, „wenn meine bescheidenen Vorräte belieben … ich bewirte euch herzlich gern."

„Machen Sie sich keine Umstände", antwortet der Mann mit einer wegwerfenden Geste. Seine wulstigen Lippen betonen einen merkwürdig in die Breite gezogenen Mund, teilen das Gesicht in zwei Hälften.

Er sieht aus wie ein Frosch, denkt Faber.

„Es wird in diesem Dorf eine Wirtschaft geben. Dorthin lade ich Sie nachher zu einem Mahl," sagt das Froschmaul.

„Herzlich gern", antwortet der Lehrer erleichtert, „ich hole nur rasch meinen Mantel. Es sind nur ein paar Schritte, hier die Gasse hinauf."

Sein Besucher sieht ihn scharf an: „Erst die Arbeit", sagt er streng, „erst will ich Sie befragen."

„Wir könnten alles beim Essen bereden."

„Auf keinen Fall. In den Gaststuben haben die Wände Ohren."

„Ich fürchte aber, dass ich Ihnen nicht allzu viel berichten kann!".

„Das hat schon so mancher behauptet."

Der Herr aus Berlin wendet sich zu seinem Kutscher und erteilt ihm einige knappe Anweisungen, bevor er erneut den Lehrer anspricht: „Also, worauf warten wir? Laden Sie mich in Ihre warme Stube?" Kurze Zeit später schnauft er die Treppe ins Obergeschoss hoch, legt Hut und Mantel ab. Sein dunkles Haar, das sorgsam an der Seite gescheitelt ist, reicht ihm bis über die Ohren.

Hesekiel nimmt auf dem Sessel Platz, den ihm Faber zurechtrückt, schlägt ein großes, in Leinen gebundenes Notizbuch auf und fördert aus einem ledernen Etui einen zigarrenförmigen, schwarzen Zylinder hervor. Golden sieht Faber eine Schreibfeder glänzen.

„Was ist denn das für ein tolles Gerät?", fragt er ehrfürchtig.

„Ein Füllfederhalter, das Neueste von der Weltausstellung in London. Auf Reisen ein enorm patentes Werkzeug: Man muss kein Tintenfass mehr mit sich herumtragen", erklärt sein Gast und sieht Faber wachsam an, „aber genug davon! Kommen wir zur Sache."

Sechsundzwanzigstes Kapitel

„Und? Zufrieden mit der Medizin?“, nuschelt die Wirtsfrau, als sie Luise ihre frische Wäsche aushändigt. Diese tut so, als verstehe sie nicht und murmelt leise, ihrer Freundin gehe es wieder recht gut.

„Ich meine: Ist was gekommen?“, bohrt die Österreicherin nach.

Luise schlägt die Augen nieder. Sie hat kaum geschlafen, hat sich immer wieder dieselben Vorwürfe gemacht. Dass sie viel zu viel Geld für die nutzlosen Pillen ausgegeben hat, ist nicht das Schlimmste. Die zwei Dollar, die sie dem Wirt jetzt noch schuldet, nimmt sie als gerechte Strafe für ihre Sünden hin.

Viel schlimmer ist, dass sie seinem niederträchtigen Weib verraten hat, in welcher Lage ihre Leidensgenossin ist. Und dass sie Tesi wiederum verschwiegen hat, welchem Zweck die Pillen in Wirklichkeit dienen sollten.

Wie lässt sich das Unglück jetzt noch aufhalten? Sobald man es sehen kann, wird der Wirt die Fünfzehnjährige wegschaffen lassen. Seine geschwätzige Frau hat ihm bestimmt längst verraten, was los ist.

Tesi selbst scheint ihre schreckliche Lage allerdings wenig auszumachen. Im Gegenteil. Dass sie schön ist wie eine Madonna, kommt jetzt erst richtig zur Geltung: Ihre vormals wächserne Haut wirkt von Tag zu Tag besser durchblutet und rosiger. Sie ist auch nicht mehr so hager, bekommt weibliche Rundungen. Ihre dunklen Augen erstrahlen in einem neuen, freudigen Glanz und die trotzig aufgeworfenen Lippen sind tiefrot. Würde sie häufiger in die Gaststube hinunterkommen, wären die Männer ganz wild auf sie.

Ängstlich beobachtet Luise das Mädchen auf dem Hof vor dem Abort: Doch je länger sie auf Tesis Bauch starrt, desto unsicherer ist sie, ob sich bereits eine Wölbung abzeichnet.

„Ach herrje", seufzt die Wirtsfrau theatralisch, „meinem Mann gefällt das bestimmt nicht. Bälger haben wir selbst genug."

„Ich weiß", antwortet Luise beklommen.

„Dann muss sie halt ins Asyl", zischt die Österreicherin böse.

„In dieses Industriehaus für Jungen und Mädchen?", fragt Luise erschrocken.

„Nein, das ist viel zu gut für so eine. Luder wie sie werden ins *Magdalen Asyl* gesteckt. Nonnen aus England haben das Haus hier aufgemacht. Ist noch ganz neu."

„Geht es dort streng zu?", fragt Luise besorgt. Oft genug hat sie selbst überlegt, in so einem Asyl für gefallene Mädchen um Aufnahme zu bitten.

„Ich glaube nicht, dass das einer gefällt: den ganzen Tag beten und die Wäsche von fremden Leuten waschen!" Die Österreicherin zieht ihren Mund breit: „Aber die Mädchen können dort ihre Kindchen zur Welt bringen und sich freuen, dass die Kleinen gleich zu reichen Herrschaften kommen."

„Wir sind evangelisch", wendet Luise bestürzt ein, „meine Freundin auch. Uns nähmen sie dort bestimmt nicht auf."

„Ist den Nonnen egal. Die Mädchen werden von der Polizei hingebracht. Aber wenn sie nicht will … es gibt andere Mittel." Luise erträgt den gierigen Blick der Österreicherin kaum und horcht doch auf.

„Die ganz feinen Damen gehen dafür in bestimmte Kliniken. Aber das ist sehr teuer. Deine Freundin könnte eine Hebamme fragen. Oder im *Drugstore*. Manche haben hochmoderne Apparate, allein zu diesem Zweck."

„Was kostet so etwas denn?", fragt Luise zögernd.

„Zehn Dollar", die Antwort kommt wie aus der Pistole geschossen, „wenn euch das zu viel ist, kann sie es machen wie die jüdischen Weiber. Die schmeißen Zwiebeln in einen Topf mit kochendem Wasser und hocken sich darauf, bis es abgeht." Die Wirtsfrau sieht sie lauernd an: „Könnt ihr alles von mir bekommen. Für die Feuerung und den Topf berechne ich nur einen halben Dollar."

„Nein, nein", wehrt Luise entsetzt ab, „das Geld für so einen *Drugstore* bringen wir schon auf."

„Fünf Dollar bekäme ich dann für die Adresse", die Wirtsfrau wischt sich geschäftstüchtig die Hände an der Schürze ab, „und zehn bezahlt ihr dort. Noch am selben Tag wird es gemacht." Sie grinst Luise verschwörerisch an und macht eine Geste als verriegle sie ihren Mund mit einem Schloss: „Ist Frauensache, versteht sich. Bleibt unter uns. Mein Mann erfährt nichts."

Folgsam und ohne Fragen zu stellen läuft Tesi zwei Tage später mit Luise zur *Jackson Street.*

Der Wirt hat am Morgen so getan, als bemerke er die beiden Mädchen, die durch seine Gaststube auf die Straße schleichen, nicht. Dabei wusste er wahrscheinlich genau, was sie vorhaben. Luise musste ihn um zehn Dollar Vorschuss bitten.

„Für den *Drugstore* soso!", brummte er nur und grinste schmierig, „einem tüchtigen Mädchen gebe ich immer Kredit." Mindestens das Doppelte dieses Betrages wird sie ihm zurückzahlen müssen, denn er berechnet fünfzehn Prozent Zinsen pro Woche.

Auf dem Zettel, den sie von der Österreicherin bekommen hat, steht in krakeligen Buchstaben eine Adresse. Wahrscheinlich handelt es sich um dasselbe Geschäft, aus dem diese ihre Salben und Pillen bezieht.

Als sie vor dem schäbigen Eingang stehen, zögert Luise. Doch dann stößt sie die Ladentür auf. In dem dunklen Verkaufsraum sind Regale bis zur Decke mit Gläsern, Tiegeln und Fläschchen vollgestopft. Ein Mann in einem schmuddeligen, weißen Kittel beugt sich über die Ladentheke. Er scheint schon zu wissen, was die Mädchen von ihm wollen.

„Wartet dort drinnen", befiehlt er barsch und schiebt sie durch den Hinterausgang. Brav lässt Tesi alles mit sich geschehen. Dann verschwindet er noch einmal in seinem Geschäft.

„Um welche von euch geht es?", fragt er die verängstigten Mädchen etwas später.

„Sie", beklommen zeigt Luise mit dem Daumen auf Tesi.

„Ist sie schon volljährig?", misstrauisch mustert er das Mädchen.

„Natürlich", lügt Luise. Ihr Herz schlägt bis zum Hals.

„Na gut, das will ich mal glauben. Und was ist mit dem Geld?" Im Schein einer Kerze zählt Luise dem Weißkittel die zehn Dollarmünzen in seine Hand.

„In Ordnung", erklärt er, „warte hier. Deine Freundin kommt mit." Er packt Tesi am Arm und bugsiert sie durch eine weitere Tür.

Luise bleibt allein in der kahlen Diele zurück. Durch ein Oberlicht fällt nur wenig graues Licht herein. Sie versucht, sich nicht vorzustellen, was der ungehobelte Kerl mit Tesi macht, denkt lieber noch einmal an das, was sie am Vorabend in der Gastwirtschaft aufgeschnappt hat.

„Den ganzen Sommer hab' ich in den Bergen vertan", klagte ein stämmiger Westfale seinem deutschen Trinkkumpanen, „dort oben ist nichts mehr zu holen. Musste mir sogar ein paar

Dollar beim Straßenbau verdienen. Üble Plackerei. Sind sonst fast nur Chinamänner."

„Bei der Eisenbahn soll es noch schlimmer sein", lallte der andere mit schwerer Zunge.

„Mit Kalifornien bin ich fertig. Ich gehe, sobald ich kann, in den Norden."

„Könnte sich lohnen. Irgendwo dort oben haben sie Gold gefunden. Zigtausend Unzen. Beste Qualität."

„Genau. Im Cariboo."

„Kari …: was?"

„Cariboo. Klingt so ähnlich wie diese Rentiere heißen. Das Gebiet liegt irgendwo weit oben in den Bergen. Man muss Hunderte Meilen durchs Land, bis man hinkommt."

„Jetzt im Winter? Versinkt da nicht alles im Schnee?"

„Schon. Aber im Frühjahr will ich unter den Ersten in Victoria sein. Der Engländer vergibt dort die Lizenzen."

„Na dann, viel Glück! Herr Wirt, noch eins für jeden!", der Andere reckte sein leeres Glas in die Luft.

Verwirrt fragt sich Luise, ob sie alles richtig verstanden hat. Von Victoria hat der Westfale erzählt, und von englischen Behörden. Aber warum dann von Rentieren und Schnee? Bisher hieß es immer, in Australien sei das ganze Jahr über Sommer.

Die Tür fliegt auf. Der Drogist schiebt die sichtlich mitgenommene und verweinte Tesi in Luises Arme und wendet sich schnell von den Mädchen ab.

„Der Fall ist erledigt!" Er ist verschwitzt, sein Kittel hat nasse Flecken: „Zuhause drei Tage Bettruhe, dann ist alles wieder gut."

Luise schlingt ihre Arme um das schlotternde Mädchen und tritt mit ihm aus dem Geschäft. Ein kalter Wind schlägt ihnen entgegen.

„Es ist nur ein kurzer Weg!“, flüstert Luise und umfasst die Jüngere, um sie langsam vor sich her zu schieben. Jede Bewegung scheint für das Mädchen eine gewaltige Kraftanstrengung zu sein. Tesi lässt sich auf jeden erreichbaren Mauervorsprung sinken, hält sich den Bauch und krümmt sich vor Schmerzen. Ihr Kleid ist von der Taille abwärts völlig durchnässt. Wenn sie nicht bald ins Bett kommt, holt sie sich den Tod.

„Die Tesi ist unpässlich, heute den ganzen Tag. Und morgen auch“, ruft Luise dem Wirt zu, als sie gemeinsam den Gastraum durchqueren. Der Mann hockt am Tresen und wendet seinen Blick nicht von der Zeitung ab.

„Nur noch die Treppe hoch, dann hast du es geschafft!“, flüstert sie ihr ins Ohr. Sie ist schweißgebadet.

„Bald geht es dir besser!“ Sanft streicht sie dem Mädchen, das wie ohnmächtig auf sein Lager sinkt, über das wirre Haar.

Erst als sie allein in ihrer Kammer ist, lässt sie ihren Tränen freien Lauf.

Siebenundzwanzigstes Kapitel

Es ist noch still im Haus, als Luise aufsteht, sich leise den Rock und die Bluse überstreift, flüchtig das Gesicht benetzt, nach unten schleicht und den Riegel beiseiteschiebt. Wenn sie Glück hat, ist sie zurück, bevor ihre Abwesenheit auffällt. Auch Tesi soll es nicht mitbekommen.

Die Fünfzehnjährige ist wieder so hager und bleich, wie sie vor einem Jahr auf dem Bahnhof von Nauheim stand. Die beiden Mädchen haben kein Wort mehr über das Geschehen im *Drugstore* verloren. Ein paar Mal hat Luise das Mädchen nebenan stöhnen hören, ist aufgestanden und hat gesehen, wie Tesi sich barfuß und gekrümmt die Treppe hinunterschleppte. Doch sobald sie ihr zaghaft Hilfe anbot, schlug die Fünfzehnjährige wütend ihre Hand weg. In der Gaststube lässt sie sich nur noch blicken, um sich schweigend zum Essen zu setzen. Ihren Dienst hat sie nicht wieder angetreten. Manchmal wünscht sich Luise sogar, dass der Wirt etwas sagt, damit Tesi sich nicht immer weiter bei ihm verschuldet.

Die Gassen rund um die *Crib* sind noch menschenleer. Auf der *Pacific Street* lässt sie die heruntergekommen Häuserblocks der *Barbary Coast* bald hinter sich, läuft an den Auslagen von feinen Geschäften vorbei in Richtung Hafen.

Es kommt ihr vor, als sähe sie all das zum ersten Mal. Endlich keimt wieder Fernweh in ihr auf. Und etwas Vorfreude: Eines Tages wird sie vielleicht in der Heimat zurück sein und von ihrer weiten Reise erzählen können.

Am Wasser herrscht schon zu früh am Morgen Hochbetrieb. Am *Broadway Pier* hat ein Überseedampfer festgemacht. Männer laufen und schreien aufgeregt durcheinander, verfrachten

Passagiere und Gepäck in Kutschen. Weitere Fuhrwerke stehen bereit, um Güter aus dem Schiffsbauch aufzunehmen und auf die Lagerhäuser in der ganzen Stadt zu verteilen.

Ausrufer mit großen Schildern drängen sich durch das Gewimmel, preisen Schiffspassagen zu entfernten Zielen an, als hätten die Neuankömmlinge nichts Eiligeres zu tun, als gleich wieder abzureisen. „Honolulu", brüllt einer, „noch heute! Zwischendeck nur 20 Dollar, luxuriöse Kabinen für das Doppelte!". Andere werben gellend für Passagen nach Panama, Acapulco oder San Diego.

Nach einiger Zeit entdeckt sie ein Plakat, auf dem in großen Buchstaben „Victoria" steht. Am Akzent des Mannes, der es in die Höhe hält, erkennt sie, dass er Deutscher ist und spricht ihn schüchtern an.

„Victoria, gnädiges Fräulein?", fragt er galant, „da sind Sie wahrlich nicht die Einzige mit diesem Ziel! Sichern Sie sich schnell eine Fahrkarte auf der *Brother Jonathan*!"

Luise wird rot. Noch nie hat jemand „Sie" zu ihr gesagt und sie als gnädiges Fräulein tituliert.

„Wie lange dauert die Passage denn?", sie bemüht sich, damenhaft zu wirken, „und was kostet es?"

„Acht Dollar in der Kabine, meine schöne junge Dame, und fünf im Zwischendeck", schnarrt der Mann, „wenn der Wind günstig steht sind Sie schon nach drei Tagen am Ziel."

„Drei Tage?" Luise staunt. „Für die weite Reise nach Australien braucht das Schiff nur drei Tage?"

„Sie haben richtig gehört", bestätigt der Plakatträger.

„Wir sind mit einem modernen Dampfsegler von Liverpool nach New York gefahren, in weniger als zwei Wochen. Aber von hier nach Australien in drei Tagen?", fragt sie ungläubig.

„Meine Gnädigste! Das ist ja eine entzückende Verwechslung!", der Plakatträger schüttet sich halb aus vor Lachen, „Sie wollen wirklich nach Victoria in Australien?"

„Ich glaube schon", murmelt Luise verwirrt.

„Da müssten Sie eine Passage nach Melbourne kaufen. So heißt die Hauptstadt dieser britischen Kolonie."

„Genau, Britisch Kolumbien", antwortet das Mädchen erleichtert.

„Gnädiges Fräulein, Ihr Ziel wird nicht Victoria in Australien sein, sondern Victoria auf Vancouver Island", belehrt er sie, „das ist in Britisch Kol – umbien! Kolumb-ien, benannt nach Christoph Kolumbus, dem Entdecker des amerikanischen Kontinents! Unsere *Brother Jonathan* verkehrt jede Woche dorthin."

„Victoria ist in Amerika?", staunt sie.

„Nein, der Engländer hat dort das Sagen. Früher war es nur ein einsamer Handelsposten, aber jetzt ist es eine richtige Stadt!"

„Das wusste ich nicht", räumt Luise beschämt ein.

„Manche nennen das ganze Gebiet Kanada", belehrt sie der Ausrufer, „bis vor ein paar Jahren lebten nur Indianer dort, die wilde Tiere gejagt und Bärenfelle verkauft haben. Aber dann hat ein Forscher in den Bergen Gold gefunden. Und jetzt wollen alle in Britisch Kolumbien ihr Glück machen." Er fällt in einen lauten Singsang, um die Aufmerksamkeit weiterer Passanten auf sich zu ziehen: „Auf keinem anderen Raddampfer reist man so schnell und so komfortabel nach Victoria wie auf unserer *Brother Jonathan*!"

Luise geht ein paar Schritte beiseite und lässt sich verwirrt auf einer Frachtkiste nieder. Sie ist plötzlich sehr müde.

War alles ein Irrtum? Die Fragen fahren in ihrem Kopf Karussell: Ist Schneider gar nicht nach Australien abgereist, sondern nach Britisch Kolumbien? Aber warum hat er nicht jedenfalls Tesi mitgenommen? Auf eine Schiffsreise, die nur drei Tage dauert und eine Handvoll Dollar kostet? Wollte er das Mädchen einfach nur loswerden – und Luise auch?

„Es gibt keine günstigere Passage nach Victoria", der Plakatträger hat das Mädchen auf der Holzkiste entdeckt und redet unentwegt weiter, „das Kontor der *California Steam Navigation Company* ist hier ganz in der Nähe: Ecke *Front Street/Jackson*, im ersten Stock." Er lächelt sie gewinnend an: „Ich hätte dann nur eine bescheidene Bitte."

„Ich weiß nicht", murmelt Luise ratlos.

„Wenn Sie dort vorstellig werden, erwähnen Sie doch bitte, dass ich es war, der Ihnen diese Reederei empfohlen hat. Dann wird man meine Dienste als Ausrufer weiterhin gerne in Anspruch nehmen."

„Ist gut", Luise nickt mechanisch, „und vielen Dank."

„Victoria!", dem Mann ist nicht entgangen, wie unbehaglich Luise sich fühlt, „machen Sie sich nichts daraus! Der Engländer ist selbst schuld an diesem Missverständnis. Warum muss er Orte in der ganzen Welt nach seiner komischen kleinen Königin benennen?"

Luise steht auf und streicht sich den Rock glatt. Sie muss zurück in die *Crib.* Kaum hat sie sich zum Gehen gewandt, fällt dem Ausrufer aber noch etwas ein: „Und vergessen Sie nicht, dass Sie im Kontor ein Papier vorlegen müssen, das bezeugt, dass Sie volljährig sind und alleine ausreisen dürfen!"

Er ist mit jedem Wort etwas lauter geworden, um sich bei Luise, die schon nach ein paar Schritten in der Menge verschwindet, Gehör zu verschaffen.

Sie hat alles genau verstanden.

Mit gesenktem Kopf läuft sie schnurstracks zurück. Die Unternehmungslust ist ihr gründlich vergangen. Es wäre nur ein kleiner Schlenker, beim Kontor der *California Steam Navigation Company* in der Jackson Street vorbeizuschauen. Aber was hat sie dort jetzt noch verloren?

Nicht volljährig. Für sie klingt es wie ein Todesurteil. Sie hat einfach nicht daran gedacht.

Bis eben hat sie noch gehofft, dass es klappen könnte: Das Reisegeld zusammenzusparen, vom Wirt die Herausgabe ihrer Reisepapiere zu verlangen, zum Hafen zu laufen und einfach fortzugehen. Aber daraus wird nichts.

Leise betritt sie die Gaststube und verriegelt die Tür von innen. Sie schleicht die Treppe hinauf, schlüpft in ihre Kammer, lässt sich auf das Lager fallen und drückt ihr Gesicht ins Kissen.

Nicht volljährig. Erst in zwei Jahren und neun Monaten wird sie einundzwanzig. Damit wäre sie in Hessen mündig und in Amerika auch. In anderen Ländern, etwa in Preußen, muss man vorher sogar fünfundzwanzig werden.

Und Tesi ist erst fünfzehn Jahre alt.

Dass wir uns jeden Abend in einer Gaststätte aufhalten, in der Bier und Branntwein ausgeschenkt wird, dagegen hat niemand etwas, denkt sie bitter. Und auch all das andere, wozu die Männer uns mieten, ist der Polizei egal. Aber in die Heimat zurück oder zu unserem Dienstherrn reisen, das ist uns verboten.

Weil wir noch nicht volljährig sind.

Lange liegt sie einfach nur reglos da, bevor sie sich aufrafft, um bei Tesi hereinzuschauen.

„Hej, wie geht's dir?“, fragt sie betont munter.

„Ganz gut“, antwortet die Jüngere knapp und abweisend.

„Magst du nicht aufstehen? Und mit in die Gaststube kommen?“

„Wozu das denn?“

„Um etwas zu essen. Und um etwas zu verdienen.“

„Ich brauche kein Geld."

„Aber du verschuldest dich beim Wirt. Immer mehr. Irgendwann musst du dafür bezahlen."

„Ich mache es nicht mehr. Es ist ekelhaft", murrt Tesi und dreht sich zur Wand.

„Tesi!", Luise atmet erschrocken aus, „du musst! Wir müssen!"

„Ich will nicht. Und du kannst mich nicht dazu zwingen!"

Achtundzwanzigstes Kapitel

Faber hat eigens für seinen Gast aus Berlin in einem Kolonialwarengeschäft in Butzbach Kaffee gekauft. Aber jetzt vergisst er, diesen aufzubrühen und anzubieten. So zielstrebig beginnt der Journalist mit seiner Befragung.

„Jedermann in Berlin will neuerdings über den Mädchenhandel Bescheid wissen", hat Hesekiel vorausgeschickt, „als Redakteur einer bedeutenden Tageszeitung betrachte ich es als meine Pflicht, dem Gerede persönlich auf den Grund zu gehen. Die Regierung und die Oberen der evangelischen Kirche werden sich für meinen Bericht sehr interessieren." Mit einem Taschentuch tupft er sich den Schweiß von der Stirn und fügt hinzu: „Mir ist natürlich bekannt, dass ich mich hier im Großherzogtum Hessen und nicht auf preußischem Staatsgebiet befinde. Aber das wird sich womöglich bald ändern: Es gibt Bestrebungen alle deutschen Länder in einem Reich zusammenzufassen. Und namentlich der preußische Ministerpräsident Otto von Bismarck nimmt das Thema Mädchenhandel sehr ernst."

Erst nach dieser Vorrede fällt Faber auf, dass Hesekiel ein eisernes Kreuz an seinem Revers trägt. Die *Neue Preußische Zeitung*, bei der er arbeitet, hat dieses Zeichen auf ihrem Titel und wird deshalb von vielen die „Kreuzzeitung" genannt. Er ist also ein Konservativer. Einer, der meint, dass das Land nur von den Eliten regiert werden soll, vom Adel, hohen Militärs und Großgrundbesitzern. Der Schulmeister kann diese altmodische Gesinnung eigentlich nicht leiden und würde mit einem ihrer Vertreter am liebsten erst gar kein Gespräch anfangen.

Doch der Mann ist nicht zum Debattieren nach Langenhain gekommen. Zudem lockt seine Einladung ins Wirtshaus.

„Fangen wir also an: Wie sind Ihre Beobachtungen in diesem Dorf?", will Hesekiel wissen, „gehen viele Menschen von hier fort? Wohin reisen sie und kommen sie zurück?"

„Ohne die Wanderung", beginnt Faber zögernd, „wären manche hier wohl schon verhungert. Und die Häuser der Leute sähen noch ärmlicher aus." Er selbst kann nur wiedergeben, was er erfahren hat, als er in Langenhain Schulmeister wurde: Vor zwei oder drei Generationen habe der wirtschaftliche Aufschwung hier begonnen. Schon immer hatten sich Burschen aus den ärmeren Familien in den Sommermonaten in der Fremde verdingt, beim Straßenbau oder zur Weinernte. Seit Beginn des Jahrhunderts aber zogen immer mehr Männer aus dem Dorf als so genannte Landgänger noch weiter fort, boten vor allem in preußischen, russischen und englischen Großstädten allerlei Zeug zum Kauf an. Besonders einträglich sei der Handel mit so genannten Fliegenwedeln gewesen.

„Was habe ich mir darunter vorzustellen?"

„Wie der Name schon besagt: einfache Haushaltsgeräte, mit denen man Fliegen wegwedeln kann. Im Winter wurden sie hier im Dorf in Heimarbeit hergestellt. Man verwendete alles, was Feld und Wald hergaben, Holz und Vogelfedern, und verzierte die Geräte mit Schnitzereien und bunten Farben. Die Schulkinder haben sich in den dunklen Stuben die Finger wund gearbeitet, besonders die Mädchen. Im Sommer wurden ihre Handarbeiten von den Landgängern feilgeboten."

„Und das hat sich gelohnt? So ein Wedel", Hesekiel verzieht sein Gesicht, als habe er einen üblen Geschmack auf der Zunge, „kann doch kaum mehr als einen Groschen einbringen?"

„Mich hat's auch gewundert", räumt Faber ein, „vielleicht

hatten die Leute Mitleid mit den armen Dörflern aus Hessen. Es war ja die Zeit der großen Hungersnöte. Die Städter haben ihnen womöglich lieber so eine volkstümliche Handarbeit abgekauft, als ihnen ein Almosen zu geben."

„Kamen die Händler denn im Winter zurück ins Dorf? Haben sie mit dem Geld ihre Familien ernährt und ihre Häuser ausgebaut?"

„Solange es die Reisewege erlaubten schon. Aber als ich hier als Lehrer anfing, um die Mitte dieses Jahrhunderts, gingen viele bereits nach Übersee: nach Australien, um dort nach Gold zu suchen. Später auch nach Kalifornien. Von dort kommt niemand für einen einzigen Winter zurück." Hesekiel nickt wissend: „Vom Goldrausch in Kalifornien hat man ja schon viel gehört. Ist etwas über das Schicksal dieser Leute bekannt? Wurden sie in der Fremde so reich, wie sie es sich vorgestellt hatten?"

„Einige schon. Es gibt hier im Dorf zum Beispiel so eine Frau. ‚Die Amerikanerin' wird sie von allen genannt. Sie ist bettelarm aus Langenhain fort und mit einem kleinen Vermögen zurückgekehrt. Angeblich über 20.000 Gulden."

„Ein alleinstehendes Weib?", fragt der Redakteur und wirkt plötzlich hellwach, „und was ist mit den jungen Mädchen? Nehmen die Burschen sie mit auf ihre Wanderung? Oder vermählen sie sich, bevor sie fortgehen noch schnell mit einer Dorfschönen und holen sie später zu sich?"

„Das würden die Behörden doch niemals erlauben", erwidert Faber ungehalten. Was weiß dieser Zeitungsmann aus Berlin eigentlich über die Beschwernisse der Landbevölkerung in Hessen? „Wer von hier fortgeht, ist in der Regel völlig mittellos. Manch einer verkauft alles, was er besitzt, um die Schiffspassage zu bezahlen. So ein Bursche würde niemals eine Eheerlaubnis bekommen! Auch nicht, wenn er nachweisen könnte, dass er drüben Aussicht auf Arbeit und Einkommen hat." Nachdenklich fügt er hinzu: „Da ist es schon leichter, ein junges Mädchen für einen guten Lohn zu verdingen."

Überrascht zieht Hesekiel eine Augenbraue hoch: „In Berlin nimmt kein Haushalt, der etwas auf sich hält, eine Bauerntochter in Stellung. Nicht einmal in den Fabriken gibt es Arbeit für sie."

„Ist in den großen Hotels und Badeanstalten hier in der Gegend ähnlich," stimmt Faber zu, „die holen sich ihre Serviertöchter lieber aus Frankfurt. Aber bei den reisenden Händlern sind unsere Dorfmädchen sehr beliebt."

„Wieso das?"

„Die Landgänger wissen, dass sie ihren Plunder viel besser verkaufen können, wenn sie den Leuten in der Stadt ein wenig Zerstreuung bieten: Wenn sie in den Biergärten und Weinkellern Musik spielen, Tänze und Kunststückchen vorführen lassen als feierten sie in ihrer Heimat das ganze Jahr über Kirmes."

„Aha", knurrt Hesekiel misstrauisch, „und was machen sie da genau?"

„Viele wissen eine Drehorgel zu bedienen. Die Mädchen drehen sich in bunten Röcken im Kreis oder werden als Tanzpartnerinnen vermietet. Ich habe mir sagen lassen, dass damit in Übersee noch viel mehr Geld zu verdienen ist. Dort fehlt es überall an Weibern."

Faber zögert. Bestimmt hat dieser beleibte Herr noch keinen Fuß in eine hessische Dorfstraße gesetzt, lässt sich stattdessen vom Kutscher vorfahren. „Wenn Sie hier durch die Gassen laufen", klärt er ihn auf, „hören Sie aus vielen Häusern Musik. Oder jedenfalls einzelne Töne. Jetzt, im Winter, werden die Drehorgeln und Akkordeons gerichtet, mit denen die Landgänger im Frühling wieder losziehen. Viele machen nicht nur Musik, sondern nehmen auch Mädchen in ihren Dienst. Schon mit vierzehn oder fünfzehn Jahren, sobald sie mit der Schule fertig und konfirmiert sind, werden manche von ihren Vätern vermietet."

„Jetzt mal raus mit der Sprache!", knurrt sein Gegenüber misstrauisch, „worum geht es dabei wirklich? Werden nur züchtige Volkstänze vorgeführt? Oder müssen die jungen Fräuleins auch ihre Röcke heben, um schaulustige Mannsbilder zu erfreuen?"

„Das weiß ich doch nicht", erwidert Faber entrüstet, „ich bin nicht dabei. Mein Platz ist in der Schulstube, und ich bereite meine Schülerinnen und Schüler auf gottgefälligere Aufgaben vor." Ihm wird allmählich unbehaglich: Was will der Journalist mit seiner Befragung bezwecken?

„Mein lieber Mann! Sie haben doch Augen im Kopf. Und ein paar gesunde Ohren hat Ihnen der Herrgott auch geschenkt", gibt Hesekiel zornig zurück.

„Da fragen Sie besser die Väter der Mädchen! Oder schauen sich diese Drehorgeln selbst einmal an!", entgegnet Faber, „manche Instrumente erscheinen mir auch recht seltsam, sind mit unzüchtigen Figuren geschmückt, als machten sie für die Sünde Reklame."

„Ich weiß, was Sie meinen", seufzt Hesekiel, „aber mir geht es nicht darum, mir irgendwelchen geschnitzten Zierrat anzusehen, der das Sittlichkeitsempfinden eines jeden Christenmenschen verletzt. Mich interessiert das Schicksal der Dorfmädchen, die in der Wetterau aufwachsen und zur Belustigung von alleinstehenden Männern in die Fremde geschickt werden."

„Da kann ich Ihnen leider nicht weiterhelfen", erklärt Faber frostig.

Mit einem scharfen Knall schlägt Hesekiel sein zugeklapptes Notizbuch auf den Tisch.

„Sie sind mir ein toller Schulmeister!“

Wütend funkelt er den Lehrer an, öffnet seine Aufzeichnungen wieder und hält sie diesem direkt unter die Nase: „Hier drinnen habe ich die Berichte von evangelischen Geistlichen aus dem Westerwald, dem Hunsrück, dem Herzogtum Nassau und aus der Wetterau gesammelt. Es sind namentlich die Pastores Ohly, Sauer, Schwartz und Kayser – allesamt hier aus der Gegend – die übereinstimmend dasselbe schildern: dass junge Mädchen aus ihren Gemeinden in Scharen ins Ausland gelockt, ja von ihren Eltern geradezu an Landgänger verschachert werden. Es werden hohe Preise für sie gezahlt: hunderte von Gulden für jedes Jahr! Hinzu kommen Reisekosten, Kleidung und so weiter. Die Kontrakte werden meist über drei Jahre abgeschlossen. Ganze Dorfgemeinschaften, sogar die Bürgermeister und mancherorts auch die Lehrer machen mit. Heutzutage werden diese Mädchen meist in die Goldgräbergebiete in Kalifornien verfrachtet, wo die Männer schon sehnsüchtig auf sie warten. Es wird Sie kaum überraschen, dass die wenigsten von ihnen in die Heimat zurückkehren.“

Fabers Gedanken schweifen ab. Zu Luise. Ihm wird elend. Kann es wirklich sein, dass seine Schülerin nicht in eine vielversprechende Zukunft aufgebrochen ist, sondern gezwungen wurde, in die Fremde zu gehen? War er bisher einfach blind für ihre Not, weil er sich so sehr eine bessere Zukunft für sie gewünscht hat? Sein Abschiedsgeschenk an sie hat er ohnehin schon bereut. Jetzt kommt er sich damit ziemlich unbedarft vor.

Hesekiel atmet schwer und nimmt den Lehrer scharf ins Visier: „Offen gesagt, unter uns Männern: Es ist doch kaum zu übersehen, dass es dabei nicht nur ums Tanzen geht. Die meisten dieser Mädchen verkommen früher oder später in der Prostitution.“

Erschrocken starrt Faber den Zeitungsmann an.

Und dann fällt es ihm wie Schuppen von den Augen.

Er hat es bisher einfach nicht wahrhaben wollen: Die Heimlichkeit, mit der die Auswanderung von Mädchen wie Luise vonstatten ging. Das Erröten seiner vierzehnjährigen Schülerinnen, wenn er im Unterricht über Amerika sprach. Die Gespräche, die plötzlich verstummten, wenn er in die Gastwirtschaft trat.

Natürlich hat er gewusst, dass die Mädchen nicht nur dazu engagiert werden, Volkstänze in Frankfurt oder Düsseldorf vorzuführen. Aber er hat es nicht an sich herankommen lassen. Viel zu vernarrt war er in seinen Traum von einem besseren, freieren Leben in Amerika. Obwohl er jeden Sonntag in der Kirche an der Orgel saß und die Predigt des Pfarrers hörte: Fast jedes Mal wettert dieser über die unaussprechlichen Sünden, die unter ihrer aller Augen begangen würden.

Sein Besucher hat sich so in Rage geredet, dass er nicht bemerkt, wie still und nachdenklich der Lehrer geworden ist. „Und Sie, der Herr Schulmeister, unter dessen Augen all diese Mädchen aufwachsen, wollen davon nichts bemerkt haben?“, fragt er aufgebracht, „Sie haben dem Bürgermeister nicht vielleicht als Schreiber assistiert, wenn die Kontrakte mit ihren Vätern in seiner Amtsstube geschlossen wurden? Haben nicht, als einziger Mann von Bildung in diesem Dorf, den Landwirten das Gewissen erleichtert, wenn sie ihre Töchter in die Fremde schickten?“

„Selbstverständlich habe ich mir nichts dergleichen zuschulden kommen lassen“, antwortet Faber steif und verschränkt die Arme, als wäre ihm plötzlich kalt.

„Nichts für ungut.“ Der Redakteur streckt kurz seine rosige Zunge heraus, um einen Finger anzufeuchten und in seinem Notizbuch herumzublättern.

„Wie schon gesagt, geht es bei diesen Geschäften natürlich

nur um das liebe Geld", erklärt er dann weiter, „daran scheint es diesen Männern niemals zu mangeln. Sie zahlen den Vätern Hunderte für ihre Töchter. Im Voraus. Können Sie sich denken, woher sie so viel Geld haben?"

Faber schüttelt nur stumm den Kopf.

„Alles auf Pump. Reiche Kaufleute in Amerika geben ihnen hohe Kredite, weil sie wissen, dass Geschäfte mit Mädchen sich lohnen. In Berlin wird sogar vermutet", Hesekiel senkt seine Stimme, „dass mache Herren in den diplomatischen Vertretungen deutscher Länder daran beteiligt sind. Doch Beweise gibt es dafür nicht."

Er schlägt eine eng beschriebene Seite auf.

„Sagen Ihnen diese Namen etwas?", fragt er knapp und sachlich wie ein Kriminalkommissar, „Dorothea Luise Ludwig, Anna Margarethe Möckel und Therese Will?"

„Die beiden Erstgenannten sind bei mir in die Schule gegangen. Vor allem Luise hat sich nicht schlecht gemacht." Faber hofft, dass sein Gegenüber nicht bemerkt, dass seine Stimme zittert. „Die Letztgenannte mag eine Tochter vom alten Will sein. Der Schafhirt hat seine Kinder nur selten zur Schule geschickt", fügt er hastig hinzu.

„Und Schneider?", fragt Hesekiel, „einen Johann Georg Schneider, ebenfalls hier aus Langenhain, kennen Sie den auch?"

„Nur vom Sehen. Es heißt, er sei mit seiner Frau und seinem jüngsten Sohn nach Amerika."

„Er soll im letzten Frühjahr mit den drei Mädchen nach Kalifornien gegangen sein", erklärt Hesekiel unerbittlich, „wissen Sie auch etwas über einen gewissen Christoph Reuter?"

„Ein ehrbarer Landmann hier im Dorf."

Hesekiel atmet hörbar aus: „So ehrbar, dass er vor zwei Jahren mit Anna Margarethe Möckel, die kaum halb so alt war wie er, nach Kuba gereist ist. Angeblich soll er sie geschwängert haben. Deshalb musste sie schnell wieder fort."

„Was die Mägde im Waschhaus tratschen, geht mich nichts an", weist Faber ihn barsch zurecht. Sein Herz klopft bis zum Halse.

„Was ist mit denn mit dieser Luise ... Luise Ludwig?", fragt er den Redakteur so beiläufig wie möglich, „sind Sie sicher, dass das Mädchen genau so heißt? Die Leute hier haben alle ähnliche Namen." Hoffentlich merkt der Redakteur nicht, wie sehr Faber das Schicksal gerade dieses Mädchens interessiert! „Ist sie wirklich nach Kalifornien? Wird sie dort in einem Bordell gefangen gehalten? Es täte mir leid ... sie war so eine begabte Schülerin."

„Guter Mann, Sie haben wirklich keine Ahnung, was um Sie herum passiert", stellt der Zeitungsmann fest. Seine Verachtung ist nicht zu überhören. „Ich muss wohl etwas weiter ausholen. In Amerika herrscht bekanntlich Krieg. Abraham Lincoln, der Präsident der Vereinigten Staaten, will die Sklaverei abschaffen, aber die Plantagenbesitzer im Süden sind dagegen. Ihre Regierungen haben sich von Washington losgesagt und eine eigene Konföderation gegründet."

„Ich weiß, man liest ja in der Zeitung darüber", gibt Faber gekränkt zurück, „aber was hat das mit unseren Mädchen zu tun?"

„Eine ganze Menge. Aber darüber lesen Sie nichts in der Presse. Noch nicht", schnaubt Hesekiel, „die jungen Hessinnen werden nämlich ebenfalls wie Leibeigene gehalten, nach Amerika verschachert und ihrem Verderben preisgegeben. In England nennt man dieses Verbrechen neuerdings ‚weiße Sklaverei'." Seufzend lehnt er sich zurück: „Aber hören wir auf, unsere Zeit zu verschwenden. Lassen Sie uns Essen und Trinken gehen. Ich hoffe, der Wirt hat einen guten Tropfen im Keller."

Es dämmert schon, als der Lehrer mit seinem Berliner Besucher in die Kutsche steigt, um die paar Hundert Meter zur

Gastwirtschaft zurückzulegen. Schneematsch und Kuhmist sind auf dem Fahrweg zu zwei tiefen Furchen gefroren, in denen das Fuhrwerk nur langsam schlingernd vorankommt. Fluchend schlägt der Kutscher auf seine Pferde ein, wenn sie ausrutschen und zu stürzen drohen.

Faber ist der Appetit und die Lust auf eine fröhliche Trinkrunde vergangen.

Aus der Wirtsstube fällt ein warmer Lichtschein in die Gasse. Drinnen hocken ein paar Männer am Tisch und spielen Karten. Auch der Bürgermeister sitzt bei ihnen. Eilfertig springt er auf, als der Lehrer mit dem Fremden hereintritt, und stellt sich mit einem tiefen Diener vor.

„Sehr erfreut", höflich ergreift Hesekiel die Hand, die sich ihm entgegenstreckt.

„Herzlich Willkommen Herr Häsekil! Wundern Sie sich nicht, dass ich Ihren Namen bereits kenne?", fragt der Gemeindevorsteher leutselig: „Ich habe von Ihren Erkundungen gehört und freue mich sehr, dass Sie auch zu uns gefunden haben."

„Heseki – el ist mein Name", stellt der Angesprochene richtig, indem er das i und das e der dritten Silbe betont auseinanderzieht, „wie der Prophet in der Bibel. Einer meiner Vorfahren hat sich diesen Namen ausgesucht: Er musste im dreißigjährigen Krieg wegen seines Glaubens aus dem Vaterland fort."

„Freut mich", antwortet der Bürgermeister etwas unpassend und legt sein Gesicht danach in bekümmerte Falten, „wie ich vernommen habe, sind Sie in einer unschönen Angelegenheit hier." Die Männer, mit denen er eben noch lachend am Tisch saß, sind verstummt und starren feindselig zu dem Besucher herüber.

„Richtig. Aber ich fürchte, dass Sie mir da nicht weiterhelfen können", gibt Hesekiel knapp zurück, „es wird Ihnen nicht anders ergehen als dem Bürgermeister von Nieder-Weisel, der von dem schändlichen Treiben in seinem Dorf gar nichts mitbekommen haben will."

Er wendet sich zum Wirt, der die Szene träge beobachtet und befiehlt schallend quer durch den Raum: „Tragen Sie uns auf, was Küche und Keller hergeben. Heute geht alles auf meine Rechnung."

Neunundzwanzigstes Kapitel

Eine ganze Weile starrt Luise unschlüssig in das große Schaufenster von *Isidor Stein & Söhne.* Links wird die Garderobe für Damen präsentiert, rechts die für Herren: wunderschöne Kleider aus schillernden Stoffen und reich verzierte, bunte Umschlagtücher auf der einen Seite, dunkle, aufwändig gearbeitete Anzüge, edle Hemden und Einstecktücher auf der anderen.

Die Rundbogen über dem Fenster ruhen auf prachtvollen Säulen, deren Kapitelle mit Palmblättern verziert sind. Ins Geschäft selbst kann sie von der Straße aus nicht hineinsehen. Dunkle, filzbespannte Wände begrenzen die Schaukästen nach allen Seiten und lassen die ausgestellten Textilien noch kostbarer wirken.

Immer wieder wandert ihr Blick von den Auslagen zur zweiflügeligen Eingangstür: Was, wenn Benjamin dort plötzlich herauskommt? Wie würde sie ihm erklären, dass sie vor dem Geschäft seines Vaters auf der Straße herumsteht?

Niemals im Leben wollte sie hierherkommen. Sie träumt auch längst nicht mehr davon, dass dieser junge Mann sie aus der *Crib* errettet. Luise hat viel nachgedacht, seit Tesi ihr in die Arme gelaufen ist.

Aber wie sie es jetzt auch dreht und wendet: Sie weiß sich keinen anderen Rat mehr als den Kaufmannssohn zu fragen. Benjamin hat ihr von den Geschäftsverbindungen erzählt, die sein Vater in die ganze Welt hat. Vielleicht hat dieser erfolgreiche Textilhändler Möglichkeiten, nicht nur Kleider und Stoffe, sondern auch zwei minderjährige Mädchen in ein anderes Land zu verschiffen?

Sie gibt sich einen Ruck, ergreift die geschwungene Messingstange und lehnt sich mit ihrem ganzen Körpergewicht gegen die

Eingangstür. Als diese mühelos aufschwingt, stolpert sie kurz und muss sich durch einen schweren Samtvorhang kämpfen, bevor sie in das Ladeninnere gelangt. Eine durchdringende Glocke erklingt.

Es sieht aus wie in einer Kirche. Regale aus dunklem Holz ziehen sich bis zur hohen Decke hinauf und sind mit edlen, nach Farben sortierten Stoffballen vollgestapelt. Hinter einer holzverzierten Theke steht ein älterer Herr mit schlohweißem Haar und mustert sie von Kopf bis Fuß. Das großgewachsene Mädchen mit den wirren Locken und der abgetragenen Kleidung scheint nicht zu jener Art Kundinnen zu gehören, die hier normalerweise ein- und ausgehen.

„Gnädiges Fräulein", er räuspert sich, um auf sich aufmerksam zu machen, „womit darf ich dienen?" Luise zieht ihre Schultern hoch und knetet die Hände. Ob es sich schickt, so ein feines Geschäft ohne Kopfputz zu betreten? Sie hat sich am Morgen nur hastig angezogen, ohne ihr Haar zu frisieren und unter einer Haube festzustecken.

„Wir haben wunderschöne, neue Ware aus Belgien hereinbekommen!" Der Herr mit der goldenen Brille lächelt sie gewinnend an, „darf ich Ihnen etwas zeigen?" Sein Englisch lässt keinen Zweifel an seiner Herkunft zu.

„Schönen guten Tag. Danke", stottert Luise, „Ihr sprecht deutsch?"

„Aber selbstverständlich, meine Gnädigste", strahlt er sie an, „Isidor Stein ist mein Name. Ich bin gebürtiger Hesse und der Inhaber dieses Magazins."

„Ich bitte um Verzeihung", sie macht vor lauter Verlegenheit einen Knicks, „mein Name ist Luise. Ich komme auch aus dem Großherzogtum Hessen. Ich möchte nichts kaufen. Das heißt, ich möchte schon, aber ich kann nicht … Ich hoffe hier einen jungen Burschen anzutreffen: Benjamin Stein."

„Mein jüngster Sohn!", erwidert der alte Herr mit unüberhörbarem Stolz, „selbstverständlich. Wenn Sie sich einen Moment gedulden möchten? Sehen Sie sich so lange in Ruhe um!" Er wendet sich nach hinten, öffnet eine Tür und ruft: „Benni! Besuch für Dich! Eine junge Dame!"

Wenige Augenblicke später steht dieser bereits vor ihr. Beim Anblick des Mädchens huscht ein glückliches Grinsen über sein Gesicht. Doch schnell beherrscht er sich wieder, um sie formvollendet und höflich zu begrüßen.

„Geschätztes Fräulein Luise! Was für eine freudige Überraschung! Ihr seid noch immer in San Francisco?"

„Ich habe den ganzen Winter in dieser Stadt verbringen dürfen", Luise versucht, sich gewählt auszudrücken, „aber ich war mir nicht sicher, ob es mir vergönnt ist, Euch noch hier anzutreffen."

Verstohlen blickt sich Benjamin zu seinem Vater um. Er hat ihnen den Rücken zugewendet und räumt laut klappernd in einem Regal herum. Anscheinend will er die beiden jungen Leute nicht stören.

„Lass uns woanders reden", er packt Luise bei der Hand. „Ich gehe mit ihr in eine der Anproben", ruft er dem Vater zu, „die Drei müsste frei sein".

Widerstandslos lässt sie sich mitziehen. Erst auf der Schwelle zu der kleinen Kammer stockt ihr der Atem: Eine nackte Frau ohne Kopf steht darin. Unmengen von Nadeln mit schwarzen Köpfen stecken in ihrem Leib.

„Was ist das?", fragt sie erschrocken.

„Hast wohl noch nie eine Schneiderpuppe gesehen?", lacht Benjamin gutmütig, „na ja, wo denn auch? In deinem Dorf gab es bestimmt keine richtige Schneiderei!"

Er ergreift Luises Hand und führt sie an die Hüfte der Puppe. Trocken und kühl fühlt sich die Haut dort an.

„Der Bezug ist aus sehr feiner Baumwolle gearbeitet“, erklärt er fachmännisch, „der Kern ist aus Pappmaché und darüber liegt eine Schicht Rosshaar. Wir benutzen solche Modelle, um Kleider zu nähen und unseren Kundinnen ihre Garderobe vorzuführen.“

Aus einem Nebenraum ertönt ein lautes Rattern und Klappern, als führe eine Straßenbahn durchs Haus. „Eine unserer Nähmaschinen“, erläutert Benjamin, als er Luises erschrockene Miene bemerkt, „wir haben sechs Stück, alle von Singer. Wenn du magst, kannst du dir anschauen, wie die Männer sie bedienen.“

„Das ist Männerarbeit?“, fragt sie erstaunt. Bisher hat sie Nähmaschinen nur in Reklameanzeigen abgebildet gesehen. Meist war eine Frau zu sehen, die in einem bauschigen Kleid vor einem schwarz glänzenden Apparat saß.

„Weiber könnten diese komplizierten Maschinen wohl kaum bedienen“, erklärt Benjamin herablassend, „aber jetzt bin ich neugierig: Wie komme ich denn zur Ehre deines Besuches?“

Er weist ihr mit der Hand den einzigen Stuhl im Raum zu und setzt sich auf einen dreibeinigen Schemel gegenüber. „Blass bist du geworden und schmal, seit wir uns im Postamt getroffen haben! Wenn mir diese Bemerkung gestattet ist.“

„Schon gut, alles in Ordnung“, antwortet Luise knapp.

„Vermute ich dennoch zu Recht, dass du hier bist, weil ich etwas für dich tun darf?“, fragt er, und fügt schnell hinzu: „Mein Vater weiß übrigens nicht, dass ich fort will. Es wäre mir recht, wenn wir in seiner Gegenwart nicht darüber sprechen.“

„Ich weiß einfach nicht weiter“, platzt es aus Luise heraus, „das Problem ist … ich bin nicht volljährig und darf deshalb nicht ohne Erlaubnis des Vaters verreisen.“

Benjamin zieht verwundert eine Augenbraue hoch: „Wen kümmert es? Du bist in Amerika und er daheim auf seinem Bauernhof. Wie sollte er dir etwas verbieten?“

„Das tut er auch nicht. Er weiß nicht einmal, wo ich jetzt bin. Aber wenn ich aus Amerika ausreisen will, muss ich ein Dokument vorlegen. Dass ich volljährig bin. Sonst verkauft mir die Reederei keine Passage. Für mich nicht und auch nicht für Tesi."

„Soso", sagt Benjamin kühl, „das ist ja eine dumme Sache. Aber warum sollte ausgerechnet ich dir da helfen können?"

„Du und dein Vater, ihr kennt euch doch mit Reisesachen aus. Ihr seid aus Friedberg fort und habt mit Kaufleuten überall in der ganzen Welt zu tun …"

„Weil wir Juden sind, willst du sagen", fällt er ihr ärgerlich ins Wort, „verstehe! Der Jude ist bekanntlich ewig auf der Wanderschaft."

Luise beißt sich auf die Lippen und antwortet nicht.

„Wohin soll die Reise denn gehen?", fragt er etwas versöhnlicher.

„Wir wollen nach Victoria."

„Und warum, wenn ich fragen darf?"

„Tesi hat gesagt, dass Schneider mit seiner Familie und Anna dorthin ist. Schon im letzten Herbst."

Etwas in seinen Augen blitzt wissend auf. „Britisch Kolumbien", sagt er anerkennend, „man kann dort sehr reich werden, habe ich gehört. Sie haben Gold gefunden. In manchen Gegenden muss es ähnlich zugehen wie vor ein paar Jahren in Kalifornien." Er schweigt einen Moment.

„Warum wollt ihr denn diesem Schneider hinterher?", fragt er dann ungehalten, „hast du immer noch nicht genug von dem?"

Luise hat sich vorher überlegt, was sie auf diese Frage antworten soll. „Ich weiß, dass er kein guter Dienstherr ist", sagt sie, „aber er ist unser Vormund. Unsere Väter haben ihn dazu bestimmt. Wir brauchen seine Erlaubnis, um uns als Dienstmädchen zu verdingen. Oder um in die Heimat zurückzukehren."

Leise fügt sie hinzu: „Und heiraten dürfen wir auch nicht, ohne ihn vorher zu fragen."

„Dann wartet ihr eben, bis ihr volljährig seid. Es wird sich schon der Richtige finden", entgegnet Benjamin bissig.

„Ich bin erst achtzehn. Und Tesi fünfzehn. Es dauert noch so viele Jahre!"

„Wer ist das denn überhaupt, diese Tesi?"

„Ein Mädchen. Ich kenne sie aus der Heimat. Wir sind zusammen aus Langenhain fort. Im Winter haben wir uns hier in San Francisco wiedergetroffen."

„Und warum kümmerst du dich um sie?"

„Sie ist noch so jung. Ich muss dafür sorgen, dass sie wieder zum Dienstherrn kommt."

„An dir ja hängt ja immer noch eine andere dran. Erst war es deine kleine Schwester. Jetzt ist es diese Tesi, oder wie sie heißt", Benjamin klingt bedrückt, „aber was soll's. Ich würde mich darauf einlassen."

„Du wüsstest einen Rat?"

„Wie man es nimmt," er holt Luft, „damit du es endlich verstehst: Zur Frau würde ich dich nehmen! Immer noch! Obwohl du schon zwei Mal Nein gesagt hast. Wenn die Oberen oder die Pfaffen etwas dagegen hätten, nähme ich dich auch ohne Trauung. Das machen viele hier so."

„Aber ich bin bei Schneider verdingt, für zwei ganze Jahre noch!"

„Ich höre immer nur Schneider", knurrt Benjamin, „aber ich habe es dir schon einmal gesagt: Wir sind hier in den Vereinigten Staaten von Amerika. Hier gelten andere Gesetze als in der Heimat: Jeder Tüchtige kann sein Glück machen. Und jede junge Frau darf heiraten, wen sie will. Würde es deinem Herrn Vater nicht sogar gefallen, wenn du dich hier mit dem

Sohn eines erfolgreichen Kaufmannes zusammentust, statt mit fremden Männern im Saloon zu tanzen?"

Enttäuscht bläst Luise ihre Backen auf: „Ich habe so gehofft, dass du uns helfen kannst!"

„Habe ich gesagt, dass ich das nicht kann?", Benjamin richtet sich auf.

„Du wüsstest einen Weg?"

„Man könnte den Konsul fragen", überlegt er.

„Wer ist denn das?"

„Ein deutscher Kaufmann. Er kümmert sich hier um die Angelegenheiten seiner Landsleute, fertigt Urkunden aus, versendet Geld und solche Sachen. Für dich wäre der Konsul für Hamburg und Hessen zuständig, genau wie für uns. Mein Vater kennt ihn gut, sein Geschäft ist gleich hier um die Ecke."

„Was könnte dieser Herr denn tun?"

„Wir müssten ihn fragen. Vielleicht kann er ein Schreiben an das Hessische Landgericht aufsetzen. Dein Vater müsste dann in der Heimat unterschreiben, dass er dir erlaubt, aus Amerika auszureisen."

„Das wäre wunderbar!" Luises Augen glänzen.

„Aber so ein Vorgang kann dauern", gibt Benjamin zu bedenken, „ein Brief nach Hessen und dann wieder zurück: Du hättest frühestens im Hochsommer Antwort. Und dann ist die Saison in Britisch Kolumbien schon fast vorbei."

So lange noch, denkt Luise niedergeschlagen. Vorher lässt der Wirt Tesi bestimmt wegbringen.

„Vielleicht gibt es noch einen anderen Weg", fährt Benjamin nachdenklich fort, „der Konsul hat einem unserer Ladenburschen einmal ein Dokument ausgestellt: dass er ihn für vorläufig mündig erklärt, weil sein Vater weit weg ist."

„Glaubst du, er würde das auch für mich machen? Obwohl

ich nur ein Mädchen bin? Und für Tesi?"

„Ich weiß nicht", Benjamin zögert, „man müsste ihn fragen."

„Wie werde ich denn bei diesem Herrn vorstellig?" Luises Herz klopft bis zum Halse.

„Lass mal. Ich rede mit meinem Vater. Solche Dinge regelt man besser von Mann zu Mann. Sag mir einfach, wo ich dich finde, um dir Bescheid zu geben."

„Das erzähle ich dir nächstes Mal!", wehrt sie schnell ab, „ich muss nämlich zurück. Kann ich nicht einfach wieder hierherkommen?"

„Auch in Ordnung", überlegt er, „sagen wir in drei Tagen, da wissen wir bestimmt Bescheid."

Beide schweigen einen Moment. Als Luise aufsteht und zur Tür will, stellt er sich ihr schnell in den Weg.

„Noch etwas", seine Stimme klingt belegt.

Sie sieht ihn fragend an.

„Wenn ich dir helfe, überlegst du es dir nochmal?"

Sein Gesicht ist ihrem so nahe, dass ihr unbehaglich wird: „Wenn mein Vater beim Konsul etwas für dich erreicht ... würdest du dann mit mir gehen? Fort von hier?"

„Wohin denn?", fragt sie ausweichend.

„Den Ort suchen wir gemeinsam aus. Von mir aus auch erst in zwei Jahren, wenn du mit diesem Schneider fertig bist."

Luise wird heiß. Sie weiß nicht, was sie sagen soll.

Gerade erst hat sie Hoffnung geschöpft: dass sie doch in die Heimat zurück kann. Zu Dora.

Doch jetzt fordert Benjamin diesen hohen Lohn für seine Hilfe: dass sie für immer seine Frau wird, für immer in Amerika bleibt.

Und wenn sie ihn noch einmal zurückweist? Wenn er dann nichts mehr mit ihr zu tun haben will?

Es ist ein Teufelskreis.

Sie muss an die Amerikanerin denken. Du musst nur einen Fuß vor den anderen setzen, hat sie am Brunnen gesagt. Dann kommst du schon an dein Ziel.

„Ist gut“, seufzt sie ergeben: „Aber jetzt muss ich schnell zurück.“

Dreißigstes Kapitel

Als sie den Laden drei Tage später noch einmal betritt, strahlt Benjamin sie freudig an, ergreift ihre Hand und zieht sie mit sich nach hinten.

„Alles wird gut", berichtet er knapp, fast ein wenig atemlos, nachdem sie sich in den kleinen Ankleideraum gesetzt haben, „der Konsul macht es. Auch die Sache mit deiner Freundin."

„Das ist ja wunderbar!" Luise klatscht erleichtert in die Hände. Benjamin zögert kurz: „Genau genommen bekommt ihr nur ein Dokument, das euch die einmalige Ausreise nach Britisch Kolumbien gestattet. Und bevor er es ausstellt, möchte er euch persönlich kennenlernen. Er bittet in sein Kontor."

„Tesi auch?", fragt sie erschrocken, „ich weiß nicht, ob wir beide gleichzeitig Ausgang bekommen."

„Vielleicht genügt es ihm auch, wenn er nur dich zu sehen bekommt. Wir sagen ihm einfach, dass es eilt. Du bist ja eine recht ansehnliche junge Dame und wirst ihn beeindrucken." Er wirft einen skeptischen Blick auf ihren zerschlissenen Rock. „Wir könnten gleich hingehen. Aber in diesem Aufzug solltest du lieber nicht bei seiner Exzellenz vorsprechen."

„Ich habe nichts anderes", wendet Luise kleinlaut ein.

„Einen Moment. Ich schaue mal, ob ich etwas für dich finde."

So lange sie allein mit der eigenartigen Schneiderpuppe in der Kammer sitzt, versucht sie nicht hinzugucken. Nach kurzer Zeit steht Benjamin schon wieder in der Tür.

„Probier mal das hier", er reicht ihr ein wunderschön besticktes kornblumenblaues Kleid, „es müsste passen."

Sie sieht ihn erstaunt an.

„Wir leihen es uns nur kurz aus. Es gibt hier reiche Leute,

die sich solche Sachen aus der Heimat bestellen." Er nimmt ein Stück des feinen, blauen Stoffes zwischen zwei Finger und hält ihn ihr unter die Nase: „Schau selbst! Feinstes Leinen aus Belgien. So eine Qualität bekommst du nirgendwo in Amerika."

Zusätzlich hat er ihr eine frisch gestärkte Schürze und eine schneeweiße Haube mitgebracht. „Wenn das Kleid passt, nimm diese Sachen dazu. Dann siehst du aus wie ein braves, deutsches Hausmädchen." Er wirft einen bedauernden Blick auf ihre Füße: „Schuhe führen wir leider nicht."

Stumm schlägt Luise die Augen nieder. Natürlich hat sie auch daran gedacht. Ihre zerschlissenen Mädchenschuhe passen nicht zu dem kostbaren Kleid. Hätte sie jedenfalls noch ihre Tanzstiefel und könnte diese vor dem Besuch beim Konsul auf Hochglanz polieren!

„Auf der Straße werden die Schuhe sowieso schnell besudelt", schiebt sie ihre eigenen Bedenken weg, „ist eigentlich egal, wie sie vorher aussahen."

Ein paar Minuten später verlassen die beiden das Geschäft. Luise schreitet in den nagelneuen Sachen neben dem fein ausstaffierten Junior von Isidor Stein so aufrecht wie nie zuvor durch die *California Street.*

Zu *Corbeaux & Erben* haben sie nur drei Blocks zu laufen. *Textilwaren* steht auf einem glänzenden Messingschild an der Eingangstür und darunter in etwas kleineren Buchstaben: *Konsulat für Hamburg und Hessen, Versicherungen und Kommissionsgeschäfte.*

Eine steile Treppe führt ins Obergeschoss. Noch bevor Benjamin den Klopfer betätigen kann, wird die Tür von einem Herrn im cremefarbenen Anzug aufgerissen. „Hereinspaziert, meine Herrschaften!" Jovial begrüßt er die jungen Leute, als habe er nur auf sie gewartet. Der Konsul überragt Benjamin fast um Haupteslänge. Er trägt einen mächtigen Schnurrbart im

Gesicht und zwinkert Luise durch seine Brillengläser freundlich an. Nur die feinen, grauen Fäden in seinem kastanienbraunen Haar lassen ahnen, dass er schon auf die vierzig zugeht.

Die Wände seines Kontors sind mit dunkelgrünem, golden schimmerndem Stoff bezogen. Vom Straßenlärm ist hier oben kaum etwas zu hören. Selbst das Arbeitszimmer des Präsidenten von Amerika ist nicht eleganter möbliert – Luise hat einmal eine Abbildung in der *Gartenlaube* gesehen.

Der größte Teil des Raums wird von einem riesigen Schreibtisch eingenommen. Über dem in die Wand eingelassenen, offenen Kamin prangt ein kostbarer Spiegel. Sie kann darin die Rückseite der Weltkugel sehen, die neben dem Schreibtisch auf einem Holzgestell ruht. Wie gerne würde sie diesen Globus berühren, ihn drehen und mit dem Finger ihre ganze, weite Reise über den Atlantischen Ozean nachzeichnen! Doch so ein Betragen schickt sich bestimmt nicht für ein Bauernmädchen im Kontor eines feinen Herrn.

Genüsslich schlägt dieser einen Halbkreis um das Mädchen und nimmt es Augenschein. Benjamin bleibt einen Schritt hinter ihr stehen.

„Sehr hübsch“, befindet der Konsul mit einem raschen Blick zu ihm. Dann lässt er sich an seinem Schreibtisch nieder und spricht zum ersten Mal Luise selbst an: „Darf ich fragen, wo deine Freundin ist? Verzeihung … ich darf doch du zu dem gnädigen Fräulein sagen?“

Luise vollführt einen artigen Knicks: „Selbstverständlich, Eure Exzellenz.“

„Spar dir die Förmlichkeiten“, winkt er ab, „setz dich und erzähl mir etwas von euch.“

„Ich bitte untertänig um Verzeihung“, Luise lässt sich vorsichtig auf der vorderen Stuhlkante nieder, „meine Freundin

Therese hat heute Vormittag keinen Ausgang bekommen."

„Soso. Keinen Ausgang!" Der Konsul lacht schallend wie über einen gelungenen Witz. „Ist sie denn auch so ein ansehnliches Ding wie du?"

„Tesi ist wunderschön", seufzt Luise auf: „Viel schöner als ich."

„Und erst fünfzehn, hat mir der Kollege Stein verraten?"

„Ja, leider ist sie noch sehr jung."

„Das muss kein Nachteil sein." Der feine Herr zwirbelt seinen Schnurrbart und sieht dabei wieder Benjamin an.

„Bitte ...", stottert dieser unbeholfen, „die Sache ist eilig. Die jungen Damen wollen so bald wie möglich aufbrechen, um rechtzeitig zur Goldgräbersaison in Britisch Kolumbien zu sein."

„Hast du denn deine Papiere dabei?", der Konsul wendet sich mit einer hochgezogenen Augenbraue wieder an Luise.

„Ich bitte erneut um Verzeihung, aber meine Dokumente sind in Aufbewahrung. Ich kann sie selbstverständlich zurückverlangen, wenn ich den Dienst quittiere."

„In Aufbewahrung. Soso", der Konsul klaubt zwei Tabakkrümel von seiner ledernen Schreibunterlage und lässt sie auf den Fußboden fallen, „habe ich den Junior hier richtig verstanden, dass ihr zu eurem Vormund reisen wollt? Und dass dieser zugleich dein Oheim ist?"

„Mein Vetter", berichtigt Luise, „Johann Georg Schneider aus Langenhain-Ziegenberg."

„Nie gehört", erklärt der Konsul zerstreut, „aber ich kenne auch nicht jeden Hessen." Er sieht Luise streng an: „Ich benötige mindestens eure Geburtsdaten und die Namen eurer Väter, um euch ein Reisedokument auszufertigen."

„Ich bin am 6. November 1845 als Tochter des Landwirtes Ludwig, Balthasar in Langenhain, Großherzogtum Hessen zur

Welt gekommen", betet Luise erleichtert herunter, „sechs Tage später wurde ich in der evangelischen Kirche von Langenhain getauft."

„Und deine Freundin?"

Keine Ahnung, denkt Luise verzweifelt. Doch dann erinnert sie sich, wie Tesi erzählt hat, wann sie fünfzehn geworden ist.

„Am 25. November 1848 ist sie geboren, im selben Dorf wie ich", antwortet sie eifrig, „ihr Vater heißt Will, Lorenz. Er ist Schafhirte. Die Taufe … ich weiß nicht."

„Ist mir auch egal", winkt der Konsul ab. Er macht sich Notizen auf einem Blatt Papier, steckt seine Schreibfeder dafür in ein gläsernes Tintenfass, das auf goldenen Löwenfüßen vor ihm steht. Dann blickt er auf: „Dich könnte ich allenfalls für vorläufig mündig erklären", befindet er streng, „aber diese Therese Will ist noch viel zu jung." Ungerührt sieht er zu, wie Luises Mundwinkel enttäuscht nach unten sacken, lehnt sich genüsslich zurück und verschränkt seine Arme hinter dem Kopf, bevor er fortfährt: „Ich könnte sie aber deiner Aufsicht unterstellen. Ausnahmsweise. Wenn du versprichst, dass sie in deiner Obhut bleibt. Wärst du damit einverstanden?"

Luise fällt ein Stein vom Herzen. Sie nickt erleichtert.

„Ich hoffe, der junge Herr Stein hat dir schon erklärt, dass so ein Papier auch nur für die einmalige Ausreise nach Britisch Kolumbien gilt", fügt er hinzu, „zusätzlich müsstet ihr natürlich an der Grenze eure Reisepässe vorlegen."

„Selbstverständlich", antwortet Luise eifrig, „wir bekommen sie zurück, sobald …"

„Leider kann ich so eine Urkunde nicht kostenlos ausstellen", fällt der Konsul ihr ins Wort, „meine Gebühr beträgt fünf Dollar."

„Diese Kosten übernehmen wir selbstverständlich", schaltet Benjamin sich ein, „also, die Firma Stein: mein Vater".

„Dann ist gut. Auf den alten Isidor kann man sich verlassen.“ Der Konsul sieht jetzt nur noch Benjamin an: „Sobald der Betrag bei mir eingeht, wird das Dokument aufgesetzt und besiegelt.“

Das Gespräch ist beendet. Seine Exzellenz geleitet die beiden noch bis zur Treppe.

Diesmal hat sie es wirklich eilig, in die *Crib* zu kommen. Hastig tauscht sie bei *Isidor Stein & Söhne* ihre Kleider und kehrt im Laufschritt zur *Barbary Coast* zurück. Endlich ist es so weit, und sie kann es jetzt auch Tesi sagen. Bald werden sie aus der *Crib* und aus San Francisco fortgehen.

In der Gaststube ist es ganz still. Schnell durchquert sie den Raum, huscht die Treppe ins Obergeschoss hinauf und klopft an die Tür der Nachbarkammer.

Keine Antwort. Wahrscheinlich schläft Tesi. Vorsichtig drückt sie die Klinke herunter. Auf dem Lager sitzt eine fremde Frau mit wallendem, schwarzem Haar.

„Entschuldigung!“, einen Moment glaubt Luise, dass sie sich in der Tür geirrt hat. Doch dann blitzt sie die Fremde zornig an: „Was machst du da? Das hier ist nicht deine Kammer!“

Die Frau auf dem Lager scheint kein Wort zu verstehen, zuckt stumm mit den Schultern.

Und plötzlich begreift Luise: die Andere ist neu hier. Und Tesi ist weg. Der Wirt hat sie aus dem Haus schaffen lassen. Ausgerechnet heute.

Wortlos knallt sie die Tür zu.

Sie ist zu spät gekommen. Alles war vergebens.

Und in ein paar Stunden muss sie zum Dienst in die Gastwirtschaft hinunter.

Einunddreißigstes Kapitel

Wenn Luise in der Schlange vor dem Abort steht, hört sie den Tratsch der anderen Mädchen, ob es ihr gefällt oder nicht. Meist drehen sich die Gespräche jetzt um die Schwarzhaarige in Tesis ehemaliger Kammer. Eine Edelhure soll sie gewesen sein, in einem luxuriösen Haus in New Orleans. Wo es fließendes Wasser, Marmorbadewannen und tausend Spiegel gab. Und wo man französisch sprach. Aber jetzt sei sie dafür viel zu alt, wahrscheinlich schon über dreißig.

Wenn es eine aus so einem feinen Bordell in die *Crib* verschlägt, überlegt Luise, wo steckt dann Tesi? Hat der Wirt sie an ein noch schäbigeres Lokal verschachert, wo sie sich nicht mehr weigern kann, den Dienst zu tun? Oder hat er einen guten Preis für sie bekommen, weil sie noch so jung ist? Wird sie gefangen gehalten? Vielleicht sogar hier in der Nähe, an der *Barbary Coast*?

Was gäbe sie darum, das Mädchen wiederzufinden! Niemals würde sie ohne Tesi aus San Francisco fortgehen. Auch Benjamin mag sie sich nicht anvertrauen. Er könnte ihr sowieso nicht helfen. Und er darf nie erfahren, in was für einem Haus sie jetzt ist.

Als sie zum ersten Mal wieder bei der Wirtsfrau vor den Tiegeln und Fläschchen steht, wagt sie, leise zu fragen: „Meine Freundin, die Tesi … wisst Ihr, wo sie ist?"

„Immer gern zu Diensten!", Die Österreicherin zieht ihren Mund in die Breite, „deine Freundin war kein braves Mädchen. Hat meinen Mann eine Stange Geld gekostet."

„Sie war krank", wendet Luise kläglich ein, „Sie konnte nicht arbeiten."

„Jetzt muss sie gehorchen lernen."

„Aber wo?“, fleht das Mädchen.

„Ich könnte meinen Mann fragen“, die Wirtsfrau seufzt theatralisch, „aber leider gibt es nichts geschenkt.“

„Wie viel?“, Luises Herz vollführt einen Sprung.

„Fünf Dollar wären genug, um meiner Familie einen schönen Sonntagsbraten zu servieren“, die Österreicherin sieht das Mädchen berechnend an. „Soviel habe ich nicht!“ Luise weiß genau, dass ein Kilo feinstes Rindfleisch selbst in San Francisco weniger kostet.

„Dann tut es mir leid. Und jetzt halt mich nicht länger auf: Die anderen warten schon.“

Als sie einmal am frühen Morgen vom Abort ins Obergeschoss huscht, öffnet sie aus Versehen die Nachbartür. Die Schwarzhaarige ist schon wach. Sie lächelt freundlich und lädt sie mit einer Handbewegung zum Eintreten ein. Ehe sie es sich versieht, sitzt Luise auf ihrem Bettkasten und schüttet ihr Herz einer Frau aus, die davon kein Wort versteht.

Stockend erzählt sie, wie alles vor einem Jahr anfing: Wie sie mit Schneider und den anderen Mädchen fortging. Wie Elisa dazukam und sie den Atlantik überquerten. Wie sie erst zu den Goldgräbern am Lake Tahoe gelangte und dann in diese *Crib*. Wie sie Hoffnung schöpfte, als sie Tesi wiedertraf. Und dass diese nun an genau jenem Tag verschwunden ist, an dem Luise ihr sagen wollte, dass sie abreisen.

„Es hätte alles gut ausgehen können“, seufzt Luise traurig, „jedenfalls für Tesi. Sie ist noch so jung! Ihr hätte der Herrgott ihre Sünden bestimmt vergeben.“ Die Tränen laufen ihr über das Gesicht.

„Es tut mir leid. Sehr“, haucht die Schwarzhaarige, „es ist wie … Falle.“

„Du verstehst Deutsch?“, fragt Luise erschrocken.

„Meine Mutter ist geboren in Deutschland, hat in Amerika mit Italiener geheiratet.“ Sie rollt das „r“ wie eine Opernsängerin. „Sie hat uns Kinder immer deutsch gesprochen. Aber keine Angst, ich werde nicht verraten.“

„Es kommt nicht mehr darauf an.“

„Kommt immer darauf an. Übrigens: Isabella mein Name. Jetzt ich kenne deine Geschichte. Du sollst auch meine wissen.“

Die Schwarzhaarige erzählt, dass sie wie Luise als Bauerntochter aufgewachsen ist. Ihre Eltern waren arme Leute. Obwohl sie schon als Kind hart arbeiten musste, gab es manchmal nicht einmal genug zu essen. Als sie zwölf war starb die Mutter. „Mein Vater hat gesagt, ich muss jetzt seine Frau sein. Essen kochen, auf Geschwister aufpassen und bei ihm im Bett schlafen.“

„Meine Güte“, haucht Luise entsetzt.

„Habe ich nur zwei Wochen gemacht, dann ich bin ausgerissen. Mit einem Händler auf seinem Wagen in die Stadt. Dort konnte ich unterkommen … in einem wunderschönen Haus.“

„War es ein Bordell? Du musstest dich versündigen?“, fragt Luise voller Mitgefühl, „wie schrecklich! Du warst doch noch so jung!“

„Ach was. Nicht schlimm“, winkt Isabella ab, „mir gefiel es. Die Huren waren nett. Arbeit war leicht. Für mich war wie Prinzessin sein: wunderbare Möbel, Teppiche, Kerzen, Klavier! Schöne Kleider, gutes Essen und immer Schaumwein. Gäste waren feine Herren aus der Stadt, haben gut gezahlt. Es war wie …“, sie sieht Luise hilfesuchend an, „..una storia.“

„Wie im Märchen?“

„Genau! Meine Mutter manchmal hat uns deutsche Märchen erzählt. Von Kohle, nein von Asche … Prinzessin?“

„Aschenputtel?“

„Einmal ich wäre auch fast geworden. Ein feiner Herr hat sich in mich verliebt, hat gesagt, er will mit mir heiraten."

„Hat er es nicht gemacht?"

„Ich wusste von Anfang: Es geht nicht. Er ist verheiratet, er hat Kinder, er ist wichtiger Mann in der Stadt. Er kann nicht Scheidung machen und Hure heiraten. Und irgendwann wird er haben von mir genug. So ist auch gekommen."

„Du musstest im Bordell bleiben?", fragt Luise mitfühlend.

„Er wollte, dass ich woanders gehe. Der Bürgermeister, der Sheriff, seine Freunde, sie kamen alle zu uns … hatten viel Spaß. Er hatte Angst ich verrate ihn. Er hat mich gebracht nach New Orleans, wieder in gutes Haus."

Isabella verstummt. Vom Flur sind Geräusche zu hören. Allmählich wachen die anderen Mädchen auf. Bald werden sie vor dem Abort auf dem Hof stehen.

„Besser zurück in deine Kammer …", raunt die Schwarzhaarige, „muss niemand wissen, dass wir erzählen."

Luise lässt einen ganzen Tag und eine halbe Nacht verstreichen, bevor sie noch einmal die Tür zu Isabellas Kammer öffnet.

„Ich wollte dich etwas fragen", flüstert sie.

„Wenn ich kann antworten?"

„Du bist doch schon länger in dieser Stadt und kennst dich aus …"

„Ein bisschen. Schon vor dem Krieg bin ich hierher. Was du willst wissen?"

„Meine Freundin, die Tesi … Ich muss herausfinden, wo sie ist."

Die Gesichtszüge der Schwarzhaarigen verhärten sich: „Vergiss anderes Mädchen. Für immer. Du darfst nicht suchen."

„Warum denn nicht?"

„In San Francisco es gibt hunderte Häuser. Manche davon schlimm, viel schlimmer als hier. Oder vielleicht sie ist längst in Sacramento. Oder in kleinere Stadt. Niemand wird dir sagen."

„Bitte! Ich muss doch auf sie aufpassen! Wenn sie gefangen gehalten wird!"

„Kann sein, aber du kannst nicht ändern. Vielleicht, sie muss tanzen und singen, ein Lied oder zwei aus der Heimat. Und gehen Gäste mit ihr in Raum ohne Wände, einfach auf dem Fußboden eine Matte. Schnell schnell. Manche haben sogar …"

Sie verstummt.

„Was?", drängt Luise.

„Es gibt einen Keller mit Wildschwein. Sie lassen es mit Mädchen … Eine *Dance Hall* hat Bär. An Kette, im Käfig. Sieht sehr gefährlich aus. Aber Männer sind schlimmer."

„Tun sie den Mädchen weh?", fragt Luise schnell. Von den wilden Tieren will sie nichts hören.

„Nicht die Gäste", die Italienerin winkt ab, „die sind dumm. Und betrunken. Wenn sie einschlafen, alles wird ihnen gestohlen. Geschäft machen Andere. Kennen sich, halten zusammen. Wenn ein Mädchen nicht gehorcht … sie bekommt Strafe. Oder verschwindet."

„Aber Tesi? Ich will sie wiederfinden!"

„Denke nicht daran!" Isabella sieht das Mädchen streng an: „Bitteschön, kleine Frau! Niemals gehst du alleine raus und fragst nach ihr. Niemand hilft dir. Schlimme Sachen passieren."

Sie schweigt einen Moment, bevor sie weiterspricht: „Ich habe anderen Rat für dich: Mache nicht, wie ich gemacht habe. Du bist jung, du bist schön und klug. Du kannst Sprache lernen. Spare Geld und mach eigenes Haus. Du musst nicht alt werden und schuften wie ich."

„Ich will aber nicht! Ich muss zurück in die Heimat. Meine kleine Schwester wartet auf mich."

„Ist ja gut", lächelt Isabella begütigend, „ist sehr schöner Plan! Aber warte nicht zu lange. Nicht wie ich. Ich muss Hure bleiben, für immer. Und am Ende hoffentlich ich werde mit Sarg beerdigt und liege nicht mit Gesicht im Dreck auf der Straße."

Zweiunddreißigstes Kapitel

Im Hinterhof sprießt im April etwas Grün.

Luise ist ständig müde, findet am Morgen kaum aus dem Bett. Ihr Kopf, der Bauch und die Beine schmerzen. Sie verlässt die *Crib* nicht einmal mehr, um zum Postamt zu laufen.

Die Zeitungsseiten, die sie von der Wirtsfrau für den Abort bekommt, liest sie kaum noch. Ihre Haut fühlt sich welk und verbraucht an, ihre Locken hängen kraftlos und strähnig vor ihrem Gesicht. Es kostet sie ungeheure Anstrengung, in der Gastwirtschaft ihre Mundwinkel ein wenig nach oben zu ziehen, wenn ein Mann sie anspricht. Oft steht sie einen halben Abend herum, ohne dass sie jemand bemerkt.

Isabella schafft es viel besser, auf sich aufmerksam zu machen. Oft bildet sie den Mittelpunkt in der Gaststube, umgarnt einen Mann, um ihn dann wieder zu verschmähen, lockt einen anderen an und lässt ihn zappeln. Am Ende hat sie ihre Beute stets fest am Haken: einen Kerl, der sich einbildet, dass er sie mit seinen männlichen Reizen erobert hat. Und zwei andere, die schon darauf warten, dass sie die Stiege wieder herunterkommt.

„Was ist, kleine deutsche Frau? Ist dir nicht gut?", fragt sie einmal, als Luise stumpf in ihrer Kammer liegt.

„Am liebsten wäre ich tot."

„Du darfst nicht so sagen! Du bist jung, du kannst reich werden!" Isabella funkelt sie zornig an.

„Ich mag aber nicht."

„Aber ist nicht schwer. Jedes Mädchen sitzt auf seinem Reichtum – ist Sprichwort von uns Huren."

„Ich bringe doch allen nur Unglück", Luise dreht ihr Gesicht zur Wand, „sogar die Männer in der Wirtschaft haben mich satt."

„Porca Madonna!", flucht Isabella, „sie wollen dich nicht, weil dein Gesicht erzählt von Elend! Haben selber genug Unglück in ihrem Leben!"

„Der Wirt behält mich nicht mehr lange."

„Aber du willst bleiben in dieser *Crib*?"

„Ich werde bestimmt weggebracht."

„Vergiss es!", herrscht Isabella sie an, „du kommst nicht dorthin, wo diese Freundin … Sie stecken nie zwei Mädchen, die sich aus Heimat kennen, ins selbe Haus. Niemals!"

„Ist mir egal", behauptet Luise, aber jetzt bekommt sie es mit der Angst zu tun.

„Kleine Frau!", die Italienerin packt sie an den Schultern, dreht sie auf den Rücken und schüttelt sie, „ist niemals egal! Woanders ist schlimmer. Wenn du willst besser haben, du musst machen. Sonst musst du Straße. Oder Keller."

Unvermittelt wechselt sie ihre Tonlage und fragt misstrauisch und kalt: „Sagst du mir überhaupt Wahrheit? Vielleicht du musst nicht anstrengen? Weil einer Hand über dich hält?"

Luise versteht nicht.

„Einer mit Geld. Oder Macht. Der dich beschützt."

„Wer soll das denn sein?", sie schüttelt verwundert den Kopf, „Schneider bestimmt nicht."

„Überleg nochmal, kleine Frau", antwortet Isabella scharf, „vielleicht anderer Kaufmann in San Francisco. Und jetzt stehst du auf."

„Lunch", brüllt der Wirt von unten durchs Haus. Erstaunt bemerkt Luise, dass sie Hunger hat.

Nur um Isabellas kritischem Blick zu genügen, frisiert sie sich von jetzt an etwas sorgfältiger und steckt ihr Haar fest, bevor sie in die Gastwirtschaft hinuntergeht. Sie lächelt starr oder zieht eine interessierte Miene, wenn ihr die Männer etwas ins Ohr brüllen. Und bevor sie spät in der Nacht ihr Hemd überstreift und vor ihrem Lager niederkniet, rechnet sie ihre Einnahmen zusammen. Meist reicht das Geld gerade aus, um zu bezahlen, was sie dem Wirt schuldet.

Den bärtigen jungen Mann, der sie an einem Abend in der Gastwirtschaft durch das Gedränge unverwandt anstarrt, bemerkt sie erst nach einer Weile. Als dieser sich zu ihr hinüberdrängelt, seinen Mund ganz dicht an ihr Ohr legt und ihren Namen raunt, fährt sie erschrocken zusammen.

„Benjamin! Was machst du denn hier?"

„Ich habe dich gesucht! Gewartet habe ich ja lange genug, aber du bist nicht wieder in den Laden gekommen."

Luise wird rot. „Tut mir leid," stammelt sie, „ich weiß, ich schulde dir noch das Geld für den Konsul. Aber es ist alles anders gekommen. Wir können nicht fort."

Benjamin hört ihr kaum zu, lacht sie nur glücklich an: „Sehe ich aus wie einer, der gekommen ist, um sein Geld einzutreiben? Es ist einfach schön, dich zu sehen!"

Luise zieht die Schultern hoch.

„Du schuldest mir nichts. Aber eine Antwort hätte ich gern: Was ist los?"

Blöde Frage, denkt sie. Er sieht es doch selbst. Vor ihm steht ein gepudertes Flittchen mit grauer Haut. Niemals wird sie ihm weismachen können, dass sie eine ehrbare Anstellung in dieser Gastwirtschaft hat.

„Such dir besser eine Andere", antwortet sie hastig, „du hast dich getäuscht. Ich bin es nicht wert."

„Ach Luise", Benjamin schaut sie liebevoll an, „willst du mir nicht endlich die Wahrheit sagen?"

„Ich darf nicht mit dir schwatzen. Der Wirt mag es nicht."

„Ich gebe ihm einen Dollar, dann gehen wir nach oben", schlägt er vor, „und reden, so wie damals."

„Niemals!" Luise erschauert. Benjamin darf ihr fleckiges Lager auf keinen Fall sehen.

„Ich weiß, wie es in einer *Crib* zugeht", versucht er sie zu beruhigen, „meine Brüder haben mich mitgenommen, als sie meinten, ich wäre alt genug. Ich glaube, ich war sogar schon einmal hier." Er unterbricht sich, als er bemerkt wie sich ihre Miene verdüstert. „Ist ja auch egal. Aber magst du mir nicht deine Freundin vorstellen? Die, mit der du von hier weg wolltest?"

Luise lehnt sich an die Wand, presst ihre Lippen aufeinander und verschränkt die Arme. Die Blicke, die Isabella ihr zuwirft, sind kaum zu übersehen. Rede mit ihm, signalisiert sie dem Mädchen, es könnte sich lohnen! Der Mann ist jung und teuer gekleidet!

„Verstehe", beantwortet dieser nach einer Weile seine eigene Frage, „sie ist nicht mehr hier. Deshalb bist du nicht mehr gekommen."

Der Funke, der kurz in Luises Augen aufglimmt, verrät ihm, dass er ins Schwarze getroffen hat.

„Sie ist verschwunden, von einem auf den anderen Tag", stößt sie verzweifelt hervor, „ich weiß nicht, wohin!"

„Und warum hast du mir das nicht früher gesagt?", fragt er traurig. Ganz nah rückt er mit seinem bärtigen Mund an ihr Ohr und raunt ihr zu: „Es gibt eine Polizei in San Francisco. Man kann Anzeige erstatten, wenn man ein Mädchen vermisst. Mein Vater kennt viele, die beim *Vigilance Committee* mitgemacht haben. Sie nehmen es bestimmt nicht tatenlos hin, wenn eine minderjährige Deutsche in dieser Stadt verschwindet."

„Bitte!“, entfährt es Luise, „wenn der Konsul davon erfährt! Er kennt meinen Namen und weiß, woher wir kommen. Sie sollen es in der Heimat nicht erfahren. Besser, sie glauben, dass wir tot sind.“

„Luise!“, protestiert er entsetzt, „ich will dich aber lebendig!“

„Es geht aber nicht“, verzweifelt bläst Luise ihre Backen auf.

„Weil du gefallen bist? So ein altmodischer Quatsch! Ich weiß, was das hier für ein Laden ist. Ein Mädchen wie du hat in San Francisco kaum eine andere Wahl.“ Er ballt seine Fäuste: „Ich habe dich wiedergefunden, und das ist die Hauptsache. Wenn es unbedingt sein muss, suche ich sogar deine Freundin.“

„Das ist viel zu gefährlich.“

Er winkt nur ab und wendet sich zum Gehen.

„Keine Sorge!“, grinst er sie siegessicher an, „in deinem Dorf hören sie erst wieder etwas von dir, wenn du meine Frau bist.“

Isabella verdreht entnervt ihre Augen zur Decke, als sie sieht, wie Benjamin unverrichteter Dinge das Lokal verlässt.

IV

Im Cariboo

Dreiunddreißigstes bis sechsundvierzigstes Kapitel
Juli 1864 bis September 1865

Dreiunddreißigstes Kapitel

Viel Zeit braucht Luise nicht, um ihr Bündel zu schnüren. Den Puder, die Salbe und die Tinktur steckt sie ein, doch sie hofft, dass sie diese Dinge nie wieder brauchen wird.

Das Album und die Schachtel mit den Stiften hält sie zum ersten Mal seit Langem wieder in ihren Händen. Wenn sie erst in Victoria ist, so nimmt sie sich vor, wird sie aufschreiben, was sie in San Francisco gesehen hat: die schnurgeraden Fahrwege, die Auslagen in den Schaufenstern, die mit Dampf betriebene Straßenbahn, das Postamt, die unzähligen Schiffe und Menschen im Hafen. Über die *Crib*, den Wirt und die Österreicherin lieber nichts.

Sie streicht das violette Gewand ein letztes Mal glatt, legt es auf ihr Lager und steigt die Stiege hinunter. Im Haus schlafen noch alle. Diesmal muss sie nicht fürchten, dass sich der Wirt in den Weg stellt. Er weiß, dass sie für immer fortgeht.

Zehn quälend lange Tage musste sie noch warten. Jede einzelne Stunde hat sie gezählt. Als sie schon nicht mehr damit rechnete, stand Benjamin plötzlich wieder am Tresen. Diesmal raunte er ihr nur wenige Sätze ins Ohr. „Übermorgen früh um acht! Wir treffen uns Ecke *Jackson* und *Front Street*. Du findest dorthin?"

„Aber was ist mit Tesi?", fragte Luise mit klopfendem Herzen.

„Die bringe ich mit. Sei bitte zeitig. Das Schiff legt um zehn Uhr ab. Es wartet bestimmt nicht."

„Das Geld für die Fahrkarten … ich glaube, ich habe alles beisammen, auch für Tesi!"

„Mach dir keine Sorgen. Mein Vater hilft euch. Ihr werdet in Victoria eine Unterkunft brauchen … da sollt ihr nicht mittellos sein. Denk aber an deine Reisepapiere."

„Der Wirt bewahrt sie auf. Ich muss ihn fragen."

„Hast du denn noch Schulden bei ihm?"

Luise schüttelte den Kopf.

„Du bist doch nicht seine Sklavin!", empörte er sich, „ich kläre das mit ihm." Nach einem heftigen Wortwechsel am Tresen verließ er die Gastwirtschaft, ohne sich von ihr zu verabschieden.

„Lissie", brüllte der Wirt am folgenden Mittag nach oben. Es klang so, als warte schon ein Chinese auf sie. Ihr war weich in den Knien, als sie vor dem rotgesichtigen Mann stand. Mit gesenkter Stimme knurrte er: „Habe gehört, das Fräulein möchte uns verlassen?"

Luise nickte fast unmerklich.

„Da bildet sich eine ein, dass sie es irgendwo auf der Welt besser haben kann", sinnierte der Wirt, als rede er über eine Fremde.

„Ich muss zu meinem Dienstherrn zurück." Ihr war beklommen zumute.

„Soso. Und das ist dir jetzt plötzlich eingefallen?"

Luise antwortete nicht.

„Ist mir auch egal", grummelte der Wirt. Er kramte seine Schiefertafel heraus und schrieb die Zahlen darauf so schnell untereinander, dass sie nicht mitrechnen konnte. Dann zog er einen Kreidestrich unter den Ziffernturm, tat so, als würde er alles nochmal kontrollieren und stellte befriedigt fest: „Geld bekommst du aber keins mehr von mir!"

„Natürlich nicht", pflichtete sie ihm mit niedergeschlagenen Augen bei.

„Und jetzt willst du deinen Reisepass haben?"

„Das wäre sehr freundlich von Euch!"

„Moment!" Er verschwand im Hinterzimmer, in dem seine

Kinder krakeelten und kam mit dem Papier in der Hand zurück.

„Merk es dir ein für alle Mal: Hier wird kein Mädchen gegen seinen Willen gefangen gehalten. Auch wenn es solche Lügenmärchen gibt." Unwirsch schob er das Dokument über den Tresen. „Aber, damit eins klar ist: Eine, die weggeht, kommt nie mehr zurück. Ende. Finito. Deine Kammer hat ab morgen eine andere, die sich darüber bestimmt sehr freut."

Luise griff hastig nach dem mehrfach gefalteten Blatt mit den Unterschriften und Stempeln.

„Darfst du überhaupt allein unterwegs sein?", knurrte er misstrauisch, „bist ja wohl noch nicht mündig."

„Ich habe ein Dokument ... ich bekomme es. Der Konsul für Hamburg und Hessen stellt es mir aus", stammelte Luise, „er erklärt mich für vorläufig mündig. Bis ich wieder beim Vormund bin."

„Aha. Der Herr Konsul", es klang abfällig, „wie kommst du denn zu der Ehre, dass sich der hohe Herr mit dir abgibt?"

Luise antwortete nicht, war schon an der Treppe, als der Wirt sie noch einmal zurückrief: „Und noch etwas!"

Ängstlich wandte sie sich um.

„Kein Wort zu den anderen Mädchen! Die musst du nicht auch noch auf dumme Gedanken bringen."

Nebelschwaden liegen an diesem frühen Junimorgen über der Stadt, die Luft ist kühl und feucht. Mit ihrem Bündel unter dem Arm läuft Luise die *Pacific Street* zum Wasser hinunter. Nach wenigen Blocks biegt sie in eine Querstraße, geht direkt auf den riesigen Postpalast zu. Jetzt muss sie nur noch links auf die *Jackson Street* abbiegen und geradeaus weiter, bis sie zur Kreuzung mit der *Front Street* kommt.

Der Nebel wird mit jedem Schritt dichter. Sie fröstelt in der nasskalten Luft, kann kaum noch die Hand vor Augen sehen. Menschen tauchen urplötzlich aus den hellgrauen Schwaden auf und verschwimmen schnell wieder zu schattenhaften Gestalten.

Vor dem Gebäude mit den Kontoren der Schiffsagenten wartet niemand auf sie. Es ist bestimmt noch viel zu früh.

Sie schlingt die Arme fester um ihr Bündel. Im dichten Nebel wird ein junges Mädchen, das sich an eine Hauswand lehnt, kaum auffallen. Nur allzu gerne würde Luise sich das wollene Tuch um die Schultern legen, das ihr die Mutter eingepackt hat. Doch sie wagt es nicht, ihr sorgfältig verknotetes Bündel zu öffnen.

Nirgendwo ist eine Uhr zu sehen. Wie spät mag es sein? Hoffentlich kommt Benjamin wirklich! Und wenn ihn jemand aufhält? Und wenn er ohne Tesi erscheint?

In die *Crib* kann sie jetzt nie mehr zurück.

Ob der Wirt wirklich so großmütig war, sie einfach gehen zu lassen? Oder ob er schon seine Kumpane losgeschickt hat, um Benjamin abzufangen, sobald er sich bei *Isidor Stein & Söhne* auf den Weg macht?

Furchtsam schaut sie sich um. Das schlichte Backsteingebäude bietet keinen Torbogen und keinen Mauervorsprung, hinter dem sie Schutz suchen könnte. Die Minuten rinnen zäh dahin.

Und dann wird es plötzlich warm. Und ganz hell. Die Sonne kämpft sich durch die Wolken und taucht die Straße in goldenes Licht. Während die Strahlen ihre Haut erwärmen, erblickt sie auf der anderen Straßenseite zwei vertraute Gestalten herbeistürmen: Benjamin hat Tesi am Handgelenk gepackt, zieht sie ungeduldig hinter sich her.

Vor Freude macht Luise einen Luftsprung, rudert wild mit den Armen und ruft die Namen der beiden über die Straße. Dann sind sie schon bei ihr.

„Mach hier bitte nicht so einen Lärm", raunt Benjamin ihr zu, „es muss ja nicht jeder auf uns aufmerksam werden."

„Was ist los? Warum kommt ihr so spät?" Luise laufen Tränen der Erleichterung über das Gesicht.

„Wir sind aufgehalten worden. Ist jetzt egal. Wir sind in Eile, müssen noch Fahrkarten besorgen!"

Wenige Augenblicke später stehen sie vor dem Schreibtisch des Agenten. Langsam und sehr gewissenhaft stellt er ihnen die Passagen aus. Luise staunt, wie selbstsicher und gewandt Benjamin auftritt, erst die Pässe der Mädchen vorlegt, dann das Schreiben des Konsuls und schließlich den geforderten Dollarbetrag auf den Tisch zählt.

„Gute Reise", wünscht der Mann ihnen freundlich und sieht die drei jungen Leute wohlwollend an, „diese Woche ist kein Sturm zu erwarten. Mit etwas Glück seid ihr in wenigen Tagen dort." Erstaunt bemerkt Luise, dass Benjamin auch für sich selbst eine Fahrkarte gelöst hat.

„Ich fahre mit euch", erklärt er, während sie zum Pier hinunter stürmen, „ich achte darauf, dass ihr sicher in Victoria ankommt und alles mit rechten Dingen zugeht."

„Aber ist das nicht furchtbar teuer?", fragt Luise atemlos.

„Mein Vater bezahlt es. Ich soll mir die Situation dort oben genau ansehen, hat er gesagt, und ihm darüber berichten. Er hat Geschäftsfreunde in Britisch Kolumbien."

Tesi hat bisher noch kein einziges Wort gesagt. Stumm lässt sie alles mit sich geschehen. Benjamin räuspert sich: „Noch etwas: An Bord zeigen wir uns lieber nicht gemeinsam. Ein junger Mann, der mit zwei Mädchen auf dem Weg zu den Goldgräbern ist: Was sollen die Leute denken?"

Vierunddreißigstes Kapitel

Am frühen Morgen setzt Nieselregen ein. Den ganzen Vormittag über bleibt der Himmel grau, hängen Wolken tief über der zerklüfteten Berglandschaft.

Luise achtet kaum noch auf das Wetter. Die Stunden im düsteren, muffigen Inneren der Kutsche sind alle gleich, ziehen sich quälend dahin, egal ob es draußen regnet oder die Sonne scheint.

Vor der Abfahrt hat sie sich noch ein wenig am Feuer gewärmt. Die Glut war über Nacht nicht erloschen. Dazu hat sie ein Stück hartes Brot gekaut und einen Becher von der fettigen, lauwarmen Brühe aus dem Kessel über dem Feuer getrunken.

Keiner der Reisenden, die sich für ein paar Stunden auf dem harten Fußboden der Blockhütte ausgestreckt hatten, ist ausgeruht. Aber noch liegen Hunderte Meilen vor ihnen.

Zum Schutz vor Wetter und Wind hängen stabile Planen vor den Fenstern der Kutsche. Ab und zu lüftet Luise das schwere, stets feuchte Segeltuch, um hinauszuspähen. Steile Hänge erheben sich links und rechts des Fahrweges, und Felsen ragen wie Nadelspitzen in den Himmel. Manchmal rumpelt die Kutsche auf einer kühnen Bretterkonstruktion an einem schäumenden Abgrund entlang.

Vier Pferde ziehen das Gefährt, laufen fast ständig Galopp. Nach etwa zwanzig Meilen sind die Tiere erschöpft und müssen ausgetauscht werden. An eigens zu diesem Zweck eingerichteten Rastplätzen warten ausgeruhte, frisch gefütterte und getränkte Pferde auf das Gespann. Für die Passagiere ist die Fahrtunterbrechung kaum lang genug, um im Wald zu verschwinden und ihre Notdurft zu verrichten. Luise wagt sich nur ein paar Schritte vom Rastplatz weg. Sie hat gehört, dass man sich überall in Britisch Kolumbien vor Bären und anderen wilden Tieren hüten muss.

Ihr Kopf fühlt sich an, als flöge ein Bienenschwarm darin herum. Die Mienen ihrer Mitreisenden kann sie in dem fahlen Licht nur verschwommen erkennen. Niemandem scheint an einer Unterhaltung gelegen.

„Ist es noch weit?“, fragt Tesi. Luise zuckt mit den Schultern. Die Fünfzehnjährige sitzt viel zu dicht neben ihr auf der kaum gepolsterten Bank und klammert sich an ihr fest als drohe ein Unheil. Seit sie aus San Francisco fort sind, spricht sie nur das Nötigste.

Ein altes Ehepaar wird auf der Bank gegenüber von den Stößen und Schlenkern der Kutsche hin- und hergeworfen. Der Mann schläft immer wieder ein, schnarcht mit offenem Mund und verströmt seinen übelriechenden Atem in der Fahrgastkabine. Alle paar Minuten rüttelt seine Frau ihn unsanft, um ihn zu wecken. Dann öffnet er kurz seine geröteten Augen, blickt verwirrt um sich und nickt sofort wieder ein.

Der größere Teil der Reisegesellschaft besteht aus jungen Männern, die draußen im Regen sitzen und stehen, wo immer sie Platz finden: auf den Trittbrettern, hinter dem Kutscher und auf dem Dach des Fuhrwerkes. Wenn es steil bergauf geht, müssen sie absteigen und laufen, um die Zugpferde zu entlasten. Auch Benjamin ist unter ihnen.

Gut zwei Wochen liegt es zurück, dass sie in Victoria von Bord der *Pacific* gingen.

Diese Stadt hat Luise auf Anhieb gefallen. Die Sonne schien von einem blitzblauen Himmel, über den ein sanfter Wind ein paar Schäfchenwolken trieb. Es war sommerlich warm, aber nicht so schwül wie im Dschungel von Panama. Zwei- und dreigeschossige Lagerhäuser und Steingebäude reihten sich an einer breiten Chaussee bis ins Stadtzentrum aneinander. Kleine Holzhäuser lagen um die großen Bauten verstreut als habe ein Riese mit Bauklötzen gespielt. Dazwischen standen viele Zelte.

Am Horizont war schon der Stadtrand zu sehen, ragten Nadelbäume in den Himmel. Stieg man ein paar Schritte vom Hafen in die Hügel hinauf, blickte man nach allen Seiten auf Wasserflächen. Unzählige Meeresarme und Felsenbuchten zergliederten die Landschaft rund um die Halbinsel. Am Horizont waren hohe Berge zu erahnen.

Im Hafen von Victoria und im nahen Esquimalt legten täglich mehrere große Schiffe an, die Menschen und Fracht aus San Francisco, Astoria oder Portland brachten. Kleinere Raddampfer stampften über das Wasser und schleppten schwarze Rauchfahnen hinter sich her, verbanden die Hauptstadt mit den Flusshäfen weiter im Osten. Dazwischen paddelten Einheimische in hölzernen Kanus. Es war ein geschäftiger und doch wunderbar friedvoller Anblick.

Ein halbes Dutzend Hotels und doppelt so viele Gasthäuser boten den Neuankömmlingen in Victoria eine erste Unterkunft. Es würde nicht schwer sein, Schneider hier irgendwo zu finden.

Benjamin wirkte seit ihrer Ankunft geschäftig und angespannt. Er mietete für die Mädchen eine einfache Kammer in einem *Boarding House*, in dem er selbst den Schlafsaal für Männer bezog. „Ihr geht nicht allein auf die Straße, damit das klar ist!", wies er sie am ersten Abend streng zurecht, „es treibt sich viel zu viel Gesindel hier herum. Victoria wirkt auf den ersten Blick beschaulich. Aber hier gibt es Halunken, und täglich kommen weitere Männer an."

„Aber wir müssen doch Schneider suchen!", wandte Luise besorgt ein. „Das ist meine Sache", gab Benjamin scharf zurück. Weil Tesi mit am Tisch saß, sprachen sie nicht weiter darüber.

Im Stillen fragte sich Luise, ob Schneider überhaupt in Victoria zu finden war. Welcher Art Geschäft könnte er hier nachgehen? In der Hauptstadt der britischen Kolonie ging es augenscheinlich viel gesitteter zu als im sündigen San Francisco.

Wie gerne hätte sie ihre neuen Kleider in dieser reizenden Stadt spazieren geführt! Benjamin hatte ihr einen neuen Rock und eine Bluse mitgebracht und am Abend nach ihrer Ankunft feierlich überreicht. Endlich konnte sie ihre zerschlissene Garderobe aus Langenhain ablegen, und, so hoffte sie, auch viel von dem Schlimmen, was sie mit diesen Kleidern verband. Sie warf die Sachen einfach weg. Nicht einmal ein Lumpensammler hätte dafür noch einen Cent gegeben.

Um nicht den ganzen Tag mit der wortkargen Tesi zusammenzuhocken, blieb sie nach ihrem ersten Mittagsmahl in der Wirtsstube unten. Ihr Album und die Stifte hatte sie dabei. Vielleicht konnte sie irgendwo einen Platz finden, um endlich mit ihren Reiseaufzeichnungen zu beginnen.

Das schöne Wetter trieb sie nach draußen. Direkt vor dem *Boarding House* stand eine hölzerne Bank. Luise legte die Schreibutensilien neben sich und sog die frische, würzige Luft tief in ihre Lungen ein: Wie gut das nach den langen Monaten in der stinkenden, staubigen Stadt San Francisco tat! Es war hier beinahe so schön wie daheim in der Wetterau.

Über ein Jahr war es her, dass sie das Album vom Lehrer bekommen hatte. Jetzt wollte sie endlich aufschreiben, was sie unterwegs gesehen hatte: Die vielen Menschen in den Straßen von New York. Den Dschungel von Panama. Die Auslagen in den Geschäften von San Francisco. Doch sie wusste nicht recht wie anfangen.

Später kam Benjamin den Weg zum Gasthaus hinauf. Er schleppte einen Fuß hinter sich her, wirkte müde und niedergeschlagen.

„Und? Hast du Schneider getroffen?“, rief sie ihm aufgeregt entgegen. Er schüttelte mürrisch den Kopf: „Nichts. Ich habe überall nach ihm gefragt: Niemand in der ganzen Stadt kann sich auch nur an den Namen erinnern. Es ist, als wäre er niemals hier gewesen.“

Erschöpft ließ er sich auf die Bank neben Luise sinken, achtete aber penibel darauf, das Album und die Stifte nicht zu berühren. Wie eine Grenzmarkierung lag das Schreibzeug zwischen ihnen.

„Hast du etwas aufgeschrieben?“, fragte er und wirkte plötzlich verlegen.

„Eigentlich wollte ich meine Reiseeindrücke notieren. Aber hier gibt es schon wieder so viel Neues zu sehen!“

„Du warst bestimmt eine gute Schülerin“, vermutete er, „ich habe nicht so viel lernen dürfen. In Friedberg bin ich zur Schule bis ich elf war. Dann sind wir dort weg. Als wir endlich in San Francisco ankamen, musste ich dem Vater zur Hand gehen. Da war keine Zeit mehr für Schule. Das Lesen, Schreiben und Rechnen habe ich nur im Geschäft weiter geübt.“

„Und deine Mutter? Was hat sie dazu gesagt?“

„Sie war schon sehr krank, als wir ankamen. Nach ein paar Monaten in San Francisco ist sie elend gestorben. Seitdem ist der Vater mit uns allein.“

„Gott hab sie selig!“, hauchte Luise erschrocken, und schlug sich sofort danach die Hand vor den Mund: „Entschuldige! So sagt man bei euch bestimmt nicht …“

„Schon in Ordnung“, beschwichtigt sie Benjamin, „wir sind Juden, aber wir sprechen deutsch. Ich weiß, was du meinst.“ Für einen Moment saßen sie unbeholfen nebeneinander.

„Du wärst gern noch länger zur Schule gegangen?“, nahm Luise das Gespräch wieder auf. Benjamin seufzte sehnsüchtig: „Mir hat es gefallen. Ich habe so gern in Büchern gelesen! Daheim wäre ich vielleicht in die Realschule gekommen. Und später aufs Lehrerseminar. Es hieß, sie nehmen auch jüdische Schüler.“

„Du wolltest Lehrer werden?“

„Mein Vater hat gesagt, ich soll es mir aus dem Kopf schlagen: Nie im Leben würde ein Pauker aus mir. Schon gar nicht in Kalifornien. Seit vielen Generationen seien die Steins tüchtige Schneider, und das wäre auch für mich gut genug.“

Ein Schneider, dachte Luise. Ausgerechnet.

„Was glaubst du, wo wir noch nach ihm suchen können?“, fragte sie nachdenklich.

„Keine Ahnung“, Benjamin verstand sofort, wen sie meinte, „ich habe hier alles abgeklappert: Hotels, Geschäfte, Banken und Reedereien.“

„Warst du auch bei den Leuten in den Zelten?“

„Die wissen am allerwenigsten. Die meisten bleiben nur für wenige Tage hier. Die Männer besorgen sich in Victoria ihre Ausrüstung und die Lizenz zum Goldschürfen und fahren schnell weiter in die Berge“, überlegte er, „solche Leute verschwenden ihre Zeit und ihr Geld hier bestimmt nicht im Saloon. Das kommt erst später, wenn sie einsam sind und enttäuscht von der Plackerei. Victoria wäre für Schneiders Geschäfte kein gutes Pflaster.“

„Wie meinst du das?“

„Er ist ein Mädchenhalter, das weißt du doch.“

„Ich verstehe es einfach nicht", seufzte Luise, „er hat meinem Vater so viel Geld für mich gegeben. Drei Jahre lang sollte ich für ihn tanzen, und nicht einmal eine Saison lang habe ich ihm etwas eingebracht."

„Wie viel hat er denn für dich gezahlt?", fragte Benjamin, wirkte plötzlich hellwach und interessiert.

„Fünfhundert Gulden, als der Kontrakt geschlossen wurde. Und in zwei Jahren, wenn ich den Vertrag erfüllt habe, würde der Vater noch einmal fünfhundert bekommen."

„Pah! Das sind gerade mal zweihundertfünzig Dollar", Benjamin blies verächtlich seine Backen auf, „den Betrag hat er doch schon nach ein paar Wochen wieder raus, wenn er es schlau anstellt." Er blickte Luise forschend an: „Wie kam es eigentlich dazu, dass ihr Mädchen im letzten Sommer ganz allein unterwegs wart? Ohne Schneider? Du hast es mir nie erzählt."

Ihr wurde heiß und kalt. An Köberer hatte sie schon lange nicht mehr gedacht. Sie hatte insgeheim gehofft, dass alles, was mit ihm zusammenhing, in den Bergen begraben lag.

„Es ging halt nicht anders", murmelte sie leise und abwehrend, „es sollte auch nur für ein paar Wochen sein."

„Er hat euch einfach alleine gelassen", stellte Benjamin fest. Bitter fügte er hinzu: „Und wer weiß, mit wem er inzwischen umherzieht."

Zum ersten Mal beschlich Luise ein blödes Gefühl, fragte sie sich, warum Benjamin so viel über das Geschäft mit den Mädchen wusste. Hatte er am Ende selbst damit zu tun? Diesen bösen Verdacht verscheuchte sie schnell wieder.

„Wenn Schneider uns nicht mehr will, muss er uns freigeben!", erklärte sie und ballte ihre Fäuste, „das werden wir von ihm verlangen, wenn wir ihn finden."

„Hier ist er aber nicht", wendete Benjamin ein.

„Glaubst du, dass er ins Goldgräbergebiet weitergereist ist, wie all die anderen Männer hier?“

„Du meinst ins Cariboo?“, er blitzte sie unternehmungslustig an, „wärst du bereit … würdest du weiter versuchen, ihn zu finden? Auch wenn wir dafür in die Berge fahren müssen?“

„Ist es weit?“

„Man fährt mit einem Raddampfer bis nach New Westminster oder Yale“, Benjamin kannte sich mit den Reiseverbindungen offenbar bereits aus, „das dauert zwei oder drei Tage. Weiter kommt man auf dem Wasser nicht. Nicht einmal die Indianer können die wilden Schluchten und Wasserfälle des Fraser in ihren Kanus bezwingen.“

„Muss man denn noch weiter ins Land hinein?“

„Es ist von Yale aus leider noch ein ganzes Stück ins Cariboo. Früher sind sie zu Fuß marschiert oder auf Maultieren geritten; eine Zeitlang haben sie es sogar mit Kamelen versucht. Aber jetzt gibt es eine neue Straße, die direkt am Fluss entlangführt. Kutschen verkehren regelmäßig darauf.“ Benjamin geriet ins Schwärmen: „Diese *Great Wagon Road* soll eine Art Weltwunder sein. Erst vor zwei Jahren wurde der Bau begonnen, und jeden Monat kommt die Straße weiter voran. Wenn sie fertig ist, kann man darauf bis zur tollsten Stadt der Welt fahren: nach Barkerville!“

„So eine weite Reise können wir uns bestimmt nicht leisten“, wandte Luise niedergeschlagen ein.

„Keine Sorge. Mein Vater hat mir genug Geld mitgegeben. Ich würde euch selbstverständlich begleiten.“

„Das würdest du tun?“, sie sah ihn mit großen Augen an.

„Ich stehe euch bei, bis ich euch dem Schutz eures Vormunds unterstellen kann“, erklärte er galant.

Im selben Moment wurde die Tür des Gasthauses von innen

aufgestoßen. Tesi kam heraus. „Da seid ihr ja", sagte sie vorwurfsvoll, setzte sich zwischen sie auf die Bank und schmiegte sich wie ein kleines Tier an Luise.

Wenige Tage später waren sie aufgebrochen. Es war so drangvoll eng auf dem Deck des Dampfers, dass die Mädchen kaum Platz fanden. Zeitweise wirkte das Schiff völlig überladen und drohte zu kippen. Luise hatte im Dorfteich von Langenhain nur ein paar Züge schwimmen gelernt, und Tesi konnte es bestimmt noch weniger. Sie versuchte, nicht daran zu denken.

Einmal gerieten sie auf hoher See in eine bedrohliche Schräglage. „Delfine", schrie aufgeregt ein kleiner Junge und wies mit seinem ausgestreckten Arm auf die riesige Wasserfläche. Dutzende Passagiere sprangen auf und liefen zur Reling.

Erst ragten nur spitze, nach oben aufgerichteten Flossen aus dem Meer. Dann sprangen riesige Fische – oder waren es Vögel? – in die Luft und tauchten Sekunden später wieder unter. Sie waren so groß wie Pferde und bewegten sich im perfekten Gleichklang. Drei, vier, fünf und schließlich ein Dutzend der schwarz-weiß gezeichneten Tiere führten einen beglückenden Tanz vor ihren Augen auf und schienen dabei zu grinsen. Luise war gleichzeitig zum Lachen und zum Weinen zumute.

„Hinsetzen! Sofort!", brüllte ein Decksoffizier. Erst jetzt bemerkten viele, dass das Schiff kurz vor dem Kentern war und rannten kopflos hin und her. Schon schwappte eine erste Welle über Deck und verwandelte die Schiffsplanken in eine spiegelglatte Rutschbahn. Verzweifelt klammerte sich Luise an einem Geländer fest. Ihr Rock war klitschnass.

Nur ganz allmählich ließ das Schaukeln nach, beruhigten sich auch die Passagiere. Stumm und ernst blieben sie von nun an auf ihren Plätzen sitzen, bis sie am Abend in New Westminster anlegten. Von dieser Stadt sah man nur einige Gebäude unter hohen Bäumen. Kaum jemand ging hier von Bord.

Am zweiten Tag stampften sie auf einem breiten, durch die märchenhafte Wildnis mäandernden Strom in Richtung Yale weiter. Außer Luise und Tesi waren nur wenige Frauen an Bord. Die Männer sprachen viel über die Gefahren durch Indianer in der Region. Erst vor kurzem hatte eine Gruppe von Chilcotin (Tsilhqot'in) ein britisches Straßenbau-Camp überfallen und Dutzende Arbeiter getötet.

„In New Westminster stellen sie jetzt eine bewaffnete Truppe zusammen. Alles Amerikaner", wusste ein rotbärtiger Ire, „sollen Jagd auf Eingeborene machen."

„Ist aber gefährlich in den Wäldern", entgegnete ein Anderer, „wenn du dich verläufst, ist es aus mit dir." Luise war froh, dass Tesi von diesen Gesprächen nicht viel verstand.

In Yale war ihre Schiffsreise zu Ende. Schroffe Berge ragten direkt hinter dem Städtchen auf. Benjamin gab ein halbes Vermögen für ihre Weiterfahrt mit einer Kutsche von *Barnard Express* aus, und nahm doch in Kauf, die meiste Zeit auf dem Trittbrett zu stehen oder neben der Kutsche herzulaufen.

Nach ihrem Gespräch in Victoria hatte Luise kaum noch ein ruhiges Wort mit ihm wechseln können. Einmal lag sie auf dem Fußboden eines Rasthauses in eine Decke gewickelt und wartete auf den Schlaf, als sie spürte, wie er in ihre Nähe rückte. Es war stockdunkel, aber sie zweifelte keinen Augenblick, dass es Benjamins Atem war, der über ihr Ohr und die Wange strich. Seine Hand tastete sich von ihrem Oberarm langsam weiter abwärts, zur Hüfte und zu den Schenkeln hinunter. Etwas wühlte in ihrem Bauch. Es war wie damals, als Elisa ihr den Arm um die Schulter gelegt hatte, schön und warm.

Doch dann war da plötzlich wieder der dicke Wirt, der sich an ihr zu schaffen machte. Benjamins erregter Atem klang wie das gierige Schnaufen des Rotgesichtigen. Die Angst, der Schmerz und die Scham in der schmuddeligen Kammer der *Crib* – sie spürte alles, als wäre es gestern gewesen.

Luise erstarrte. Mit letzter Kraft schob sie Benjamins Hand weg.

„Was ist denn?", raunte dieser enttäuscht, „du hast es mir doch versprochen. Und andere durften auch."

Sie wendete ihm ihren Rücken zu, zog die Knie hoch, schlang ihre Knie darum und unterdrückte ein Schluchzen. Ihre Tränen sollte er nicht sehen, sie jetzt nicht auch noch trösten.

Ganz still lagen sie eine Weile nebeneinander. Als seine Atemzüge ruhiger und tiefer wurden, begannen ihre Gedanken zu rasen.

Warum? fragte sie sich voller Schuldgefühle. Sie mochte ihn. Er machte ihr zuliebe diese ganze, mühselige Reise mit. Hatte er wirklich kein Recht darauf? Schuldete sie ihm nicht jedenfalls das, was sich der Wirt in San Francisco brutal genommen hatte, und all die anderen Burschen für einen Dollar von ihr bekamen?

So sehr sie sich darüber auch das Gehirn zermarterte: Es gab kein Zurück. Und das tat ihr zum ersten Mal richtig weh.

Bevor sie an diesem Morgen losfuhren, verkündete der Kutscher mit schnarrender Stimme: „Heute kommen wir bis nach Soda Creek. Dort könnt ihr Rast machen. Morgen besteigt ihr in der Frühe den Raddampfer nach Quesnelmouth." Den letzten Teil ihres Weges ins Williams Creek würden sie auf dem Rücken von Maultieren bewältigen.

Abends am Feuer hatten die jungen Männer schon oft mit glänzenden Augen über die Goldmengen gesprochen, die in diesem hoch gelegenen Flusstal zu finden seien. Und sie schwärmten von Barkerville, der Hauptstadt des Williams Creek und des gesamten Cariboo: In den Saloons dort gehe es so toll zu wie nirgendwo sonst in der Neuen Welt.

Eine golden funkelnde Stadt, die aus den dunklen Wäldern emporragt, stellt Luise sich vor: mit Straßenlaternen, eleganten Kutschen und feinen Geschäften wie in San Francisco.

Drei Tage lang hocken sie zum Schluss auf den Rücken von Maultieren, die in einer langen Kolonne in die Berge hinaufklettern. Wenn ihre Oberschenkel allzu sehr schmerzen, steigt sie ab, um eine Weile neben den Reittieren zu laufen. Auf schmalen, wild überwucherten Pfaden kraxelt sie über abgebrochene Äste und schartige Felsbrocken. Einmal sieht sie ein totes Pferd im Gebüsch liegen. Schwärme von fetten Fliegen umschwirren den Kadaver.

Erschöpft stolpert sie am fünfzehnten Tag ihrer Reise auf einem schlammigen Fahrweg an ein paar baufälligen Hütten und Holzhäusern vorbei.

„Barkerville!" Der Maultierführer bringt seine Herde zum Stehen und deutet mit einer großen Geste auf die trostlose Siedlung. *Barnards Express Stage Office* steht auf einem Schild. Eine grob getischlerte Treppe führt zu der Blockhütte hinauf. Männer lungern auf dem erhöhten Fußsteig herum und starren die Neuankömmlinge neugierig an. Auf der anderen Straßenseite stürzt der Fahrweg in einen Graben voller Geröll ab. Unbehauene Feldsteine wurden zu einem Haufen aufgetürmt, Hunde streunen zwischen den Gebäuden herum.

„Das hier ist unsere Hauptstraße!" Der Maultierführer preist die Siedlung an wie ein Marktschreier: „Hier bekommt man alles, was es sonst nur in Victoria gibt! Die Saloons führen feinste Tabakwaren und eine große Auswahl von Branntweinen!“

Gleich hinter den Häusern ziehen sich steile Berghänge in die Höhe. Kaum ein Baum steht noch darauf. Bis auf einzelne, dürre Stümpfe ist alles abgeholzt.

„Das hier soll Barkerville sein?“, fragt Luise ungläubig. Sie ist maßlos enttäuscht: „Wir haben diese weite Reise gemacht, um hierher zu kommen?“

Niemals im Leben würde Schneider in diesem dreckigen Kaff anzutreffen sein, das ist ihr sofort klar. Da hätte er es sogar daheim in der Wetterau schöner. Der Nieselregen setzt wieder ein und legt einen gnädigen Schleier über die Einöde.

„Warte erst einmal ab“, sagt Benjamin und klingt dabei etwas ratlos. Er hat sich in den letzten Tagen von den Mädchen ferngehalten, doch jetzt stehen sie zu dritt auf dem schlammigen Fahrweg, während die anderen Reisenden sich schon zerstreut haben. Auch ihm ist sein Entsetzen anzusehen.

„Wenn morgen früh die Sonne scheint, schauen wir uns den Ort in Ruhe an“, versucht er Luise zu beschwichtigen, „jetzt besorge ich uns erst einmal eine schöne Unterkunft!“

Fünfunddreißigstes Kapitel

Der Mond klettert erst am späten Abend über den Berghang und taucht die karge Einrichtung der Kammer in sein kaltes Licht. Alles wirkt seltsam unwirklich. In der Ecke bietet ein schlichter Kasten Platz für die wenigen Habseligkeiten der Mädchen. Daneben steht der Stuhl, auf dem sie ihre Kleider abgelegt haben. Wenn sie sich waschen wollen, müssen sie einen Zuber benutzen. Er steht auf dem Hof, über den die Männer zum Abort gehen.

Von unten aus der Stube dringen Stimmen herauf. Das Klirren der Gläser, das Lachen und Grölen ist so laut, als säße Luise direkt bei den Männern am Tisch. Manchmal kann sie Benjamin hören.

Es ist schon ihre zweite Nacht hier, aber sie kann nicht einschlafen. Sachte stupst sie Tesi an. „Bist du wach?", fragt sie flüsternd, „stört dich der Lärm auch so?" Doch die Andere seufzt nur einmal tief auf, wendet sich auf die andere Seite und schläft weiter.

Luise legt eine Hand auf ihre linke Brust. Ihr Herz klopft. Sie schiebt ihre Finger noch etwas weiter herunter, bis zum Nabel. Und noch tiefer. Etwas hat sich dort unten verändert, und das macht ihr Angst.

An dem Tag, an dem sie aus der *Crib* fortging, hat es endlich aufgehört zu bluten. Anfangs war sie froh, dass sie sich nicht mehr mit dem harten, blutverkrusteten Tuch zwischen den Beinen herumschlagen musste. Doch inzwischen sind viele Wochen vergangen, und es ist nicht wiedergekommen. Ist ihr etwa am Ende noch ein Missgeschick widerfahren?

Ein gefallenes Mädchen kann niemals sicher sein. Seit einigen Tagen muss sie fast ständig daran denken. Im Ort hat sie ein Schild mit der Aufschrift *Drugstore* gesehen. Ob man ihr dort helfen könnte? Ob es hier eine Hebamme gibt? So verhasst ihr die Österreicherin in San Francisco war: Dieses Weib wüsste jetzt bestimmt Rat.

Den Hauswirt, der ihnen die Kammer hier vermietet hat, kann sie nicht fragen. Sie haben ihn bisher nur einmal gesehen. Er scheint irgendwo anders zu wohnen.

Am Vormittag ist sie ganz allein in dem Städtchen herumspaziert. Tatsächlich war der Himmel makellos blau. Die trostlose Ansammlung von hastig zusammengenagelten Behausungen wirkte im grellen Sonnenlicht aber kein bisschen einladender als bei ihrer Ankunft im Nieselregen.

Hier konnte Benjamin ihr nicht verbieten, auf eigene Faust herumzulaufen. Was sollte ihr schon passieren?

Die so genannte Hauptstraße von Barkerville war nicht mehr als ein schlammiger Maultierpfad, an dem sich Gaststätten, Hotels, Werkstätten und Einkaufsläden aneinanderreihten. Auf der einen Seite des Ortes gelangte man schon nach wenigen Schritten zum Flussufer, auf der anderen stieg der Berghang an. Die wenigen Querstraßen endeten meist schon nach zwei oder drei Häusern.

Kaufleute traten wie zufällig vor ihre Häuser, starrten dem blondgelockten Mädchen neugierig nach oder machten anzügliche Bemerkungen. Manche versuchten, mit einem Pfiff auf sich aufmerksam zu machen. Wenn sie es wagte, sich umzusehen, entdeckte sie unter den Barbieren, Werkzeugmachern und Hufschmieden auch einige Schwarze.

Es dauerte kaum zehn Minuten, ganz Barkerville abzuschreiten. In Richtung Norden gelangte man bald nach Richfield und im Süden nach Cameronton. Beide Orte lagen nicht mehr als eine halbe Stunde Fußmarsch entfernt. Doch bevor

Luise sich auf den Weg in eins dieser Städtchen machen konnte, fielen ihr am Ortsausgang von Barkerville die Hütten mit den fremdartigen Schriftzeichen auf.

Chinamänner. Sie hatte schon unterwegs welche gesehen. Viele waren beim Straßenbau verdingt, wurden von britischen Vorarbeitern dazu angetrieben, mit ihren Pickeln und Schaufeln auf die Erde einzuhacken. Mitreisende hatten erzählt, dass chinesische Händler ihre Landsleute im Cariboo mit Lebensmitteln und Hausrat versorgten.

Die Männer mit den langen, schwarzen Zöpfen und den schillernden Gewändern waren Luise in San Francisco stets unheimlich gewesen. Wenn einer von ihnen ohne einen Stapel frischer Wäsche in der *Crib* auftauchte, bedeutete das nie etwas Gutes.

Neugierig lugte sie durch eine offene Tür ins Innere einer Holzhütte. Sofort kam eine schlitzäugige Alte hervor und wedelte mit den Händen. Aus ihrem offenen Mund ragte ein Zahnstummel. Luise schaute schnell weg und beschleunigte ihren Schritt, doch hinter sich hörte sie eine dünne Stimme: „Come in. Look, look."

Zögernd drehte sie sich um. Die Alte lächelte sie strahlend an und winkte sie herbei. Es hätte sich nicht geschickt, ihre Einladung auszuschlagen.

Mit klopfendem Herzen folgte Luise ihr in die Hütte, musste sich drinnen erst an die Dunkelheit gewöhnen. Schemenhaft erkannte sie einen Tisch, der ihr kaum bis zu den Knien reichte, ein paar Kissen als Sitzgelegenheiten und ein Herdfeuer in der Ecke.

„Sit down!", die Alte deutete auf den Fußboden. An einer Wand standen mehrere Kinder reglos aufgereiht und starrten sie schweigend an.

„Tea!“, verkündete die Chinesin und stellte eine dünne, dampfende Porzellantasse vor Luise auf den niedrigen Tisch. Vorsichtig kostete sie davon.

Das Getränk schmeckte köstlich. In Luises Nase stiegen exotische Duftnoten auf, wie damals im Hafen von Hamburg. Dennoch war ihr unbehaglich, linste sie immer wieder zum Ausgang: Ob sie hier jemals wieder herauskommen würde?

„Beautiful“, bewunderte ihre Gastgeberin sie und tätschelte Luises Wange, „so white!“

Luise nickte verlegen.

„Meal!“, mit flinken Händen machte sich die Alte am Herdfeuer zu schaffen und stellte schon bald eine Schüssel Reis auf den Tisch. Woher wusste sie, dass Luise schrecklichen Hunger hatte? In Windeseile verteilte sie ein halbes Dutzend kleinere Schälchen darum herum: winzige, kross gebratene Fleischstückchen, fein geschnittene Zwiebelringe, ein dunkelgrünes Blattgemüse und etwas Rotes, das Luise noch nie gesehen hatte.

Sie wusste, dass Chinesen mit Stäbchen essen. Wie sollte es ihr gelingen, einzelne Reiskörner ohne Besteck in ihren Mund zu befördern? Als könnte sie Gedanken lesen, begann die Alte in ihrer Küchenecke herumzukramen und förderte eine verbogene Blechgabel zutage. „For you! Eat! Eat!“

Und Luise aß. Noch nie im Leben hatte sie etwas so Köstliches zu sich genommen wie diesen dampfenden Reis mit den Zutaten, die abwechselnd scharf, sauer, süß oder einfach nur lecker schmeckten.

„Where from?“, fragte die Alte – woher bist du?

„San Francisco.“

Die Chinesin erstrahlte. „Me too!“ – ich auch. Stolz zeigte sie auf die Kinder, die noch immer stumm an der Wand standen: „My grandchildren!“

Ihre Enkel, dachte Luise. Wo wohl deren Eltern waren? Arbeitete der Vater in einer Goldmine? Und seine Frau?

Brav warteten die Jungen und Mädchen, bis Luise aufgegessen hatte und sich mit einem glücklichen Seufzer den Mund abwischte. Danach trat ein Kind nach dem anderen zu ihr an den Tisch, berührte ihr Haar und ihre Haut und lief leise kichernd zurück zu den Anderen.

Luise war die Situation unangenehm. Hastig versuchte sie aufzustehen, doch beim ersten Versuch sackten ihr die Beine weg. Alle Gliedmaßen taten von der ungewohnten Sitzhaltung weh. „Dankeschön", stammelte sie unbeholfen, nachdem sie auf die Beine gekommen war und floh durch die offene Tür nach draußen.

Ihre Gastgeberin tippelte ein paar Schritte hinter ihr her und verbeugte sich tief. Die Kinder folgten ihr noch etwas länger und winkten ihr fröhlich plappernd nach.

Auf dem Heimweg rumpelten die fremden Speisen in ihrem Bauch. Aber viel mehr beschäftigten sie ihre Sorgen und Gedanken.

Barkerville. Sie konnte die Enttäuschung über diesen schäbigen Ort nicht verwinden und sich auch nicht vorstellen, dass Schneider hier irgendwo war.

Für ein paar Wochen hatte sie wieder Hoffnung gehabt. Alles schien möglich, nachdem Benjamin ihre Reise in die Hand genommen hatte. Sie hätte ihn nicht zurückweisen dürfen, als er neben ihr auf dem Boden der Blockhütte lag, das hat sie seitdem schon so oft gedacht.

Aber es war einfach passiert. Jetzt würde er bestimmt bald zurück zu seinem Vater fahren. Und sie müsste zusehen, wie sie mit Tesi in Barkerville klarkommt.

Luise mag gar nicht daran denken, dass sie vielleicht im Unglück war.

Jetzt liegt sie schlaflos auf ihrem Lager. Wieder fällt ihr ein, was die Amerikanerin am Brunnen gesagt hat: Du musst nur einen Schritt nach dem anderen gehen, dann kommst du schon an dein Ziel.

Luise seufzt auf. Gleich morgen früh wird sie im Williams Creek nach Arbeit für ein oder zwei Mädchen herumfragen, notfalls gegen Kost und Logis.

Leise steht sie auf, zieht sich ihren Rock und die Bluse über und schlingt das wollene Umschlagtuch um die Schultern. In der Stube grölen die Männer so laut, dass sie es nicht hören werden, wenn sie die Treppe hinunterschleicht.

Sie weiß selbst nicht, wo sie zu dieser späten Stunde hin will. Aber sie hält es neben der selig schlummernden Tesi einfach nicht länger aus.

Sechsunddreißigstes Kapitel

Kaum hat sie die Tür einen Spaltbreit geöffnet, springt Benjamin auf und läuft auf sie zu. „Was willst du denn hier?“, fragt er ruppig, „hier unten hat eine junge Dame am Abend nichts verloren!“

„Ich kann nicht schlafen“, klagt Luise, „es ist so lärmig im ganzen Haus!“

„Die Burschen haben halt ihren Spaß“, lenkt er entschuldigend ein, „ich kann es nicht ändern. Ich hätte aber auch etwas mit dir zu besprechen. Wenn du schon mal hier bist.“

„Sollen wir nach draußen gehen? Hier drinnen haben wir keine Ruhe.“

„Puuuh!“, bibbert Benjamin theatralisch, „viel zu kalt! Hast du vergessen, dass wir in den Bergen sind?“ Doch dann packt er sie sanft bei einer Schulter und schiebt sie vor die Tür.

Der Fahrweg zwischen den Holzhütten wird vom Mond nur spärlich beleuchtet. Straßenlaternen gibt es genauso wenig wie eine Bank, auf der sie Platz nehmen könnten. Luise wischt mit den Händen etwas Schmutz vom Fußsteig und lässt sich darauf nieder. Ihre Beine hängen so weit herab, dass ihre Zehenspitzen den Fahrweg berühren. Benjamin setzt sich umständlich und steif neben sie.

„Ich habe natürlich überall nach Schneider gefragt“, beginnt er.

„Ich kann mir schon denken, dass er nicht hier ist“, fällt sie ihm ins Wort, „ich habe im ganzen Ort kaum Deutsche gesehen. Aber weißt du, was ich erlebt habe? Ich war bei einer chinesischen Familie zu Gast, habe von ihren Speisen gekostet!“

„Ich wollte mit dir eigentlich besprechen, wie es jetzt weitergeht“, sagt er bedrückt.

„Ich kann es mir schon denken: Du musst zurück. Den ganzen weiten Weg über Victoria nach San Francisco."

Er seufzt und antwortet nicht.

„Wir werden schon klarkommen!", sie versucht, zuversichtlicher zu klingen als ihr zumute ist, „tüchtige Dienstmägde werden überall gebraucht."

„Ich lasse euch bestimmt nicht allein hier!", entgegnet er entrüstet.

„Benjamin! Du musst wieder zu deinem Vater!"

„Ach der", sagt er wegwerfend, „der Alte kann warten. Ich könnte die Rückfahrt sowieso nicht bezahlen."

„Du hast nicht mehr genug Geld?", fragt Luise erschrocken. Er zieht nur die Schultern hoch und vergräbt seine Hände in den Hosentaschen.

„Du könntest bis Yale zu Fuß laufen. Wir haben unterwegs manchmal Wanderer gesehen."

„Viel zu gefährlich", wehrt er ab, „schon allein wegen der wilden Tiere. Ich müsste jede Nacht in einem Gasthaus schlafen. Meine restlichen Dollar reichen dafür nicht aus."

„Aber das hast du doch vorher gewusst!", wendet Luise bestürzt ein, „warum haben wir dann in Yale den teuren Express genommen? Warum hast du nicht genug Geld für die Rückfahrt zurückbehalten?"

Er steht auf, reckt sich und zögert, bevor er ihr direkt in die Augen sieht: „Willst du wirklich die Wahrheit wissen?"

Sie nickt beklommen.

„Also gut", er holt Luft, „erstens: Mein Vater hat mir keinen einzigen Cent gegeben. Er weiß überhaupt nichts von dieser Reise."

„Liegt es an mir? Weil ich ein gefallenes Mädchen bin?", fragt Luise schuldbewusst.

„Nein, eigentlich nicht. Aber irgendwie schon", windet sich

Benjamin, „weißt du, nachdem du das erste Mal bei uns im Laden warst, hat er gesagt, dass du sehr ansehnlich und bestimmt auch tüchtig und nett bist. Aber ich soll die Finger von dir lassen. Kein Mädchen könne in San Francisco lange unschuldig bleiben."

„Stimmt ja auch", räumt sie beschämt ein.

„Aber was bleibt euch denn anderes übrig, wenn ihr allein in der Fremde seid?", fragt Benjamin zornig, „das hat sogar mein Vater verstanden. Deshalb war er auch bereit, dir zu helfen und hat mit dem Konsul gesprochen. Aber mir wollte er verbieten, dich noch einmal wiederzusehen. Er meinte, dass ich mit so einer niemals glücklich werde."

„Und du hast nicht auf ihn gehört?"

„Ich wollte mit dir zusammen sein. Und das will ich noch immer! Ich habe versucht, ihm zu erklären, dass es mir egal ist, woher du kommst. Oder was du bisher gemacht hast. Genau deshalb sind wir ja in Amerika: Weil hier jeder neu anfangen kann, auch jedes Frauenzimmer!", er seufzt, „mein alter Herr ist stur geblieben. Ich soll mir die Sache ein für alle Mal aus dem Kopf schlagen, hat er immer wieder gesagt."

„Er hat dir das Reisegeld gar nicht gegeben?", fragt Luise verwirrt.

„Das ist es, was ich dir zweitens sagen wollte." Benjamins Stimme wackelt.

„Woher hast du es dann? Von deinen Brüdern?"

„Nein, niemand aus meiner Familie."

„Wer dann?"

„Wenn du es wirklich wissen willst: Du erinnerst dich doch an seine Exzellenz …"

„Der Konsul?", staunt Luise. Dann erinnert sie sich, dass auf dem Messingschild an seinem Kontor etwas von Geldgeschäften stand. „Aber du musst ihm bestimmt hohe Zinsen bezahlen?"

„Also, das Geld kam nicht direkt von ihm selbst ... Er hat gesagt, es ist von einem Geschäftsfreund. Der gibt es mir unter einer Bedingung."

„Und die lautete?"

„Ich sollte euch beide nach Britisch Kolumbien begleiten. Damit ihr wohlbehalten ankommt." Er zögert. „Ich weiß nicht genau, warum .... es gibt nicht viele deutsche Tanzmädchen, die bereit sind, aus Kalifornien wegzugehen. Aber hier, in den Goldgräbergebieten, werdet ihr dringend gebraucht."

„Und du hast gedacht, dass wir Schneider hier finden können", überlegt Luise.

„Na ja", brummelt Benjamin verlegen.

„Was heißt das?", fragt sie alarmiert.

„Der Konsul hat sich in San Francisco erkundigt. Dein Schneider hat dort nicht den besten Ruf. Er hat wohl alles beim Spiel verloren und Schulden gemacht. Niemand weiß genau, wo er jetzt ist, und ob er nicht längst einen anderen Namen hat."

„Phhh!", Luise atmet hörbar aus, „dann können wir ihn ja lange suchen! Warum haben wir dann diese weite Reise gemacht?"

„Das ist es ja, worüber ich drittens mit dir reden wollte", Benjamin wirkt kleinlaut, „der Konsul hat mir nämlich eine Adresse mitgegeben. Vom *Fashion Saloon*, hier oben in Barkerville. Ich soll mich dort melden, sobald wir angekommen sind."

Luise schluckt. Die böse Ahnung, die sie schon einmal beschlich, steigt plötzlich wieder in ihr auf: Hat dieser Bursche etwa selbst mit den Geschäften der Mädchenhalter zu tun?

„Und? Warst du schon da?", fragt sie mit klopfendem Herzen.

„Gleich heute morgen. Ich habe lange mit dem Wirt gesprochen. Garry ist ein netter Kerl. Er hat mir berichtet, dass diesen Sommer Tausende Goldgräber hier heraufgekommen sind.

Die Meisten sind früher oder später enttäuscht, weil ihre *Company* kein Gold findet und sie nur ganz wenig verdienen. Abends sitzen sie bei ihm, betrinken sich und haben Sehnsucht nach einem Mädchen."

„Dann müssen sie halt zu einem Tanzabend gehen. Die werden ja hier überall angepriesen."

„Im *Fashion Saloon* spielen fast jeden Abend zwei Geiger auf. Garry hat es aber allmählich satt, sich anzusehen, wie Männer ihre Tanzrunden miteinander drehen. Ihr könntet sofort anfangen."

„Was heißt das denn?"

„Als Tanzmädchen, was sonst!" Er atmet erleichtert aus. „Jetzt weißt du Bescheid! Wenn du magst, können wir gleich hingehen und uns den Laden ansehen. Ich glaube, Garry hat noch auf."

Plötzlich sind die Bauchkrämpfe wieder da, die Luise schon schmerzlich vermisst hat. Sie verschränkt ihre Arme über der Brust, senkt ihren Kopf auf den Schoß und wartet die nächste Welle ab.

Schon wieder schießen ihr Tränen in die Augen.

Dass sie wieder tanzen gehen soll, ist nicht das Schlimmste. Sie hat es ja gewusst. Auch Schneider hätte sie dafür vermietet.

Aber diesmal ist es Benjamin, der sie in den Saloon schickt. Derselbe Benjamin, der ihr eine feurige Rede über Ausbeutung und Freiheit gehalten hat.

„Denk dir nichts dabei", versucht er sie zu beruhigen, als er ihre Bestürzung bemerkt, „es geht wirklich nur ums Tanzen. Wir sind hier in einer britischen Kolonie. Die Engländer achten auf Sitte und Anstand. Hier kommen ehrbare Handwerker und Arbeiter her und keine Halunken oder entlaufenen Sträflinge wie in Kalifornien."

„Und wenn ich nicht will?", Luise stößt ihre Fußspitzen zornig auf den Fahrweg und richtet sich auf, „du kannst es mir nicht befehlen. Bestimmt gibt es hier auch andere Arbeit. Für die Wäsche oder in einer Küche. Gleich morgen früh gehe ich auf die Suche."

„Im Saloon verdienst du viel besser", wendet er ein, „es wäre doch nur für zwei Monate. Dann ist die Saison vorbei."

„Was hast du diesem Garry eigentlich erzählt?", argwöhnt sie, „was glaubt er, warum wir hierhergekommen sind?"

„Das hat ihn nicht weiter interessiert."

„Hast du so getan als wärst du unser Mädchenhalter?"

„Nach außen mag es so aussehen. Aber wir drei können das untereinander doch ganz anders regeln."

Und endlich wird sie richtig wütend.

„Du hast es gewusst!", sie erhebt ihre Stimme und starrt Benjamin empört an, „du hast von Anfang an nichts anderes vorgehabt! Du willst uns an diesen Saloon vermieten wie all die anderen Kerle!" Scharf zieht sie die Luft ein, springt auf und läuft ein paar Schritte weg. Doch dann hört sie ihn hinter sich antworten und bleibt stehen.

„Ach Luise", sagt er leise und unglücklich, „so einfach ist das nicht. Ganz Britisch Kolumbien ist ein einziges Goldgräberland. Wir hätten an Dutzenden Orten nach deinem Schneider fragen können und hätten ihn doch nicht gefunden. Da habe ich mir gedacht: Wir fahren besser direkt nach Barkerville."

„Aber du hast uns belogen! Hast mir einreden wollen, dass du es toll findest, wenn wir Mädchen uns von unserem Dienstherrn freimachen. Dabei bist du selbst nicht besser!"

Benjamin steht auf und tritt auf Luise zu.

„Was hätte ich denn tun sollen?", fragt er ruhig mit einer vor Wut verdunkelten Stimme, „wenn ich auf meinen Vater gehört hätte, säßest du noch immer in dieser elenden *Crib* fest! Und deine heiß geliebte Tesi hättest du nie wiedergesehen!"

Sie friert. Plötzlich spürt sie, wie kalt es ist.

„Und? Was geht es dich an?", fragt sie mürrisch.

„Luise! Du hast mich um Hilfe gebeten! Und ich habe es gerne getan."

„Aber du hast alles nur schlimmer gemacht. Jetzt sitzen wir in diesem dreckigen Kaff und du willst uns zwingen, zum Tanzen in den Saloon zu gehen."

„Ich zwinge niemanden. Wenn du nicht willst, erkläre ich es Garry schon irgendwie."

Luise schweigt.

„Wegen neulich Nacht", hebt er jetzt noch einmal an, „es tut mir übrigens leid. Ich weiß, dass du ein anständiges Mädchen bist. Es wird nicht wieder vorkommen."

Zornig starrt sie die dunkle Hauptstraße hinunter, fixiert einen Punkt in der Ferne. „Kommt ja bei einer wie mir nicht mehr darauf an", sagt sie leise und traurig.

„Glaub mir, ich habe das alles so wenig gewollt wie du", er klingt beinahe flehentlich, „als wir uns kennengelernt haben, vor fast einem Jahr, habe ich dir die Wahrheit gesagt: Dass ich eine Frau suche. Eine, mit der ich eine Familie gründen und ein Geschäft aufmachen kann. Wenn du damals ja gesagt hättest, säßen wir jetzt nicht hier."

„Aber ich durfte nicht!"

„Ich habe mich ja auch damit abgefunden. Erst als wir uns wiedertrafen, vor dem Postamt in San Francisco, habe ich gemerkt: Ich will dich wirklich. Dich und keine andere. Den ganzen Winter habe ich dich in San Francisco gesucht. Ein paar Mal habe ich mich sogar meinen Brüdern angeschlossen, wenn sie zum Trinken und Huren an die *Barbary Coast* zogen.

Bis mir klar wurde, dass ich dich so niemals finden werde."

Sie zieht das Wolltuch fester um ihre Schultern. Benjamin vergräbt seine Fäuste wieder in den Hosentaschen, und geht ein paar Schritte um sie herum: „Zum Glück kamst du dann zu uns ins Geschäft, und den Rest der Geschichte kennst du."

Sie nickt fast unmerklich.

„Und anscheinend redest du noch mit mir."

Für einen Augenblick sieht er beinahe glücklich aus.

Siebenunddreißigstes Kapitel

Richtig gekleidet, um sich im *Fashion Saloon* vorzustellen, fühlt sich Luise nicht. Sie ist nur notdürftig frisiert, hat weder Puder noch Schminke im Gesicht und ihre Füße stecken noch immer in ihren alten Mädchenschuhen.

Doch als sie am Morgen die Augen aufschlug, war ihr klar, dass sie keine Wahl hat. Selbst wenn sie in Barkerville eine andere Anstellung fände: Für sie alle drei würde ihr Lohn als Wäscherin oder Küchenhilfe nicht ausreichen. Und wenn sie aus diesem Dreckskaff irgendwann wieder fort will, muss sie viel Geld verdienen.

„Mach dir keine Sorgen", sagt Benjamin, als sie unglücklich an ihrer Kleidung und ihrem Haar herumzupft, „du bist ein Mädchen, und davon gibt es hier oben nicht viele. Die Männer sind selbst dreckig und zerlumpt und wollen mit dir trinken und tanzen. Es kommt nicht darauf an, dass du toll herausgeputzt bist. Sie freuen sich einfach, wenn sie sich mit einem weiblichen Wesen im Kreis drehen dürfen."

Auf der so genannten Hauptstraße kommt ihnen eine Gruppe seltsamer Gestalten entgegen. Unten herum tragen sie derbe Beinkleider und Stiefel. An ihren Oberkörpern aber zeichnen sich weibliche Rundungen unter feinen Blusen ab, und um ihre Hälse flattern bunte Tücher und Federboas.

Laut und mit hohen Stimmen quittieren sie allerlei Scherze mit schrillem Gelächter. Sie helfen einander, den Fußsteig zu erklimmen, und bleiben oben erst einmal schwatzend stehen. Ein Stück Kautabak fliegt im hohen Bogen durch die Luft, landet direkt vor Luises Füßen. Sie kann dem schleimigen gelbbraunen Brocken gerade noch ausweichen. Erschrocken blickt sie zu der Gruppe hinüber, aus der das Geschoss kam: Direkt über den Mannweibern hängt ein Schild vom Dachfirst, auf dem in großen Buchstaben *Parlor Saloon* steht.

Sie läuft puterrot an.

„Was ist das für ein Haus?“, fragt sie Benjamin verlegen.

„Ich weiß nicht. In San Francisco ist ein *Parlor* … na, du weißt schon.“

„Aber du hast doch gesagt, dass wir hier in einer britischen Kolonie sind. Wo es sittsam und ordentlich zugeht.“

„Alles hat seine Grenzen“, erwidert er ärgerlich, „die Goldgräberei ist hart. Und Männer haben auch mal Bedürfnisse.“

Wenig später treten sie durch die Tür des *Fashion Saloon.* In der unscheinbaren Bretterbude eröffnen sich drei kleine Räume. Vorne, in der Gaststube kann kaum ein Dutzend Männer beieinanderstehen und trinken. Die dahinterliegende Kammer wird fast vollständig von einem Billardtisch ausgefüllt. In einem dritten Raum gibt es zwei Tische für Kartenspiele.

Aber wo ist hier Platz für eine Musikkapelle und für das Tanzvergnügen, das eine handgemalte Reklametafel für jeden Abend der Woche verspricht?

„Ganz einfach“, grinst der Wirt, ein fast kahlköpfiger Mann, der seine wenigen, dunkelblonden Haare sorgfältig quer über die Glatze gelegt hat, „meine irischen Fiddler machen sich dünn und dürfen dafür bei mir frei saufen. Wenn getanzt wird, rücken eben alle ein bisschen zusammen.“ Erst nachdem er ein paar Gläser gespült und sich die Hände an seiner Schürze abgetrocknet hat, schaut er Luise an.

„Ich heiße übrigens Garry“, stellt er sich vor, „bin in Dänemark geboren.“

„Luise“, antwortet diese brav, „aus Hessen.“

„Ihr Preußen führt ja gerade Krieg gegen Dänemark. Aber trotzdem: auf gute Nachbarschaft!“

„Ich bin keine preußische Untertanin", protestiert Luise. Sie weiß noch genau, was Faber ihr in der Schule beigebracht hat: „Das Großherzogtum Hessen ist ein eigenständiger Staat und gehört zum Deutschen Bund!"

„Schon gut. Mir auch egal!", winkt Garry ab, „seit ich aus der Heimat weg bin, interessiert mich die Politik nicht mehr. Lasst uns lieber übers Geschäft reden."

Benjamin braucht ihm nicht viel zu erklären. Und Luise versteht: Im Grunde läuft hier alles genauso wie in den kalifornischen Bergen. Mit dem Unterschied, dass sie nicht zum Quäken einer Drehorgel tanzen soll sondern zum Kreischen irischer Geigen.

„Ich kann diese Tänze nicht", gesteht sie.

„Macht nichts", grinst Garry, „meine Gäste wollen einfach ein bisschen mit dir herumspringen. Die richtigen Schritte wirst du schnell lernen." Unverhohlen mustert er das Mädchen „Stelle ich mir sehr hübsch vor. Wird meinen Laden ordentlich in Schwung bringen", er wird ernst, „damit eins klar ist: Ein Hinterzimmer gibt's hier nicht. Wer mehr will als Trinken und Tanzen kann gleich in den *Parlor Saloon* gehen. Verstanden?"

Luise nickt erleichtert, während Garry sich noch einmal an Benjamin wendet: „Und, keine Sorge, ich gebe ihr keinen Alkohol. Das Zeug, das ich ihr ins Glas schütte, sieht nur so aus."

Auf dem Heimweg wagt sie, die Frage zu stellen, die sie auf ihrem Lager die halbe Nacht lang beschäftigt hat: „Sag mal, wie hast du mich eigentlich in San Francisco gefunden … ich meine, nachdem ich nicht mehr zu euch in den Laden gekommen bin?" Das Wort *Crib* kommt ihr nicht über die Lippen.

„Du gibst wirklich keine Ruhe", seufzt Benjamin, „hast dich halt nicht gut versteckt."

„Das wollte ich auch gar nicht!", protestiert Luise, „ich konnte dir einfach nicht Bescheid geben … der Wirt hätte mir nicht erlaubt, nochmal alleine aus dem Haus zu gehen." Das ist zwar nicht ganz die Wahrheit, denkt sie beschämt. Aber Benjamin hat sie auch so oft angeschwindelt.

„Dafür ist seine Exzellenz bei uns aufgekreuzt, schon nach ein paar Tagen", berichtet dieser, „die Sache war ihm anscheinend wichtig. Das Dokument, das er für dich und Tesi ausfertigen sollte, hatte er schon dabei."

„Aber er wusste auch nicht, wo ich bin", wundert sie sich.

„Anscheinend doch. Ich habe ihn natürlich sofort nach dir gefragt. Da hat er mich beiseite genommen und geraunt, ich solle zu ihm ins Kontor kommen. Er müsse in seinen Büchern nachsehen, dort habe er deine Anschrift notiert."

„Dass ich an der *Barbary Coast* … ich hätte es ihm niemals verraten!"

„Lass gut sein", winkt Benjamin ab, „er wusste es irgendwoher. Ich bin gleich am nächsten Vormittag in sein Kontor gelaufen. Und da hat er die Katze aus dem Sack gelassen: Er wollte nämlich auch etwas von mir."

„Hat er Geld verlangt?"

„Nicht direkt. Eine Hand wäscht die andere, hat er immer wieder gesagt. Bis ich endlich verstanden habe: Er hatte meinem Vater einen Schuldschein über 500 Dollar unterzeichnet. Den wollte er wiederhaben."

„Du solltest deinen alten Herrn bitten, dem Konsul so hohe Schulden zu erlassen?", fragt Luise ungläubig, „nur damit er dir meine Anschrift nennt?"

„Ihm war klar, dass ich dich unbedingt wiedersehen wollte. Ich habe meinen Vater aber gar nicht erst gefragt: Seine Meinung kannte ich ja. Aber ich wusste, wo er seine Geschäftspapiere aufbewahrt. Ich musste den Wisch nur aus einem Ablagekorb auf seinem Schreibtisch nehmen."

„Du hast deinen Vater bestohlen?“, fragt Luise entsetzt, „wegen mir?“

Benjamin antwortet nicht. Schweigend und unschlüssig bleiben sie vor der Tür ihrer Herberge auf dem Fahrweg stehen.

„Komm, wir gehen noch ein Stück“. Er setzt sich wieder in Bewegung. Erst als sie den Stadtrand erreicht haben und er sicher sein kann, dass ihnen niemand zuhört, redet er weiter. „Erspar mir die Einzelheiten. Ich habe dem Konsul den Schuldschein gebracht und er hat mir die Adresse genannt. Als ich vor diesem Haus an der *Barbary Coast* stand, war mir klar, dass ich genau dort schon einmal gewesen war. Ich bin nicht sofort reingegangen.“

„Verstehe“, sie nickt verlegen.

„Meine liebe Luise in einer *Crib* … das musste ich erst einmal verkraften. Mein Vater hatte also Recht gehabt. Ich habe dich trotzdem nicht aus meinem Kopf gekriegt. Du kannst ja nichts dafür, dass du dort gelandet bist und du wolltest ja auch fort! Als ich das begriffen habe, bin ich in die Gastwirtschaft und habe dich angesprochen.“

„Und dein Vater … hat er gemerkt, dass jemand den Schuldschein genommen hat?“

„Es hat eine Weile gedauert. Aber dann wusste er natürlich sofort, dass nur seine Söhne in Frage kommen. Einen nach dem anderen hat er zu sich geholt und ausgefragt. Mich zuletzt. Ich konnte ihn einfach nicht anlügen.“

„Und was hat er gesagt?“

„Er war bitter enttäuscht, hat geschrien und getobt und mir befohlen, sofort sein Haus zu verlassen. Niemals werde er sein eigenes Fleisch und Blut vor den Kadi zerren, hat er gesagt. Aber ich brauche ihm nie wieder unter die Augen zu treten. Er hoffe nur, dass ich die Sache bereue und etwas daraus lerne.“

„Und dann?"

„Bin ich nochmal zum Konsul gegangen. Ich musste ihm doch mitteilen, dass mein Vater jetzt alles weiß."

„Was hat er gesagt?"

„Er war total freundlich. Es hat ihn anscheinend nicht überrascht, dass ich meinen Vater nicht nach dem Schuldschein gefragt, sondern ihn einfach genommen habe. Er hat mir sogar Kredit angeboten, damit ich die Reisekosten für euch bezahlen kann, hat mich gebeten, euch zu begleiten und möglichst schnell abzureisen. Etwas Besseres konnte mir gar nicht passieren: Ich konnte weg vom Vater und aus San Francisco, und das sogar zusammen mit dir."

„Mit uns", berichtigt Luise, „hat er Tesi auch zu sich ins Kontor bestellt?"

„Nicht direkt", weicht Benjamin aus, „Aber er wusste ja, dass du mit ihr zusammenbleiben willst."

„Und wie habt ihr sie gefunden?"

„Seine Freunde kennen sich scheinbar an der *Barbary Coast* aus, wissen genau, wo eine fünfzehnjährige Deutsche zu finden ist. Als ich das Geld abgeholt habe, hat er mir gesagt, an welcher Straßenecke ich sie in Empfang nehmen kann. Schon am nächsten Morgen. Ich sollte es nur niemandem weitersagen."

„Tesi wurde also noch einmal verschachert", seufzt Luise, „und ich habe mir eingebildet, dass wir sie retten!"

„Bist du nicht froh, dass sie bei uns ist?"

„Ich weiß nicht. Ich habe es mir anders vorgestellt, und sie bestimmt auch. Statt wieder mit den Schneiders und Anna zusammen zu sein, sitzt sie jetzt in diesem dreckigen Goldgräberkaff fest."

„Ich habe es sowieso nie so richtig verstanden, was du an ihr findest."

„Sie war mit mir in der Schule. Und kommt aus meinem Dorf. Ich muss auf sie aufpassen."

„Wie auf eine kleine Schwester", seufzt er. Seine Stimme klingt weich: „Du wirst bestimmt mal eine wunderbare Mutter."

Luise will jetzt keine Komplimente hören. Schon gar nicht von Benjamin. Sie weiß einfach nicht mehr, was sie von diesem Burschen halten soll.

„Weißt du, was ich glaube?", überlegt sie laut, „der feine Herr Konsul ist selbst einer von denen: Er handelt nicht nur mit Stoffen, sondern auch mit Mädchen."

„Das kann ich mir nicht vorstellen! Er ist ein ehrbarer Kaufmann!", protestiert Benjamin entrüstet, „er kennt einfach viele Leute. Auch welche mit Häusern an der *Barbary Coast*."

„Aber warum leiht sich seine Exzellenz bei deinem Vater so viel Geld? Und besorgt dir wiederum einen großzügigen Kredit? Warum fädelt er ein, dass du Tesi und mich nach Barkerville verfrachtest und hier in einen Saloon schleppst? Glaubst du, er selbst hat mit all dem nichts zu tun?"

Benjamin bläst die Backen auf. „Respekt, Luise! So weit habe ich nicht gedacht."

Er hat sich ausnutzen lassen, denkt sie, sich und seine Gefühle, und dafür tut er ihr schon fast wieder leid. Ohne ein weiteres Wort machen sie kehrt und laufen nach Barkerville zurück.

„Wenn ich jeden Abend tanzen soll, brauche ich neue Schuhe. Am besten Schnürstiefel", sagt Luise, als sie die Hauptstraße erreichen.

„Geht klar!", Benjamin wirkt erleichtert, „am besten wir fragen im *Pioneer Store*. Dort gibt's Kleidung und solche Sachen. Ein paar Dollar habe ich noch."

Sie klettern auf den Fußsteig und betreten ein windschiefes Geschäft. Drinnen ist es so dunkel, dass Luise die Stoffe, Hosen und Stiefel, die sich bis zur Decke stapeln, kaum sehen kann. Schnaufend erhebt sich der Ladeninhaber und starrt Luise mit einem schielenden Auge an. Aus seiner Knollennase ragen dunkle Haare.

„Schuhe willst du, für die junge Dame?“, raunzt er Benjamin an, „tut mir leid, so etwas gibt’s hier nicht. Ich habe aber Gummistiefel in allen Größen da: solide Ware, gerade erst aus Victoria hochgekommen.“

„Nein danke“, wehrt Benjamin entrüstet ab, „sehe ich aus wie ein Minenarbeiter?“

„In Barkerville ist schon so mancher erst als feine Herr angekommen und herumstolziert“, brummt der Ladenbesitzer verärgert, „ein paar Wochen später war er froh, wenn er vernünftiges Zeug an den Füßen hatte.“

„Ich habe im Ort eine Gruppe stattlicher Weiber gesehen“, meldet sich Luise zu Wort, „wo kaufen die denn ihre Sachen? Gibt es hier kein Geschäft für Damenkleidung?“

„Du meinst die Mädels vom *Parlor Saloon*? Die bringen ihr ganzes Zeug aus Victoria oder San Francisco mit. Sie bleiben nur ein paar Wochen, dann geht es wieder zurück.“

Bedrückt verlassen Luise und Benjamin das Geschäft.

„Ich habe eine Schusterwerkstatt gesehen“, schlägt er vor, „dorthin bringe ich deine Schuhe zum Flicken und neu Besohlen. Dann halten sie bestimmt noch eine Weile.“

Den Nachmittag verbringt Luise in Strümpfen auf ihrem Lager. Zum ersten Mal bemerkt sie, dass Tesi nicht einfach verstört wirkt, sondern richtig krank ist.

Kalter Schweiß steht ihr auf der Stirn. Als Luise dorthin fasst, wird ihr klar, dass das Mädchen Fieber hat.

Achtunddreißigstes Kapitel

Jeden Abend wartet derselbe gelbbraune Köter vor dem *Fashion Saloon* auf Luise. Er ist festgebunden, wedelt mit dem Schwanz und hechelt unterwürfig, sobald sie sich nähert. Manchmal legt er auch seinen Kopf in den Nacken und heult wie ein Wolf, während sein Besitzer betrunken am Tresen lehnt und so tut, als ginge ihn dieses Tier nichts an.

Überall in Barkerville streunen Hunde herum. Manche wurden einfach im Williams Creek zurückgelassen und gehören niemandem mehr. Andere werden am Abend vor den Saloons festgepflockt oder von ihren Besitzern mit in die Gaststube genommen. Einige der hässlichsten Kreaturen streichen beim Tanzen zwischen den Beinen der Gäste herum und lassen sich auch durch kräftige Fußtritte nicht vertreiben. Oft jucken Luises Beine und Arme in der Nacht, und am Morgen entdeckt sie rote Pusteln.

Sie weiß, wie die Männer hier leben. In winzigen Blockhütten teilen sie sich den Platz mit ein paar Kumpanen und ihren vierbeinigen Freunden, verrichten ihre Notdurft in Erdlöchern, waschen sich nur selten im eiskalten Flusswasser und bereiten sich jeden Tag dieselbe Mahlzeit aus Bohnen und Speck zu. Im Saloon versuchen sie, dieses Elend mit ein paar Gläsern Bier hinunterzuspülen und mit einem Mädchen für einen Moment zu vergessen.

Anfangs hat sie noch gehofft, dass es diesmal leichter würde. In San Francisco hat sie weiß Gott Schlimmeres durchgemacht als die immer gleiche, scheußliche Musik, die blauen Flecken an ihren Hüften, die Blasen an den Füßen und die Kopfschmerzen am Morgen. Hier zwingt sie niemand, sich in ein viel zu kurzes und enges Kleid zu zwängen und die Männer auf dumme Gedanken zu bringen. Sie muss einfach nur tanzen.

Doch sobald ein Kerl sie lüstern anglotzt, ihr seinen ekligen Atem ins Gesicht bläst, einen Goldzahn aufblitzen lässt und sie an den Hüften packt, ist alles wieder da: Wie sie in der *Crib* ihre Hosen geöffnet haben. Ihr unflätiges Stöhnen und Grunzen. Ihr Gestank nach Schweiß und Urin. Und wie weh es getan hat. Dann würde sie den Mann, der sie festhält, am liebsten sofort von sich wegstoßen und fortlaufen.

Doch das geht nicht. Sie muss Geld verdienen, beherrscht sich, zieht ihre Mundwinkel hoch und dreht sich weiter zum Kreischen der Geigen im Kreis. Erst wenn sie nachts endlich auf ihrem Lager liegt, wühlt der Schmerz wie ein Messer in ihrem Bauch, laufen ihr Tränen über das Gesicht.

Jeden Vormittag geht Benjamin in den Fashion Saloon, um mit Garry abzurechnen. Danach liefert er den Betrag, den sie eingenommen hat, auf den Cent genau bei ihr ab.

Er sei kein Mädchenhalter, hat er ihr immer wieder beteuert, er werde sich niemals an ihrer Arbeit bereichern. Sie seien Schicksalsgenossen, die gemeinsam in Barkerville festsäßen, und als Mädchen könnten sie viel leichter Geld verdienen als jeder Bursche.

Doch sie vertraut ihm nicht mehr. Er hat sie einfach zu oft angelogen. Erst hat er sich wie ein galanter Kavalier aufgeführt. Dann hat er so getan, als habe er für seine Liebe gekämpft und sie ritterlich gegen seinen Vater verteidigt. Schließlich musste er zugeben, dass er seinen alten Herrn bestohlen und gemeinsame Sache mit dem Konsul gemacht hat, um Tesi und sie hierher zu verschleppen.

Was hätte er auch anderes tun sollen?, fragt eine andere Stimme in ihrem Kopf. Ohne Benjamin wären sie jetzt auch nicht besser dran. Die eigentlichen Verbrecher sind Herren, die nicht in diesem dreckigen Kaff sitzen, sondern im feinen San Francisco am Geschäft mit den Mädchen verdienen.

„Woher kennt der Herr Konsul eigentlich einen Gastwirt in Barkerville?“, fragt sie Benjamin einmal, „seine Exzellenz war doch bestimmt noch nie hier.“

„Keine Ahnung“, überlegt dieser, „der Däne hatte wohl früher mal eine Gastwirtschaft in Sacramento. Vielleicht sind sie sich schon damals über den Weg gelaufen. Aber wofür ist das wichtig?“

„Ich will einfach wissen, wer schuld ist.“

„Lass gut sein. Das bringt uns nicht weiter“.

Ihr Album benutzt sie nur noch, um ihre Einnahmen und Ausgaben aufzuschreiben. Sorgfältig hat sie mit einem Bleistift eine senkrechte Linie auf einer der blütenweißen Seiten gezogen. In die rechte Spalte trägt sie ein, was sie verdient. Links summiert sie alles, was sie noch bezahlen müssen.

Schulden beim Konsul, mit Zinsen	250 Dollar
Reise nach San Francisco, drei Personen, etwa	200 Dollar
Reise nach Hessen, zwei Personen, etwa	200 Dollar
500 Gulden für den Vater, etwa	300 Dollar
Zusammen	950 Dollar

500 Gulden wäre Schneider dem Bauer Ludwig schuldig, wenn er bis zum Frühjahr 1866 von Luise Gebrauch machen könnte. Genau denselben Betrag will sie mit nach Hause bringen, wenn sie ohne den Dienstherrn zurückkehrt.

Leider kostet das tägliche Leben in Barkerville ziemlich viel. Für ihre Unterkunft, für Essen, Seife, Kerzen, Nähgarn und Schuhbänder müssen sie zu dritt mit etwa 40 Dollar pro Woche rechnen, selbst wenn sie sparsam wirtschaften. Alle ihre

Ausgaben notiert sie auf der gegenüberliegenden Seite. Ab und zu knotet sie das Taschentuch mit ihren Ersparnissen auf und zählt die Münzen darin. Viel zu langsam werden es mehr.

Es ginge schneller, wenn Tesi auch etwas verdienen würde. Aber jedes Mal, wenn Luise hofft, dass sie endlich auf dem Wege der Besserung ist, liegt sie am nächsten Tag wieder fiebernd und schweißgebadet im Bett.

Dem Wirt im *Fashion Saloon* hat Benjamin erzählt, dass seine zweite Tänzerin krank sei. Schon nach einer Woche hat er begonnen, sich ebenfalls nach einer Arbeit umzusehen. Zum Bild vom Sohn eines erfolgreichen Textilkaufmanns, der sein Geld mit dem Vermieten von Tänzerinnen verdient, passt es zwar nicht, sich für ein paar Dollar am Tag in den Goldminen abzuplacken. Aber er kann gut genug rechnen, um zu wissen, dass Luises Einnahmen einfach nicht ausreichen.

Benjamin klappert Dutzende der kleinen Unternehmen ab, die im Williams Creek ihre Claims abgesteckt haben. Mit allerlei selbstgebautem und improvisiertem Gerät graben sie tiefe Schächte ins Erdreich, hoffen meist vergeblich auf ergiebige Goldadern. Keine dieser Truppen braucht im Spätsommer noch neue Leute. Einige Goldgräber schalten bereits Anzeigen im *British Colonist*, um ihre Claims zu verkaufen. Viele Arbeiter, so erzählt man sich im Saloon, warten schon lange auf ihren Lohn.

Ende September schneit es zum ersten Mal. Feine, weiße Kristalle fallen vom Himmel und legen eine gnädige Schneedecke auf die notdürftig zusammengenagelten Holzhäuser, die schlammige Hauptstraße und die abgeholzten Hänge. Zwar schmilzt die weiße Pracht schnell wieder weg, aber für alle steht fest: Der Winter wird nur noch ein paar Wochen auf sich warten lassen.

Innerhalb weniger Tage leeren sich die Ortschaften im Williams Creek. Goldgräber, Ingenieure, Minenarbeiter und Kaufleute verlassen die Blockhütten, ziehen zu Fuß oder auf dem Rücken von Maultieren ins Tal. Die Wenigsten können sich *Barnards Express* leisten.

Luise, Tesi und Benjamin bleiben. Ihr Geld würde höchstens bis Yale oder Victoria reichen. Aber was sollen sie dort? Das Leben im Tiefland ist auch nicht billig und Arbeit ist dort im Winter schwer zu finden.

Für Tesi wäre so eine strapaziöse Reise außerdem viel zu beschwerlich. Das Mädchen liegt noch immer matt im Bett, klagt über Bauch- und Kopfschmerzen. Ganze Tage im eisigen Wind auf einem Reittier oder in einer zugigen Kutsche zu verbringen wäre lebensgefährlich für sie.

Der *Fashion Saloon* bleibt geöffnet. Jeden Abend schart sich jetzt dieselbe Handvoll Männer um die Bar und den Billardtisch. Kaum einer hat noch Geld für einen Tanz mit Luise übrig. Nur selten spendiert einer der Gäste ihr einen Drink oder spielen die irischen Geiger zum Tanz auf.

Oft steht sie einfach nur unter den Männern und versucht zu verstehen, worüber sie reden.

In Quesnelmouth, nur drei Tagesmärsche von Barkerville entfernt, hat der britische Richter Begbie fünf Anführer der Chilcotin wegen Mordes an britischen Ingenieuren und Straßenarbeitern zum Tode verurteilt und hinrichten lassen. Die Strafe ist auf einem traditionellen Begräbnisplatz der Indianer vollstreckt worden.

„Begbie ist ein harter Hund", sagt einer im Saloon, „der geht nicht danach, ob einer aus Amerika kommt, Chinamann ist oder Eingeborener. Wer was verbrochen hat, wird streng bestraft und muss hängen."

„Aber wenn die Indianer sich rächen, haben wir es am Ende auszubaden", erwidert ein anderer missmutig.

„Die Chilcotin sollen vor Gericht vorgebracht haben, dass sie keine Verbrecher sind, sondern Krieg führen", mischt Benjamin sich ein. Er verbringt jetzt meist seinen ganzen Abend im *Fashion Saloon*. „Kann man ja verstehen, dass sie etwas gegen Weiße haben, die ihnen tödliche Krankheiten ins Land schleppen."

Die anderen Männer antworten nicht, starren ihn nur feindselig an. Und Benjamin lernt schnell, dass er im Saloon lieber Karten oder Billard spielt als über Politik zu diskutieren.

Der Branntwein, den ihm Garry manchmal kostenlos ausschenkt, bekommt ihm leider nicht gut. Schon nach ein oder zwei Gläsern beginnt er sich lautstark damit zu brüsten, wie gut er sich in San Francisco auskennt. Schallend lacht er dann über die schlüpfrigen Witze der anderen Männer. Wenn sie spätabends zusammen nach Hause laufen, versucht er, nach Luise zu greifen.

Dann weicht sie ihm schnell aus. Der Kerl, der neben ihr zum *Boarding House* wankt, wird den groben Bauernburschen in der Heimat immer ähnlicher. Sie mag es auch nicht, wenn er ihr bei der Arbeit zuschaut.

Tagsüber sieht sie wenig von ihm. Wenn sie sich am späten Vormittag ins Erdgeschoss hinunterschleppt, um ein Stück Brot in dem bitteren Tee aufzuweichen, der auf dem Ofen steht, ist Benjamin meist schon fort. Er hat sich mit ein paar irischen Minenarbeitern angefreundet, die in einer Blockhütte in Cameronton überwintern, hockt mit ihnen tagelang beim Kartenspiel.

Was hat sie ihm eigentlich damals versprochen, als sie mit ihm im Umkleidezimmer von *Isidor Stein & Söhne* allein war?

Immer wieder grübelt sie darüber nach. Glaubt er immer noch, dass sie ihn eines Tages heiraten würde? Kann sie ihr Ehe-Versprechen einfach zurücknehmen, nachdem er sie so schändlich belogen hat?

Und: Würde er, wenn er eine eigene Familie hätte, weiterhin jeden Tag in die Gastwirtschaft laufen, trinken und Karten spielen?

In Langenhain gab es solche Männer. Meist waren es dieselben, die ihre Frauen grün und blau schlugen.

Im November muss Luise zum ersten Mal ihr Taschentuch aufknüpfen und ein paar Münzen herausnehmen, um ihre Rechnung im *Boarding House* zu begleichen. Dort kommt kaum noch etwas Anderes als Brot, Bohnen und Speck auf den Tisch. Die Vorräte an Kartoffeln, Fleisch und Gemüse gehen im Williams Creek zur Neige, und alles, was aus dem Tal herauftransportiert wird, ist furchtbar teuer. Wenn sie sich an das köstliche Mahl erinnert, das ihr die alte Chinesin aufgetischt hat, läuft ihr das Wasser im Munde zusammen.

Manchmal spaziert sie auf dem verschneiten Fußpfad von Barkerville nach Cameronton. Dort gibt es eine Buchhandlung, die auch im Winter geöffnet ist. Sehnsüchtig blickt sie durch die Fenster in den behaglichen Leseraum, der von Öllampen hell erleuchtet ist. Unter über hundert verschiedenen Büchern kann man sich dort eins aussuchen oder in Zeitungen aus aller Welt blättern. Doch ein einziger Besuch in dieser Bücherei kostet 25 Cent. Viel zu teuer.

Traurig erinnert sie sich an die Sonntage, die sie in der Heimat beim Lehrer in der Schulstube verbrachte. Wie begierig war sie damals darauf, alles zu lesen, was sie über die Neue Welt, über Amerika und die britischen Kolonien in die Finger bekam!

Damals konnte sie es kaum erwarten, selbst in die Fremde zu ziehen. Und jetzt plagt sie schreckliches Heimweh.

Der Sonntag war in Langenhain immer ein Festtag gewesen. Fein angezogen ging man am Vormittag in die Kirche. Wenn Faber die Orgel in dem uralten Gebäude aus farbigen Feldsteinen anstimmte, wenn der Chor einsetzte und schließlich alle in dem riesigen Kirchenschiff mitsangen, wurde Luise stets sehr feierlich zumute.

Im gesamten Williams Creek gibt es weder eine Kirche noch einen Gottesdienst am Sonntag. Stattdessen füllt sich der Saloon schon am späten Vormittag, und es wird drangvoll eng. Viele Männer sind gegen Mittag bereits betrunken, starren sie gierig an und versuchen, sie anzutatschen.

„Und bitte dich, du wolltest mir vergeben alle meine Sünden, wo ich Unrecht getan habe, und mich gnädiglich behüten", flüstert Luise jeden Abend vor dem Einschlafen. Oft schließt sie ihre persönlichen Fürbitten daran an: dass Tesi, die sich neben ihr stöhnend auf dem Lager wälzt, bald wieder ganz gesund wird! Und dass sie einen Weg in die Heimat zurückfinden.

Dass ihre Blutungen endlich wiederkommen, darum mag sie ihren Herrn nicht bitten. Doch Tag für Tag wächst ihre Angst, dass sie im Unglück ist.

Neununddreißigstes Kapitel

Am Mittwochabend genehmigt sich Faber regelmäßig zwei Gläser Bier in der Gastwirtschaft. Er zieht seine Joppe an, setzt den Filzhut auf und läuft in der Abenddämmerung durch die Gassen von Langenhain, wo ihn die Dorfbewohner ehrfürchtig grüßen.

Niemand hier begegnet ihm unbefangen. Viele der Männer, die sich zur Begrüßung respektvoll die Kappe vom Kopf reißen, saßen früher bei ihm in der Schulstube. Noch immer sehen sie den Lehrer so furchtsam an, als hätten sie jederzeit mit seinem Tadel zu rechnen. Zudem müssen sie darauf hoffen, dass er es nicht beim Schulaufseher meldet, wenn ihre Kinder auf den Feldern und im Stall mithelfen, statt Lesen, Schreiben und Rechnen zu büffeln.

Seit er in Langenhain seine Schulstelle angetreten hat, versucht Faber es den Dörflern zu vermitteln: Er legt mehr Wert auf Einsicht und Bildung als auf Zucht und Ordnung. Immer wieder hat er als Seminarist die Werke des Dichters Walther von der Vogelweide gegen die körperliche Züchtigung gelesen. Er will die Jungen und Mädchen zum Lesen anregen und zum eigenständigen Denken, und das erreicht er bestimmt nicht mit Schlägen.

Ab und zu hat er sich zwar dazu hinreißen lassen, einem Schulkind mit dem Lineal auf die Finger zu schlagen oder es an den Ohren zu ziehen. Aber nur, wenn er die ewige Unruhe in der kleinen Schulstube einfach nicht mehr ertragen konnte. Denn eigentlich verabscheut er körperliche Gewalt.

Im Dorf begegnen ihm dennoch Viele so, als drohe er jederzeit damit, sie zu verprügeln. Auch in der Gastwirtschaft wird es still, wenn der Schulmeister eintritt. Wenn er es gar wagt, sich zu den Männern zu gesellen, die am immer gleichen Tisch hocken und Karten spielen, versiegt dort jedes Gespräch.

Faber ist nun mal kein Alteingesessener, ist nicht in diesem Dorf zur Welt gekommen. Als Sohn eines Schuhmachers aus Butzbach hat er die höhere Schule und sogar das Lehrerseminar in Friedberg besucht. Seitdem er sich mit diesem Zeitungsmann aus Berlin hat blicken lassen, traut ihm erst recht niemand mehr über den Weg.

Was hat der Schulmeister von Langenhain mit einem Redakteur aus Preußen über Angelegenheiten zu reden, die doch nur die Leute hier etwas angehen? Wie man es bewerkstelligt, dass die Familie drei Mal am Tag etwas Essbares auf den Tisch bekommt, das wissen Politiker und Zeitungsleute in Berlin oder Frankfurt sowieso nicht.

Auch Faber sieht die Dorfbewohner mit anderen Augen, seit Johann George Hesekiel bei ihm in der Stube saß. Er konnte den beleibten Redakteur nicht besonders gut leiden. Aber was dieser über das Schicksal der hessischen Mädchen in Amerika erzählt hat, geht ihm seither nicht mehr aus dem Kopf. Mit niemandem hat er darüber gesprochen, nicht einmal mit dem Pfarrer.

Faber wird schon mulmig zumute, wenn er sich so ein Gespräch nur vorstellt. Was, wenn sich das fromme Mädchen dem Gottesmann anvertraut hat, bevor es ins Land ging? Wenn dieser genau weiß, wie unpassend sich der Lehrer seiner Schülerin genähert hat?

Er hat doch jetzt erst verstanden, was der Pfarrer meint, wenn er über die „Schändung der heiligsten Triebe“ predigt. Regelmäßig wettert er auf der Kanzel gegen das Verderben, dem angeblich immer mehr Menschen in Langenhain anheimfallen.

Keine Mädchenseele sei gegen die Sünde gefeit, so wiederholt er immer wieder, wenn Eltern und Pädagogen dem Laster nicht unnachgiebig die Stirn böten.

Früher hat Faber die Jungen und Mädchen im fünften bis achten Schuljahr dazu ermutigt, ihren Blick für die ganze Welt zu öffnen, vielleicht sogar selbst einmal in die Fremde zu ziehen. Doch seit er von den Gefahren weiß, die im Ausland lauern, ist Erdkunde weitgehend von seinem Lehrplan gestrichen.

Seinen Globus hat er schon lange nicht mehr in die Schulstube hinuntergetragen. Und die englische Grammatik, die er in einer Buchhandlung in Friedberg gekauft hat, steht noch unaufgeschnitten im Bücherschrank. Kein Junge und kein Mädchen in Langenhain hat bisher danach verlangt, etwas Anderes zu lernen als das, was ohnehin auf dem Pensum steht: Lesen, Schreiben, Rechnen und Kirchenlieder.

Auch Dora nicht. Luises Brief an die kleine Schwester hat er nie wieder aus dem Geheimfach hervorgeholt. Es fällt ihm schon schwer genug, jeden Tag in das Gesicht des Mädchens zu sehen, das Luise immer ähnlicher wird. Bald ist Dora dreizehn und kein Kind mehr. In anderthalb Jahren wird sie konfirmiert und aus der Schule entlassen. Und dann? Er mag sich nicht mehr vorstellen, dass auch sie aus Langenhain fortgeht.

Er hat sie nie gefragt, ob sie etwas von ihrer Schwester gehört hat. Balthasar Ludwig, der am Sonntag auf dem Kirchplatz stets ehrfürchtig den Hut vor ihm zieht, spricht er auch nicht auf seine Älteste an. Über Luises Schicksal hat sich ein geheimnisvoller Schleier gelegt, den er nicht zu lüften wagt.

Für einen Augenblick bleibt der Lehrer auf dem Vorplatz der Gaststube stehen und staunt über den hellen Lichtschein, der nach draußen fällt. Erst vor kurzem hat der Wirt seinen Raum mit modernen Petroleumlampen ausgestattet. Mit so einer Beleuchtung könnte er in seiner Stube sogar am Abend in einem Buch lesen. Aber das bleibt vorerst ein unerschwinglicher Luxus für ihn.

Laute Männerstimmen dringen auf die Gasse hinaus. Er gibt sich einen Ruck: Niemand soll ihm nachsagen, dass er vor der Gastwirtschaft herumlungert und die Leute durchs Fenster beobachtet. Mit zwei Schritten ist er beim Eingang, öffnet die Tür und bleibt wie angewurzelt auf der Schwelle stehen.

Rechts im Raum sitzt ein Haufen Karten spielender Männer. Links hat der Bürgermeister seinen Platz. Bei ihm hockt kein Geringerer als Johann Georg Schneider. Jener Schneider, der vor anderthalb Jahren mit seiner Familie nach Amerika gewandert ist und, wie der Redakteur aus Berlin behauptet, drei Mädchen aus Langenhain mitgenommen hat.

„Guten Abend, Herr Schulmeister!“, schallt der Bürgermeister zu ihm herüber, „tretet näher und schaut, wen wir hier haben: Unser Amerikafahrer ist auf Besuch in der Heimat.“

Zögernd geht er zu dem Tisch. Der Bürgermeister legt seine Hand auf Schneiders Arm und sagt leutselig zu Faber: „Jetzt könnt Ihr den Mann gleich selbst befragen und müsst keinen Redakteur aus Berlin vorschicken.“

Verärgert bemerkt Faber seinen belustigten Ton. Linkisch und angespannt lässt er sich auf der Vorderkante des angebotenen Stuhls nieder, krallt sich mit beiden Händen an der Sitzfläche fest, als müsse er sich selbst daran hindern, gleich wieder aufzuspringen.

„Schönen guten Abend, Herr Schneider“, beginnt er unbeholfen, „wie ich sehe, seid Ihr zurück aus Amerika. Eure Familie ist mit Euch in die Heimat gekommen?“

„Nein, meine Frau ist mit dem Kleinen drübengeblieben. In ihrem Zustand wäre die lange Reise nicht angeraten.“

„Oh! Darf ich daraus schließen, dass Eure Gattin erneut in freudiger Erwartung ist?"

Schneider nickt stolz. „Ich hole nur unsere beiden Großen und fahre mit ihnen wieder hin: Wir haben drüben eine neue Heimat gefunden."

Faber weiß nicht recht, wie er auf das Thema zu sprechen kommen soll, das ihn am meisten umtreibt. „Wie schön. Meine allerbesten Wünsche", beginnt er lahm und fasst sich dann ein Herz, „ich habe mir sagen lassen, Ihr seid im vorletzten Frühling nicht alleine gereist?" Schneider lacht verächtlich auf. „Jeder hier weiß, dass meine Frau mich begleitet und den Kleinen mitgenommen hat."

„Ich meine … man sagt, es waren drei junge Mädchen in Eurer Gesellschaft?", der Lehrer tut so, als müsse er die Namen erst aus seinem Gedächtnis hervorkramen, „wenn ich mich recht entsinne die Anna Möckel, Luise Ludwig und Therese Will."

„Ach, die drei", winkt Schneider ab, „über die sprecht Ihr besser mit ihren Vätern. Ich sollte auf der Reise auf sie achtgeben, bevor sie in Kalifornien in den Dienst gehen." Er weist mit dem Kopf zum Bürgermeister. „In seiner Amtsstube wurde die Sache vereinbart."

„Aber Ihr wisst vielleicht, was aus ihnen geworden ist?", setzt Faber nach, „die Luise zum Beispiel, die bei mir in der Schule war – führt sie sich gut in Amerika?"

„Was soll schon sein mit dem Luder?", antwortet Schneider schroff, „weggelaufen ist es mir, sobald wir in San Francisco festen Boden unter den Füßen hatten."

„Weggelaufen?", fragt Faber ungläubig, „das mag ich mir von dieser folgsamen und gelehrigen Schülerin kaum vorstellen! Ist ihr am Ende ein Unglück widerfahren? Habt Ihr bei der Polizei nach ihr gefragt?"

Die Männer am Nebentisch unterbrechen ihr Kartenspiel und starren zu ihnen herüber. Schneider atmet hörbar und verächtlich aus: „Die Polizei! In Kalifornien geht es anders zu als im Großherzogtum Hessen. Die Gendarmerie kann sich dort nicht mit jeder Kleinigkeit befassen. Das Meiste regeln die Leute selbst. Außerdem …", er bricht seinen Satz ab und blickt zögernd zum Bürgermeister.

„Außerdem?", fragt Faber.

„Ich will der Luise nichts Schlechtes nachsagen. Aber sie wäre nicht die Erste, die herausgefunden hat, dass sie in San Francisco gutes Geld machen kann. Sehr gutes Geld, wenn sie Sitte und Anstand vergisst."

„Was meint Ihr denn damit?"

Schneider grinst schmierig: „Das wird sich der Herr Schulmeister selbst zusammenreimen müssen. Was halt überall auf der Welt passiert, wo mehr Burschen nach Mädchen verlangen als umgekehrt."

Faber starrt den Schneider einen Augenblick wortlos an und schüttelt dann nur den Kopf. Der Bürgermeister räuspert sich: „Ich bitte um etwas Respekt gegenüber unserm Schulmeister", wendet er sich in unterwürfigem Ton an Schneider, „auch wenn wir hier in einer Gastwirtschaft sind, erschiene es mir unziemlich, sein sittliches Empfinden …" Er ringt um die richtigen Worte und bricht seinen Satz schließlich einfach ab.

Faber rückt auf seiner Stuhlkante noch etwas weiter nach vorne und fixiert Schneider streng: „Was sagt denn ihr Vater, der Bauer Ludwig, dazu? Er hat Euch doch die Aufsicht über das Mädchen anvertraut!"

„Der Balthasar – übrigens mein Oheim – will von seiner Ältesten nichts mehr wissen", antwortet Schneider kühl, „wenn sie gefallen ist, ist sie die längste Zeit seine Tochter gewesen." Bedauernd wendet er sich an den Bürgermeister. „Den Mietpreis wird er mir natürlich zurückerstatten müssen. Der Dienstherr in Kalifornien hat keinen Cent für das Mädchen bezahlt. Ich kann ihn verstehen: Luise hat in seinem Haus keinen Finger gerührt."

In Faber steigt ein unbändiger, ihm selbst bisher unbekannter Zorn auf. Er weiß genau, dass Schneider lügt. Aber nachweisen kann er es ihm nicht.

„Und die andere, die Tochter vom Schafhirt?", fragt er gepresst.

„Die Therese? Ist mir ein bisschen später auch davon. Bei der hat es mich nicht gewundert: Man wusste ja, dass die Kinder vom Will nicht viel taugen."

„Sie waren auch nicht oft in der Schule", räumt Faber ein und bereut seinen Verrat sofort.

„Aber was ist mit der Dritten im Bunde, der Anna Möckel?", fragt er weiter, „sie war, so heißt es, nicht das erste Mal aus Langenhain fort?"

„Die war eindeutig zu schwer, um abzuhauen", antwortet Schneider anzüglich grinsend.

„Wie darf ich das verstehen?"

„Sie hat was Kleines erwartet. Hat sich erst herausgestellt, als wir mit dem Schiff mitten auf dem Atlantik waren. Da konnte ich sie nicht mehr zurückschicken. Und auch nicht über Bord werfen. Wäre vielleicht für alle das Beste gewesen."

„Georg, ich bitte dich," noch einmal legt der Bürgermeister seine Hand auf Schneiders Arm, „in einem öffentlichen Wirtshaus kann ich solche gottlosen Reden nicht dulden."

„Und? Hat Anna ihr Kind in Kalifornien bekommen?", fragt Faber unbeirrt.

„Eine Tochter. Die Möckel war wirklich die größte Niete von allen dreien: Monatelang war sie zu nichts nütze, hat uns auf der Tasche gelegen. Und dann hatten wir auch noch ihren Balg am Hals."

„Geht es ihr denn gut? Und dem Kind auch?"

„Ihre Kleine ist nicht durch den Winter gekommen. Im tiefsten Schnee hat sie ihr Töchterchen beerdigt."

„Das tut mir sehr leid. Gott hab das Kind selig", murmelt Faber. Dann runzelt er die Stirn. „Wieso denn im Schnee? In Kalifornien ist es doch angeblich das ganze Jahr über warm."

„Wir sind mit der Anna von San Francisco bald weitergereist: Nach Britisch Kolumbien", erklärt Schneider, „dort oben geht es mit der Goldgräberei jetzt erst richtig los. Nach dem Christfest mache ich mich auch wieder auf die Reise."

„Und Anna geht Eurer Frau zur Hand?"

„Leider nicht", klagt Schneider, „die Möckel hat nämlich geheiratet. Ein englischer Goldgräber in Victoria hat sie genommen. Viel reden konnte er nicht mit ihr, aber in Britisch Kolumbien wird einem so gut wie jedes Mädchen aus den Händen gerissen. Sogar wenn eine wie Anna kein unbeschriebenes Blatt mehr ist."

Abrupt wendet er sich zum Bürgermeister: „So, und jetzt ist Schluss mit der Fragestunde. Lasst uns die Karten mischen."

Faber würde Schneider am liebsten am Kragen packen und von seinem Stuhl hochziehen. Aber er bleibt sitzen.

„Ich bin noch nicht fertig", erklärt er, und spricht jetzt wie ein Kommissar, „bei mir war ein Journalist aus Berlin zu Besuch, um einige Vorgänge hier vor Ort zu erkunden. Der Bürgermeister hat ihn auch kennengelernt, hier in der Wirtsstube. Der Mann hat mir berichtet, dass der Ministerpräsident von Preußen – Otto von Bismarck – sich neuerdings sehr für das Schicksal der Tanzmädchen interessiert, die aus hessischen Dörfern nach Kalifornien ziehen."

„Aha?", fragt Schneider kalt, „und was hat das mit uns hier zu tun? Liegt die Wetterau etwa in Preußen?"

„Das nicht. Aber auch das Großherzogtum Hessen gehört vielleicht bald zu einem vereinigten Deutschen Reich unter preußischer Führung. In Kriminalfällen arbeiten die Landesbehörden schon jetzt eng zusammen. Die Auswanderung vollzieht sich ja regelmäßig durch das preußische Herrschaftsgebiet", antwortet Faber förmlich, räuspert sich und richtet sich auf, „jedenfalls steht Ihr laut diesem Redakteur im Verdacht, Bauerntöchter aus Langenhain zum Vermieten nach Kalifornien gebracht zu haben. In Berlin nennt man so etwas Mädchenhandel."

Der Bürgermeister ist bei den letzten Worten blass geworden. Er hustet, kratzt sich am Kopf, kramt seine Taschenuhr hervor und legt sie wie einen stummen Vorwurf vor den Männern auf den Tisch.

„Tut mir sehr leid", unterbricht er den Lehrer, „ich muss mich aus dieser geselligen Runde verabschieden. Mit dem Kartenspiel wird es heute nichts mehr, lieber Georg. Meine Gattin wartet mit dem Essen auf mich." Hastig erhebt er sich, gibt dem Wirt ein Zeichen, zieht seine Jacke über und den Hut auf und verlässt das Lokal mit einem schallenden „Gott zum Gruß".

„Was war das denn jetzt?", fragt Faber verdutzt.

Schneider lacht höhnisch: „Was soll schon sein? Ihr habt den Ortsvorsteher belästigt mit Eurer Litanei! Kann der gute Mann nicht einmal mehr in der Wirtschaft in Ruhe sein Bier trinken, ohne dass es um Politik geht?"

Die Männer am Nebentisch sehen Faber erwartungsvoll an.

„Trotzdem …", protestiert dieser. Das Herz schlägt ihm bis zum Halse. „Trotzdem seid Ihr mir eine Erklärung schuldig. Vielleicht fragt Euch bald auch ein Kriminalbeamter danach:

Wozu habt Ihr die Mädchen mit nach Kalifornien genommen?"

„Glaubt Ihr etwa, die drei Hübschen sind in die Hände eines Verbrechers geraten?", fragt Schneider verächtlich, „Ihr scheint ja eine verteufelt hohe Meinung von diesen Fräuleins zu haben!"

„Luise war meine fleißigste Schülerin. Ich habe große Hoffnungen in sie gesetzt. Sie würde niemals aus freien Stücken ..." Der Lehrer bringt seinen Satz nicht zu Ende.

„Das hat schon so manch einer von seinem braven Mädchen gedacht", höhnt Schneider.

Jetzt reicht es, denkt Faber und springt mit geballten Fäusten auf.

„Die Luise beleidigt Ihr nicht!", faucht er, „jeder hier weiß, wer in Wirklichkeit der Halunke ist! Ihr habt den Vätern ihre Töchter regelrecht abgekauft, um sie in der Neuen Welt zu Geld zu machen!"

„Seht her! Der Herr Schulmeister möchte mich zu einem Faustkampf herausfordern!", ruft Schneider belustigt aus.

„Reden will ich mit Euch. Antworten will ich haben", entgegnet der Lehrer wütend, „oder soll ich nach einem Gendarmen aus Butzbach schicken? Ihr werdet schon Auskunft geben, wenn Ihr bei ihm in der Wachstube sitzt!"

„Nicht nötig", antwortet Schneider lässig, nimmt seine Jacke vom Haken und ruft in die Gaststube: „Wir gehen mal kurz vor die Tür. Es wird nicht lange dauern."

Draußen, auf dem gepflasterten Hof grinst er Faber überheblich an: „Ihr müsst ja einen richtigen Narren gefressen haben an den Mädchen, vor allem an dieser Luise. Habt wohl sehnsüchtig auf ihre Rückkehr gewartet? Aber macht euch nichts draus. Sie ist es nicht wert ... es laufen genug andere Röcke herum."

Da verliert Faber die Beherrschung. Er holt aus und schlägt dem Anderen seine Faust roh ins Gesicht, so schnell und hart, dass dieser nicht rechtzeitig ausweichen kann. Einen Moment taumelt der Angegriffene, greift erstaunt nach seiner Nase. Doch dann erinnert er sich daran, dass er ebenfalls über zwei Fäuste verfügt.

Bei den ersten zwei oder drei Schlägen spürt Faber noch den Schmerz. Am Kopf, am Bauch, zwischen den Beinen. Hilflos hebt er seine Hände, um sich zu ergeben.

Dann verschwimmt alles um ihn herum: Er hört Schreie, hört Leute zusammenlaufen, schmeckt Blut und beißt auf etwas, was ein Kirschkern sein könnte, aber in Wirklichkeit sein Schneidezahn ist.

Als er zu Boden sinkt, hat Faber nur einen einzigen, klaren Gedanken: Dass er sich im Alter von über vierzig Jahren das erste Mal wegen eines Mädchens geschlagen hat.

Vierzigstes Kapitel

Mit Garry spricht Luise nur, wenn es unbedingt sein muss. Doch jetzt geht es nicht anders. Sie passt dafür einen ruhigen Moment im *Fashion Saloon* ab.

„Gibt es in *Williams Creek* eigentlich einen Arzt?", fragt sie, „meine Freundin, die Tesi, ist schon so lange krank. Und es wird einfach nicht besser." Dass sie selbst auch gern einen Arzt zu Rate ziehen würde, verrät sie ihm nicht. Ihr Bauch ist zwar noch nicht dicker geworden. Der Rockbund schlackert sogar bedenklich um ihre Taille. Ihr ist auch nie übel. Aber solange sie nicht wieder blutet, kann sie nicht sicher sein.

„Ha! Doktoren haben wir hier oben zuhauf!" triumphiert Garry, „vier oder fünf sind es alleine in Barkerville! Sogar einen Dentisten … Ist zwar ein Schwarzer, aber er zieht tadellos jeden Zahn."

„Darum geht es nicht. Tesi hat schon so lange hohes Fieber", wendet Luise bedrückt ein. Benjamin ist in ihre Nähe gerückt und spitzt die Ohren. „Vielleicht kann ein Arzt herausfinden, was sie hat und ihr eine Medizin verschreiben", drängt sie Garry.

„Du meinst, jetzt, mitten im Winter?", der Däne legt den Kopf schräg und tastet die ölige Haarsträhne auf seiner Glatze ab, „könnte schwierig werden. Unsere Doktoren sind alle im Tal. Kommen erst im Mai wieder herauf, wenn es verletzte Arbeiter zusammenzuflicken gibt." Endlich schlägt er sich mit der Hand vor die Stirn: „Dass ich nicht gleich daran gedacht habe: Bring deine Freundin doch in unser neues Hospital! Erst im letzten Jahr haben wir es eröffnet, es ist das erste und einzige im ganzen Cariboo!"

Luise hat das schlichte Gebäude, das etwas abgeschieden an einem Berghang liegt, bisher nur aus der Ferne gesehen.

Den Fußweg dorthin, durch Eis und Schnee, könnte sie alleine wohl bewältigen, aber nicht gemeinsam mit einer Kranken. Sie müsste irgendwo eine Bahre auftreiben und ein paar Burschen als Träger. Aber Tesi wäre bestimmt nicht einverstanden damit, dass Luise sie unter den stöhnenden, schwitzenden, schwerkranken Männern in diesem Haus zurückließe.

„Nur Mut! Gevatter Tod ist ja besonders fleißig, wenn es draußen schneit und friert", grinst Garry.

„Sie soll aber wieder gesund werden!", antwortet Luise empört, „gibt es denn keinen Arzt, der zu uns ins *Boarding House* kommen kann?"

„Darauf musst du wohl bis zum Frühling warten!" Der Wirt lacht wie über einen gelungenen Scherz.

Doch schon am nächsten Nachmittag klopft jemand an die Kammertür der Mädchen. Als Luise öffnet, steht Benjamin mit einem seiner Kumpane aus Cameronton davor.

„Was wollt ihr denn hier?", fragt sie überrascht.

„Das ist Patrick!", Benjamin deutet auf den Grauhaarigen mit dem wilden Bart, „er hat Medizin studiert. In London. In Dublin war er sogar als Arzt im Hospital. Ich habe ihn gefragt, ob er sich Tesi mal ansehen kann."

Die Kranke liegt wachsbleich und nur mit einem Hemd bekleidet auf ihrem Lager. Normalerweise würde Luise es niemals zulassen, dass ein Mann sie in diesem Zustand aufsucht. Doch für den irischen Arzt tritt sie schnell einen Schritt beiseite, holt vom Hof eine Schüssel sauberes Wasser und reicht ihm ein Handtuch, das sie erst wenige Male benutzt hat.

Dann wartet sie mit Benjamin auf dem Flur. Mit ernstem Gesichtsausdruck kommt der Ire nach einer halben Ewigkeit aus der Kammer.

„Wie lange geht das schon so?", fragt er Luise.

„Lange. Ein paar Wochen bestimmt. Oft ist sie ganz benommen und phantasiert in der Nacht. Von Lämmern, die ihr fortgelaufen sind."

„Es ist in letzter Zeit nicht besser geworden?"

„Manchmal ging das Fieber zurück. Aber am nächsten Tag war sie wieder ganz heiß."

„Ich habe mir ihre Zunge angesehen", erklärt Patrick besorgt, „leider vermute ich Typhus."

„Typhus?", Luises Augen weiten sich erschrocken, „ist das gefährlich?"

„In Dublin nannten wir es das irische Fieber. Unsere Landsleute bekommen es scheinbar besonders oft. Hier oben wäre sie damit auch nicht die Erste", antwortet der Arzt, „im letzten Jahr wütete eine Epidemie im Williams Creek. Kein Wunder, dass die Kranken es an die Gesunden weitergeben, wenn ein Dutzend Männer zusammen in einer Hütte haust. Erst seit es das Hospital gibt, ist es etwas besser geworden. Dort liegen die schlimmsten Fälle."

„Aber was ist mit Tesi?", fragt Luise erschrocken, „sie wird doch wieder gesund?"

„Das wäre ihr von Herzen zu wünschen", weicht Patrick einer Antwort aus, „viele überstehen die Krankheit ganz gut und bekommen danach nie wieder Typhus. Aber wenn die Patienten sehr geschwächt sind, wenn andere Leiden dazukommen … manchmal kann nur Gott helfen. Einige mussten wir leider in Richfield zu Grabe tragen."

„Gibt es denn keine Medizin dagegen?"

„In Dublin haben wir Typhuspatienten mit Essigwasser abgerieben und ihnen Portwein zu trinken gegeben, oft mit gutem Erfolg. Aber an solche Essenzen kommt ihr hier oben nicht heran. In Deutschland schwören die Doktoren auf Wasserkuren:

Sie verordnen den Kranken täglich ein kaltes Bad, um das Fieber zu senken."

„Wir haben hier nur einen Zuber!" Noch nie im Leben hat Luise eine Badewanne aus Porzellan gesehen.

„Ich weiß. Nicht einmal das Hospital hat ein Bad. Aber deine Freundin ist jung und stark. Sie kann es auch ohne solche Mittel schaffen." Mit gesenkter Stimme fügt er hinzu: „Betet einfach für ihre Genesung."

Luise schlägt sich die Hände vor das Gesicht.

„Geht es dir nicht gut?", der Ire mustert sie besorgt, „Typhus ist ansteckend. Du musst aufpassen, wenn du in ihre Nähe kommst. Damals in Dublin hat es früher oder später fast alle unsere Krankenschwestern erwischt. Darf ich fragen, wo sich dein Nachtlager befindet?"

„Neben ihr", antwortet Luise beschämt, „etwas Anderes können wir uns nicht leisten."

„So geht es aber nicht!", schilt Patrick sie streng, „du musst Abstand zu der Kranken halten, Tag und Nacht. Und wenn du Berührung mit ihr hast, achte peinlich auf Sauberkeit! Das ist kein Aberglaube, sondern modernstes medizinisches Wissen." Tadelnd wendet er sich an Benjamin: „Pass gefälligst besser auf dein Mädchen auf, wenn du es nicht verlieren willst."

„Ich tue, was ich kann", antwortet Benjamin niedergeschlagen, „danke für deinen Besuch. Ich geleite dich noch hinunter."

„Was sind wir euch schuldig?", fragt Luise schnell. Doch Patrick winkt ab: „Nicht der Rede wert. Ich wünschte, ich könnte euch helfen!" Dann steigen die beiden die Treppe hinab.

Am Abend macht Luise sich auf den Weg zum *Fashion Saloon*. Es fällt ihr jeden Tag schwerer, Tesi so viele Stunden allein zu lassen. Traurig läuft sie neben Benjamin her.

„Wären wir jetzt in San Francisco, würde mein Vater nach seinem chinesischen Heiler schicken“, sagt er bedrückt: „John Chinamann hat meiner Mutter ein paar Mal geholfen. Viel besser als alle die anderen Quacksalber.“

Und das bringt sie auf eine Idee.

Einundvierzigstes Kapitel

Schüchtern klopft sie an. Die Alte öffnet sofort und mustert Luise streng: „Warum so lange nicht hier?"

„Ich dachte ... ich wusste nicht ...", stammelt sie unbeholfen, „bitte, es ist wichtig! Wir brauchen Hilfe!"

Die Chinesin bedeutet ihr einzutreten und stellt eine Tasse mit dampfendem Tee auf den niedrigen Tisch. Die Kinder springen beim Anblick des Gastes sofort auf und reihen sich stumm an die Wand.

„Bitte!", fleht Luise, „meine Freundin, die Tesi, sie ist sehr krank. Wahrscheinlich Typhus."

Die Alte sieht sie mitfühlend an: „Schlimm. Kein Arzt. Winter."

„Ich weiß! Deshalb komme ich ja zu Euch ...", Luise ringt um Worte, „John Chinamann ... ich habe gehört, Ihr habt eure eigene Medizin?"

„Weißes Mädchen braucht weißen Doktor", antwortet Luises Gastgeberin bestimmt.

„Es war einer da", Luise ist den Tränen nahe, „aber er kann uns nicht helfen. Er hat gesagt, dass es Typhus ist."

„Wo ist Mädchen?", seufzend wischt die Alte ihre Hände an ihrer Schürze ab, „ist heiß? Tut Kopf weh?"

Luise nickt: „In unserer Herberge. Sie wird überhaupt nicht mehr richtig wach."

„Wir gehen."

Die Hauptstraße von Barkerville ist zu dieser frühen Morgenstunde noch menschenleer. Nur hier und dort lugt jemand neugierig aus seinem Fenster, um etwas Unerhörtes zu sehen: Ein junges, weißes Mädchen eilt gemeinsam mit einer alten Chinesin durch den Ort.

Tesi öffnet ihre Augen kaum, als die Alte nach ihrem Handgelenk greift und den Puls fühlt.

„Zunge!", fordert diese die Kranke auf.

„Du sollst deine Zunge herausstrecken!", wiederholt Luise laut, als spräche sie mit einem kleinen Kind, „es ist wichtig!" Apathisch öffnet das Mädchen den Mund. Ihre Zunge ist grau belegt und an den Rändern tiefrot.

„Zu mir! Mein Haus!", befiehlt die Chinesin.

„Zu Euch?", fragt Luise erschrocken, „aber es ist ansteckend. Die Kinder ..."

„Wir Chinesen machen gut sauber. Viel Wasser", entgegnet die Alte entrüstet.

„Ist ja gut!", rasch willig Luise ein.

Sobald Benjamin zurückkommt, wickeln sie das Mädchen, das in den letzten Wochen erschreckend leicht geworden ist, in eine Decke und schleppen das Bündel gemeinsam über die Hauptstraße zum Haus mit den chinesischen Schriftzeichen.

In der Mitte des einzigen Raumes ist schon ein Lager bereitet. Die Kinder sind verschwunden.

„Drei Tage", sagt die Alte, „dann wieder gut. Ich hoffe, sie will."

Auf dem Rückweg fühlt sich Luise seltsam matt und zerschlagen, spürt, wie ihr heiß wird und der Kopf schmerzt. Sie schafft es gerade noch, in ihre Kammer hinaufzusteigen.

Dort legt sie sich erschöpft auf das Lager und fällt in einen tiefen Schlaf.

Später ist ihr, als sinke sie weit unter den Meeresspiegel. Verzweifelt versucht sie, irgendwo Halt zu finden. Mit den Strömungen des Ozeans treiben Menschen und Tiere an ihr vorbei: Die Eltern, Dora und der Lehrer haben sich an den Händen gefasst, öffnen die Münder, um etwas zu rufen. Doch sie hört nur dumpfe, unverständliche Töne. Kühe, Schweine und Schafe kämpfen sich neben ihr zur Wasseroberfläche hinauf. Als ein Schiffsrumpf vorbeischwimmt, klammert sie sich am Anker fest. Da durchfährt sie ein freudiger Schreck: Elisa ist bei ihr. Gemeinsam finden sie eine Luke, können in das Schiff kriechen. Drinnen ist es trocken. Doch plötzlich ist Elisa verschwunden. An ihrer Stelle starrt Köberer sie hasserfüllt an und versucht, nach ihr zu greifen. Luise schreit auf. Niemand kommt zu Hilfe. Sie ist in dem riesigen Zwischendeck ganz allein.

Sie will weglaufen und sich verstecken, aber ihre Beine sind schwer wie Blei. Hinter sich hört sie Köberer keuchen. Nur ganz langsam taucht sie aus den Tiefen dieses furchtbaren Traumes wieder auf.

Um sie herum ist es dunkel und still. Ihr Lager ist pitschnass und sie klappert mit den Zähnen. Luise erschrickt: Müsste sie nicht längst beim Dienst im Saloon sein? Sie versucht, sich aufzurichten, sinkt aber erschöpft wieder zurück und schläft gleich wieder ein.

So geht es tagelang. Immer wieder durchlebt sie denselben Albtraum, wird unter Wasser in die Tiefe gerissen und wehrt sich verzweifelt gegen das Ertrinken. Jemand scheint ab und zu nach ihr zu sehen, ihre Stirn zu fühlen, eine Blechtasse mit Tee neben ihr Lager zu stellen und sie zuzudecken. Einmal liegt sogar ein frisch gewaschenes Hemd auf ihrem Bett.

Wenn sie nicht schläft, dämmert sie vor sich hin. Alles, was bisher geschehen ist, zieht in beängstigenden Bildern an ihr vorbei: Sie sitzt im engen, schaukelnden Zwischendeck eines Dampfseglers und fürchtet, dass das Schiff mit der nächsten Woge kentert. Dann hört sie das dreckige Lachen von Mathilde und die immer gleiche Melodie aus der Drehorgel. Ganz allein irrt sie durch die riesige Stadt San Francisco, sieht Ratten über die Straße flitzen, riecht den fauligen Geruch der *Crib*, hört das blöde Grunzen der Männer. Sie zerrt die schlotternde, blutende Tesi hinter sich her durch endlos lange Straßen, spürt grobe Hände, die an ihr herumzerren.

Wenn sie von ihren eigenen Schreien erwacht, brennt ihre Haut wie Feuer und sie zittert zugleich vor Kälte. In ihrer Kammer wird es von Tag zu Tag frostiger.

Einige Male meint sie, Benjamin an ihrem Bett zu sehen, einmal zusammen mit dem irischen Arzt. Und dann liegt plötzlich eine Mädchenhand wohltuend fest auf ihrem Leib. Erstaunt schlägt Luise die Augen auf: Tesi sitzt neben ihr auf dem Lager und sieht so rosig und munter aus wie zuletzt in San Francisco.

„Was ist los?", fragt Luise erstaunt, „sind wir gestorben?"

Tesi schüttelt den Kopf: „Nein. Du bist krank. Und ich war es auch."

„Bist du nicht mehr bei der Chinesin? Hat dich die Alte gesund gepflegt?" Plötzlich fällt Luise alles wieder ein.

„Du meinst Han Yin?", fragt Tesi, „sie hat mir Tee gegeben, Reis und andere Sachen und hat kalte Umschläge gemacht. Nach drei Tagen ging es mir schon viel besser. Aber sie hat mir befohlen, noch länger bei ihr zu bleiben."

So viele Sätze hintereinander hat Tesi nicht mehr gesprochen, seit die Mädchen sich in der *Crib* vor fast einem Jahr in die Arme fielen.

Luise schreckt hoch: „Ich muss zum Dienst!"

„Du warst eine ganze Woche lang nicht arbeiten. Benjamin hat Garry Bescheid gesagt", erklärt Tesi nüchtern, „sein Kumpel hat ein paar Mal nach dir gesehen. Er sagt, dass du noch ein paar Tage im Bett bleiben musst." Sie steht auf: „Ich hole Tee."

Kaum ist Luise allein, schickt sie ein dankbares Stoßgebet zum Himmel: Tesi ist wieder gesund!

Sie schaut aus dem Fenster. Der Himmel ist wolkenlos. Sie kann sich nichts Schöneres vorstellen, als noch eine Weile liegen zu bleiben.

Und dann spürt sie etwas Warmes, Klebriges zwischen ihren Beinen. Vorsichtig schiebt sie ihre Hand unter die Decke und hält sie Sekunden später ans Licht.

Kein Zweifel. Ihr Zeigefinger ist blutrot. Sie würde am liebsten laut jubilieren. Schnell zieht sie sich die Decke bis über die Nasenspitze, damit Tesi, wenn sie zurückkehrt, ihr glückliches Grinsen nicht sieht.

Zweiundvierzigstes Kapitel

Im Dezember liegt der Schnee im Williams Creek fast einen Meter hoch. Die traurigen Baumstümpfe an den Hängen, die notdürftig gezimmerten Bretterbuden, die schlammige Hauptstraße: Alles wirkt frisch überzuckert und blütenrein sauber wie in einem Wintermärchen.

Die Mädchen sind wieder gesund und beide ein Jahr älter geworden: Luise ist neunzehn und Tesi sechzehn Jahre alt. Ihre Geburtstage haben sie kaum bemerkt. Das wäre in der Heimat nicht anders gewesen. In der Wetterau feiern nur Adelige so einen Anlass mit Gästen im Schloss.

Alles, was vor der Krankheit passiert ist, liegt für Luise jetzt in einer fernen Vergangenheit. Auch Tesi hat sich verändert, wirkt so klar und tatkräftig wie nie zuvor, spricht in ganzen Sätzen und hat rosige Wangen.

„Guten Morgen", sagt Luise zu ihr, als sie an einem Vormittag nach einem tiefen, traumlosen Schlaf die Augen aufschlägt, „vielleicht magst du jetzt erzählen, wo der Wirt dich damals in San Francisco hingebracht hat?"

„Wozu soll das gut sein?", Tesi verschränkt ihre Arme trotzig über der Bettdecke.

„All die Sünden, die du begehen musstest", beginnt Luise behutsam, „wir könnten zusammen beten und Gott um Vergebung bitten."

„Ich bin doch kein kleines Kind, das ans Christkind glaubt!"

„Tesi!", erwidert Luise entsetzt, „unser Herrgott hört alles!"

„Wenn es ihn gäbe, hätte er uns bestimmt schon längst geholfen."

„Vielleicht hat das ja getan“, sagt Luise ernst, „wir haben ihn in seinen Wohltaten zu erkennen.“

„Was meinst du denn damit?“

„Zum Beispiel ... Benjamin hat dich dort rausgeholt.“

„Hätte er von mir aus seinlassen können“, gibt Tesi pampig zurück, „dann säße ich jetzt nicht mit euch in den Bergen fest. Schneider hatte versprochen, dass er mich holen kommt.“

„Glaubst du etwa immer noch daran?“

„Und wenn nicht?“, fragt Tesi giftig, „soll ich mich jetzt auch noch artig dafür bedanken, dass ich hier oben fast gestorben bin?“

„Aber das ist doch nicht Benjamins und meine Schuld!“, Luise stehen die Tränen in den Augen, „und übrigens habe ich die ganze Zeit das Geld für uns drei allein verdient.“

„Wenn dir das nicht passt, gehe ich eben auch arbeiten. Hatte ich mir sowieso schon überlegt. Ich sterbe hier sonst noch vor Langeweile.“

Schon am nächsten Tag fragt Benjamin den Wirt im *Fashion Saloon*, ob er noch eine zweite Tänzerin gebrauchen kann. Doch Garry winkt ärgerlich ab: „Im Winter ist mir eine eigentlich schon zu viel. Aber ihr kann ich nichts abschlagen.“ Seine Blicke tasten Luise anzüglich ab, als sei diese ihm etwas schuldig.

„Dann muss ich mich wohl woanders umhören“, seufzt Benjamin.

„Sprich mal mit meinem Kumpel James Loring. Er hat einen Laden in Cameronton“, schlägt Garry vor, „im letzten Sommer hat er sich ein paar Squaws zum Tanzen geholt. Vielleicht kann er ein deutsches Mädchen brauchen.“

Lorings Saloon ist auch nicht mehr als eine schäbige Bretterbude, doch für den nächsten Sommer hat sich ihr Inhaber viel vorgenommen: Er will den Gastraum vergrößern und elegante Möbel und Billardtische aus Victoria kommen lassen. Musiker und Tänzerinnen sollen sein Etablissement zum ersten Haus am Platz machen. *Terpsychorean Saloon* will er es dann nennen.

„Terpsy … wie?“, fragt Luise, als Benjamin ihr davon erzählt.

„Du bist doch hier das Fräulein, das acht Jahre zur Schule gegangen ist“, antwortet er spöttisch, „das Wort kommt aus Griechenland und hat irgendwas mit Schautänzen zu tun. Tesi kommt ihm jedenfalls gerade recht. Sie kann sofort anfangen.“

Folgsam lässt sich das Mädchen am nächsten Abend nach Cameronton bringen und wird sofort engagiert. Was sie dort zu tun hat, erzählt sie Luise nicht.

Benjamin muss ab jetzt täglich mehrere Wege gehen: Abends bringt er die beiden Mädchen nacheinander zur Arbeit und holt sie ein paar Stunden später wieder ab. Am nächsten Vormittag sucht er beide Saloons erneut auf, um ihre Einnahmen bei den Gastwirten zu kassieren.

Am Weihnachtsabend genehmigen sich Luise, Benjamin und Tesi ein zusätzliches Glas Bier und ein großes Stück Speck. Ein paar Tage später beginnt das Jahr 1865. Luise hofft, dass mit dem neuen Jahr endlich alles besser wird.

Ende Januar muss sie bereits ihre letzten Dollarmünzen aus ihrem Taschentuch kramen. Im *Boarding House* erlauben sie sich längst nur noch eine warme Mahlzeit am Tag und ein Stück Brot am Morgen.

Jeden Samstag sparen sie das Essen im Gasthaus ganz ein und besuchen stattdessen Han Yin. Luise freut sich immer schon Tage im Voraus darauf, dass die Chinesin ihre große Schüssel mit dampfendem Reis auftischt und die vielen köstlich duftenden Schälchen mit Saucen und Beilagen darum herum verteilt. Die Alte wehrt sich auch nicht mehr dagegen, dass die drei jungen Gäste ihr für diese Mahlzeit denselben Betrag geben, den sie sonst für ihr fades Bohnengericht bezahlen.

Allen dreien macht der Winter, die ewige Kälte, der Mangel an Licht und die eintönige Ernährung zu schaffen. Auf den Wangen bekommen die Mädchen raue Stellen, die einfach nicht weggehen wollen. Ihre schmerzhaft entzündeten Mundwinkel werden wohl erst heilen, wenn ihnen die Sonne wieder ins Gesicht scheint und sie frisches Gemüse oder Fleisch bekommen.

Luises Füße schmerzen in ihren alten Mädchenschuhen. Trotz aller Schuhmacherkunst sind sie zu eng und die Sohlen viel zu dünn, um damit im Schnee herumzulaufen. Ihre Zehenspitzen sind rotblau verfärbt und wund. Auch in Langenhain besaß sie nie warme Stiefel und litt fast jeden Winter unter Frostbeulen. Wenn es besonders schlimm war, durfte sie ein paar Tage zuhause bleiben, heißen Tee trinken, ihre Füße mit warmem Wasser waschen und danach in eine Decke wickeln. In Barkerville gibt es all das nicht. Sie kann es sich auch nicht leisten, nur einen einzigen Tag im Saloon zu fehlen.

Manchmal verdient sie nur den Vierteldollar, den Garry ihr pro Abend zahlt. Tesis Einkünfte sind auch nicht viel besser. Immer wieder müssen sie beim Hauswirt anschreiben lassen. Wenn es endlich Frühling wird, wollen sie zunächst ihre Schulden abzahlen und dann jeden ersparten Cent beiseitelegen.

„Ich habe mich ein bisschen umgehört“, sagt Benjamin einmal, als er mit Luise allein am Tisch sitzt, „wollte wissen, ob es noch irgendwas gibt, womit man ein paar zusätzliche Dollar verdienen könnte.“

„Und?“, horcht sie auf.

„In den Goldminen braucht mich zur Zeit keiner. Sind ja nur ein paar Männer den Winter über hiergeblieben. Im Mai kommen wieder Tausende Arbeiter aus dem Tal, und dieses Mal habe ich ihnen etwas voraus: Ich bin ja schon hier! Durch den Saloon kenne ich genug Leute, die mir einen Job verschaffen können.“

„Schon gut“, unterbricht Luise ihn. Sie hat diese Beteuerungen schon allzu oft gehört.

„Aber es gibt andere Sachen. Besser gesagt: eine andere. Du musst es natürlich nicht machen.“ Er verstummt, wartet einen Moment und gibt sich dann einen Ruck: „Du kennst ja den *Parlor Saloon*. Ich habe mit dem Besitzer gesprochen. Er mag dich, hat dich schon oft durch den Ort gehen sehen. Jetzt im Winter sind die komischen Weiber, die wir mal auf der Straße gesehen haben, längst wieder weg. Die ziehen jetzt den Männern in San Francisco das Geld aus der Tasche.“

Er verstummt und wartet darauf, dass Luise selbst errät, was er vorschlagen will. Doch sie sieht ihn nur fragend an. „Du könntest jederzeit dort anfangen“, er seufzt theatralisch und verdreht die Augen nach oben, „tut mir leid. Etwas anderes weiß ich auch nicht. Er hat im Moment kein einziges Weib in seinem Laden. Aber er meint, mit einem weißen Mädchen liefe sein Geschäft sogar im Winter.“

„Wie meinst du das?“ Noch will sie Benjamin nicht verstehen.

„Er würde dir einen Vierteldollar pro Abend geben, genauso wie Garry. Aber bei ihm könntest du viel mehr dazuverdienen. Du bekämst einen festen Anteil von allen Einnahmen. Es gibt dort komfortable, kleine Zimmer mit eigenen Waschtischen. Er hat mir alles gezeigt.“

Luise fühlt sich plötzlich wie seekrank. Der Schweiß tritt ihr auf die Stirn, ihr wird schwindelig. Gerade noch rechtzeitig kann sie aufspringen, zum Abort hinauslaufen und sich über dem Erdloch übergeben. Eine Weile bleibt sie schluchzend und würgend auf dem gestampften Lehmboden hocken. Dann wischt sie sich mit dem Ärmel die Reste von Erbrochenem und Tränen aus dem Gesicht und kehrt blass und zitternd in die Gaststube zurück.

Benjamin sieht sie mitfühlend an: „Ist dir nicht gut?"

„Ist schon wieder besser", antwortet Luise knapp, „bin wohl doch noch nicht wieder ganz gesund." Ihren Teller mit Bohnen schiebt sie angewidert weg: „Essen mag ich jetzt nicht mehr."

„Ich habe gedacht, es wäre nicht schlimm für dich … du hast es in der *Crib* doch auch gemacht", stammelt Benjamin.

„Lass einfach gut sein", sie will kein weiteres Wort mehr hören, steht auf und geht nach oben.

Dreiundvierzigstes Kapitel

Als der Schnee endlich schmilzt, ist es schon April. Schmutzige braune Berge und grau verfärbtes Holz kommen zum Vorschein. Die Wege im Ort sind nicht mehr steinhart gefroren, sondern matschig und aufgewühlt. Nichts sprießt grün aus dem Boden oder beginnt zu blühen. Ohne Schnee sieht es im Williams Creek noch trostloser aus als sonst.

Luise, Tesi und Benjamin sind blasse und magere Gestalten, die ständig gegen ihre bleierne Müdigkeit ankämpfen. Luises Mund ist nicht mehr als ein dünner Strich, den sie am Abend im Saloon etwas in die Breite zieht.

Jedes Mal, wenn sie am *Parlor Saloon* vorbeigeht, schlägt sie die Augen nieder. Sie mag dem Besitzer, der oft auf dem Fußsteig vor seiner Gastwirtschaft herumlungert und nach Kundschaft Ausschau hält, nicht mehr ins Gesicht sehen.

Um sie herum aber erwachen Barkerville, Cameronton und Richfield allmählich zu neuem Leben: Fensterläden werden geöffnet, Häuser angestrichen und mit den Dingen herausgeputzt, die Maultierzüge in den Ort schleppen. An fast jedem Dachfirst baumelt ein Schild, das Werkzeug, Kleidung, Musik, Tanz oder Getränke anpreist. Wer aus dem Tal heraufkommt, berichtet, dass die Straße von Quesnelmouth nach Cottonwood schon fast fertig ist. Auf dem Rücken eines Reittiers ist man von dort in anderthalb Tagen in Barkerville.

Benjamin fragt überall nach Arbeit. Die kleinen Unternehmen mit klangvollen Namen wie *Grizzley* oder *Last Chance*, die am Flussufer ihre Claims abgesteckt haben, bringen ihre Mannschaften aber meist schon aus dem Tal mit und engagieren vor Ort nur ein paar Indianer als Träger.

Dass der Deutsche im Winter klapperdürr geworden ist, erweist sich jedoch schließlich als Vorteil: Die *Cameron Company* stellt Benjamin für die Arbeit im Schacht ein.

Jeden Morgen wird er in einen engen, behelfsmäßigen Stollen hinabgelassen, bis er etwa fünfzehn Meter unter der Erdoberfläche endlich Grund unter die Füße bekommt. Bis zu den Knöcheln im Wasser stehend muss er dort Schlamm und Gesteinsbrocken in große Behältnisse schaufeln, die mit Seilzügen ans Tageslicht befördert werden. Am Flussufer durchsuchen andere Arbeiter die dreckige Brühe in hölzernen Rinnen und Becken nach Goldkörnern.

Nur für eine kurze Pause am Mittag und am Abend darf Benjamin selbst in so einen Behälter steigen. Erschöpft, frierend und verdreckt ziehen ihn seine Kollegen ans Tageslicht hoch. Viele Minenarbeiter verunglücken bei solchen Manövern, brechen sich die Knochen oder werden lebensgefährlich verletzt.

Die Mädchen finden es nicht so schlimm, dass sie jetzt jeden Abend alleine zu ihren Saloons laufen müssen. Im Mai ist es ja noch lange hell. Luise hat es außerdem übernommen, ihre Einnahmen mit Garry und James Loring abzurechnen.

Völlig erschöpft, in seiner vor Dreck starren Kleidung, wankt Benjamin nach einem seiner ersten Arbeitstage in den *Fashion Saloon*. Luise hat nur noch das Nötigste mit ihm ausgetauscht, seit er sie in den *Parlor Saloon* schicken wollte. Aber jetzt tut er ihr leid.

„Wie war deine Arbeit?“, fragt sie mitfühlend auf ihrem gemeinsamen Heimweg, „ist es wie damals am Lake Tahoe?“

„Bisschen schlimmer. Aber es geht“, antwortet er knapp und holt Luft, „es gibt Wichtigeres. Alle haben heute darüber gesprochen. Vielleicht hast du es im Saloon auch mitbekommen: Der Krieg in Amerika ist aus. Die Südstaaten haben kapituliert.“

„Das ist ja wunderbar!“, klatscht sie in die Hände, „dann wird das Reisen für uns bald viel leichter und billiger!“

„Kann schon sein“, knurrt er unwirsch, „aber eigentlich ging es doch um etwas ganz Anderes: die Abschaffung der Sklaverei! Die Südstaaten waren dagegen. Die Herrschaften wollten ihre Leibeigenen weiter unbegrenzt für sich schuften lassen, aber jetzt haben sie den Krieg verloren und müssen sich Lincolns Gesetzen unterwerfen. Jeder Mann auf amerikanischem Boden ist künftig frei!“ Düster fügt er hinzu: „Leider ist auch etwas Schlimmes passiert: Der Präsident wurde ermordet. Lincoln ist tot.“

„Gott hab ihn selig“, haucht Luise erschrocken.

„Ein Attentäter hat den Präsidenten feige erschossen – nicht etwa auf dem Schlachtfeld, sondern in einem Theater. War wohl ein fanatischer Südstaatler, der sich für die Niederlage rächen wollte.“

„Ich werde für ihn beten. Und für die Seele von Abraham Lincoln auch.“

„Für mich bleibt er für immer der größte Präsident von Amerika“, erklärt Benjamin andächtig, „er hat sein Land in die Freiheit geführt und sein eigenes Leben dafür gegeben.“

Jeden Tag steigen Reisende vor dem Kontor von *Barnards Express* steifbeinig von ihren Reittieren, klopfen sich den Staub aus der Kleidung und schauen sich ungläubig um: Sie sind in Barkerville angekommen. Unzählige Säcke, Körbe und Kisten mit Waren stapeln sich auf dem hölzernen Fußsteig vor dem Kontor.

In den Geschäften gibt es wieder jede Menge Lebensmittel zu kaufen. Die Preise für Zucker, Mehl, Speck und getrocknete Bohnen sinken von Woche zu Woche. Mehrmals sieht Luise ganze

Herden von Schafen und Rindern auf den schmalen Wegen zwischen den Häusern: Schlachttiere, die aus dem Tal heraufgetrieben wurden und noch so lange leben dürfen, wie ihr Fleisch frisch bleiben muss.

Einmal stellt ein indianischer Träger ein großes, gusseisernes Gestell vor *Barnards Express* ab. Es sieht aus, als gehöre es zu einer Nähmaschine für Riesen. Später stehen Kisten mit armlangen Schrauben, schwere Eisenplatten und massive Handräder daneben. Könnte das alles zu einer Wäschemangel gehören? Einmal hat Luise so einen riesigen Apparat in einem Schaufenster in San Francisco gesehen. Doch wozu dienen die flachen, hölzernen Laden, die daneben mannshoch aufgetürmt sind? Will jemand darin Knöpfe und Garnrollen oder Goldkrümel und Nuggets sortieren?

„Du kennst dich mit so neumodischem Kram doch aus: Was sind das für Gerätschaften, die vor *Barnards* Kontor stehen?“, wird Benjamin am Abend im Saloon gefragt. Meist bleibt er spätabends auf ein oder zwei Gläser, bevor er Luise nach Hause begleitet.

„Zum Goldgraben sind sie gewiss nicht,“ überlegt er, „solche Maschinen werden direkt zu den Claims gebracht. Und für eine Schneiderei sind sie auch nicht bestimmt: Mein Vater hatte immer die modernste Technik in seinem Geschäft. Aber so einen Apparat habe ich noch nie gesehen.“

„Bekommen wir endlich eine Straßenbahn hier oben? Wurde auch Zeit, wo jetzt so viel los ist in Barkerville!“, grölt einer der Männer. Alle brüllen vor Lachen.

„Ihr wisst es also noch nicht?“, schaltet sich Garry im belehrenden Tonfall ein, „es handelt sich um eine Druckerpresse. Ist in Frankreich konstruiert worden, ich glaube sogar in Paris. Hat ein paar Jahre der Kirche gedient. Dann wurde die Maschine nach

Victoria gebracht, für ein französisches Journal. Und jetzt lässt ein Zeitungsmann sie hier in Barkerville aufbauen."

„Und was hat er damit vor?", fragt einer der Männer, „falls er fromme Traktate verbreiten will, kennt er uns Goldgräber aber schlecht!" Wieder prusten alle los.

„Das hat George Wallace ganz bestimmt nicht im Sinn. Er will ein eigenes Journal für das Cariboo herausbringen. Mit Nachrichten aus der ganzen Welt und natürlich allen Neuigkeiten von der Goldgräberei", erläutert Garry, „die erste Ausgabe soll schon bald erscheinen. Und ratet mal, wer eine Anzeige auf der ersten Seite schaltet: Natürlich der *Fashion Saloon*!" Er klingt jetzt wie ein Ausrufer: „Für alle, die Spaß und Unterhaltung suchen! Billard und Karten! Exzellente Drinks! Jeden Abend Musik und Tanz." Er wischt sich den Bierschaum mit dem Handrücken vom Mund: „Das bin ich einem Overlander schuldig."

„Ein Over … was?", fragt Benjamin.

„Fast hätte ich vergessen, dass du immer noch ein richtiger Grünschnabel bist." Garry trocknet seine Hände an der Schürze ab und lehnt sich an den Tresen. „Dann erzähl ich es jetzt nochmal: Vor drei Jahren haben sich an der Ostküste über 200 Männer auf den Weg hierher gemacht. Damals hieß es, dass man im Cariboo sehr viel Gold finden kann. Die Jungs wollten sich eine lange Schiffsreise sparen und sind deshalb zu Fuß und zu Pferde westwärts gezogen, über Land, immer der Nase nach. Länger als ein paar Wochen würde es ja nicht dauern. Haben sie gedacht." Er legt eine effektvolle Pause ein. „Aber es sind Monate daraus geworden. Einige haben die Expedition nicht überlebt. Der ganze Treck musste im Tiefland überwintern und war erst im nächsten Frühjahr hier. Einer von ihnen war übrigens ich. Ein anderer war Georg Wallace, dieser Zeitungsfritze." Im Saloon ist es still geworden. Fast andächtig hören die Männer zu.

„Ist ja alles gut und schön. Aber dieser Wallace ist doch wegen Gold hergekommen? Was will er jetzt mit einer Zeitung?", fragt ein riesiger, bärtiger Kerl, der sich auf seinen Billardstock stützt, „im *Daily Colonist* steht schon alles, was uns etwas angeht."

„Stimmt!", ein Gast, der schon ein paar Gläser getrunken hat, nickt schwerfällig, „und was im Williams Creek los ist, sehen wir selbst: Meistens nichts! Dafür brauchen wir keine Zeitung!"

Wieder grölt der ganze Saloon.

„Dauert außerdem ganz schön lange, bis Neuigkeiten von der Ostküste hier ankommen", brummt der Riese, „und von Deutschland oder England noch länger."

„Aber das ändert sich bald", widerspricht Garry, „sehr bald. Unten im Tal wird eine Telegraphenleitung gelegt. Noch in diesem Sommer wollen sie bis nach Barkerville hoch. Dann steht alles, was in der Welt passiert, schon ein paar Tage später in der Zeitung! Und jeder von euch wird es wissen wollen. Wer sich keine eigene Ausgabe leisten kann, kommt dann zum Lesen hierher, in meinen Saloon!"

„Aber was hat es mit diesen Schubladen auf sich, die neben der Druckerpresse stehen? Will jemand ein Kurzwarengeschäft eröffnen?", fragt Benjamin.

„Das interessiert einen Bengel aus dem Textilgeschäft natürlich!", spottet Garry, „hast wohl noch nie einen Setzkasten gesehen? Ganz einfach: Man sortiert darin die Drucklettern. Einmal von A bis Z in großen und kleinen Buchstaben, dann die Satzzeichen, die Ziffern von null bis neun und so weiter. Und das alles natürlich in mehreren Exemplaren. Die Lettern werden in der richtigen Reihenfolge in einen Rahmen gesetzt, auf einen Bogen Papier gepresst – und fertig ist das Zeitungsblatt."

Vierundvierzigstes Kapitel

In ihrer ersten Zeit in Barkerville hat Luise viel nachgedacht.

Über die Frage, wie es dazu kommen konnte, dass sie in diesem unwirtlichen Kaff festsitzen. Es ist hier kein bisschen schöner als in der Heimat, im Winter sogar noch schlimmer. Und warum sie Benjamin so blind vertraut hat? Er durchschaut die Geschäfte der Mädchenhalter nicht einmal so genau wie sie selbst, ist überhaupt nicht so klug und weltgewandt, wie er sich anfangs gegeben hat. Aber hätte sie ohne seine Hilfe dieses Burschen ihr Schicksal in die eigenen Hände nehmen und Tesi befreien können? Sie weiß nicht mehr, wozu die Ratschläge der Amerikanerin am Brunnen von Nutzen sein sollten.

Doch dann hat sie aufgehört zu grübeln. Es nützt ja nichts. Lieber zählt sie die Tage, die sie noch hier verbringen muss. Und die Münzen in ihrem Taschentuch.

Nach Hause. Nur noch dorthin sehnt sie sich.

Mit dem Schnee in diesem Frühjahr ist das Eis zwischen Benjamin und ihr ein wenig geschmolzen. Sie bewundert ihn nicht mehr. Aber er ist der einzige Verbündete, mit dem sie sich über ihre Pläne austauschen kann.

„Manche sagen, dass den Sqaws, die bei Loring tanzen, heimlich Branntwein eingeflößt wird“, erzählt er einmal auf ihrem nächtlichen Heimweg.

„Wer würde denn so etwas Gemeines tun?“, fragt sie entsetzt. Luise hat die jungen Frauen mit den breiten Gesichtern, den gedrungenen Körpern und der rotbraun schimmernden Haut vor dem Saloon in Cameronton stehen sehen. Aber sie hat noch nie ein Wort mit ihnen gewechselt.

„Es sind nur Gerüchte. Aber ich habe sie tanzen sehen: Manche taumeln so unbeholfen herum, als wären sie nicht bei Sinnen."

„Halten die Männer sie beim Tanzen nicht fest?"

„Nicht die ganze Zeit. Es geht immer im Kreis herum. Vielleicht wird ihnen davon auch schwindelig. Ab und zu werden sie wild an den Hüften gepackt und bis zur Decke hinaufgeschleudert."

„Muss Tesi so etwas auch machen? Glaubst du, dass ihr jemand Branntwein zu trinken gibt?", fragt Luise besorgt. Oft liegt die Jüngere schon im Tiefschlaf, wenn sie nachts in ihre Kammer kommt. Und am Morgen klagt sie über Kopfweh.

„Was hast du denn gedacht?", fragt Benjamin ruppig. Sofort danach entschuldigt er sich für diesen Ton: „Tut mir leid, kannst du ja nicht wissen: Du kommst ja nie in Lorings Saloon." Er macht eine Pause und fügt etwas förmlich hinzu: „Ich wollte dir übrigens noch etwas Anderes mitteilen: Tesi wird dort ab Montag nicht mehr gebraucht. Loring hat sie entlassen."

„Hat er jetzt nur noch Sqaws als Tänzerinnen?"

„Nein, nein, im Gegenteil. Die Eingeborenen hat er auch gefeuert. Er macht seinen Laden dicht und baut um. Danach eröffnet er neu, und dafür hat er sich extra eine Truppe von Hurdy Gurdy Girls aus Kalifornien bestellt, deutsche Mädchen und einen Musikanten. Angeblich sind sie schon auf dem Weg hierher."

Luises Herz macht einen kleinen Sprung: Vielleicht ist eine aus Hessen dabei oder gar aus der Wetterau? Sie behält ihre Aufregung für sich.

„Ob Tesi irgendwo anders Arbeit findet?", überlegt sie, „wir brauchen ihre Einkünfte doch."

„Ich frage nochmal im *Fashion Saloon*. Vielleicht kann Garry jetzt ein zweites Mädchen gebrauchen. Ist ja wieder mehr los als im Winter."

Luise ist nicht recht wohl dabei. Sie weiß inzwischen, wie sie als Tanzmädchen Geld verdienen kann: Sie muss nur so tun, als höre sie aufmerksam zu, wenn ihr einer etwas ins Ohr brüllt, und über die derben Witze der Männer schallend lachen. Die einfachen Tänze beherrscht sie inzwischen so gut, dass sie kaum noch schmerzhafte Stiefeltritte abbekommt. In ihrem Rockbund verbirgt sie stets ein winzig zusammengefaltetes Blatt Papier, auf dem sie genau notiert, für wie viele Drinks und wie viele Tanzrunden ihre Gäste gezahlt haben. So kann sie kontrollieren, ob Garry korrekt mit ihr abrechnet. Sie weiß ja, dass er sie beim Konsul in San Francisco bestellt hat, und traut dem Dänen nicht über den Weg.

Sie mag es auch nicht, wenn Benjamin ihr bei der Arbeit zuschaut. Und nun soll auch Tesi zu ihrer Zeugin werden. Aber was, wenn sie eines Tages in Langenhain erzählt, womit Luise in der Fremde ihr Geld verdient hat?

Doch Garry ist leider sofort einverstanden. Er hofft, dass sich die Männer im Williams Creek mehr für zwei deutsche Mädchen interessieren, die auf Dauer in Barkerville leben, als für eine reisende Truppe von Rheinländerinnen in Lorings Saloon.

Seine Rechnung geht auf: Kaum tritt Tesi zum ersten Mal bei ihm durch die Tür, richten sich alle Augen auf sie. Garrys Gäste ziehen alle Register, um das mürrische Mädchen zum Lachen zu bringen, seine Aufmerksamkeit auf sich zu ziehen, ihm ein Getränk oder etwas zu Essen zu spendieren. Selbst die stumpfesten Minenarbeiter legen es darauf an, das Herz der Sechzehnjährigen zu erobern.

Und Luise, die vorher den umschwärmten Mittelpunkt im Saloon bildete, steht daneben, als wäre sie unsichtbar.

Wie ein Lauffeuer spricht es sich Mitte Juni herum und im *Cariboo Sentinel* steht es auch: Loring eröffnet am Samstag seinen Saloon mit dem unaussprechlichen Namen! Die besten Schautänze im ganzen Cariboo werden drin von deutschen Hurdy Gurdy Girls, die bereits in Cameronton eingetroffen sind, vorgeführt.

Wie zufällig stromert Luise dort herum, sobald sie davon erfahren hat. Eigentlich hat sie in Cameronton nichts mehr zu suchen, seit Tesi von Loring entlassen wurde, aber sie ist neugierig.

Stundenlang fällt feiner Nieselregen vom Himmel. Der Fahrweg zwischen den Ortschaften ist schon am Vormittag völlig verschlammt und von zahlreichen Rinnsalen durchzogen. Von den Deutschen ist weit und breit nichts zu entdecken.

Erst als es am nächsten Morgen wieder sommerlich warm wird, präsentieren sie sich auf dem hölzernen Fußsteig vor dem Saloon. Festlich angezogen, aber mit mürrischen Mienen, wirken sie in ihren bauschigen, langärmeligen Kleidern wie Gouvernanten. Ihre Anführerin ist an einem hellen, mit schwarzen Rauten verzierten Kleid zu erkennen. Kein Mädchen trägt eine Haube.

Die vier sind etwa gleich alt wie Luise. Sie überwindet sich, ganz dicht an den Fußsteig heranzutreten, zu ihnen hinaufzublicken und sie freundlich anzusprechen: „Gott zum Gruße! Versteht ihr mich? Ich habe gehört, ihr kommt aus Hessen, so wie ich?“

Nach kurzem Zögern antwortet die hell Gekleidete: „Scher dich fort. Wir sollen mit niemandem reden.“

Luise erkennt den vertrauten Zungenschlag sofort.

„Entschuldigung, ich bin selbst …“, sie unterbricht sich,

„ich bin schon zwei Jahre aus der Wetterau fort und wollte fragen, ob ihr Nachrichten aus der Heimat habt."

„Ich hab's schon gesagt: Wir reden mit keinem! Ist uns verboten!", streng funkelt die Wortführerin sie an, „übrigens versperrst du den Leuten die Sicht auf uns."

„Ist ja gut", flüstert Luise erschrocken und trollt sich.

Ihr ist zum Heulen. Die paar vertrauten Worte haben ihr Heimweh wieder voll entflammt.

In der Nacht kann sie nicht einschlafen, sehnt sich nach allem in Langenhain: der Küche, dem Vorratskeller, dem Hofplatz und dem Stall. Nach den Eltern, den Brüdern, den Tieren und ganz besonders nach Dora. Sogar nach dem ekligen Gestank in den Gassen: Was gäbe sie darum, diese Mischung aus Kuhdung und Heu, menschlichem Schweiß und tierischen Exkrementen wieder einzuatmen!

Schön war es nicht in der Wetterau. Aber es war die Heimat. Und ganz bestimmt war es besser als hier im Williams Creek.

„Hey, du!" zischt eine Stimme, als sie am nächsten Vormittag durch Barkerville streift. Luise schaut sich erstaunt um und entdeckt ein Mädchen in dem schattigen Gang zwischen der Wäscherei und dem Bäcker: eine der vier, die gestern vor dem *Terpsychorean Saloon* in der Sonne saßen.

„Was machst du denn hier?", fragt sie erstaunt.

„Nicht so laut!", fleht die andere, „ich habe gesagt, ich muss Nähfaden kaufen … da durfte ich alleine raus."

„Lass uns hinters Haus gehen", schlägt Luise vor, „dort sieht uns keiner."

„Aber nur einen Moment."

Sie schlüpfen durch den schmalen Gang zwischen den Gebäuden nach hinten. Holzscheite sind hier an einer Hauswand aufgestapelt. Auf dem winzigen Hofplatz hat sich allerlei Gerät angesammelt, das nirgendwo anders Platz fand. Hier wird sie niemand belauschen.

Luise hockt sich auf einen Holzstapel und bedeutet der anderen, sich auf den Hauklotz zu setzen. So kann sie aus einer etwas erhöhten Position auf ihr Gegenüber herabschauen.

Ohne Tanzkostüm wirkt das Mädchen Mitleid erregend: Das Kleid der pausbäckigen Bauerntochter mit dem dunklen Haar ist fleckig und zerschlissen. Luise schätzt sie auf höchstens sechzehn Jahre.

„Wie heißt du denn?“, fragt sie freundlich.

„Johanna“, antwortet das Mädchen traurig.

„Und wo kommst du her?“

„Nieder-Weisel.“

„Nieder-Weisel? Das ist nicht weit von Langenhain!“, Luise stößt aufgeregt Luft aus, „ich habe eine Freundin von dort: die Elisa! Elisa Hildebrandt, weißt du? Sie ist ein bisschen älter als ich und ganz blond. Du kennst sie bestimmt!“

„Weiß nicht. Bestimmt ist sie vom alten Hildebrandt, einem Tagelöhner. Mit solchen haben wir keinen Umgang“, zögert das Mädchen, „welche von denen sind nach Australien. Und eine … aber das ist bestimmt nicht deine Freundin.“

„Was ist mir ihr?“

„Es heißt, sie ist gefallen und verkommt in der Fremde.“

„Weißt du, wo sie ist? Reden die Leute darüber?“

Das Mädchen schüttelt nur stumm den Kopf.

„Und du? Wie lange bist du schon hier, im Cariboo?“

Luise versucht, sich ihre Enttäuschung nicht anmerken zu lassen.

„Erst seit dem Frühling. Wir sind direkt aus der Heimat hierher. Es heißt, für Tanzmädchen ist es jetzt hier am besten.“

„Wer hat euch gemietet?“, Luise rät auf gut Glück, „der Schneider, Georg, vielleicht?“

„Nein, der war es nicht“, wehrt das Mädchen hastig ab, als habe es den Namen schon einmal gehört, „der Vater hat den Kontrakt gemacht. Mit einem Landgänger.“

„Und dieser Mann hat euch hergebracht? Den ganzen Weg aus der Wetterau?“

„Nein, der Dienstherr ist in der Stadt geblieben. Er hat uns mit einem Musikanten geschickt. “

„Er ist in San Francisco?“

„Vielleicht. Ich weiß nicht, wie die Stadt heißt. Wir waren nicht lange dort.“

„Kennst du mein Dorf in der Wetterau? Langenhain-Ziegenberg?“, fragt Luise weiter.

„Einmal war ich mit der Mutter dort. Meine Tante ist in Ziegenberg verheiratet. Dort gibt es ein schönes Schloss!“

„Es ist ganz nah von euch, nur zwei Stunden!“, erklärt Luise geduldig, „wenn ihr Verwandtschaft in Ziegenberg habt, weißt du doch bestimmt etwas aus dem Dorf.“

Das fremde Mädchen knetet unruhig seine Hände, „Ich muss zurück. Die anderen warten bestimmt schon auf mich.“

„Sind die auch aus Nieder-Weisel? Ich könnte dich begleiten!“

Johanna schüttelt den Kopf: „Sie sind aus Usingen, Espa ….“, sie unterbricht sich und schlägt sich erschrocken die Hand vor den Mund, „wir dürfen nichts darüber sagen. Nur dass wir Rheinländerinnen sind.“ Dann hellt sich ihre Miene auf: „Etwas weiß ich doch aus Langenhain. Im Herbst hieß es, dass sich der Schullehrer vor dem Wirtshaus geprügelt hat. Mit einem Landgänger.“

„Faber?“, fragt Luise erschrocken, „ist ihm etwas passiert?“

„Ich weiß nicht. Sie mussten einen neuen Lehrer holen. Die Kinder hatten deswegen im Herbst noch einmal lange Ferien, stell dir vor!“

Vielleicht hat sich Faber mit diesem Christoph Reuter geprügelt, überlegt Luise. Mit dem Mann, der Anna ins Unglück gestürzt hat. Recht geschähe es ihm.

„Weißt du bestimmt, dass es Faber war?“, drängt sie, „und wer war der Landgänger?“

Das Mädchen schüttelt stumm den Kopf.

„Reuter vielleicht, Christoph Reuter?“

„Der war es bestimmt nicht, der ist aus Nieder-Weisel und hat Verwandte bei uns im Dorf“, erwidert Johanna empört: „Vielleicht war es eher der … wie hieß er noch, nach dem du mich eben gefragt hast?“

„Schneider Georg.“

„Der könnte es gewesen sein.“

„Das glaube ich nicht“, murmelt Luise verwirrt, „er ist nicht in der Heimat.“

Johanna steht auf: „Ich darf jetzt nicht mehr mit dir schwatzen“, ängstlich schaut sie sich um, „wenn sie mich suchen …“

„Ist schon gut“, antwortet Luise, „lauf halt schnell zurück zu deiner Truppe!“

„Das Tanzen ist schwer!“, bricht es plötzlich aus der anderen heraus. Sie hat sich schon zum Gehen gewandt, bleibt aber im Gang zwischen den Gebäuden noch einmal stehen, redet auf Luise ein, als wage sie erst im Halbdunkel, ihren Mund aufzumachen: „Wir müssen immer im Kreis herum. Mir wird davon schwindelig. Manchmal packt mich einer und hebt mich so hoch, dass mir angst wird.“

„Warum machen sie das?“

„Ich weiß nicht. Es wie ein Wettkampf, wer sein Mädchen

am höchsten in die Luft bekommt“, mit anklagendem Gesicht greift sie an ihre Hüfte, „ich habe schon überall blaue Flecken.“

„Aber sie wollen nur tanzen?“, fragt Luise, „oder auch andere Sachen? Wenn sie dafür bezahlen?“

„Reden sollen wir nicht mit ihnen. Nur tanzen und trinken. Wir dürfen nicht mit ihnen aus dem Saloon gehen.“

„Dann ist ja gut. Dann musst du nur gehorchen. Irgendwann kannst du wieder nach Hause“, Luise legt ihr fürsorglich eine Hand auf die Schulter, „und jetzt lauf schnell nach Cameronton!“

Fünfundvierzigstes Kapitel

Die *Cameron Company* gibt im Juli auf. Eines Abends verkündet der Inhaber, die Grabungen würden ab sofort eingestellt. Er drückt jedem seiner Leute ein paar Dollarmünzen in die Hand und murmelt, der Rest ihres Lohnes käme dann später. Er werde woanders nach Gold graben und es dort bestimmt zu viel Geld bringen. Wer daran interessiert sei, könne mit zum *Cunningham Creek* weiterziehen.

Doch kaum einer der Männer, die sich monatelang für ihn abgerackert haben, glaubt noch an solche Versprechungen. Schon in der folgenden Nacht verschwindet der Unternehmer spurlos aus dem Williams Creek.

Der Stollen und die anderen Anlagen am Fluss verfallen schnell zu nutzlosen Ruinen, aus denen sich andere Unternehmen mit Bauholz bedienen. Nach all den vergeblichen Grabungsarbeiten zeigt kein Mann Interesse daran, weiter auf eigene Faust in den finsteren Schacht hinunterzuklettern.

Benjamin hat bis zur Erschöpfung im Schacht geschuftet, leidet unter schwer heilenden Kratzwunden und Abschürfungen. Er ist noch immer dürr, wankt nach seiner Entlassung mit letzter Kraft ins *Boarding House*, sinkt auf sein Lager und steht mehrere Tage nicht mehr auf. Luise muss befürchten, dass er Typhus hat.

Doch dann rafft er sich auf und beginnt mager und blass durch Williams Creek zu streifen und nach einer neuen Anstellung zu suchen. Wenn Luise daran denkt, was er allein für seine Gummistiefel ausgegeben hat, wird ihr flau. Sie muss sich die Zahlenkolonnen in ihrem Album nicht ansehen, um zu wissen, dass Tesi und sie in diesem Sommer im *Fashion Saloon* nicht allzu viel einnehmen, kaum mehr als sie im Vorjahr ganz alleine verdient hat.

Bei den meisten Goldgräber-Unternehmen läuft es in dieser Saison nicht gut. Viele können ihre Leute nicht bezahlen. An einem zusätzlichen Arbeiter hat niemand Interesse, schon gar nicht an einem wie Benjamin, der seine Kraft schon in einem anderen Erdloch versenkt hat.

Im Saloon wissen alle, dass die drei jungen Leute knapp bei Kasse sind. Garry stellt Benjamin wortlos ein Glas Schnaps hin, wenn er abends mit den Mädchen in die Gaststube tritt.

„Wir haben jetzt übrigens einen Dichter hier oben", erzählt er einmal, als Luise am Vormittag allein bei ihm ist, „Anderson heißt er. Abends ist er manchmal hier. Ich kann ihn dir vorstellen. So ein Schriftsteller ist doch bestimmt was für dich."

„Sehr interessant!", antwortet Luise höflich.

„Er hat ein Lied über euch geschrieben", schwatzt Garry weiter, „besser gesagt über die Hurdy-Gurdy-Girls. Aber es passt auch zu dir. Viele können's schon singen, denn es passt auf die Melodie eines schottischen Volksliedes. Wallace will den Text im *Sentinel* abdrucken."

„Ein Lied über uns Tanzmädchen?", Luise runzelt die Stirn, „was gibt es denn da zu singen?"

„Alle Strophen kann ich noch nicht auswendig", räumt Garry ein, „aber den Refrain bekomme ich hin." Er summt ein paar Takte und beginnt dann loszuschmettern:

Bonnie are the hurdies, O!
The German hurdy-gurdies, O!
The daftest hour that ere I spent,
Was dancin' wi' the hurdies, O!

„Was soll das heißen?" Luise hat kein Wort verstanden.

„Ist schottischer Dialekt. Geht darum, wie hübsch eure

Hüften sind. Und dass der Typ mit euch eine verrückte Zeit hatte."

„Er meint bestimmt die Mädchen, die bei Loring tanzen."

„Kann schon sein. Ich denk dabei aber an dich. *Their hearts were hard as flint*, heißt es in einer Strophe: Ihre Herzen sind hart wie Stein! Und: *They dinna care a flea for men*, – sie interessieren sich nicht die Bohne für Männer. *The dollar was their only love* – weil sie nur Dollars lieben."

„Schon möglich", erwidert Luise widerstrebend, „aber eigentlich bin ich hier, um die Abrechnung für gestern Abend zu machen."

„Genau das meine ich", seufzt Garry und kramt einen Zettel aus seiner Schublade.

Ein Poet, denkt sie auf dem Heimweg, hier oben in Barkerville. Früher hat sie die Gedichte geliebt, die in der *Gartenlaube* abgedruckt waren. Es ist wie eine Erinnerung an ein anderes Leben.

Den ganzen August über bleibt es im Cariboo sonnig und mild. Es regnet so selten, dass die Goldgräber fürchten müssen, dass ihnen das Wasser für ihre Mühlräder ausgeht.

Aus dem reißenden Strom, der im Frühling durch Williams Creek rauschte, ist ein Rinnsal geworden, das freundlich gluckernd durch ein breites Kiesbett mäandert.

Anfang September schlägt das Wetter plötzlich um. An einem Sonntagabend öffnet der Himmel seine Schleusen. Die Mädchen werden auf ihrem kurzen Heimweg vom Saloon ins *Boarding House* pitschnass. Luise hört es weiter rauschen, gluckern und platschen, als sie sich schon längst in ihrer Kammer ausgestreckt hat. Sie wickelt sich fest in ihre Decke und überlegt, ob ein ganzes Haus vom Wasser weggespült werden kann.

Bald ist die Feuchtigkeit überall. Am Morgen sind ihre Kleider immer noch nass. Sie zieht sich den schweren, mit Wasser vollgesogenen Stoff über die Haut und steigt fröstelnd ins Erdgeschoss hinab. Dort qualmt der Kanonenofen vor sich hin.

Innerhalb weniger Stunden schwillt der Fluss zu einem gelbbraunen, reißenden Strom an. Weitere Sturzbäche ergießen sich aus den Bergen ins Tal. Gnadenlos zermalmt die steigende Flut alle Bohrtürme, Waschanlagen und Kanalsysteme, die von den Goldgräbern am Flussufer errichtet wurden. Balken und Bretter werden vom Wasser einfach mitgerissen.

Kein Mann geht am Montag zur Arbeit. Viele schlagen ihre Zeit im Saloon tot und lamentieren darüber, dass die Ergebnisse ihrer Plackerei in wenigen Stunden im Schlamm versinken. Keinem steht der Sinn danach, zu feiern, einem Mädchen einen Drink zu spendieren oder gar eine um einen Tanz zu bitten. Auch Benjamin sitzt unter den Minenarbeitern, die zur Untätigkeit verdammt sind.

Erst nach zwei Nächten und einem Tag hört der Regen auf. Nur einige Schauer erinnern noch an die Sintflut, die vom Himmel herabstürzte. Ab und zu mischen sich bereits ein paar Schneeflocken darunter. Wenig später strahlt eine wärmende Sonne vom Himmel, und der Wind lässt nach.

Überall beginnen die Aufräumarbeiten: Männer pumpen das Wasser aus den Schächten und beginnen, die von der Flut zerstörten Holzbauten zu ersetzen. Und schon am Ende der Woche steht fest: Der Spätsommer geht in die Verlängerung und spendiert allen, die noch nicht aufgegeben haben, noch etwas Zeit für die Goldsuche.

Luise weiß, dass sie in den wenigen Wochen, die ihnen noch bleiben, niemals so viel Geld zusammenbekommen werden wie sie es vorhatte. Für eine Kutschfahrt nach Yale wird es nicht reichen. Doch ihr graut davor, einen weiteren Winter in Barkerville zu verbringen, und im nächsten Frühjahr wieder von vorne anzufangen.

Und wenn wir zu Fuß bis hinunter nach New Westminster laufen, denkt sie: Mitte Oktober sind wir hier weg.

„Nur noch dreißig Mal schlafen, oder fünfundzwanzig", seufzt sie einmal, als sie am Vormittag die Augen aufschlägt, „dann gehen wir endlich von hier fort. Wenn wir Glück haben, sind wir im nächsten Frühling wieder zuhause. Der Krieg in Amerika ist aus, und das Reisen ist nicht mehr so teuer."

Von Tesi ist nur ein kurzer, mürrischer Laut zu vernehmen. „Freust du dich nicht darauf?", fragt Luise.

„Keine Ahnung", murmelt die Sechzehnjährige dumpf. Dann richtet sie sich auf, verschränkt die Arme hinter dem Kopf und verkündet: „Ich komme sowieso nicht mit."

Luise wirft ihr einen erschrockenen Blick zu.

„Glotz nicht so blöd. Ich hab's dir doch schon mal gesagt: Ich will nicht mehr heim. Die Leute in Langenhain waren hässlich zu uns, und sie haben sich bestimmt nicht gebessert."

„Aber es ist unsere Heimat. In der Wetterau ist es viel schöner als hier! Du müsstest nie wieder tanzen gehen, könntest dich vielleicht sogar als Dienstmagd verdingen, jetzt, wo du in Amerika warst", Luise spricht eher sich selbst etwas Mut zu, „niemand würde erfahren, was wir in San Francisco gemacht haben."

„Trotzdem gehe ich da nie wieder hin."

„Willst du etwa in Barkerville bleiben?"

„Spinnst du? Ist im Winter viel zu kalt hier. Ich gehe mit Andrew!", auf Tesis Gesicht zeigt sich ein weicher, verträumter Schimmer, „wir wollen uns eine eigene Farm aufbauen. Mit Schafen. Wie er es aus seiner Heimat kennt und ich auch."

„Wer ist das denn, dieser Andrew?“, fragt Luise verblüfft.

„Einer aus Schottland. Er will mich heiraten, sobald es geht. Wenn er einen Pastor gefunden hat, der es macht.“

„Kennst du ihn aus dem Saloon?“

„Schon vom Frühjahr, bei Loring.“

„Dort seid ihr euch zum ersten Mal begegnet?“

„Er war bei derselben *Company* wie Benjamin.“

„Kann er denn deutsch?“

„Nicht so viel.“

„Und wie sprecht ihr miteinander?“

„Jemand hat uns geholfen. Andrew hat dem gesagt, was er möchte, und dass er mich fragen soll, ob ich mitmache.“

„Wer war das?“ In Luise steigt eine dunkle Ahnung auf.

„Ist doch egal“, antwortet Tesi einsilbig.

„War er es etwa? Benjamin?“

Das Mädchen antwortet nicht.

Luise schluckt.

Eigentlich dürfte es ihr nichts ausmachen. Sie wartet doch nur darauf, dass sie endlich getrennte Wege gehen können. Benjamin hat sie enttäuscht, und jetzt müsste er ihr egal sein. Und doch tut es ihr weh, sich vorzustellen, dass er ein Geheimnis mit einer anderen gemeinsam hatte – und ausgerechnet mit Tesi.

Andererseits weiß er ja längst, dass sie ihn niemals heiraten wird. Bestimmt hat er vor, zu seinem reichen Vater zurückzukehren und diesen um Verzeihung zu bitten.

„Warum hat er mir nichts davon erzählt?“, hört sie sich fragen. Tesi zieht die Schultern hoch: „Keine Ahnung. Ich hab's ihm nicht verboten.“

Luise hält es nicht mehr auf dem gemeinsamen Lager. Hastig zieht sie sich an, stürmt hinaus und schlägt die Kammertür hinter sich zu. Sie springt die wenigen Stufen ins Erdgeschoss hinab, läuft hinaus auf die menschenleere Straße von Barkerville und bleibt erst schwer atmend stehen, als in der Ferne schon die ersten Hütten von Cameronton zu sehen sind. Wütend und ratlos lässt sie sich auf einen Baumstumpf sinken.

Warum hat er ihr nichts gesagt? Sie hätte Tesi bestimmt noch rechtzeitig zur Vernunft gebracht. Stattdessen hat er diesem Schotten noch dabei geholfen, dem Mädchen ein Eheversprechen abzuhandeln.

Hat er sich etwa eingebildet, dass er Luise leichter zurückerobern kann, wenn sie sich nicht mehr um Tesi kümmern muss?

Niemals.

Sie bohrt ihre Hacken in die Erde, stützt ihr Kinn in die Hände und starrt auf den kahlen Berghang.

Wie will die Kleine denn allein hier zurechtkommen? Mit einem schottischen Arbeiter, der nicht einmal ihre Sprache spricht? Mitten in der Wildnis, wo es Indianer, Bären und Wölfe gibt?

Ausgerechnet Tesi. Die sich auf ihrer Reise erst an Anna geklammert hat und dann an sie. Hätte ich sie nicht zu Han Yin geschleppt, als sie krank war, denkt Luise bitter, wäre sie vielleicht nicht einmal mehr am Leben.

Ihr wird kalt. Mühsam richtet sie sich auf und macht sich auf den Rückweg nach Barkerville. Sie muss versuchen, nochmal mit dem Mädchen zu sprechen.

Tesi sitzt auf ihrem Lager und hält die Arme vor der Brust verschränkt.

„Ich weiß schon, was du willst“, schleudert sie Luise trotzig entgegen, „aber du kannst es mir nicht verbieten!“

„Solange ich dein Vormund bin, kann ich das schon“, entgegnet Luise, „ich will dich doch nur beschützen. Wenn du hier bleibst, bist du ganz allein auf dich gestellt. Es ist gefährlich. Und du bist erst sechzehn."

„Ich bin nicht allein. Andrew heiratet mich, und dann haben wir bestimmt bald Kinder." Ihre Augen nehmen einen sehnsüchtigen Glanz an.

„Du kennst ihn überhaupt nicht. Was ist, wenn er anfängt zu trinken? Wenn er jeden Abend in die Wirtschaft geht? Oder wenn er dich schlägt? Dann gibt es hier keine, zu der du laufen kannst, keine Mutter, keine Schwester und keine Tante. Und ich bin dann auch fort."

„Andrew ist kein schlechter Kerl. Er ist katholisch!"

Tesi schlingt ihre Arme schützend um ihren Oberkörper und sagt leise und hart: „Ihr habt mich aus San Francisco hierher geschleppt. Ohne mich zu fragen. Aber jetzt ist es genug. Ich gehe ganz bestimmt nicht mit euch in diese schreckliche Stadt zurück."

„Es wäre doch nur für ein paar Tage", bittet Luise, „bis alles geregelt ist und wir in ein Schiff nach Deutschland steigen."

„Behauptest du jetzt!", widerspricht Tesi, „und was ist, wenn Benjamin dich heiraten will? Dann bin ich für euch nur ein Klotz am Bein."

„Mit dem bleibe ich ganz bestimmt nicht zusammen!", Luise schluckt.

„Mir egal. Ich kann machen, was ich will. Du kannst mir nichts befehlen."

„Aber ich muss … wir müssen in San Francisco nochmal beim Konsul vorsprechen. Wenn du nicht mitkommst, fragt er bestimmt nach dir."

„Ach, der", Tesi bläst die Luft durch ihre Lippen.

„Seine Exzellenz ist eine Amtsperson und der höchste Vertreter des Großherzogtums Hessen in Kalifornien! Hast du denn gar keinen Respekt?"

„Von so einem lasse ich mir gar nichts sagen“, schnaubt das Mädchen, „er ist ein Halunke.“

„Woher willst du das wissen?“

„Ich habe gehört, wie du mit Benjamin über ihn gesprochen hast. Letztes Jahr. Ihr habt in der Nacht draußen auf der Straße gestanden und gestritten. Man konnte jedes Wort verstehen, bis hier oben.“

Sechsundvierzigstes Kapitel

Von der Tochter des Schafhirten hält Luise sich in ihren letzten Wochen in Barkerville fern, geht auf ihrem gemeinsamen Schlaflager auf Abstand und schweigt beharrlich, wenn sie miteinander zum Dienst laufen. Doch diese scheint die Verstimmung kaum zu bemerken.

„Wir müssen noch abrechnen", bemerkt Tesi, als ihre Abreise nur noch wenige Tage bevorsteht.

„Wie meinst du das denn?", fragt Luise verblüfft.

„Über alles, was ich in diesem Sommer verdient habe. Du hast es einkassiert und aufgeschrieben. Wird Zeit, dass du mir mein Geld auszahlst."

„Aber ich habe alle Kosten beglichen: für die Herberge, unsere Schulden, das Essen und so. Der Rest ist für unsere Heimreise bestimmt", protestiert Luise, „außerdem muss Benjamin dem Konsul in San Francisco ziemlich viel Geld zurückzahlen."

„Was kann ich dafür? Ich fahre bekanntlich nicht mit", begehrt Tesi auf, „und wir brauchen hier jeden Cent. Um ein Stück Land zu kaufen und uns ein Blockhaus zu bauen. Für Holz, Möbel und ein paar Schafe. Andrew hat seinen Lohn nie bekommen, genauso wenig wie Benjamin."

„Und wie stellst du dir das vor?" Seufzend kramt Luise das Album hervor und blättert die ersten Seiten auf. Die Zahlenkolonnen verschwimmen vor ihren Augen, sobald sie mit dem Bleistift daran entlangfährt.

„Es hat eine Menge gekostet", stellt sie fest, „in Barkerville ist alles teuer."

„Kannst mir meinen Anteil abziehen. Bist ja brav in die Schule gelaufen und hast Rechnen gelernt."

„Aber darum geht es doch nicht!“, widerspricht Luise, den Tränen nahe, „erst hat Benjamin alles bezahlt. Und dann war ich im Winter die Einzige, die etwas verdient hat. Wir sind die ganze Zeit füreinander eingestanden. Wie soll ich das jetzt auseinanderrechnen?“

„Ihr habt mich nie gefragt, ob ich mitmachen will.“

„Und was war letztes Jahr, als du so lange Fieber hattest? Wer hat da für dich gesorgt?“

„Ist ja kein Wunder, dass man hier krank wird. Bei Loring haben sie gesagt, es liegt an der kalten Luft, dass so viele hier oben Typhus bekommen.“

Luise hat im *Cariboo Sentinel* etwas anderes gelesen: Der Arzt des Hospitals meint, dass das viele faulige Gestrüpp im Williams Creek die Leute krank mache. So oder so hat Tesi irgendwie Recht, denkt sie: Wären sie nicht hierhergekommen, wäre sie niemals krank geworden.

„Außerdem habe ich in letzter Zeit viel mehr verdient als du. Nach dir dreht sich im *Fashion Saloon* doch kein Kerl mehr um“, trumpft die Jüngere auf, „und Benjamin liegt uns sowieso nur auf der Tasche.“

„Ach Tesi“, seufzt Luise traurig, „er hat hart gearbeitet, aber er hat seinen Lohn nicht bekommen, genauso wie dein Andrew. Das weißt du doch.“ Sie starrt auf die Zahlenkolonnen in ihrem Album.

„Höchstens einhundertfünfzig Dollar kann ich dir geben. Wenn es unbedingt sein muss“, seufzt sie resigniert, nachdem sie alles zusammengezählt hat.

„Mehr nicht?“, fragt Tesi gehässig, „und was ist mit dem Rest? Damit macht ihr zwei es euch gemütlich, du und dein jüdischer Kaufmannssohn?“

Als Luise nicht sofort antwortet, fügt sie missmutig hinzu: „Mir auch egal. Gib mir einfach zweihundert.“

Anfang Oktober brechen sie auf: Luise, Benjamin, Tesi und Andrew schließen sich einem Dutzend Männer an, die den Weg bis nach New Westminster zu Fuß laufen wollen. Zwar kann man neuerdings mit der Kutsche direkt von Barkerville bis ins Tal fahren. Nach nur zwei oder drei Übernachtungen sind die Passagiere schon in Yale. Dort nehmen sie einen Raddampfer, der sie in weiteren zwei Tagen nach Victoria bringt. Zu Fuß auf dem alten Cariboo-Weg dauert die Reise drei bis vier Mal so lang, aber sie ist auch viel billiger.

Andrew und Tesi müssen jetzt selbst entscheiden, wofür sie ihr Geld ausgeben. Luise hat dem Mädchen schweigend einhundertfünfundsiebzig Dollar aufs Bett gezählt und Benjamin nichts davon erzählt. Vermutlich hat Tesi jeden Cent bei ihrem Zukünftigen abgeliefert.

Abends sitzt das Liebespaar stumm und Händchen haltend mit ihnen am Feuer. Jeder aus der Gruppe weiß, dass die beiden sich einen Platz suchen und eine Existenz gründen wollen, sobald sie unterwegs fruchtbares Land finden. Die britische Verwaltung wird ihnen bestimmt nicht viel Geld dafür abnehmen. Sie ist froh über jeden Einwanderer, der hier siedeln will.

Anfangs laufen sie auf der neuen Straße. Luise muss nicht mehr auf einem schmalen Saumpfad über Felsen klettern und sich im Gesträuch die Beine zerkratzen. Der Fahrweg ist so breit, dass zwei Kutschen bequem aneinander vorbeipassen. Manchmal versinken ihre Füße stattdessen im frisch gefallenen Schnee, oder es strömt ein eiskalter Bach quer über ihren Weg. Dann werden ihre Schuhe und Strümpfe den ganzen Tag nicht mehr trocken.

In den Nächten ist es empfindlich kalt. Sie friert, wenn sie sich auf einem Strohlager oder auf dem Fußboden einer halb verfallenen Hütte zum Schlafen ausstreckt, und ihr ist immer noch nicht warm, wenn am nächsten Morgen die Sonne aufgeht.

Benjamin hat dafür gesorgt, dass sie sich in Barkerville zwei dicke, gewirkte Rosshaardecken für die Reise kauften. Die Ausgabe hat ein Loch in ihre Ersparnisse gerissen, und Luise muss die schwere Rolle jetzt zusätzlich zu ihrem Bündel mit sich herumschleppen. Doch ohne die Decke, die sie am Abend sorgfältig um sich herum feststeckt, wäre sie bestimmt schon erfroren.

Morgens fachen ihre Reisegefährten ein Feuer an. In einem verbeulten Topf erhitzen sie eine fettige Brühe oder braten ein paar Scheiben Speck. Sie schlingt alles gierig in sich hinein.

Eine Mahlzeit mit Übernachtung im Wirtshaus leisten sie sich nur alle paar Tage. Ein Festessen wird daraus, wenn nach dem Eintopf noch Pfannkuchen mit einem dunklen, süßen Sirup serviert werden. Danach stört es Luise kaum mehr, wenn *Barnards Express* an ihnen vorbeiklappert und die Passagiere ihnen fröhlich zuwinken.

Nach zehn Tagen gabelt sich ihre Wegstrecke. In Clinton zweigt der alte Cariboo-Weg von der neuen Straße ab. Es wird beschwerlich. In ihren zerschlissenen Schuhen steigt Luise über Buschwerk und herabgefallene Äste, spürt wenig anderes als ihre wunden Füße. Dass sie tief eingeschnittene Schluchten und zauberhafte Herbstlandschaften durchwandern, nimmt sie kaum wahr.

Nach drei Tagen auf solchen Wegen erreichen sie endlich das Städtchen Lilloet: Von waldigen, grünen Hügeln umgeben liegt es beschaulich auf einer Terrasse über dem Fluss. In der kurzen Hauptstraße reihen sich Einkaufsläden und Wohnhäuser aneinander, und im einzigen Gasthaus versichert ihnen der Wirt, dass das Klima hier besonders fruchtbar und milde sei.

„Andrew sagt, dass es aussieht wie in seiner Heimat. Er nimmt das als gutes Vorzeichen", erzählt Benjamin, als sie für einen Moment vor die Tür der Wirtschaft treten, „die beiden werden wohl hierbleiben."

Luises Herz klopft. Bald wird Benjamin also der einzige in ihrer Reisegruppe sein, der dieselbe Sprache spricht wie sie. Auf dieser langen Wanderung hat sie gemerkt, dass er ihr viel näher ist als all die anderen Männer.

Wenn sie erst in San Francisco ankommen, wird sie alleine weiterreisen müssen. Doch noch will sie sich nicht anmerken lassen, wie viel Angst ihr diese Aussicht macht. Sie wäre bereit, Benjamin viele seiner Fehler und Sünden zu verzeihen. Aber er müsste den ersten Schritt machen.

Am nächsten Morgen nehmen sie Abschied: Die Männer klopfen Andrew auf die Schultern, schütteln Tesi die Hand und wünschen beiden lautstark viel Glück. Luise hält sich abseits, ist erleichtert, als sich die Gruppe endlich in Bewegung setzt. Endlich muss sie Tesi nicht mehr länger aus dem Weg gehen oder die Fragen von Mitreisenden beantworten, die glauben, dass sie beide Freundinnen wären. Die meisten Burschen halten sich ohnehin respektvoll von ihr fern, weil sie glauben, dass sie Benjamins Verlobte sei. Dabei waren die paar Worte vor dem Gasthaus in Lilloet fast die ersten, die sie seit Beginn ihrer Wanderung miteinander gewechselt haben.

Nur ein oder zwei Stunden sind bis zu einem Schiffsanleger zu laufen, von dem täglich Raddampfer abgehen. Auf zwei langgestreckten Seen stampfen sie in Richtung Küste und ersparen den Wanderern so mehrere Tagesmärsche. Seit die neue Straße eröffnet wurde, kosten die Schiffspassagen nicht mehr viel. Endlich kann Luise den Blick auf das türkisblaue Wasser, die Uferlandschaft und die mit dem ersten Schnee überzuckerten

Berge wieder genießen. Benjamin kommt sie auch jetzt nicht näher. Sie weiß nicht mehr, ob nur sie sich von ihm abgewandt hat oder ob er nichts mehr mit ihr zu tun haben will.

Das letzte Stück ihres Weges ist nicht mehr so schwer. Sie wandern durch Märchenwälder, in denen die Bäume aussehen als trügen sie Bärte. Manche Farnkräuter sind so hoch, dass sie Luise überragen. Aus schwindelerregender Höhe stürzen Wasserfälle fast senkrecht an den Felshängen hinab. Alle paar Meilen lädt ein Gasthaus zu einer Rast, und in jeder Nacht finden sie ein bequemes Schlaflager.

Die Temperaturen werden milder, je näher sie der Küste kommen und die Stimmung unter den Männern hellt sich auf.

Am fünfundzwanzigsten Tag erreichen sie New Westminster. An Bord der *Sierra Nevada* laufen Benjamin und Luise eine Woche später im Hafen von San Francisco ein.

V

Zurück nach Hessen

Siebenundvierzigstes bis einundfünfzigstes Kapitel

Oktober 1865 bis April 1866

Siebenundvierzigstes Kapitel

Ausgeschlafen und gut gelaunt erwartet er sie am Vormittag vor ihrer Herberge. „Endlich wieder in San Francisco!“, strahlt Benjamin. Der bevorstehende Abschied von Luise scheint ihm nicht viel auszumachen.

Ihr erster Gang in dieser Stadt, so haben sie es am Abend zuvor noch verabredet, wird sie zum Konsul führen.

„Was wollen wir überhaupt bei diesem Ganoven?“, fragt Luise ihn jetzt.

„Erstens: Ich schulde ihm ja noch Geld“, gibt er zurück, „auch wenn wir es vorerst nicht bezahlen können. Es ist besser, mit ihm zu reden, bevor ich mich bei meinem Vater blicken lasse.“

„Ich finde, du schuldest dem überhaupt nichts. Garry hat bestimmt schon etwas für uns bezahlt. Wahrscheinlich hat er ordentlich an uns Mädchen verdient und musste dem Konsul etwas davon abgeben.“

„Trotzdem. Wenn du nach Deutschland zurückwillst, brauchst du dafür ein neues Dokument.“

„Stimmt“, räumt sie seufzend ein, „bringen wir es hinter uns.“

Für den Besuch im Kontor des Konsuls hat sie sich etwas zurechtgemacht, hat ihren Rock und die Bluse notdürftig glattgestrichen, die Haare festgesteckt und eine Haube darüber gezogen. Viel Staat ist mit den Kleidern, die sie seit über einem Jahr jeden Tag trägt, jedoch nicht mehr zu machen.

Die Sonne scheint, und die Luft ist klar und frisch. Für einen Moment genießt Luise das bunte Gewimmel am Hafen.

„Ich habe mich heute morgen schon nach Schiffsverbindungen erkundigt“, ruft Benjamin ihr ins Ohr, „es gibt zwei Routen nach New York: Über Panama, wie du gekommen bist, oder über

Nicaragua. In etwa einem Monat wärst du dort. Ein paar Wochen später kannst du schon in Hamburg oder Bremen sein."

„Und was kostet so eine Passage?" Luise erinnert sich, wie sie vor über einem Jahr schon einmal im Hafen von San Francisco in ein Schiff stiegen. Damals reiste Benjamin mit ihnen. Diesmal lässt er sie alleine ziehen.

Hoffentlich reicht jedenfalls unser restliches Geld, denkt sie besorgt. Als sie in Barkerville aufbrachen, hatten sie noch etwa einhundertfünfzig Dollar, aber davon ist kaum die Hälfte übrig.

„Was das kostet? Darum kümmern wir uns später. Wenn wir beim Konsul waren."

In der *California Street* kommen sie nur weiter, wenn sie hintereinander herlaufen. Auf den schmalen Fußsteigen machen sich Passanten, Ausrufer und Ladenbesitzer gegenseitig den Platz streitig, und auf dem Fahrweg drängen sich Kutschen, Fuhrwerke und Männer mit Handkarren. Ängstlich achtet Luise darauf, Benjamin nicht aus den Augen zu verlieren, bis sie vor dem Geschäftshaus mit dem Messingschild stehen.

„Einen Moment noch!", bittet sie ihn atemlos, „lass uns erst überlegen: Was sagen wir dem denn jetzt?"

Benjamin verdreht die Augen: „Was schon? Er soll ein neues Dokument ausfertigen, damit du nach Hause kannst."

„Und wenn er nach dem Geld fragt?"

„Hat mir das kluge Fräulein nicht erklärt, dass wir ihm überhaupt nichts schuldig sind?", Benjamin wirkt gereizt, „er wird sich halt etwas gedulden müssen." Unruhig wandert sein Blick an Luise vorbei die *California Street* hoch. Nur wenige Blocks entfernt liegt das Geschäft von *Isidor Stein & Söhne.*

„Du willst bestimmt schnell nach Hause", vermutet sie.

„Eigentlich wollte ich es dir erst später erzählen", seufzt er, „ich habe heute früh meinen Bruder auf der Straße getroffen."

„Einfach so?“

„Er kam aus unserem Geschäft herausspaziert“, Benjamin zieht das Mädchen ein paar Schritte weiter in einen Gebäudeeingang, „als er mich sah, hat er mich freudig begrüßt und erzählt, dass der Vater immer wieder nach mir gefragt hat. Erst habe er seine Frau verloren, so hat er geklagt, und dann auch noch seinen Jüngsten – als wären seine Söhne schuld daran. Mein Bruder meint, ich soll einfach nach Hause kommen. Ich würde dem Alten eine riesige Freude machen.“

„Aber das ist doch wunderbar!“, beinahe hätte Luise Benjamins Hände ergriffen, „er wird dir verzeihen! Deine Strafe hast du ja auch abgesessen: 15 Monate Barkerville – San Quentin kann nicht viel schlimmer sein.“

Sie sehen sich an und müssen beide lachen.

„Willst du denn dann überhaupt noch mit hinauf zum Konsul?“, fragt sie.

„Ich wünschte, ich müsste es nicht“, gibt er zu.

„Dann gehe ich alleine“, entscheidet sie, „ist sowieso besser. Mir hat er keinen Kredit gegeben. Also kann er auch kein Geld von mir verlangen.“

Benjamin atmet erleichtert auf.

Unschlüssig stehen sie beieinander.

„Dann müssen wir jetzt wohl Lebewohl sagen“, beginnt er unbeholfen und förmlich, „du weißt ja, wo du eine Schiffspassage bekommst. Nimm einfach unser restliches Geld, das wird schon reichen. Ich brauche nichts mehr, wenn ich beim Vater zurück bin.“

„Danke!“, Luise gibt ihm linkisch die Hand, „ich wünsch dir viel Glück. Gott schütze dich.“

„Weißt du schon, was du machst, wenn du in der Heimat bist?“, fragt er verlegen.

„Ich weiß nicht. Der Vater wird sicher Verwendung für mich haben."

„Luise, vergiss nicht: Du hast jetzt viel mehr von dieser Welt gesehen und viel mehr gemeistert als dein Vater," sagt Benjamin eindringlich, „er ist nur ein hessischer Bauer und nie aus seinem Dorf herausgekommen. Von vielen Dingen verstehst du viel mehr als er."

Er lässt ihre Hand los und wendet sich ab, um sich auf den Weg zu machen. Doch dann scheint er es sich anders überlegt zu haben und tritt er noch einmal einen Schritt auf sie zu.

„Eins will ich dir noch sagen, Luise", er schluckt und schaut ihr direkt in die Augen, „wenn du es dir anders überlegst ... oder auch später: Du kannst jederzeit ... also mir bist du immer willkommen. Wo du mich findest, weißt du ja."

Ihr wird heiß. Aber bevor sie ihm antworten kann, ist er schon losgelaufen. Für einige Augenblicke kann sie seine schmale Gestalt zwischen den Passanten auf der *California Street* noch ausmachen. Dann dreht er sich ein letztes Mal um und winkt ihr zu, bevor er in der Menge verschwindet.

Gleich wird die verglaste Tür zum Ladengeschäft von Isidor Stein aufschwingen, denkt Luise. Und dann ist er weg. Sie gibt sich einen Ruck und steigt die steile Treppe zum Kontor des Konsuls hinauf.

Es ist alles fast genauso wie beim ersten Mal. Luise hat den Klopfer noch nicht betätigt, als der Mann im cremefarbenen Anzug die Tür vor ihr aufreißt. Doch diesmal mustert er sie misstrauisch, scheint sie nicht zu erkennen.

„Willst du zu mir?", fragt er barsch.

Luise nickt mit klopfendem Herzen: „Vielleicht erinnert Ihr Euch an meinen Besuch im letzten Jahr: Ludwig, Luise, aus Langenhain-Ziegenberg."

„Tut mir leid. Ich kann mir nicht alle Leute merken, die hier vorsprechen."

„Ich war zusammen mit Benjamin Stein hier, dem Sohn des Textilkaufmanns."

Etwas in seinen Augen glimmt verstehend auf. „Na, dann komm mal rein." Er tritt einen Schritt zur Seite und weist mit einer Handbewegung in sein Kontor.

Die dunkelgrün bespannten Wände, das spiegelblanke Kaminsims, der imposante Globus und der riesige Schreibtisch: Es sieht alles noch genauso aus wie vor anderthalb Jahren. Doch diese Einrichtung flößt Luise jetzt nicht mehr so viel Respekt ein.

Der Konsul nimmt an seinem Schreibtisch Platz und schiebt geschäftig ein paar Papierstapel hin und her, als könne er seiner Besucherin nicht allzu viel Zeit und Aufmerksamkeit widmen. Endlich räuspert er sich und wendet sich an das Mädchen.

„Und, was gibt es?" fragt er streng, „was willst du denn dieses Mal von mir?"

„Meine Freundin und ich - wir haben unseren Dienstherrn, den Georg Schneider, in Victoria nicht angetroffen. Und an anderen Orten in Britische Kolumbien auch nicht. Es hat eine Weile gedauert, bis wir die Mittel aufbringen konnten, um hierher zurückzukehren."

„Ihr seid beide wieder in San Francisco?" Der Konsul mustert sie wachsam.

„Nur ich allein. Tesi, also die Therese Will, ist in Britisch Kolumbien geblieben. Sie hat sich mit einem Farmer zusammengetan, um eine neue Existenz zu gründen."

„Soso", der Konsul zieht verächtlich seine Mundwinkel nach unten, „verstehe. Da kann man nichts machen. Und dich hat keiner gewollt?"

„Ich mag nicht … ich will nach Hause. Meine Dienstjahre sind fast vorbei, und danach soll ich zum Vater zurück. Vielleicht hat er längst Nachricht vom Schneider. Er ist ja sein Neffe."

„Aha", antwortet der Konsul zerstreut, „da hast du aber eine schöne Verwandtschaft." Er sieht Luise scharf an: „Und was habe ich damit zu schaffen?"

„Ihr habt mich letztes Jahr für vorläufig mündig erklärt. Damit ich mit Tesi nach Victoria reisen kann. Wenn ich nach Deutschland zurückwill, wird bestimmt ein neues Dokument von mir verlangt."

„Ach, und dieses Papier soll ich dir ausstellen?" Der Konsul lächelt fein und ein bisschen böse.

Luise nickt stumm.

Er lehnt sich an seinem Schreibtisch zurück und verschränkt seine Arme: „Warum begleitet dich der junge Herr Stein dann nicht zu mir? Bist du ihm fortgesprungen?"

„Nein, nein", wehrt Luise erschrocken ab, „er ist wieder bei seinem Vater im Geschäft."

„Das will ich ausnahmsweise glauben", antwortet der Konsul harsch und heftet den Blick wieder auf seine Papierstapel. Ohne Luise anzusehen bemerkt er: „Aber ich weise doch darauf hin, dass ich dem jungen Mann für eure Reise einen nicht unbeträchtlichen Betrag vorgestreckt habe." Er legt eine Pause ein, um den folgenden Worten umso mehr Gewicht zu verleihen: „Und bevor dieses Geld nicht vollständig zurückerstattet ist, ich wiederhole: vollständig, und selbstverständlich mit Zinsen, kann ich leider nicht weiter für dich tätig werden. Da müsste sich der Stein Junior schon einmal persönlich herbemühen."

Luise spürt, wie ein Kloß in ihrem Hals entsteht.

„Ich kann ihn darum bitten", antwortet sie entmutigt, „aber ich weiß nicht … "

„Dann tut es mir aufrichtig leid", antwortet der Konsul kühl und weist mit einer Hand zur Tür.

Luise versteht. Ein folgsames Mädchen würde jetzt aufstehen und sich mit einem Knicks von dem feinen Herrn verabschieden. Aber wie gelähmt bleibt sie sitzen. Wenn sie jetzt unverrichteter Dinge fortgeht, das weiß sie, ist sie verloren. Dann war alles, was sie bis hierher auf sich genommen hat, umsonst. Der Konsul würde sich wahrscheinlich selbstgefällig über seinen Schnauzer streichen und sie schnell vergessen. Und ihr bliebe nur noch der Weg in eine *Crib.*

Endlich steigt da die unbändige Wut in ihr hoch, die sie schon so lange mit sich herumträgt. Auf Schneider. Auf den Konsul und seine feinen Kumpane. Und auf all die anderen Männer, die an ihrem Elend Geld verdient haben.

Äußerlich bleibt sie ganz ruhig. Sie hat gelernt hat, ihre Gefühle zu beherrschen. Und dann weiß sie plötzlich, was sie zu sagen hat. „Ich möchte Euch aber, bevor ich mich verabschiede, aus tiefstem Herzen danken", sie seufzt und schlägt sittsam die Augen nieder, „denn Ihr führt mich auf den rechten Weg zurück."

„Was soll das denn jetzt heißen?", fragt der Konsul perplex.

„Ich habe mich der Polizei anzuvertrauen. Dann komme ich in ein Asyl, wo ich Buße tun und meinen Herrgott jeden Tag um Vergebung für meine Sünden bitten kann."

„Zur Polizei?", seine Exzellenz wirkt alarmiert, „was willst du denen denn erzählen?"

„Die Wahrheit. Ich werde Zeugnis ablegen, wie es die Jünger Jesu getan haben."

Der Konsul springt auf, tritt zum Globus und dreht daran herum, als habe er diese Weltkugel noch nie richtig betrachtet.

„Bilde dir nicht ein, dass du mir drohen kannst", sagt er kalt und von Luise abgewandt, „ich bin der Gesandte von Hessen und Hamburg und ein ehrbarer Kaufmann. Und du bist eine Bauerntochter aus der Wetterau und ein gefallenes Mädchen. Was denkst du, wessen Worte mehr gelten?"

„Aber es ist verboten", erwidert Luise entrüstet, „alles, wozu wir hierhergebracht werden ... Wer Mädchen zum Tanz vermietet, wird streng bestraft. Mein Vater hat das bestimmt nicht gewusst, als er den Kontrakt unterschrieb."

„Ach Kindchen! Die Polizei hier hat wirklich andere Sorgen", seufzt der Konsul herablassend und blickt aus dem Fenster, als interessiere ihn sehr, was auf der Straße passiert.

„Ich weiß genau, woher der Wind weht", sagt er dann und dreht sich zu ihr um. Vor dem hellen Hintergrund kann sie nur seine Silhouette sehen, nicht sein Gesicht. „Mein Kollege, der Konsul von Preußen hat es mir erzählt: Die Obrigkeit aus Berlin schnüffelt neuerdings hier herum. Angeblich sind nämlich in Kalifornien Mädchenhändler am Werk. Lächerlich!" Er holt Luft und fährt fort, als spräche er mit sich selbst: „Die Bauern in diesen hessischen Dörfern vermieten ihre Töchter doch aus reiner Geldgier. Nicht einmal der Dümmste kann glauben, dass er sein Fräulein im selben Zustand zurückbekommt, wie er es in die Fremde geschickt hat."

Er lehnt sich an die Fensterbank, nimmt seinen Zwicker von der Nase, kramt ein Tuch aus der Hosentasche und beginnt seine Brille umständlich zu putzen.

„Wenn ich es recht bedenke", sagt er danach etwas freundlicher, „wäre ich in deinem Fall trotzdem bereit, zu helfen. Man ist ja kein Unmensch. Wenn eine das Heimweh plagt ... Ich hätte da eine Idee: Im Hafen liegt ein Frachtsegler aus Hamburg, ein erstklassiges Schiff von der Reederei Laeisz." Fast andächtig spricht er den Namen aus. „Ich rede mit dem Kapitän.

Wenn ich ein gutes Wort für dich einlege, nimmt er dich vielleicht mit."

„Das Schiff fährt direkt nach Deutschland?"

„Zuerst nach Valparaiso. In Chile wird Salpeter geladen, und dann segelt es ums Kap Horn. Bei guten Windverhältnissen kann das Schiff schon in drei Monaten in Hamburg vor Anker gehen." Mit seinem Finger zeichnet er die Reiseroute auf dem Globus nach.

„Das heißt, es kann noch viel länger dauern? Und ist auch gefährlich?", fragt Luise erschrocken.

„Die Viermaster von Laeisz sind schneller und besser als die meisten anderen Schiffe der Welt. Wenn das Wetter mitspielt, bist du im Frühjahr daheim."

Sie sackt auf ihrem Stuhl zusammen. Die Enge und der Dreck, der Gestank und die furchtbare Langeweile im Zwischendeck – alles steht ihr plötzlich wieder vor Augen. Dieses Mal wäre es für Monate, und sie wäre ganz allein an Bord.

„Ich weiß nicht", sie zögert, „soviel ich weiß, gibt es eine schnellere Strecke. Über New York. Die Kosten könnte ich aufbringen. Ich brauche von Euch nur die Erlaubnis zur Heimreise."

„Ach, das kleine Fräulein hätte es gern komfortabel?", höhnt der Konsul, „bitteschön. Ich stelle anheim. Ich weise aber vorsichtshalber darauf hin, dass in Amerika ein neues Einwanderungsgesetz erlassen wurde: Jeder, der in New York von Bord geht, kommt zuerst nach Castle Garden. Die Vereinigten Staaten kontrollieren genau, wer in ihr Land einreist."

„Aber ich will nicht nach Amerika, ich will in die Heimat zurück!"

„Trotzdem. Du musst in New York von Bord. Und ich weiß nicht, was den Grenzern dort ein Dokument von einem Konsul aus San Francisco gilt. Mein Rat wäre: Steig hier in ein Schiff, das du nicht mehr verlassen musst, bevor du in Hamburg ankommst."

Er lässt sich wieder an seinem Schreibtisch nieder, schaut demonstrativ auf seine Taschenuhr und beginnt in seinen Papieren zu kramen: „So, und jetzt hast du mir genug Zeit gestohlen!"

Unschlüssig bleibt Luise sitzen, bis er noch einmal aufblickt: „Die junge Dame kann es sich ja überlegen. Aber nicht in meinem Kontor. Wenn du mitfahren willst, komm heute Abend zum Hafen, Pier 19. Morgen früh sticht die *Princess* in See."

Achtundvierzigstes Kapitel

Als sich das Wasser rund ums Kap Horn zu riesigen Bergen auftürmt, klammert sich Luise zähneklappernd an den Holzwangen ihrer Koje fest. Ihr ist sterbenselend und sie wünscht sich nur noch, dass es aufhört. Und sei es, indem das riesige Segelschiff auseinanderbricht und sie alle mit in die Tiefe reißt.

Doch sobald sich das Wetter beruhigt, sie nur langsam vorwärtskommen oder auf stillen Wassern dümpeln, warten andere Qualen auf sie. Dann nämlich langweilen sich die Offiziere, verspüren Lust auf ein Mädchen und lassen sie zu sich in die Kajüte bringen. Sie kann sich nicht dagegen wehren. Die *Princess* ist auf hoher See. Niemand würde es merken, wenn ein Mädchen, das in San Francisco an Bord ging, niemals in Deutschland ankäme.

Anfangs hat sich Luise noch gefragt, was der Konsul dem Kapitän erzählt hat: dass sie eine kleine Nutte sei, an der sich seine Männer jederzeit schadlos halten können? Die fünfundzwanzig Dollar für die Schiffspassage hat seine Exzellenz persönlich von ihr kassiert und wahrscheinlich in die eigene Tasche gesteckt. Jedes Mal, wenn der Kapitän seine Hose aufmacht, knurrt er etwas von „Fahrpreis bezahlen".

Am besten wäre es, ihrer Schmach einfach ein Ende zu bereiten und in den eiskalten Atlantik zu springen. Doch fast nie ist sie allein an Deck und noch dazu an der richtigen Stelle. Und wenn das doch einmal geschieht, fehlt ihr der Mut dazu.

Willenlos und erschöpft liegt sie bei Tag und bei Nacht, abgemagert und unendlich müde, in ihrer Koje. In ihre Reisedecke aus Barkerville gewickelt, versucht sie warm zu werden.

Manchmal steckt sie sich einen Finger in den Mund und fährt damit an den Zähnen entlang, um diese notdürftig zu säubern. Häufig entdeckt sie danach Blut an ihrer Hand. Wenn Licht ins Zwischendeck fällt und sie die Ärmel hochstreift, kann sie die dunkelroten Flecken auf ihrer Haut sehen. Alles tut weh. Skorbut. Sie hat von der Krankheit gehört, die vor allem Seeleute befällt. Angeblich helfen Sauerkraut und frisches Fleisch dagegen. Aber über solche Köstlichkeiten verfügt der Schiffskoch der *Princess* schon lange nicht mehr. Er setzt ihnen jeden Tag dieselbe Grütze vor, die nur am Sonntag ein bisschen gepökeltes Fleisch enthält.

Bald weiß sie nicht mehr, wie lange sie schon auf See ist. Sie beginnt erst aus ihrem Dämmerzustand zu erwachen, als ein Offizier sie grob von sich wegschiebt, nachdem er sich auf ihr erleichtert hat. „Das war das letzte Mal! Höchstens zehn Tage, hat der Kapitän gesagt, dann bin ich wieder bei meiner Else daheim", fährt er sie zornig an.

Mit den letzten Matrosen geht sie in Hamburg von Bord. Nur für einen Moment steht sie unschlüssig und unsicher im Hafen, glaubt, dass sie noch immer schwankenden Boden unter den Füßen hat. Ein dunkel gekleideter Mann spricht sie in der Abenddämmerung an.

„Gestatten, junge Dame, Sie sehen aus, als wären Sie weit gereist?", fragt er mitfühlend.

Luise nickt erschrocken und klammert ihr Bündel fest.

„Aber Sie haben bestimmt etwas Geld aus Amerika mitgebracht?"

„Nur ein paar Dollar." Was will der Mann von ihr?

„Da sind Sie zu bedauern!", er macht eine wegwerfende Handbewegung, „amerikanische Münzen nimmt Ihnen hier niemand ab."

„Ich muss davon aber eine Eisenbahnfahrkarte bezahlen", antwortet Luise erschrocken.

„Wenn Sie gestatten … Lassen Sie mich Ihre Barschaft sehen", fordert der Mann freundlich, „vielleicht kann ich Ihnen helfen."

Hastig kramt sie ihr Taschentuch aus dem Bündel und zählt die Dollarmünzen darin.

„Es sind achtzehn!" Ihre Stimme zittert.

„Da will ich großzügig sein: Ich gebe Ihnen zehn Taler dafür. Für eine Fahrkarte wird es reichen und für eine Nacht in einer Herberge auch. Ich könnte da etwas empfehlen."

„Danke", stottert Luise, „ich habe schon eine Unterkunft."

Niemals würde sie sich von einem Fremden in eine Herberge bringen lassen. Und viel zu spät fällt ihr ein, was Benjamin in San Francisco gesagt hat: „Wenn du etwas Geld übrighast, kannst du es in jedem Bankhaus in Hamburg oder Bremen umtauschen. Für einen Dollar bekommst du etwa zwei Taler."

Nur zehn Taler zählt ihr der Mann für ihre restliche Barschaft in die Hand und verschwindet schnell in der Dunkelheit.

Noch am selben Abend setzt sie auf einem Dampfboot nach Harburg über. Dort wagt sie es nicht, Geld für ein Gasthaus auszugeben, verbringt die Aprilnacht hungernd und vor Kälte zitternd auf der Türschwelle des Bahnhofes.

Drei Mädchen quetschen sich im Personenwagen der dritten Klasse ihr gegenüber auf eine Holzbank. Ihre Gesichter sind rosig, ihre Augen glänzen, und sie lachen und schwatzen die ganze Zeit. In ihren dunklen Gewändern und den weißen Hauben wirken sie wie Novizinnen aus einem Kloster.

Schon kurz nach der Abfahrt beginnt eine an den Bändern ihres Brotbeutels zu nesteln. Dann öffnet sie ihren Proviant und steckt die Nasenspitze hinein.

„Franzosenbrötchen!“, seufzt sie sehnsüchtig und fährt sich mit der Zunge über die Lippen, „ich kann's kaum erwarten.“ Unter ihrer Haube springen braune Locken hervor.

„Deine Wegzehrung muss reichen, bis wir in Kaiserswerth sind“, ermahnt die Älteste sie, „spar es dir auf. Umso mehr hast du später davon.“

Luise läuft das Wasser im Munde zusammen. Sie kann ihre Augen kaum von dem Proviant lösen. Die Braunhaarige hält den Beutel auf ihrem Schoß fest und mustert Luise neugierig.

„Gott zum Gruß! Wohin geht deine Reise?“

„Nach Hause. Erst bis Nauheim. Und dann sind es nur noch zwei Stunden zu Fuß …“, stottert Luise und fügt, um ihren abgerissenen Aufzug zu erklären, hinzu: „Ich war in Amerika!“

Alle drei Mädchen atmen überrascht aus.

„Du reist ganz alleine? Ist das denn nicht furchtbar gefährlich?“, fragt die Älteste. Luise zuckt mit den Schultern: „Es ging halt nicht anders.“

„War bestimmt eine lange Fahrt“, sagt die Braunhaarige mitfühlend, „ganz über das Atlantische Meer! Blass siehst du aus und ein bisschen unwohl.“

Luise schlägt beschämt die Augen nieder.

„Magst du ein Franzosenbrötchen? Bist doch bestimmt hungrig!“

Schon greift sie in ihren Beutel und reicht Luise eins der duftenden Gebäckstücke.

„Oh, vielen Dank“, murmelt Luise. Sie bringt es nicht fertig, die Gabe abzuweisen. Die Älteste wirft der Braunhaarigen einen strafenden Blick zu.

„Die Oberin hat gesagt, wir sollen mildtätig handeln und unser Brot teilen, auch in unserem täglichen Wirken“, verteidigt sich diese gegen den unausgesprochenen Vorwurf, „ich esse dann eben selbst nur eins."

Wie eine Verhungernde schnuppert Luise an dem seltsam geformten Wecken. Eine klebrige, braune Masse quillt aus den Teigfalten hervor.

„Da ist Zimt drin", erklärt das Mädchen, „aus Indien. Aber koste selbst. Solche Franzosenbrötchen gibt es nur in Hamburg."

Vorsichtig beißt Luise hinein. Sie schließt verzückt die Augen. Noch nie in ihrem Leben hat sie so etwas Köstliches gegessen. Erst kitzelt ein feiner Karamellgeschmack ihren Gaumen, dann kommt der Geschmack von Nüssen dazu, eine feine Note von reifen Zitronen und noch etwas – ist das vielleicht Zimt? Der Geschmack erinnert sie an die Düfte, die vor langer Zeit aus den Speichern im Hamburger Hafen zu ihr herüberwehten.

„Himmlisch", murmelt sie dankbar und schlägt ihre Augen wieder auf.

„Lass es dir schmecken!" Ihr Gegenüber lächelt sie freundlich an.

Ganz langsam, Bissen für Bissen schiebt sich Luise die Kostbarkeit in den Mund. Anfangs rebelliert ihr Magen gegen die ungewohnte Speise, doch dann spürt sie, wie ein neues Wohlbehagen sie durchströmt. Und plötzlich laufen Tränen über ihr Gesicht.

„Verzeiht!" Hastig fährt sie sich mit dem Ärmel über ihre Wangen. Tränen und Staub vermischen sich zu dunklen Schlieren. „Ich habe nicht mehr gewusst, dass es so etwas Köstliches gibt", schnieft sie.

Das Mädchen, das ihr gegenübersitzt, sieht sie neugierig an: „Hast wohl lange nichts Ordentliches bekommen?"

Luise schüttelt stumm den Kopf. Nachdem sie den letzten Krümel verspeist hat, leckt sie sich sorgfältig die Finger ab.

„Wir auch nicht!", meldet sich jetzt die Dritte zu Wort, „wir waren im Stiftskrankenhaus St. Georg in Hamburg. Hat dort überhaupt nicht geschmeckt."

„Jetzt freuen wir uns aufs Mutterhaus mit seinen schmackhaften Mahlzeiten", ergänzt die Älteste.

„Ihr wart zu einer Krankenbehandlung?", fragt Luise mitfühlend, „ist jetzt ist alles wieder gut?"

Alle drei prusten gleichzeitig los.

„Nein, wir sind Diakonissen. Wir pflegen Kranke", erklärt die Braunhaarige, „die medizinische Heilkunst kennt so viele neue Methoden! Die Patienten müssen dafür aber eine Weile im Hospital bleiben. Viele werden dann wieder ganz gesund."

Luise denkt daran, dass Patrick in Barkerville erzählt hat, wie man Typhuspatienten in Deutschland mit Bädern, Abreibungen und Wickeln behandelt.

„Wir lernen all diese Dinge", berichtet die Braunhaarige, als habe sie ihre Gedanken erraten, „drei Monate waren wir in Hamburg, und jetzt geht es wieder ins Mutterhaus an den Rhein."

„Wir haben uns dem Herrn verschrieben", ergänzt die Älteste, „unser Leben lang wollen wir Kranke pflegen. Und verletzte Soldaten. Wie Florence Nightingale – vielleicht hast du diesen Namen schon einmal gehört: Sie war bei uns im Mutterhaus, bevor sie ein Hospital für Soldaten in der Türkei gegründet hat."

„Manche von uns ziehen nämlich sogar in die weite Welt hinaus", berichtet die Braunhaarige, „du warst in Amerika? Magst du uns von deinen Erlebnissen erzählen?"

„Natürlich!", Luise wird rot, „ich weiß gar nicht wo anfangen." Ihr ist warm und sie fühlt sich plötzlich sehr schläfrig.

„Wenn wir eines Tages alt und bedürftig sind, sorgt das Mutterhaus für uns", die Ältere hat Luises Verlegenheit bemerkt,

„wir dürfen sogar heiraten, wenn wir wollen. Ist bei uns Evangelischen nicht wie im Kloster."

„Aber die meisten von uns wollen überhaupt keinen Mann", fällt ihr die Braunhaarige ins Wort, „wir kümmern uns nämlich auch um gefallene Mädchen. Wer so eine Arbeit tut, sollte nur einem einzigen Herrn dienen."

Luise knetet unbeholfen ihre Hände. Die Älteste lächelt ihr aufmunternd zu: „Also, wenn du evangelisch bist, gesund und mit der Schule fertig, kannst du dich in Kaiserswerth bewerben. Neuerdings gibt es auch eine Diakonissenanstalt in Darmstadt. Und wenn du dich in der Probezeit bewährst, darfst du für immer bleiben."

„Wie schön", murmelt Luise. Dann fallen ihr die Augen zu.

Es ist schon dunkel, als sie in Kassel eintrifft.

In Hannover sind alle ausgestiegen. Sie hat von den Diakonissen Abschied genommen wie von alten Freundinnen.

Von den zehn Talern sind noch etwas mehr als fünf übrig.

Für ein Bett in einem Gasthof würde es reichen. Aber Luise wagt es nicht, auf der abendlichen Chaussee in die Stadt hinüberzulaufen. Sie weiß auch nicht, was sie einem Gastwirt sagen sollte. Noch nie hat sie für sich allein eine Schlafkammer gemietet.

Der riesige Backsteinpalast, in dem sich der Bahnhof befindet, verfügt aber über eine Speisegaststätte. Luise hat schon bald, nachdem sie das Franzosenbrötchen vertilgt hat, einen neuen, gewaltigen Appetit verspürt. Ein Mädchen, das allein um die halbe Welt gereist ist, darf bestimmt auch ohne Begleiter eine Gaststätte aufsuchen, denkt sie. Wenn sie morgen Nachmittag in Nauheim aus dem Zug steigt, wird sie ihre ganze Kraft brauchen, um bis nach Langenhain zu wandern.

Der Kellner scheint sich über das Mädchen, das scheu eine warme Mahlzeit bestellt und dazu ein Glas Bier, kein bisschen zu wundern.

„Darf ich Ihnen eine Herberge vorschlagen? Oder haben Sie schon Unterkunft?", fragt er, nachdem sie sich den Mund abgewischt und ihre Rechnung beglichen hat, „eine junge Dame wie Sie, ganz allein …"

„Nein danke", wehrt sie schnell ab.

„Ich empfehle für eine Übernachtung sonst auch gern den Wartesaal dritter Klasse. Dies hier ist nämlich der größte und modernste Bahnhof in Deutschland, wenn nicht sogar der ganzen Welt! Unser Kurfürst Friedrich Wilhelm hat selbst für den Bau gesorgt."

Es sind nur ein paar Schritte bis zu dem großen, mit Parkett ausgelegten Saal, in dem ein riesiger Kronleuchter von der Decke hängt. In der Mitte stehen Tische und Stühle und an den Wänden sind Holzbänke aufgereiht. Mit den verzierten Säulen und Rundbogen sieht es aus wie in einem Schloss.

Luise legt sich in eine Ecke auf den Fußboden, schiebt sich ihr Bündel unter den Kopf, wickelt sich in ihre Decke und schläft sofort ein.

Neunundvierzigstes Kapitel

Nachdem sich die Eisenbahn in Butzbach wieder in Bewegung gesetzt hat, hält es sie kaum noch auf ihrem Sitz. Am liebsten würde sie aus dem fahrenden Zug springen und quer durch Wälder und über Weideflächen nach Hause laufen. Doch querfeldein kann man sich leicht verirren. Von Nauheim aus ist der Weg nach Langenhain viel besser zu finden.

Aufgeregt presst sie ihr Gesicht ans Fenster und versucht, so viel wie möglich von der verregneten Landschaft, die an ihr vorbeifliegt, zu erkennen.

Heute Abend wird sie Dora endlich in ihre Arme schließen und bei den Eltern am Tisch sitzen! Die kräftigen Mahlzeiten, die vertraute Sprache und die Aussicht, bald wieder daheim zu sein haben ihre Lebensgeister geweckt.

Als eine der Ersten klettert sie in Nauheim aus dem Personenzug. Mit ihrem Bündel und der zusammengerollten Decke unter dem Arm bleibt sie einen Moment auf dem Bahnhofsvorplatz stehen und bestaunt den gigantischen Wasserstrahl, der in einiger Entfernung im Kurpark in die Höhe schießt. Über diesen Sprudel sprachen vor ein paar Jahren alle. Er hat Nauheim den Ruf eines Heilbades eingebracht.

Dann erst bemerkt sie den Mann, der sie unverwandt anstarrt. Merkwürdig vertraut kommt ihr der ältere Herr in dem feinen grauen Wollmantel vor. Wie von einem unsichtbaren Band gezogen geht sie zu ihm hinüber, bis es ihr endlich wie Schuppen von den Augen fällt.

„Schulmeister Faber!“, ruft sie überrascht aus, „Gott zum Gruß!“

Der Mann zuckt zusammen, als würde er aus einem Traum

erweckt und sieht sie erschrocken an. Dann überzieht ein freudiges Lächeln sein Gesicht:

„Grüß dich Luise! Was machst du denn hier?"

„Ich war in Amerika. Mein Dienst ist zu Ende, und jetzt geht es zurück zum Vater", antwortet sie wohlerzogen.

„Nach Langenhain? Du willst zurück?" Er wirkt plötzlich verlegen: „Darf ich zu so einer weit gereisten jungen Dame überhaupt noch du sagen?"

„Aber natürlich! Ich habe doch bei Euch auf der Schulbank gesessen!", wehrt Luise ab. So dreckig und abgerissen wie sie sich vorkommt, kann sie nicht glauben, dass sie auf Faber damenhaft wirkt.

Einen Moment lang wissen beide nicht recht, was sie sagen sollen. Luise erinnert sich daran, wie der Lehrer sich in der Schulstube von ihr verabschiedet hat.

„Das Album", beginnt sie errötend, „und die Stifte. Herzlichen Dank noch einmal. Das sind so schöne und so nützliche Dinge! Die ganze Zeit habe ich sie bei mir getragen. Ich wollte meine Reiseeindrücke notieren ..." Sie bricht ihren Satz ab. Bestimmt erwartet der Lehrer, dass sie das ganze Buch mit feinen Beobachtungen und Schilderungen aus fremden Ländern vollgeschrieben hat.

Doch Faber winkt ab: „Schon gut. Manchmal kommt es anders, als wir geplant haben. Das gilt übrigens auch für mich." Er sieht sie herausfordernd an: „Staunst du nicht, dass dein alter Schulmeister an einem gewöhnlichen Wochentag am Bahnhof von Nauheim vor dir steht?"

„Doch, doch natürlich", stottert das Mädchen, „es soll einen Vorfall gegeben haben ... Stellt Euch vor: Sogar in Britisch Kolumbien wusste ein Mädchen davon!"

„Einen Vorfall nennt man das also?", Faber lacht bitter auf, „wir können die Dinge ruhig beim Namen nennen: Geprügelt habe ich mich. Mitten im Dorf, vor dem Wirtshaus, mit einem Landgänger! So etwas ziemt sich natürlich nicht für einen Schulmeister. Ich habe zwar nur ein paar blaue Flecken und einen ausgeschlagenen Zahn davongetragen. Und dem Anderen ist überhaupt nichts passiert. Aber meine Anstellung war damit dahin und die Wohnung im Schulhaus auch."

„Wie konnte denn so etwas Schreckliches passieren?"

„Du kennst den Mann", erklärt der Lehrer, „es war der Johann Georg Schneider. Er ist ja wohl mit euch verwandt. Soviel ich weiß war er es, der dich mit nach Amerika genommen hat?"

„Schneider? Er ist zurück in Langenhain?"

„Anscheinend war er nur zu Besuch. Hat seine Familie drüben gelassen und wollte bald wieder hin. Vielleicht hat er noch mehr Mädchen nach Amerika geholt."

Luise schweigt. Sie ahnt, worauf Faber hinaus will, aber daran mag sie jetzt nicht denken.

„Weißt du, im Winter war ein Journalist aus Berlin bei mir zu Gast", sagt er und tritt einen Schritt auf sie zu. Er sieht sich um, als spreche er über etwas Verbotenes: „Er hat mir erklärt, was mit euch Mädchen in der Fremde passiert. Ich war entsetzt, ich hatte ja keine Ahnung! Muss ich annehmen, dass dir auch etwas Derartiges widerfahren ist?"

Luise senkt ihren Blick beschämt zu Boden.

„Drei Jahre war ich fort", antwortet sie ausweichend, „jetzt bin ich wieder daheim."

Der Lehrer sieht sie forschend an.

„Es tut mir leid", fügt sie unbeholfen hinzu.

„Es muss dir überhaupt nicht leidtun", entgegnet er lebhaft und kommt sofort wieder auf sich selbst zu sprechen, „klar, am Anfang war es ein Unglück, dass ich ins Haus meiner Eltern zurückmusste. Mein alter Vater hat sich furchtbar gegrämt, hat geschimpft: Dass ich besser in seiner Schuhmacherwerkstatt geblieben wäre, als aufs Lehrerseminar in Friedberg zu gehen. Aber dann hat sich das Blatt gewendet. Ich habe ziemlich schnell eine Anstellung hier in Nauheim gefunden. Ich gebe jetzt Privatunterricht."

„Ihr bringt den Kindern der Schlossherrschaften Lesen und Schreiben bei?", fragt Luise ehrfürchtig.

„Nein, nein!", lacht Faber, „das höfische Leben, die Adeligen … das ist doch alles von gestern! Meine Schülerinnen sind Töchter von begüterten Vätern im ganzen Land. Sie kommen zur Kur nach Nauheim. Viele langweilen sich hier schrecklich. Ein paar Lektionen in Orthographie, deutscher Literatur und Erdkunde können alle gebrauchen, und ich bekomme gutes Geld dafür." Er verschränkt seine Arme und streicht wie beiläufig über den kostbaren Stoff seines Wollmantels. „Weißt du", berichtet er selbstgefällig, „in Langenhain war ich ein einsamer, armer Schlucker, der unter der Knute vom Bürgermeister und vom Pastor stand. Aber hier ist es viel besser: In den Kaffeehäusern von Nauheim sitzen interessante Persönlichkeiten aus aller Welt, lesen die neuesten Feuilletons und tauschen sich darüber aus. Und mitten unter ihnen sitze ich, der Privatlehrer Faber! Stell dir vor: Hier habe ich auch endlich die richtige Frau gefunden. Ich bin jetzt ein verheirateter Mann!"

Luise verlagert ihr Gewicht von einem Fuß auf den anderen, während der Lehrer seinen Hals in Richtung Bahnhof reckt.

„Ich habe dem Vater einer jungen Dame aus Frankfurt versprochen, dass ich sie von der Eisenbahn abhole und ins Hotel geleite. Sie wollte dort eine Freundin besuchen", erklärt er, „es wäre diesem Herrn wahrscheinlich nicht recht, zu erfahren, dass ich mich im Gespräch mit einer Bauerntochter sehen lasse."

„Ich muss ohnehin weiter", antwortet Luise hastig, „bis Langenhain sind es mindestens zwei Wegstunden".

„Ach Gott, dieses Kuhdorf", bemerkt Faber abfällig: „Was bin ich froh, dass ich dort weg bin."

Für einen Moment scheint er vergessen zu haben, warum er zum Bahnhof gekommen ist und sieht das Mädchen versonnen an. „Weißt du Luise, irgendwie hat das alles mit dir angefangen, damals, als du nach Amerika aufgebrochen bist. Und jetzt begegnen wir uns hier wie zufällig wieder. Was soll ich sagen? Ich neige dazu, zu bedauern, dass ich auch dieses Mal kein freier Mann bin ..."

„Ist schon recht", murmelt Luise unbehaglich und wendet sich zum Gehen, „und alles Gute! Gott zum Gruß!"

„Warte! Das wäre noch etwas!" Faber ruft sie nach wenigen Schritten zurück. „Ich habe es mir gerade erst überlegt. Ich ... wir, also: Meine Frau hat schon zwei Kinder mit in die Ehe gebracht, sie war verwitwet. Und nun erwartet sie ihr drittes. Wir haben uns schon nach einem Mädchen umgehört, das ihr zur Hand gehen kann. Damals in Langenhain hieß es, dass du mit kleinen Kindern recht anstellig bist. Vielleicht wäre das etwas für dich. Es wäre mir eine große Freude, dich in unserem Haus willkommen zu heißen."

„Oh, vielen Dank!", murmelt Luise überrascht.

„Am Lohn wird es nicht scheitern", erklärt der Lehrer jovial, „ich verdiene ja gut. Komm mit deinem Vater einfach zu uns in die Langgasse 11 in Nauheim. Meine Frau freut sich bestimmt."

Ratternd und schnaubend kündigt sich aus der Ferne ein Zug aus Frankfurt an.

„Gott schütze Euch." Luise vollführt einen angedeuteten Knicks.

„Hör auf mit dem höfischen Zeug!", schilt sie der Lehrer, „du bist hier in einer Stadt, in der solche Sitten gottlob abgeschafft sind." Er hat es eilig.

Doch Luise fällt noch etwas ein.

„Halt!" ruft sie Faber nach, der sie aber bereits nicht mehr hört.

Sie würde ihn so gerne fragen, ob er eine Nachricht von Elisa bekommen hat. Aber jetzt bewegt sich sein grauer Rücken schon zielstrebig auf den Abschnitt des Bahnsteiges zu, an dem das Fahrgastabteil der ersten Klasse zum Stehen kommt.

Fünfzigstes Kapitel

Das Flüsschen plätschert so munter wie drei Jahre zuvor, und die Gräser und Büsche am Ufer der Usa sehen auch fast genauso aus. Doch damals ist Luise an einem strahlenden Frühlingstag fortgegangen und jetzt kehrt sie unter einem wolkenverhangenen Himmel zurück.

Den Weg nach Hause finden ihre Füße fast von alleine. Seit sie Faber vor dem Bahnhof in die Arme gelaufen ist, hat ihr Kopf Anderes zu tun.

In wenigen Stunden wird sie dem Vater unter die Augen treten. Lohn bringt sie nicht mit nach Hause. In ihrer Schürzentasche klimpern nur noch zwei Taler. Vom Angebot des Lehrers, als Hausmädchen bei ihm in Nauheim anzufangen, wird sie zu Hause gar nicht erst erzählen. Balthasar Ludwig würde ihr bestimmt nicht erlauben, in den Haushalt des Schulmeisters einzutreten, der mit Schimpf und Schande aus dem Dorf gejagt wurde.

Warum hat Faber sie überhaupt gefragt? Er weiß doch, was er von ihr zu halten hat: Sie ist ein gefallenes Mädchen. Wenn er erst ihr Dienstherr wäre, könnte er jederzeit zu ihr in die Kammer steigen. Sie könnte sich nicht weigern.

Niemals.

Dafür hat sie diese grauenvolle Reise nicht auf sich genommen.

Ein feiner Nieselregen setzt ein. Sie denkt an die drei lustigen Mädchen, die sie in der Eisenbahn getroffen hat. Diakonisse, das wäre etwas für sie! Sie ist gesund, evangelisch und kann lesen und schreiben. Sie kann sich nichts Schöneres vorstellen, als Kranke zu pflegen, Armen zu helfen und nie im Leben zu heiraten.

Nur dürfte in Kaiserswerth – wie schön und erhaben dieser Ort allein heißt! – oder Darmstadt niemand erfahren, was sie in San Francisco getan hat. Und wie es ihr in Barkerville erging.

Luise seufzt auf: Was wiegt eine Lüge, die sie aus ihrer eigenen, freien Entscheidung begeht, um ein gottesfürchtiges Leben zu beginnen, gegen all die Frevel, derer sie schon schuldig geworden ist? Sie findet keine Antwort auf diese Frage.

Ihre Füße werden schwer und die Kleider feucht, Wasser rinnt über ihr Gesicht. Es beginnt zu dämmern. Wie weit mag sie gelaufen sein? Der Fahrweg, der die Usa bei Ober-Mörlen kreuzt, ist noch nicht in Sicht.

Müde lässt sie sich auf einen umgestürzten Baum sinken.

Bis nach Langenhain wird sie es vor Einbruch der Dunkelheit kaum schaffen. Es ist besser, sich gleich ein Schlaflager zu richten und ihre Decke im Schutz eines Baumriesen auszurollen.

In der Morgendämmerung weckt sie der Lärm. Vögel tschilpen, zwitschern und brüllen um sie herum. Noch nie war Luise schon so früh am Morgen in diesem Wald.

Sie setzt sich auf und reibt sich die Augen. Durch die ersten, noch zart sprießenden Blätter kann sie zum Himmel hinaufsehen: Er ist tiefblau und färbt sich am Horizont rot. Bald wird hinter einem Hügel die Sonne aufgehen und ihre wärmenden Strahlen auf die Erde schicken. Sie reckt ihre schmerzenden Glieder. Vielleicht kommt sie gerade zur rechten Zeit, um daheim ein Frühstück einzunehmen.

Wenig später klettert sie schon den Berghang zum Fahrweg hinauf. Ihr Atem geht schnell vor Anstrengung und Aufregung. Dort hinten erkennt sie den Kirchturm von Langenhain, erblickt den Rauch aus den Schornsteinen im Dorf! So viele Male hat sie an das kleine Fachwerkhaus zu Hause gedacht, hat es sich in allen Einzelheiten ausgemalt, und jetzt wird sie bald davorstehen!

Wenig später tritt sie in die schmale Gasse. Nur einen Steinwurf entfernt fuhrwerkt ihr Vater vor dem Haus herum. Klein ist er geworden, gebückt und grau: ein alter Mann von über fünfzig Jahren. Der Vater bemerkt sie erst, als sie direkt vor ihm steht. Argwöhnisch mustert er seine Tochter. Seine Augen leuchten glücklich auf, doch zugleich knurrt er sie an, als sei sie nur von einer Dienststelle im Nachbardorf zurück: „Grüß dich Luise! Lässt dich auch mal wieder blicken?"

„Vater, ich bin zurück! Es war eine weite Reise."

„Geh halt herauf zur Mutter", sagt Balthasar Ludwig und wendet sich ab. Seine Stimme bebt: „Ich habe hier zu arbeiten." Dann macht er sich wieder an seinem Fuhrwerk zu schaffen.

Auf dem kleinen Hofplatz neben dem Haus hat die Mutter stets Kohl, Kartoffeln und Gurken angebaut. Im Sommer blühten bunte Blumen dazwischen. Jetzt sind die Beete mit ausgedienten Gerätschaften und kaputten Möbelstücken übersät. Hühner picken darin herum.

Eine schmale Stiege führt ins Wohngeschoss hinauf. Wie oft ist Luise diesen Weg in die Küche gelaufen! Fast immer brannte ein Feuer im Ofen, war es dort warm und roch nach Essen. Schäbig und ausgetreten kommen ihr die wenigen Treppenstuben jetzt vor, und winzig das ganze Haus.

„Wer ist da?", schreit die Mutter böse zu ihr herab.

„Ich bin's, Luise."

„Dann komm halt in die Küche!"

Auch die Bäuerin Ludwig ist älter geworden. Sie unterscheidet sich kaum noch von der runzeligen Großmutter, die in einer Kammer beim Nachbarn untergebracht ist.

„Gott zum Gruß, liebe Mutter“, sagt Luise verlegen und versteckt ihre Hände unter der Schürze.

„Soso“, sagt die Bäuerin als spräche sie mit einer anderen Person in dem dunklen, stickigen Raum, „die Luise kommt auch mal wieder heim. Die braucht mir gar nichts zu erzählen. Wir wissen schon alles vom Georg. Fortgesprungen ist sie ihm, kaum war sie in Amerika.“

„Aber Mutter“, protestiert Luise, doch diese fällt ihr ins Wort: „Geld bekommen wir jedenfalls keins mehr, hat der Georg gesagt. Wir sind ihm sogar noch etwas schuldig.“

Misstrauisch mustert sie das Mädchen, das blass und abgemagert in zerschlissenen Kleidern vor ihr steht: „Aber reich bist du auch nicht geworden. Hast endlich gemerkt, wo dein Ungehorsam dich hinführt? Und willst jetzt wieder bei uns unterschlüpfen?“

„Mutter, glaub mir, ich kann nichts dafür“, setzt sie erneut an, „der Schneider – also der Georg – hat mich in San Francisco vermietet. Ich musste … “

„Erzähl das deinem Vater. Du wirst den Georg, deinen Vetter, gewiss nicht Lügen strafen. So großzügig war er zu uns, trotz allem, was du uns angetan hast!“ Sie wendet sich ab, kramt am Ofen herum und fügt wie nebenbei hinzu: „Der Pfarrer hat auf den Vater und mich eingeredet. Dass die Luise trotz allem unsere Tochter sei. Es wäre nicht recht, sie zu verstoßen.“

Mürrisch stellt sie Luise einen Teller Grütze hin. Schnell löffelt diese ihn leer, wischt sich danach seufzend den Mund ab.

„Der Schneider“, fragt sie leise, „was hat er denn über mich erzählt? Und über die Tesi?“

„Sein Geld hat er zurückhaben wollen: Den Vorschuss auf die Miete und alles, was er für dich bezahlt hat.“

„Habt ihr es ihm etwa gegeben? Ich konnte überhaupt nichts dafür, habe sogar überall nach ihm herumgefragt …“

„Schweig lieber still. Stell dir vor: Er hat uns die Schulden gestundet und dem Vater sogar einen neuen Kontrakt vorgeschlagen!“

„Was für einen Kontrakt denn?“

„Gott sei es gedankt haben wir noch eine Tochter“, zum ersten Mal huscht ein Lächeln über die harten Züge der Bäuerin, „die Dora ist folgsamer als du und springt dem Georg bestimmt nicht gleich fort.“

„Die Dora?“, fragt Luise entsetzt, „aber sie ist noch ein Kind!“

„Sie ist bald vierzehn und konfirmiert.“

„Ihr dürft sie nicht nach Amerika schicken, auf keinen Fall!“

„Dieses Mal gehen wir mit. Das Geld reicht für alle, wenn wir den Hof verkaufen. Glaubst du, wir lassen noch einmal eine Tochter allein in die Fremde?“

„Aber der Vater wollte doch niemals fort von hier!“

„Das war früher“, antwortet die Bäuerin böse, „als wir noch ehrbare Leute waren. Als uns noch keine Tochter Schande gemacht hat. Jetzt grüßt uns im Dorf keiner mehr, und auf dem Kirchplatz stehen wir am Sonntag allein.“

Von der Stiege sind Schritte zu hören. Ein junges Mädchen stürmt herauf. Für einen Moment erstarrt Luise, hat das seltsame Gefühl, in den Spiegel zu schauen. Dann versteht sie.

„Dora!“, ruft sie lachend, springt auf und will die Schwester umarmen. Doch diese bleibt stocksteif stehen und blickt sie feindselig an.

„Ich bin es, deine Schwester Luise!“

„Ich habe keine Schwester“, erwidert das Mädchen abweisend, „der Vater sagt, ich bin seine einzige Tochter.“

„Dora! Ich habe dir doch geschrieben! Hat Faber dir den Brief nicht gegeben?“

„Nie im Leben habe ich etwas bekommen.“

„Doch, doch. Einmal hat das brave Luischen uns eine Nachricht gesandt“, wirft die Mutter ein, „als sie noch beim Georg im Dienst war. Aber danach gab es keine Post mehr von ihr.“ Sie wendet sich an Dora: „Was stehst du so faul herum? Hast keine Wäsche zu machen?“

„Verzeihung“, murmelt das Mädchen, „im Waschhaus haben sie gesagt, ich soll schnell nach Hause. Es sei jemand gekommen. Ich habe geglaubt, es ist der Philipp. Oder der Christoph.“

„Die Brüder kommen vom Militär bestimmt nicht auf Besuch!“, schimpft die Mutter, „geh halt schnell wieder zurück.“

„Was ist mit den beiden?“, fragt Luise besorgt, nachdem Dora kehrtgemacht hat, „sie sind bei den Soldaten?“

„Was soll sein?“, schnaubt die Mutter, „hast es nicht mitbekommen, da draußen in der großen, weiten Welt? Es gibt bald Krieg zwischen Österreich und Preußen. Da macht das Großherzogtum Hessen auch mobil.“

„Das ist ja furchtbar!“ Luises Augen weiten sich.

„Deine Brüder tun nur ihre Pflicht“, erklärt die Bäuerin hart, „sobald sie fertig sind, kommen sie mit uns nach Amerika.“

Sie sieht Luise scharf an: „So, und jetzt geh mir zur Hand. Hast lange genug hier herumgesessen!“

Noch immer stößt sie mit dem Kopf an die Umrandung der grob gezimmerten Kiste, als sie am Abend neben Dora liegt. Luise ist todmüde und zugleich hellwach.

„Du, Dora, hast du mich wirklich nicht erkannt?“, flüstert sie. Das jüngere Mädchen dreht sich zu ihr um. „Natürlich weiß ich, wer du bist,“ raunt es, „aber der Vater hat verboten, dass ich dich noch kenne.“

„Weil ich in Sünde gefallen bin“, antwortet Luise beschämt.

„Das wäre mir ganz egal“, protestiert die Jüngere, „ich wollte einfach nichts mehr von dir wissen. Du bist fortgegangen, ohne mir Lebewohl zu sagen, und hast mich mit den Brüdern allein gelassen. Hast wohl gedacht, es ist in der Neuen Welt besser als hier?"

„Ach Dora!", stöhnt Luise auf, „die Mutter hat mir ganz plötzlich befohlen zu gehen! Ich konnte dir nicht Bescheid sagen. Morgen erklär ich dir alles genau."

Sie wagt nicht, ihren Arm um die kleine Schwester zu legen, wie sie es früher immer getan hat.

„Hat Faber dir meinen Brief wirklich nicht gegeben?", fragt sie leise.

„Nein, hat er nicht", murrt Dora, „ich dachte, du hast mich schon längst vergessen."

„Niemals!", flüstert Luise und ist froh, dass die kleine Schwester ihre Tränen nicht sieht, „ich habe jeden einzelnen Tag an dich gedacht. Aber bitte, hör auf mich: Geh nicht zum Schneider in den Dienst. In Amerika ist es gefährlich für Mädchen."

„Ich bin froh, wenn wir endlich von hier fort sind", antwortet Dora trotzig, „es ist elend und immer kalt. Die Eltern haben die Armut auch satt. Der Vater hat den Kontrakt schon gemacht."

„Ich bin um die halbe Welt gereist!", wispert Luise entsetzt, „glaub mir: Hier ist es viel besser als in der Fremde!"

„Aber ich mag mich nicht als Dienstmagd verdingen und von früh bis spät abplacken."

„Es gibt für Mädchen jetzt auch andere Sachen." Morgen, nimmt sie sich vor, wird sie Dora von den Diakonissen erzählen.

„Ich will heiraten", tut diese kund, „so bald wie möglich. Einen, der reich genug ist, dass er sich einen Knecht leisten kann und eine Magd. Georg hat gesagt, in Amerika suchen viele Burschen ein deutsches Mädchen."

Luise ist plötzlich unendlich müde.

„Lass uns morgen weiter darüber reden", murmelt sie, bevor sie einschläft, „ich gehe jedenfalls nie mehr ohne dich fort."

Einundfünfzigstes Kapitel

Sehr früh am nächsten Morgen ist sie schon wach. Als Dora beginnt, sich unruhig hin und her zu wälzen und mit den Augen zu blinzeln, sitzt Luise aufrecht neben ihr und blättert in ihrem Album. Es ist bis zur Hälfte vollgeschrieben.

„Ich habe nachgedacht", sagt sie zu der noch schlaftrunkenen Schwester, „wenn du unbedingt nach Amerika willst, gehst du halt mit dem Vater. Aber vorher musst du eine Menge wissen."

„Wozu das denn?" Dora reibt sich unwillig die Augen.

„Damit du nicht so dumm und naiv dort ankommst wie ich. Dann zwingen sie dich nämlich … und du musst dich versündigen. So wie es mir ergangen ist: Ich konnte die Sprache nicht, konnte keine Zeitung lesen, kannte kein Gesetz und wusste nicht, wo ich gelandet bin."

Mitten in der Nacht hat sie plötzlich verstanden, warum sie in Barkerville begonnen hat, sich alles genau aufzuschreiben. Morgens, wenn Tesi neben ihr noch schlief, hat sie ihr Album herausgeholt, die Seiten mit den Zahlenkolonnen überblättert und hineingekritzelt: Wie viel ein amerikanischer Dollar wert ist. Wann ein Mädchen in Kalifornien volljährig wird. Wo die Stadt Victoria liegt und wo die britische Kolonie mit demselben Namen. Was eine Schiffspassage von San Francisco nach Australien kostet, und wie man aus Kalifornien nach Hamburg kommt. Den Namen des Richters, der über die Einhaltung der britischen Gesetze im Cariboo wacht, hat sie auch notiert. Und wie man Typhus in Irland und in Deutschland behandelt. Elisas Wörtersammlung, die ganz vorne in dem Album steht, konnte sie bald auswendig, doch sie hat diese immer weiter um all die Ausdrücke, die sie auf ihrer Reise noch dazugelernt hat, ergänzt.

„Ein Mädchen, das nach Amerika geht, muss nicht nur wissen, was in der *Gartenlaube* über die Neue Welt zu lesen ist“, belehrt sie Dora, „für uns Bauerntöchter sind noch ganz andere Sachen wichtig: Zum Beispiel gibt es in Amerika so genannte Mädchenhalter. Sie vermieten uns an Burschen, die mit uns tanzen wollen. Und uns überall anfassen.“

„Lass mich in Ruhe!“, wehrt die Jüngere ab, „ich werde es ja sehen, wenn wir endlich dort sind.“

„Dora! Bitte!“, fleht Luise, „ich bin aus Amerika zurückgekommen, den ganzen, weiten Weg. Glaub mir: Es ist gefährlich dort. Und noch schlimmer, wenn du dich nicht auskennst. Lesen, Schreiben, Rechnen, Erdkunde … alles kannst du in Amerika brauchen. Habt ihr in der Schule schon mit Englisch angefangen?“

Die Schwester schüttelt stumm den Kopf.

„Dann bringe ich dir die Wörter bei – jeden Tag zehn!“

„Ist nicht nötig. Ich habe dann ja dich“, widersetzt sich die Kleine, „du kannst mir alles übersetzen, was ich wissen will.“

„In Amerika?“, fragt Luise bestürzt, „du glaubst doch nicht, dass ich mitkomme?“

„Der Vater befiehlt es uns.“

„Dora, ich werde dieses Jahr einundzwanzig. Dann bin ich volljährig und kann über mich selbst bestimmen. Der Vater kann mich dann nicht mehr zwingen.“

„Glaubst du etwa, dich heiratet hier noch einer?“, fragt Dora verächtlich und schlägt sich erschrocken die Hand vor den Mund. „Die Burschen sind sowieso alle bei den Soldaten“, schiebt sie kleinlaut nach.

„Einen Mann suche ich ganz bestimmt nicht!“ Luise ist laut geworden. Die Mutter, die in der Küche herumhantiert, hat ihre Töchter streiten gehört und steckt ihren den Kopf durch die Tür.

„Was habt ihr zu schwatzen? Steht lieber auf und geht mir zur Hand!“, schimpft sie. Doch beim Anblick von Luises Album blitzt Neugier in ihren Augen auf: „Was hast du denn da für ein Buch?“

Schnell klappt Luise das Album zu und drückt es sich an die Brust. „Ich habe mir halt etwas aufgeschrieben“, stottert sie errötend, „was man in der Fremde brauchen kann.“

„Soso“, die Bäuerin mustert ihre Tochter skeptisch, „und hat dir dein Geschreibsel geholfen? Bist ja trotzdem lieber wieder heimgekommen.“

„Vieles hätte ich früher wissen müssen“, räumt Luise beschämt ein.

„Aha. Und was zum Beispiel?“

„Die Sprache. Die Gesetze. Erdkunde. Und Politik: Was in der Welt passiert …“ Für einen Augenblick wird es still in der kleinen Kammer. „Man muss sehr viel wissen, wenn man nach Amerika fährt“, bekräftigt Luise das bereits Gesagte, „auch du, Mutter. Es geht nicht überall auf der Welt so zu wie in Langenhain.“

„Kannst uns ja dann erzählen, wenn wir auf dem Schiff sind“, entgegnet die Bäuerin Ludwig missmutig, „da haben wir genug Zeit. Aber jetzt aus den Federn mit euch!“

„Ich komme nicht mit nach Amerika“, protestiert Luise, „ich will nie wieder fort!“

„Was sind das für Flausen?“, fährt die Bäuerin sie an, „wir gehen alle zusammen. Der Vater wird dir schon Beine machen.“

„Ich will aber Diakonisse werden“, hört Luise sich selbst wie durch einen Nebel sagen.

Im Stillen fügt sie hinzu: und Schriftstellerin.

Ihr Album hält sie mit beiden Händen umklammert. Die zweite Hälfte ist noch ganz leer.

Und endlich weiß sie, was sie aufschreiben wird.

Keine Reiseschriftstellerin und kein Forschungsreisender könnte berichten, was Mädchen aus Deutschland in der Fremde widerfährt.

Aber sie, Luise Ludwig, hat es erlebt.

Epilog

Zwei Jahre nach Luises Rückkehr wandert Balthasar Ludwig mit seiner Frau, den Söhnen und Töchtern nach Amerika aus. Im Mai 1868 steigen sie in Hamburg ins Zwischendeck der *Hammonia* hinunter, um mit der *Hamburgisch-Amerikanischen Packetfahrt-Actiengesellschaft* nach New York überzusetzen. Auch Luise ist wieder dabei.

Die letzten Jahre in Langenhain waren schwer für die Familie Ludwig. Als der deutsch-deutsche Krieg zu Ende war, kehrten Luises Brüder zwar aus dem Militärdienst heim. Doch nun musste Balthasar Ludwig von den neuen Behörden – alle Länder nördlich des Mains gehörten jetzt zum Norddeutschen Bund – erst einmal eine neue Erlaubnis zur Auswanderung einholen. Seine Frau legte indessen jeden Kreuzer für die Schiffspassagen und ihren Neuanfang in Amerika zurück.

Ihren Dienstherrn sah Luise in diesen zwei Jahren nicht wieder: Noch vor ihrer Rückkehr war Georg Schneider aus Langenhain verschwunden.

In den ersten Monaten packte die Zwanzigjährige mit an, wo sie konnte. Dem Vater fehlten seine Söhne bei der Feld- und Stallarbeit. Zudem konnte er seine Tochter für den Schriftverkehr mit den Behörden gut gebrauchen.

Auch die Mutter hatte immer eine Menge für sie zu tun. Im Winter versuchte Luise, durch kleine Handarbeiten etwas Geld dazu zu verdienen. Niemals hätte sie in dieser harten Zeit ihr Elternhaus verlassen und ihre eigenen Wege gehen mögen, etwa nach Darmstadt oder Kaiserswerth. Außerdem stand sie bei Dora im Wort: Sie würde nicht noch einmal ohne die kleine Schwester fortgehen.

In der Fremde, in San Francisco und Barkerville, hatte sie sich so sehr nach der Heimat gesehnt. Doch in Langenhain begann sie bald, voller Wehmut an Amerika und an Britisch Kolumbien zurückzudenken. Trotz all dem Schrecklichen, was ihr dort widerfahren war: Wie groß die Welt gewesen war, als sie ganz allein zurechtkommen musste! Wie viele Menschen aus fremden Ländern sie auf ihrer Reise getroffen und wie frei sie mit ihnen gesprochen hatte! Manchmal kramte sie die beiden Taler hervor, die von ihrer Reise übriggeblieben waren, rieb die Münzen blank und erinnerte sich fast wehmütig an die Zeit, in der sie über eigenes Geld verfügte.

Auch an Benjamin dachte sie oft. In Barkerville war es ihr größter Wunsch gewesen, so bald wie möglich von ihm fort zu kommen. Jetzt wünschte sie sich manchmal, sie wäre mit ihm zusammen und dortgeblieben.

Nur nachts, wenn Dora schlief, hatte sie etwas Zeit für sich allein. Dann setzte sie sich auf den Rand des Bettkastens, zündete ein Talglicht an, kramte ihr Album heraus und schrieb auf, was sie in der Fremde erlebt hatte: Alles, auch ihre dunkelsten Stunden in der *Crib*, durchlebte sie nochmal und damit all den Schmerz, die Scham und die Trauer.

Nie wieder!, dachte sie oft. Nie wieder sollte ein Mädchen so etwas Schlimmes durchmachen.

Im Sommer 1867 war sie mit ihren Aufzeichnungen fertig. Sie wusste, wer ihr jetzt weiterhelfen könnte. Mehrmals lief sie nach Nauheim, suchte Faber in der Langgasse 11 auf und bettelte ihn um leere Schulhefte an, um Abschriften von ihrem Bericht anzufertigen. Alle Namen ließ sie dabei weg.

Der Schulmeister begegnete ihr von Anfang an langmütig und großzügig – fast so, als sei er ihr etwas schuldig.

Als sie die ersten drei dünnen Hefte voll hatte, schnürte

sie diese zu einem Bündel und bat Faber, ihren Bericht an den Journalisten in Berlin zu schicken, der sich für das Schicksal der Tanzmädchen interessiert hatte.

Sie hörte nie wieder etwas davon. Vielleicht hatte sich George Hesekiel längst anderen Themen zugewandt, musste sich auch der Ministerpräsident Otto von Bismarck, inzwischen Kanzler des Norddeutschen Bundes, um gewichtigere Angelegenheiten kümmern als um das Schicksal gefallener Mädchen.

Wie klug und weitblickend all das gewesen war, was Benjamin ihr erklärt hatte, verstand Luise erst jetzt nach und nach. Er wusste so viel mehr über die Welt als Balthasar Ludwig! Vielleicht würde der Vater verstehen, warum sich seine Tochter mit einem jüdischen Jungen zusammentat, wenn er ihn und das prächtige Ladengeschäft von Isidor Stein erst in San Francisco kennenlernte!

Nach diesen zwei Jahren hat Luise nichts mehr dagegen, mit ihrer Familie erneut nach Amerika aufzubrechen. Alle Menschen, die ihr lieb und vertraut sind, leben in Zukunft in der Neuen Welt. Sie wird auf Dora aufpassen können und hofft insgeheim, Benjamin wiederzutreffen.

Und vielleicht wird sie eines Tages auch Elisa wiedersehen.

Nachwort: Der historische Hintergrund

Luise Ludwig, Therese Will und Anna Möckel aus Langenhain-Ziegenberg hat es wirklich gegeben. Sie sind auch tatsächlich im Frühjahr 1863 mit Johann Georg Schneider, einem Cousin von Luise, „ins Land gegangen", wie es damals hieß.

Ihre Überfahrt nach New York lässt sich anhand der „Hamburger Passagierlisten" (die auf www.ancestry.de einsehbar sind) nachvollziehen. Auch die Tatsache, dass ab Hamburg ein viertes Mädchen namens Elisa Hildebrandt mit von der Partie war, geht daraus hervor. Die vier Mädchen haben aber keinerlei Aufzeichnungen oder Briefe über diese Reise hinterlassen, so dass alles, was sie erlebt, gedacht, gefühlt und gesprochen haben, für dieses Buch frei erfunden wurde.

Dass Anna Möckel schwanger war, als sie ihre Heimat verließ, und zwar wahrscheinlich von einem Christoph Reuter, der vorher mit ihr auf Kuba war, steht in den Aufzeichnungen des Journalisten und Schriftstellers George Hesekiel. Auch ihn hat es wirklich gegeben. 1864 befasste er sich ausführlich mit den Vorgängen in der Wetterau und schrieb darüber einen (in Abschrift im Bundesarchiv Berlin aufbewahrten) langen Bericht für den „Central Ausschuss für Innere Mission" der evangelischen Kirche. Darin fasste er zusammen, was ihm Pastoren aus einigen hessischen Dörfern zutrugen: Zwischen 1860 und 1870 wurden hunderte junger Mädchen aus Hessen mit dem Einverständnis ihrer Eltern und dem stillschweigenden Wissen der gesamten Dorfbevölkerung zunächst nach Kalifornien, später auch direkt nach Britisch Kolumbien geschickt. Dort wurden sie als Tanzpartnerinnen an die Goldgräber vermietet. *Hurdy Gurdy Girls* nannte man sie, abgeleitet von der Drehleier, zu der die Ersten von ihnen tanzen mussten. Später kamen tragbare Handorgeln und Akkordeons zum Einsatz.

Einer der Pastoren, mit denen Hesekiel gesprochen haben wird, war Ottokar Schupp. Er veröffentlichte 1867 sein erstes Buch: „Hurdy Gurdy. Bilder aus einem Landgängerdorfe“. Darin verarbeitete er seine Erfahrungen als Pfarrer in Espa, einer Gemeinde, die etwa 12 Kilometer von Langenhain entfernt liegt. 1868 ging Schupp von dort fort und schrieb bis 1903 zahlreiche weitere Romane.

Der von Hesekiel glühend verehrte Ministerpräsident Otto von Bismarck hatte seinerseits ein besonderes Augenmerk auf das Thema „Mädchenhandel“. Als Gesandter im russischen Petersburg war er 1862 mit dem Fall einer minderjährigen Prostituierten aus Hamburg konfrontiert und interessierte sich seither für das Schicksal der Mädchen.

In Hesekiels Bericht wird der Verdacht geäußert, dass die offiziellen Vertreter verschiedener deutscher Länder mancherorts direkt am Mädchenhandel beteiligt seien. Der hessische Konsul etwa soll die Anfrage eines Pfarrers zu diesem Thema ausgesprochen flapsig beantwortet haben, und war, so Hesekiel, „entweder bestochen oder (hatte, I.S.) selbst durch sein Honorar von allen möglichen Konsularamtssachen zu viele Interessen am Fortbestehen des Unwesens“. George Hesekiel verfolgte das Thema „Mädchenhandel“ augenscheinlich nicht weiter: 1869 verfasste er die erste Biographie Otto von Bismarcks und starb 1874, im Alter von 54 Jahren, in Berlin.

Der Konsul für Hamburg und Hessen, der in diesem Roman eine Rolle spielt, ist (bis auf seine Amtsbezeichnung) frei erfunden. Tatsächlich gab es in San Francisco neben dem hessischen Gesandten auch einen preußischen Konsul namens Hanssmann, der 1864 ausführlich an den Ministerpräsidenten von Bismarck über die deutschen Tanzmädchen in Kalifornien berichtete. Sein 13-seitiger, handschriftlicher Brief ist eins der wenigen, im Bundesarchiv in Berlin zugänglichen Original-Dokumente zu diesem Thema. Hanssmann beschreibt darin, mit welchen Knebelverträgen die Mädchen aus Deutschland nach Kalifornien kamen. Polizei und Justiz richteten trotz der Ungesetzlichkeit der Missstände nur wenig dagegen aus.

Der Konsul klagt aber auch über die Neigung mancher Mädchen, sich schon bald nach ihrer Ankunft in San Francisco „von ihren Herren zu emanzipieren“ und auf eigene Faust durchs Land zu ziehen: „Die Freiheit der alleinstehenden Tanzmädchen artet in der Regel in Zügellosigkeit aus, die oft schlimmere Resultate hat als die Abhängigkeit.“

Die Spur der vier Mädchen, die 1863 mit Georg Schneider und seiner Familie in die Neue Welt zogen, verliert sich bereits in New York. Aus den Hamburger Passagierlisten geht nur hervor, dass Luise Ludwig noch einmal nach Langenhain zurückgekehrt sein muss. 1868, fünf Jahre nach ihrem ersten Aufbruch, reiste sie mit den Eltern und ihren drei Geschwistern erneut nach Amerika. Ihr Vater, Balthasar Ludwig, findet sich später im Adressbuch von San Francisco. Ihre Schwester Dora heiratete in Amerika, wurde Mutter und Großmutter und starb im Alter von 85 Jahren in Oakland/Kalifornien.

Frei erfunden sind viele der anderen Personen, denen Luise im Roman begegnet: etwa Faber, ihr Lehrer, oder Benjamin, der Sohn eines jüdischen Textilhändlers in San Francisco. Der Lebensweg seines Vaters hat Ähnlichkeit mit der Geschichte des fränkischen Einwanderers Löb Strauss, der 1853 nach San Francisco kam, dort den Textilkonzern Levi Strauss gründete und als Erfinder der Bluejeans gilt.

Welche Lebensverhältnisse an den Orten herrschten, in die es Luise und ihre Leidensgenossinnen in den 1860er Jahren verschlug, lässt sich mit Hilfe zahlreicher Quellen nachvollziehen. Viele Zeitungen, Adressbücher, Landkarten und Reiseberichte aus jenen Jahren sind online zugänglich. Historische Fotos aus San Francisco und British Columbia dokumentieren, wie es dort aussah, und einige neuere Sachbücher vervollständigen das Bild.

Nur ein einziges Foto, das mit „Barkerville, 1865" datiert ist, zeigt jedoch vier hessische *Hurdy Gurdy Girls*, die auf der Terrasse eines Holzhauses sitzen. Ihre stumpfen, verhärmten Mienen erzählen viel über ihr Leid. Um 1865 entstand in Barkerville auch ein schottischer Folksong („Bonnie are the Hurdies, oh!") über die deutschen Tanzmädchen. Darin heißt es: „But oh! their hearts where hard as flint". (Aber oh! Ihre Herzen waren hart wie Feuerstein.)

Mehr als 150 Jahre später lässt sich nicht mehr ermitteln, wie das Geschäft mit den Mädchen genau ablief und wer daran verdiente. Seine Rahmenbedingungen aber waren überall dieselben: Der Mädchenhandel blühte dort, wo viele junge Männer als Arbeitskräfte angelockt wurden, vor Ort aber auf nur wenige junge Frauen trafen. Die Mädchen hofften auf einen Ausweg aus ihrer Armut und Perspektivlosigkeit, indem sie als Tanzmädchen, Dienstmagd oder Kindermädchen in die Fremde zu gingen oder anderen märchenhaften Versprechungen folgten.

Zu denjenigen, die in diesem Geschäft viel Geld verdienten, gehörte auch Friedrich/Frederick Trump, der Großvater des späteren US-Präsidenten. Als Sechzehnjähriger wanderte er 1885 aus Kallstadt in der Pfalz nach Amerika aus – rund 20 Jahre später als Luise Ludwig. Seine Heimatstadt lag etwa 120 Kilometer von Langenhain-Ziegenberg entfernt.

In New York wohnte der junge Trump inmitten einer pfälzischen Einwanderergemeinde bei seiner Schwester. Sein Verdienst als Friseur reichte ihm aber auf Dauer nicht aus. 1891 eröffnete er ein erstes Restaurant im Rotlichtbezirk von Seattle an der amerikanischen Westküste. Wahrscheinlich gehörte schon damals ein Bordell zu diesem Betrieb. 1893 folgte er dem Zug der Goldgräber zunächst ins amerikanisch-kanadische Grenzgebiet, dann zum weiter nördlich gelegenen *Yukon River* in Britisch Kolumbien, um in Camps und Goldgräber-Städtchen weitere Gasthäuser und Bordelle zu eröffnen.

Anfang des 20. Jahrhunderts kehrte Frederick Trump als wohlhabender Mann in die Pfalz zurück und heiratete dort. Später investierte er sein Vermögen in Immobiliengeschäfte in New York.

Frederick Trump war wahrscheinlich ein besonders geschickter Geschäftsmann. Die meisten Landgänger, Mädchenhalter und Schlepper aber, die junge Frauen aus ihrer europäischen Heimat dem Sexgewerbe in der Neuen Welt zuführten, waren einfache, „kleine Leute". Als Verwandte oder Nachbarn der Mädchen gewannen sie deren Vertrauen und versuchten im Rotlichtmilieu Geld zu verdienen. Oft scheiterten sie an ihren eigenen Schwächen, an Alkohol, Spielsucht oder Aufschneiderei.

Die Geschichte von zahllosen jungen Frauen und Mädchen beim Aufbau der USA und Kanada (und vieler südamerikanischer Staaten) ist bis heute weitgehend unbekannt und oft sogar in ihren eigenen Familien tabu. In fast jedem klassischen Western kommt zwar eine ordinär gekleidete Frau vor, die im Saloon arbeitet und irgendwann mit dem vom Schießen ermatteten Cowboy nach oben geht. Doch viel zu selten wurde bisher die Frage gestellt, wo diese Frauen aufgewachsen sind und wie sie in die Neue Welt kamen.

Wichtige Quellen

Ivy Anderson: *Alice: Memoirs of a Barbary Coast Prostitute*, Berkeley 2016
Herbert Asbury: *The Barbary Coast*, New York 1933
Jaqueline Baker *Barnhardt: The Fair but Frail. Prostitution in San Francisco 1849 – 1900*, Santa Cruz 1976
Gwenda Blair: *The Trumps. Three Generations of Builders and a President.* New York 2000
J. D. Borthwick: *Three Years in San Francisco (1851-54)*, Edinburgh and London 1857
Sandy Frances Duncan: Cariboo Runaway, Ontario 1976
Nell Kimball: *Memoiren aus dem Bordell*, Frankfurt 1999
Joseph Lindwurm: *Der Typhus in Irland beobachtet im Sommer 1852*, Erlangen 1853
Matthew MacFie: *Vancouver Island and British Columbia*, London 1865
Ida Pfeiffer: *Meine zweite Weltreise.* In: Ida Pfeiffer: *Gesammelte Werke*, Kindle E-Book 2015
Michael Rutter: *Upstairs Girls: Prostitution in the American West*, Farcountry Press 2005
San Francisco Mercantile Guide 1864 – 1865
The State Almanac, Hand Book of Statistics, San Francisco 1863
Irene Stratenwerth: *Der gelbe Schein. Mädchenhandel 1860 bis 1930*, Bremerhaven 2012
Richard Thomas Wright: *Barkerville and the Cariboo Goldfields*, Heritage House Publishing 2013

Zeitungen und Zeitschriften:
Die Gartenlaube, Jahrgänge 1853–63
Daily Alta California, San Francisco, Jahrgänge 1863-65
Cariboo Sentinel, Barkerville, Jahrgänge 1864-66
The British Colonist, Victoria, Jahrgänge 1863-1865

Sowie Dokumente im Bundesarchiv Berlin, im Hessischen Landesarchiv Wiesbaden, Stadtarchiv Bad Nauheim, British Columbia Archives, National Archives San Francisco, San Francisco Public Library und viele andere

Für viele Anregungen, kritische Fragen und die Durchsicht des Manuskriptes danke ich Herbert Ahrens, Charlotte Grimm, Barbara Herrmann, Martina Keller, Catharine Nicely und Sigrid Pape.

Bibliografische Information der Deutschen Nationalbibliothek
Die Deutsche Nationalbibliothek verzeichnet diese Publikation in der Deutschen Nationalbibliografie; detaillierte bibliografische Daten sind im Internet über http://www.dnb.de abrufbar.

Alle in diesem Roman geschilderten Handlungen, Dialoge, Gedanken und Gefühle sind frei erfunden. Näheres zum historischen Hintergrund der genannten Personen und des Geschehens im Nachwort

ISBN: 978-3-96258-062-9

Zweite Auflage 2020

PalmArtPress
Pfalzburger Str. 69, 10719 Berlin
www.palmartpress.com

Umschlaggestaltung: Catharine J. Nicely
unter Verwendung der Fotos
(vorne): "Saloon Girl", USA um 1870, Privatbesitz
(hinten): Hurdy Gurdy Girls, Barkerville um 1865, Royal BC Museum, Victoria, Kanada
Lektorat: Barbara Herrmann

Hergestellt in Deutschland

Aus dem Programm von PalmArtPress

Jakob van Hoddis
Starker Wind über der bleichen Stadt / Strong Wind Over the Pale City
ISBN: 978-3-96258-033-9
Lyrik, 160 Seiten, Hardcover, Deutsch/Englisch

Karin Reschke
Trümmerland - Kinderland
ISBN: 978-3-96258-042-1
Kurzgeschichten, 160 Seiten, Hardcover, Deutsch

Wolf Christian Schröder
Die Weißweintrinker
ISBN: 978-3-96258-064-3
Roman, 220 Seiten, Hardcover, Deutsch

Leopold Federmair
Schönheit und Schmerz
ISBN: 978-3-96258-036-0
Divertimenti, 240 Seiten, Hardcover, Deutsch

Wolfgang Hermann
Der Lichtgeher
ISBN: 978-3-96258-061-2
Erzählung, 134 Seiten, Hardcover, Deutsch

Frederic Wianka
Die Wende im Leben des jungen W.
ISBN: 978-3-96258-050-6
Roman, 350 Seiten, Hardcover, Deutsch

Arianna Dagnino
Die Afrikaanerin
ISBN: 978-3-96258-059-9
Roman, 320 Seiten, Hardcover, Deutsch

Carmen-Francesca Banciu
Lebt Wohl, Ihr Genossen und Geliebten!
ISBN: 978-3-96258-003-2
Roman, 376 Seiten, Hardcover, Deutsch

Markus Ziener
DDR, mon amour
ISBN: 978-3-96258-014-8
Roman, 228 Seiten, Hardcover, Deutsch

Eve Joseph
Wortgefechte
ISBN: 978-3-96258-060-5
Miniaturen, 90 Seiten, Hardcover, Deutsch

Klaus Ferentschik
Kalininberg & Königsgrad
ISBN: 978-3-96258-043-8
Miniaturen, 112 Seiten, Hardcover, Deutsch

Sara Ehsan
Bestimmung / Calling
ISBN: 978-3-96258-065-0
Lyrik, 156 Seiten, Hardcover, Deutsch/Englisch

Ingolf Brökel
friedenserhaltungssatz
ISBN: 978-3-96258-058-2
Lyrik, 120 Seiten, Hardcover, Deutsch

Matthias Buth
Die weiße Pest - Gedichte in Zeiten der Corona
ISBN: 978-3-96258-057-5
Lyrik, 250 Seiten, Hardcover, Deutsch

Jutta Habedanck
Mensch sein, Mansch sein mit Gedankenströmen
ISBN: 978-3-96258-045-2
Kunt/Lyrik, 154 Seiten, Klappenbroschur, Deutsch

Raimund Petschner
Kurze Entfernung aus dem Gespräch
ISBN: 978-3-96258-028-5
Miniaturen, 198 Seiten, Hardcover, Deutsch

Bianca Döring
Im Mangoschatten - Von der Vergänglichkeit
ISBN: 978-3-96258-026-1
Textcollage, 138 Seiten, Hardcover, Deutsch

Manfred Giesler
Rosa Krabben auf Papier
ISBN: 978-3-96258-066-7
Szenen, 240 Seiten, Klappenbroschur, Deutsch

Carmen-Francesca Banciu
Fleeing Father / Vaterflucht
ISBN: 978-3-96258-048-3
Roman, 280 Seiten, Klappenbroschur, Deutsch/Englisch

Sibylle Prinzessin von Preußen, Friedrich Wilhelm Prinz von Preußen
The King's Love – Frederick the Great, His Gentle Dogs and Other Passions
ISBN: 978-3-96258-047-6
Biografie, 168 Seiten, Klappenbroschur, Englisch

Jörg Rubbert
Beach Lovers
ISBN: 978-3-96258-046-9
Fotobuch, 176 Seiten mit 148 farbige Fotos, Hardcover, Deutsch/Englisch

Gesine Palmer
Tausend Tode – Über Trauer reden
ISBN: 978-3-96258-041-4
Essayistik, 158 Seiten, Hardcover, Deutsch

Wiebrecht Ries
Der Schatten der Zypressen
ISBN: 978-3-96258-044-5
Essayistik, 380 Seiten, Hardcover, Deutsch

Reinhard Knodt
Pain / Schmerz – *Philosophisch-Poetische Miniaturen*
ISBN: 978-3-96258-050-6
Miniaturen, 156 Seiten, Klappenbroschur, Deutsch/Englisch

Wolfgang Nieblich
Mauersplitter
ISBN: 978-3-96258-038-4
Kunstlerbiografie, 400 Seiten, Hardcover, Deutsch

Peter Wortsman
Stimme und Atem / Out of Breath, Out of Mind
ISBN: 978-3-96258-034-6
Zweizüngige Erzählungen, 330 Seiten, Hardcover, Deutsch/Englisch

Horst Hussel
FRANZ.
ISBN: 978-3-96258-000-1
Roman, 236 Seiten, Hardcover, Deutsch

Boris Schapiro
Aufgezeichnete Transzendenz
ISBN: 978-3-96258-018-6
Lyrik, 196 Seiten, Hardcover, Deutsch

Entführung in die Antike
Neue Geschichten um griechische Mythen
ISBN: 978-3-96258-039-1
Anthologie, 350 Seiten, Hardcover, Deutsch

Marina Linares
Ungereimtes Zeug
ISBN: 978-3-96258-032-2
Kurzprosa, 100 Seiten, Hardcover, Deutsch

Gabriele Borgman
Venus AD
ISBN: 978-3-96258-024-7
Künstlerroman, 184 Seiten, Hardcover, Deutsch

Matthias Buth
Weiß ist das Leopardenfell des Himmels
ISBN: 978-3-96258-035-3
Lyrik, 90 Seiten, Hardcover, Deutsch

Ingolf Brökel
Hannah Habil oder 137 Ansätze
ISBN: 978-3-96258-025-4
Miniaturen, 150 Seiten, Hardcover, Deutsch

Kornelia Boje
Gesang der weißen Wände
ISBN: 978-3-96258-063-6
Roman, 240 Seiten, Hardcover, Deutsch

Manfred Giesler
Café Mora
ISBN: 978-3-96258-016-2
Lyrik, 100 Seiten, Klappenbroschur, Deutsch

Matei Visniec
MIGRAAAAATEN! Wir sind zu viele auf diesem verdammten Boot
ISBN: 978-3-96258-002-5
Theaterstück, 200 Seiten, Hardcover, Deutsch/Englisch

Irene Stratenwerth lebt und arbeitet als Journalistin und Buch-Autorin in Hamburg. In Zusammenarbeit mit der *Stiftung Neue Synagoge – Centrum Judaicum Berlin* kuratierte sie mehrere historische Ausstellungen und Begleitbände. „Der Gelbe Schein. Mädchenhandel 1860 bis 1930“ wurde 2012 in Berlin und Bremerhaven gezeigt und erforschte erstmals die Geschichte unzähliger junger Frauen, die aus Europa in die „Neue Welt“ auswanderten.

Jüngste Publikationen: *Meine abgeschminkten Jahre* (mit Stefanie Giesselbach), Piper Verlag 2017; *Marie Jalowicz: Untergetaucht. Eine junge Frau überlebt in Berlin, 1940-1945*, Fischer Verlag 2014.